Pra amanhecer ontem

Anna Mariano

Pra amanhecer ontem

Texto de acordo com a nova ortografia.

Primeira edição: primavera de 2017
Esta reimpressaō: primavera de 2022

Capa: Marco Cena. *Foto*: arquivo pessoal da autora
Preparação: Marianne Scholze
Revisão: Lia Cremonese

CIP-Brasil. Catalogação na publicação
Sindicato Nacional dos Editores de Livros, RJ.

M286p

Mariano, Anna
    Pra amanhecer ontem / Anna Mariano. – Porto Alegre [RS]: L&PM, 2022.
    336 p. ; 21 cm.

    ISBN 978-85-254-3673-3

    1. Romance brasileiro. I. Título.

17-44156   CDD: 869.3
                      CDU: 821.134.3(81)-3

© Anna Mariano, 2017

Todos os direitos desta edição reservados a L&PM Editores
Rua Comendador Coruja, 314, loja 9 – Floresta – 90.220-180
Porto Alegre – RS – Brasil / Fone: 51.3225.5777

Pedidos & Depto. Comercial: vendas@lpm.com.br
Fale conosco: info@lpm.com.br
www.lpm.com.br

Impresso no Brasil
Primavera de 2022

À vida e seus presentes.

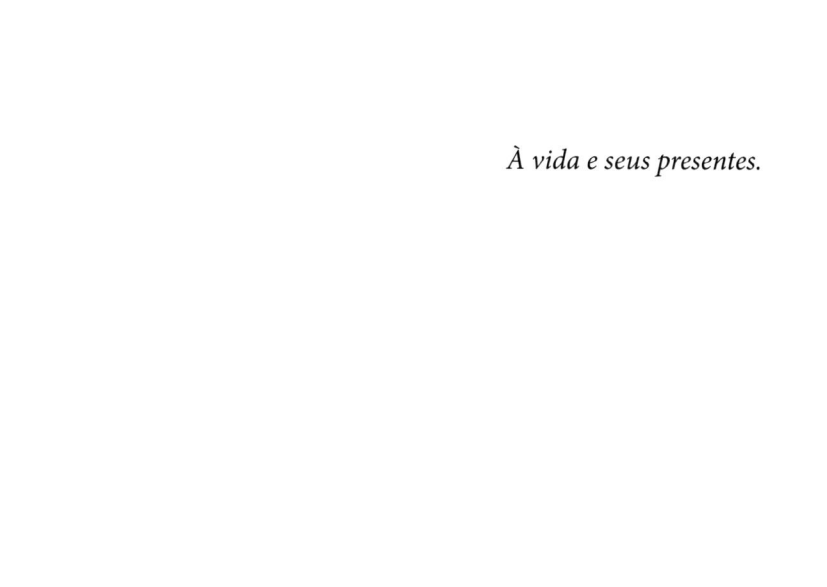

All sorrows can be borne if you put them into a story or tell a story about them.

Karen Blixen
Daguerreotypes and Other Essays

Sí, pero quién nos curará del fuego sordo, del fuego sin color que corre al anochecer...

Julio Cortázar
Rayuela

Anotações para um romance

Nos dias claros de inverno, quando, antes do almoço, as quatro sentavam-se para tomar sol na escada que levava ao poço, pareciam um bando de discretas andorinhas ao qual se havia juntado um pequeno cardeal de crista flamejante: tia Maria Eulália sempre foi, e não, parte do grupo. Não preciso fechar os olhos para rever seu vulto magro, levemente encurvado, os cabelos absurdamente vermelhos, a pele muito branca mostrando, nas mãos e nos braços, um Amazonas de veias, que ela detestava. Não sei como, talvez por um jeito altivo, uma forma de elevar a cabeça e inclinar levemente o pescoço, ela conseguia fazer-se bonita, ou ao menos assim eu pensava. Mesmo nas fases em que decidia vestir apenas preto, era fácil perceber suas cores: mais densas ou mais fluidas, elas estavam sempre lá. Quando começou a namorar Genaro, para fugirem à bisbilhotice da casa, os dois se refugiavam nas espreguiçadeiras de lona sob a parreira. Ajoelhada sobre o banquinho do banheiro no andar de cima, eu os espiava pela basculante, e, no lusco-fusco do jardim, as cores da tia, suas nuances de vermelho e rosa, eram como um segundo pôr do sol.

No verão, elas abandonavam os degraus do poço e sentavam-se à sombra das glicínias no banco de mármore da outra escada: a que levava da porta de entrada até o portão. Claro que me lembro delas na biblioteca, na sala de visitas ou na sala do piano, mas, não sei por que, as imagens que primeiro me vêm são essas duas. Pareciam sempre mais à vontade ali, nas escadas, obstruindo o caminho. Mulheres pequenas e orgulhosas, confinadas à casa, mas inconformadas, às vezes tagarelas, outras profundamente silenciosas, sempre inoportunas, até mesmo um pouquinho irritantes.

Com ou sem Genaro, espiar tia Maria Eulália era minha ocupação favorita: o esplendor do seu riso, o agudo balançar das suas pulseiras, as roupas extravagantes e até mesmo uns laivos de medo que eu nunca sabia com certeza se estavam realmente lá me fascinavam. Muitas tardes eu aguardava que saísse para invadir seu quarto, mexia em suas roupas, como quem mexe no arco-íris, enrolava-me nas golas de pele, na maciez das estolas, sentava-me à penteadeira para experimentar as muitas sombras, o antiquado pó de arroz, os batons, os perfumes, os anéis. As pulseiras, não, essas jamais estavam lá, ela não as tirava, talvez até dormisse com elas: ainda que fosse absurdamente incômodo, era possível, tudo em tia Maria Eulália era possível.

Durante os meses que se seguiram à morte da vovó, ela vestiu todas as cores, menos o preto. A cidade toda comentava, mas, ao contrário do que se pensava, as roupas coloridas da tia não eram desrespeito, eram sua briga pessoal com a morte, seu jeito de dizer que é no estômago que se instala o luto, nas tripas, nos pulmões, por dentro é que se sente. Que me lembre, nunca a vi chorar. Mesmo quando vovó estava por morrer, antes de entrar no quarto, ela escondia a tristeza num canto qualquer do corredor, endireitava as costas, escancarava a porta, abria as cortinas, mandava Máxima servir uma xícara de chá, um cálice de vinho do porto, agitava as pulseiras e falava e falava até fazer a enferma sorrir. Sua tarefa parecia ser essa; o resto, da comida ao urinol, deixava para tia Clotilde.

Quanto eu me orgulhava de sua teimosia, era como se fosse minha. Sem importar-se com os regramentos da casa, as exigências do Pai ou os conselhos que lhe davam, ela havia decidido que sua vida teria uma determinada história e a montava cena a cena, pedaço a pedaço, como quem monta uma peça de teatro. Sabia que ninguém gostava de seu noivo, sabia também que tinham razão: impossível não perceber o olhar que resvalava para fora do rosto de Genaro quando ele achava que ninguém o estava observando e cobiçava tudo: a casa, as mulheres, o jardim.

Meu Avô ficava quase louco, fazia de tudo para terminar aquele noivado, extraditar ou deportar foram as palavras que eu o ouvi dizer numa das conversas que escutei atrás da porta – sim, além de espiar eu também ouvia o que falavam detrás das portas. Sem conhecer o significado exato das palavras, procurei no dicionário: extraditar, expulsar, condenar ao desterro, entregar um criminoso para ser julgado em seu país. A palavra *criminoso* assustou-me um pouco, confesso, mas percebi que nada, nem mesmo a possibilidade de Genaro ser um delinquente, era capaz de abalar minha confiança na tia e a certeza de que o Avô não devia se meter. E se Genaro estivesse arrependido, e se o olhar aquele, o que resvalava para fora do seu rosto quando ninguém estava olhando, fosse só um cacoete? Ninguém tem o direito de arrancar o amor, como se fosse uma roupa velha, e jogá-lo no lixo, eu repetia para mim mesma, definitiva e trágica, como todos os adolescentes. Tia Maria Eulália, eu então pensava, era velha o suficiente para decidir sozinha, quase velha demais pra namorar, e, numa tarde em que estávamos as duas sozinhas na biblioteca e ela, de costas para mim, acompanhava com o dedo os desenhos na tapeçaria *Aubusson*, aquela que eu sempre imaginei contasse nossa história, lhe perguntei se não tinha medo que o Avô fizesse alguma coisa.

– Ele vai fazer, Elisa – ela me respondeu –, e eu vou aprender a viver com isso. Ele não é assim tão importante, as coisas estão marcadas para acontecer e nem meu Pai tem poder total sobre elas: depois de casados, Genaro e eu vamos ter que morar algum tempo no apartamento do porão e, pouco a pouco, eu vou me transformar num ser encantado, em uma dessas lagartixas que os chineses acreditam viverem nos lares destinados à permanência, vou me habituar a esse novo papel, vou sofrer e vou rir. Talvez eu pudesse alterar o sofrimento – as linhas das mãos se alteram quando realmente desejamos, já te ensinei isso –, mas não quero alterar nada, quero viver tudo até o fim.

Mais tarde, quando tudo realmente aconteceu, eu me perguntei sobre o dom inexplicável que ela possuía de ver na imensidão vazia do futuro as ações e os destinos humanos e não encontrei resposta alguma.

Uvas por demais maduras

Um sol coado pelas folhas da parreira lançava no ar minúsculas ilhas de luz que pousavam ora no rosto de Genaro, ora nos cachos das uvas por demais maduras. Sentada junto à mesa de pedra, fazendo soar as muitas pulseiras que se enroscavam nos meus braços, eu acariciava os seus cabelos e evitava reparar em minhas mãos. Detestava aquelas mãos urgentes, cortadas por veias grossas. Não era mais uma menina, havia que aproveitar cada momento: assim estava escrito, assim estava decidida a fazer. Bem no fim, tive sorte. Uma sorte tardia, verdade, mas sempre sorte: quando pensava que nada mais restava, quando, apesar do que diziam os sinais, já me conformava, Genaro apareceu. Pouco importava que fosse um italiano sem eira nem beira, como dizia o Pai, pouco importava pudesse ser casado ou ter outro segredo terrível lá na Itália: eu não vivia na Itália, vivia no Brasil, na casa rosa e branca da Rua Venâncio Aires, a mesma em que nascera.

Dispensando a frivolidade de um jardim fronteiro, ela elevava sua fachada rente à calçada e, mais que severa, seria carrancuda, não fossem os arabescos que, ainda hoje, cercam suas seis janelas muito altas abrindo-se sobre pequenos balcões com grades de ferro fundido. Sempre imaginei que a casa se envergonhava um pouco daqueles arabescos e só os suportava para agradar a minha mãe. Apesar da imponência e da orgulhosa austeridade, nunca dissemos casarão, a designávamos apenas como a casa, pois ela integrava nossas vidas, era íntima de nossas fantasias e de nosso pequeno cotidiano, e parecia pulsar profundamente, a tal ponto que, em certas noites, tínhamos a certeza de ouvir sua tênue respiração. Desde crianças, percebíamos nas paredes grossas e sólidas, untadas com óleo de baleia, a existência de uma alma dividida entre a severidade ancestral, que cobrava obediência, e o aconchego, que *nos protegia dos perigos do mundo. Para escapar a essa severidade, costumávamos brincar na escada de mármore que descia em curva da porta de entrada até o portão. Interrompida à metade por um pequeno patamar sombreado de glicínias, aquela escada era território neutro: ali podíamos escapar à rigidez das paredes sem precisarmos enfrentar a liberdade vagamente assustadora do jardim. Esse patamar debruçado sobre a rua era nosso refúgio, e seu banco também de mármore, com desenhos de vinhas e leões, nosso transporte para o país das maravilhas.*

Foi Ana Rita quem primeiro percebeu a semelhança entre a escada em curva e o corpo retorcido do dragão na estatueta que Adelina escondia no armário da cozinha. Ainda que por vezes maculado com o sangue das galinhas e as velas dos despachos, São Jorge era santo guerreiro e merecia respeito, disso Adelina estava convencida, e por isso a estatueta atrás da grande panela usada para as feijoadas era um dos poucos segredos que guardava de nossa mãe. A melhor das brincadeiras, a de que nos lembraríamos para sempre, era resgatar São Jorge do armário, montar no banco da escada e, até que Adelina descobrisse o roubo ou a mãe nos chamasse para o jantar, matar, das formas mais cruéis, exatos trezentos dragões. Não sei por qual razão – talvez por ser o número da casa –, trezentos sempre foi para nós um algarismo mágico. Mesmo quando, já adolescentes, resvalávamos para o que seríamos quando adultas, obedecendo a um desses acordos que dispensam palavras, continuávamos a nos encontrar no banco da escada. Olga era a primeira a chegar com suas bonecas, suas minúsculas costuras – foi a que mais tempo foi criança –, logo depois vínhamos Ana Rita e eu. Clotilde era sempre a última: sua chegada levemente majestosa completava o quadrilátero.

Embora, então, nenhuma de minhas irmãs acreditasse ou se importasse, eu já conhecia a linguagem das mãos, decifrava com facilidade as histórias que se cruzavam em linhas, montes e sinais: aprendera num livro antigo, encontrado por acaso. Olhando para trás me vejo como era: pequena e magra, estreando minhas primeiras saias coloridas e – feito uma borboleta de asa quebrada – pulando de lá para cá a implorar, até que perdessem a paciência ou cedessem, que me deixassem ler suas mãos. Nenhuma delas, nem mesmo Olga, me suportava por muito tempo. Ana Rita, por uma razão que só vim a entender quando não mais a atormentava, cedia quase sempre.

Dizer que encontrei aquele livro por acaso é maneira de falar: igual a Genaro, ele me estava destinado. Desde que o descobri, perdido no meio da coleção de revistas francesas da biblioteca, percebi os infinitos sentidos ocultos que as páginas amarelecidas escondiam, como se ali estivessem à espera de decifração. Enrolada na velha manta xadrez, sem escutar o cochicho dos ratos nas paredes, o burburinho da chuva nas telhas de barro, o roçar das trepadeiras nos vidros das janelas, eu o li, e o reli, e o estudei até sabê-lo de cor. Depois, é claro, passei por muitos outros. Eram textos difíceis de ser encontrados, pedia ao seu Alcebíades da livraria, que os descobrisse para mim, em Porto Alegre –, mas nunca experimentei o mesmo alumbramento e as mesmas revelações da primeira leitura. Como se naquele volume antigo houvesse um ímã, e todo o meu corpo – e não somente a minha vontade – fosse composto de ferro, impedindo-me de escapar do magnetismo que procedia de sua textura áspera e de seu acre cheiro de papel velho; voltava sempre a ele.

Nessas leituras, aprendi que não existe o acaso, palavra inventada para justificar aquilo que ainda não se sabe. Aprendi também que as linhas das mãos mudam com o tempo e o futuro é criado a cada hora. Embora tudo o que eu conseguisse visualizar fosse a vida como se mostrava naquele momento – uma espécie de futuro presente –, o que eu via era suficientemente mágico para que muitos, apesar de assustados, temerosos de ouvir da minha boca um mau augúrio, me procurassem. O que começou como jogo, pouco a pouco transformou-se num hábito, mais do que isso, num vício. Depois, veio a humildade e a aceitação resignada de um dom – mais do que dom, sofrimento – impossível de ser contornado.

Por algum tempo, continuei sendo procurada por pessoas que, por tédio, curiosidade ou desespero, queriam desvendar o futuro, e continuei lendo os sinais ocultos de suas mãos e continuei discernindo o que viria nos dias, meses e anos seguintes. Quando nos sulcos e linhas eu intuía a morte, calava-me tomada de um horror sincero e maldizia a minha própria visão e prometia nunca mais deslindar os segredos que os seres guardavam em seus corpos. Aos que insistiam, eu respondia com lugares-comuns, como nos horóscopos de jornais e revistas.

Se os avisasse sobre a morte que havia percebido, poderiam impedi-la?, perguntava-me. No início, tomei como regra que, se fosse por acidente, eu alertaria a vítima e assim lhe daria a chance de mudar o seu destino. Com o tempo, aprendi que a morte é sempre um acidente e decidi calar-me. Comparecia aos enterros, suportava o cheiro enjoativo das flores e das velas de cera, as memórias cansativas dos parentes, o choro, os óculos escuros, as orações banais de padres e pastores: não homenageava o morto, homenageava a mim mesma, queria verificar o quanto havia acertado, sentia-me portadora de um poder aterrorizante, mas que, ao mesmo tempo, desencadeava a agradável sensação de pairar acima da gente comum. Quase experimentei orgulho pela infalibilidade de minhas visões, ainda que às vezes chorasse e prometesse nunca mais interpretar as mãos de ninguém. Não demorou muito, ganhei fama de agourenta, e as consultas diminuíram. No princípio fiquei magoada, depois me tornei indiferente aos outros, passei a contemplar suas vidas como a um filme do qual eu não fazia parte e, quando começaram a me virar o rosto, deixei-os de lado e restringi meus dons às pessoas que realmente me importavam.

Penso que quase desaprendi o medo. O contato com a morte, anunciada nas palmas das mãos que se ofereciam inocentemente à leitura de seus signos, foi perdendo a dimensão de horror, acostumei-me com ela. A exemplo dos médicos, dos padres e dos coveiros, eu não a temia, já havíamos nos encontrado tantas vezes que, sem perder a cerimônia, éramos amigas. Mesmo assim, não se lida impunemente com a consciência da finitude: um peso estranho começou a infiltrar-se pelas costelas, vergando minha coluna. Não era o peso da culpa – esta surgia em alguns momentos e depois desaparecia –, tampouco o da compaixão, sempre fugidia (ainda que me envergonhe um pouco admitir isso), o peso vinha do que eu intuía em algum lugar do meu futuro, algo que se revelava por meio de percepções súbitas, sem contornos e sem relevo, e era cinzento e assustador. A alegria das saias, o tilintar das pulseiras, o riso, todos os artifícios que eu usava para disfarçar esta sensação de espanto – ou de desvalia, quem sabe – eram reais, expressavam parte de meu ânimo, mas também era real o insidioso sofrimento que me perseguia.

Durante algum tempo, com uma força que eu recusava admitir, a incredulidade do Pai me magoou. Como podia não perceber a veracidade daquele dom que era mais uma maldição do que uma benção, que me escravizava enquanto me elevava acima da normalidade e que era impossível de ser ignorado? Como podia não dividir comigo aquela angústia?, eu me perguntava antes de perceber que todos os argumentos formulados na solidão do meu quarto eram inúteis, pois esbarravam em sua racionalidade, em sua teimosia, em seus olhos gélidos. Pouco a pouco, por cansaço ou por sabedoria, minha ânsia de aprovação foi diminuindo até que, no silêncio esmagador de uma quarta-feira de Cinzas, senti que ela desaparecia por completo. Foi como se a cruz da quaresma riscada em minha testa pelo bispo penetrasse em minha alma e me mostrasse a resposta. Não adiantava lhe explicar mil vezes que a quiromancia não era uma crendice e que obedecia a certa lógica, ainda que nevoenta e carregada de sombras. O mundo, para ele, não continha mistérios nem porões, e irritava-se comigo porque eu desafiava as suas certezas inabaláveis. Coitado do Pai – ainda que a palavra *coitado* talvez não se adequasse à sua figura imperiosa –, coitado do Pai, nunca conseguiu aceitar que suas filhas fugissem de um sistema que ele próprio julgava eterno. Como já fizera antes com aqueles que me viravam o rosto *na cidade, deixei-o, procurei esquecê-lo e fui viver minha vida. Mas isso foi muito mais tarde.*

Naquele dia com Genaro e as uvas do jardim, um pouco antes das seis, como de costume, o marulhar dos sinos chamando para a missa na Catedral e a voz de Adelina, anda logo com essa lenha, estrupício, me avisaram que o jantar estava próximo e que o Pai logo estaria em casa. Melhor Genaro ir embora, pensei, não queria enfrentamentos. Embora o amasse, reconhecia que o olhar opaco, jamais revelando o que pensava, o jeito insolente dos seus lábios, o despenteado orgulhoso dos cabelos eram provocações constantes: meu noivo exalava perigo. Inventei uma desculpa qualquer e pedi que partisse.

Assim que o portão de ferro fechou-se atrás dele, o Pai chegou. Dei-lhe um beijo distraído, entraria logo, não, não me atrasaria para o jantar, só queria ficar ali mais um instante, aproveitando o fim da tarde. Ele me examinou atento e me deixou em paz. Suspirei aliviada, poucas coisas escapavam ao seu olhar. Ao ficar sozinha, fechei os olhos e estendi os ouvidos para os ruídos do jardim: lá no fundo, nas folhas do bambuzal, um vento brando imitava o mar e, bem no centro, no canteiro das hortênsias, o liquidâmbar expulsava as caturritas: que deixassem de ser audaciosas e fossem construir seus ninhos espinhentos em outro lugar.

Ao contrário da casa, calada e solene, o jardim era loquaz, e de alguma maneira eu entendia perfeitamente seus recados: abelhas devorando as uvas por demais maduras? Sim, eu também estava por demais madura, mas, não, não me deixaria devorar. Eu não nascera para ser devorada, nem por um pai nem por um marido, por ninguém. Para isso, e para muitas outras coisas, eu confiava na ideia de que a fortuna da família era importante, ela podia me preservar da subserviência e do conformismo. Não era ingênua, sabia que todo paraíso tem seu preço. Ao fazer tilintar as pulseiras, como se fossem moedas de ouro, eu anunciava ao mundo que estava disposta a pagá-lo. Genaro apenas ouvira e entendera.

Quando casássemos, me transformaria em uma esposa, jamais em uma propriedade: nem agora, nem amanhã, nem quando velha, nem quando só, nem quando o desespero, que adivinhava em meu futuro, viesse me roer os ossos, nem então; eu nunca me deixaria invadir, manteria intactas todas as fronteiras. Àquela época, bem mais do que agora, eu dava muita importância às fronteiras. Ainda que, em noites de lua, o jardim parecesse ampliá-las, elas permaneciam nítidas: a umidade de enferrujar dobradiças e soldar janelas, as pequenas cobras verdes a se enroscarem nos alicerces e a invadir os quartos, os carreiros de formigas e as aranhas tecedoras, todos esses elementos do jardim que penetravam na casa eram apenas escaramuças sem importância. Talvez algum dia uma guerra maior altere tudo, e a casa, então, se renda e o jardim exerça sobre ela seu poder de matagal: algum dia, não agora; agora permanecem as fronteiras, eu pensava tranquilizada.

Éramos felizes, eu acho. Máxima, no seu jeito fabular de dizer as coisas, costumava descrever a felicidade como um pacote numa prateleira, uma espécie de embrulho que poderia ser resgatado por seu dono a qualquer momento, desde que o merecesse. O que na verdade ela dizia, numa forma tão simples que chegava a parecer pretensiosa, é que poucos gestos nos separam da felicidade: estender a mão, pegar o embrulho, abri-lo. Será que tinha consciência do quão difíceis eram esses gestos? Da coragem que exigiam? Da distância enorme entre a mão e a prateleira? Talvez sim. As pintas douradas junto à pupila do seu olho esquerdo eram sinais inegáveis de que compreendia o sentido oculto das próprias metáforas.

Como se em vez de duas fossem uma, a casa acordava quando Máxima abria os olhos. Mesmo antes de levantar-se da cama, sua força já atravessava as paredes do quartinho, caminhava pelo jardim, entrava pela porta da cozinha, acendia o fogo nas lareiras e fazia a chaleira ferver no fogão. Bastava a sua presença para que as begônias brilhassem mais intensamente na varanda e os sabiás cantassem com maior vigor no jardim. Os cabelos pretos, os dentes próprios, o corpo equilibrado entre a ruga e a graxa, como gostava de dizer, garantiam-lhe um envelhecer neutro; era preciso parar e fazer cálculos, lembrar quantos anos havia feito quando tal fato acontecera para chegar-se a uma conclusão, mas essa também se tornava escorregadia, pois ela misturava intencionalmente os acontecimentos e os aniversários, e continuávamos sem saber a sua idade.

Lembrava-se de tudo perfeitamente, confiava na honra, na solidão e nas mulheres da casa. Quando chegara, vinda do orfanato das freiras, o Abrigo Menino Jesus de Praga, trouxera um aguçado desejo de ordem, algumas mudas de roupa feitas por ela mesma e uma fé única: acreditava que cada santo tinha sua serventia e que assim também acontecia com as pessoas e as coisas: nunca exigiu de cada um deles mais do que podiam dar. Sabia apaziguar as tormentas usando palavras comedidas e um vocabulário que misturava palavras inventadas e termos quase eruditos, herança do orfanato das freiras. No seu quarto havia uma lúcida disciplina e um cheiro permanente de sabonete e erva-cidreira. Embora entendesse que a beleza é um valor a ser cultivado – o Patrão colecionava esculturas, e as empregadas, recortes de revistas e frascos vazios de perfumes –, não queria ali sobras de luxo: os únicos enfeites daquele quarto, se é que se poderia chamar de enfeites, eram uma imagem envidraçada de Nossa Senhora Aparecida e outra, pequena, do Menino Jesus de Praga.

Vivia como se tivesse feito um voto de eficiência e só não se podia dizer que era a alma da casa porque nossa casa tinha alma própria e Máxima sempre foi mais liberal. A consultávamos para todos os assuntos, e, nessas ocasiões, ela apelava para a teoria dos pacotes de felicidade. A todo momento, eles são oferecidos às pessoas – dizia – e, portanto, não basta estender a mão apenas uma vez, há que o fazer sempre, porque hoje encontraremos uma coisa, amanhã outra, depois de amanhã, uma terceira: a felicidade muda de cara a toda hora, afirmava.

Eu, desde criança, com a mesma curiosidade com que rasgava o musgo para espiar as pedras ou rompia as conchas dos caracóis para descobrir como se grudavam um ao outro, sempre estendi a mão e tentei achar os meus pacotes. Assim, não precisei muito para concluir, embora erroneamente, que Genaro jamais o fizera: dentro dele parecia haver apenas um caderno de contabilidade confuso e implacável, colunas de débito e crédito tão velhas que os números já quase não se viam. Por isso, ele somava e dividia errado. Cobrava dívidas antigas que não mais podia comprovar, exigia o que talvez nunca lhe tivesse pertencido. Pobre Genaro, pensava ser o único credor quando era apenas mais um: a vida é péssima pagadora. Por vezes eu surpreendia em seus olhos opacos um lampejo de ressentimento, mas tinha a certeza de que, depois de casados, o faria desistir de fazer contas, o ensinaria a estender a mão sem exigir o que não era dele. Como qualquer pessoa comum, eu queria ser feliz e, para isso, também como qualquer pessoa comum, eu me enganava com convicção. Sabia que nossa vida não seria fácil: em minha mão direita, os pequenos traços acompanhando e cortando as linhas do coração e do destino, a linha dos relacionamentos recebendo ramificações do Monte de Marte, deus da guerra, indicavam confrontos: algum dia talvez precisasse escolher entre Genaro e a família, se fosse assim, ficaria com Genaro, eu ponderava, tomaria posse do que me pertencia por herança, passaria a administrar sozinha os meus bens, sairia da sociedade que o Pai criara pouco antes da morte da mãe e da qual, com sua meação, seria sempre o sócio principal. Fazendo dessa forma pagaremos menos impostos, fora a justificativa. Não era isso, ou não era apenas isso: mais do que o pagar menos impostos, ele queria manter o controle, sentir-se dono do que a vista alcançava, patrão do horizonte: com suas mãos ossudas que a artrite já começava a transformar em garras, a cabeça quase inteiramente branca, os olhos estreitos descendo em ângulo sobre o nariz adunco, o Pai era, àquela época, muito semelhante a uma ave predatória, uma águia destinada a sempre caçar alguém ou alguma coisa.

Que Genaro cobiçasse minha fortuna, minha posição, não me ofendia: muita gente, sem nem ao menos perceber, se casa por dinheiro. Meu futuro marido poderia usufruir de tudo o que me pertencia, desde que eu mantivesse o controle; estava decidida a usar a ambição em benefício de nós dois: enterraria barras de ouro sob a cama, mas contaria cada uma delas, saberia seu peso exato, seu valor e, não por avareza, por sensatez, o convenceria a assinar o pacto antenupcial de separação total de bens.

Capítulo I

Ao sair da casa de Maria Eulália, Genaro dobrou à direita, parou em frente à vitrine da sapataria, acendeu um cigarro e, observando seu reflexo no vidro, ajeitou o chapéu. Ao seu redor, o vaivém da rua: pessoas simples, com roupas simples, vivendo um mundo simples. Um dia, ele também tivera um mundo assim, também olhara as pessoas de baixo para cima, e tudo o que conseguira ver fora as pernas dos que mandavam e seus peitos estufados, como os das pombas. Esse tempo acabara, criara outro. O mundo é como eu o percebo, disse ao seu reflexo na vitrine. Do jeito como o vejo, assim ele será.

Sentiu-se melhor. Sempre se sentia melhor quando conseguia organizar as ideias que lhe cruzavam a cabeça. Elas surgiam aos borbotões, feito água de um cano rebentado; rolavam por seu cérebro até deixá-lo quase louco, acordavam-no durante a noite. Já tentara ignorá-las, não dera certo, a única maneira era enfrentá-las e domá-las para que não o incomodassem mais. Algumas, porém, eram persistentes. Essas, ele precisava macerar como se maceram folhas para o chá, ou engoli-las e, feito um boi, triturá-las, amassá-las, degradá-las até transformá-las num bolo digerível, até fazer delas uma tese ou coisa nenhuma. O mundo é como eu o percebo, repetiu para si mesmo. Aí estava um aforismo talvez pouco original, mas interessante para ser lançado numa conversa entre amigos. Não que os tivesse: ali em Boca do Monte, tirando as horas com Maria Eulália, ficava a maior parte do tempo sozinho no quarto do hotel. Era quando anotava suas ideias – tinha cadernos cheios delas: frases completas ou em pedaços, poemas –, um dia teria tempo de organizá-las, e nesse dia até mesmo o Sogro seria obrigado a olhá-lo com respeito.

Endireitou os ombros, ajeitou mais uma vez o chapéu, alisou o paletó, fingiu examinar os sapatos na vitrine: não sabia o que fazer nesse final de tarde, voltar ao hotel era péssima alternativa: com o sol vespertino incidindo sobre a única janela do quarto, o calor lá dentro estaria insuportável. O Clube Caixeiral, dobrando a esquina, com seu piso de mármore, seus ventiladores e suas poltronas de couro, era tentador. Sim, iria até lá e tomaria uma cerveja. Ao virar-se, avistou, no vidro distorcido da vitrine, o vulto de um transeunte curvado e velho; montada naquele vulto, a lembrança do Major saltou dos confins da sua memória e, feito um gato velhaco, instalou-se nos seus ombros, exigindo atenção: o dia subitamente perdeu-se do seu eixo, o clube teria que esperar. Graças a um feroz autocontrole, que costumava rasgar duas rugas verticais na sua testa, ele raramente pensava no passado. De tempos em tempos, porém, sentia a necessidade de enfrentá-lo, de retornar à ilha em que nascera, ao Major, à pensão discreta em Roma, à faca. Retornar era a única forma de manter a serenidade que a muito custo alcançara.

Fugindo ao calor, escolheu o lado mais arborizado da praça. Ali, indiferente à pressa confusa dos que voltavam para casa, estaria sozinho. Sentou-se num banco perto da fonte, observando as cabeças retráteis das tartarugas, e acendeu outro cigarro: estás fumando demais, lhe diria, com razão, Maria Eulália. Não importava, o fumo parecia ajudá-lo a encarar seu passado, a torná-lo mais nítido. Esticou as pernas, acomodou-se melhor no banco, observou o revoar das pombas, o vaivém das pessoas. Uma bola vermelha chegou rolando e encostou-se ao seu pé; o rosto suado e sardento de um guri veio logo atrás. Genaro levantou-se, pegou a bola com cuidado e, num impulso, a chutou para longe. O susto no rosto do menino deu-lhe a certeza de que a notícia do louco que chutava bolas para o meio da rua se espalharia com rapidez: não, não o incomodariam mais. Sentou-se novamente e, abaixando a cabeça, deixou que a pequena ilha negra de Pantelleria rebrotasse com força entre as pedras da praça.

Viu, com uma exatidão livre de saudades, o povoado, os vulcões ocultos, as casas de pedra negra com tetos convexos prontos para recolher nas cisternas as chuvas escassas. Viu também o elefante de pedra sugando com a tromba imóvel a água do mar, viu o lago, de uma redondeza quase perfeita, e as grutas de rocha e vento onde, durante a guerra, iriam se esconder os aviões de Mussolini. Viu-se, menino, a espionar o Almirante, comandante da ilha e dos soldados. Viu muitas coisas que, por vezes, se embaralhavam, como num caleidoscópio.

Na casa de uma só peça, a meio caminho da aldeia, eram apenas ele e a mãe. Ela cuidava das necessidades elementares de ambos, e nada mais: falavam o estritamente necessário. No pequeno espaço da ilha, dias de azul imutável rolavam em assustadora tranquilidade e uma angústia sem limites se multiplicava no seu peito magro de menino como se multiplicavam, nos morros pedregosos, as cobras e os escorpiões. Genaro sabia de mães e de crianças, mas pouco sabia sobre os homens. Embora falassem quase a mesma língua, o Almirante o aterrorizava, talvez porque fosse muito alto, talvez porque tivesse vindo do continente a mando do Duce. À noite, os fios crespos das suas sobrancelhas entravam nos sonhos de Genaro para se transformarem em lagartas cabeludas, gordos mandruvás que lembravam dedos prontos a sufocá-lo. Embora ainda não o soubesse, eram sonhos premonitórios, mas que não se referiam ao Almirante: o dono desses dedos viria mais tarde, numa das barcaças da invasão.

Na desordem dos últimos dias antes da chegada dos aliados, quando as bombas não paravam de cair e os folhetos lançados exigiam rendição, todos examinavam céu e mar, fartos das explosões que destruíam casas e matavam animais e seres humanos, fartos da escassez. Ainda assim, as barcaças dos invasores, ocultas pela poeira dos bombardeiros, não foram vistas até quase chegarem em terra, o mesmo pó, espesso e quente, escondeu a bandeira italiana erguida no aeródromo e os lençóis brancos pendurados nas janelas. Podia ter sido pior, era o que diziam – caíram mais prédios do que pessoas –, e, quando a curiosidade pelos estrangeiros arrefeceu, cada um tratou de cuidar da sua própria vida. Pantelleria havia sido invadida tantas vezes que ninguém mais se deixava impressionar, uma memória hereditária lhes garantia que, assim como a maré, os invasores iam e vinham, e a ilha e o povo ficavam. Para Genaro, no entanto, o final daquela manhã de junho, clara e sem nuvens, fora de agonia: a mãe e a casa tinham se transformado em matéria calcinada pelo efeito de uma bomba, e ele, passado o espanto da destruição e da morte, encontrou-se sozinho no mundo. Mais do que triste, sentira-se tão impotente diante dessa realidade que, mesmo hoje, sentado no banco de uma praça no interior brasileiro, ao evocar aquela manhã, experimentava uma descontrolada sensação de náusea. Dias depois, ele era uma das muitas crianças reunidas no prédio da antiga prefeitura, esperando para serem adotadas, mesmo que provisoriamente; tinha os dentes trincados de medo e as mãos crispadas de raiva, não queria estar ali, podia muito bem se cuidar sozinho.

O corpo e a roupa tão cobertos de poeira que se confundiam com o reboco da parede, os olhos fixos no milagre do relógio que sobrevivera intacto, assim o Major o viu. *I'll keep him*, ele disse numa língua que Genaro não entendeu, mas cujo significado, ainda assim, fez questão de rejeitar virando-se de costas. O Major gostou da atitude: detestava covardes. Aproximou-se, falou baixinho o que ninguém, além de Genaro, conseguiu ouvir e, sabendo que seria obedecido, continuou falando até que, com o queixo quase encostado no peito, escondendo as lágrimas, o menino levantou-se e o seguiu.

Na casa, que pertencera ao médico, uma das poucas que restaram quase intactas, a primeira providência foi o banho. Depois vieram a comida e o sono; o café da manhã, servido em mesa farta, o almoço e o jantar; e novamente o café, o banho e a rotina. Aos poucos, o medo difuso que sempre atormentara Genaro foi cedendo, os pesadelos diminuíram: pela primeira vez tinha um homem cuidando dele, um quarto e um armário para as suas roupas, em vez de pregos na parede. Mais tarde, dispensada a viúva que cuidava da casa, ele passou a ocupar-se sozinho das compras, da arrumação da casa, do fogão, das incontáveis xícaras de Earl Grey. Um dia percebeu que era capaz de comunicar-se com o Major num inglês precário e, dando fim à linguagem dos gestos, teve a ousadia de ser curioso: antes, as notícias do mundo eram apenas boatos circulando no ar, palavras pronunciadas por homens ignorantes. Na voz rouca e pausada do Major, essas notícias ganhavam peso e, sob as estrelas que o racionamento de luz tornava mais brilhantes, Genaro aprendeu a pensar.

Nenhuma palavra precisou ser dita para que soubesse que era sua a bicicleta – vermelha e quase nova – encostada à parede da casa. Foi seu primeiro e melhor aniversário: vento no rosto, morro abaixo, coração descompassado, sobre aquela bicicleta ninguém era capaz de detê-lo. Seu corpo rasgava as cores crespas da paisagem, o brilho do mar passando rápido arranhava seus olhos sem arder, dando-lhe a sensação de que os dias tristes haviam acontecido apenas como preparação ao prazer infindável de existir que agora começava.

Num domingo de nuvens preguiçosas, quando servia ao Major o vinho costumeiro, pensou vislumbrar nos dedos brancos e peludos que seguravam o copo todos os mandruvás dos seus antigos pesadelos, mas logo afastou a impressão funesta. Fora muito mais fácil tornar-se feliz do que imaginara: o Major o protegia e, de alguma forma, o ajudava a vingar-se do pai que conhecia apenas por ouvir dizer, o pai que fugira antes de seu nascimento, o pai nebuloso, sem rosto, sem identidade, e pelo qual já desistira de nutrir curiosidade. Naquele sábado, o dia exato em que experimentava a certeza de que o mundo podia ser luminoso, o Major, inexplicavelmente, acorrentou a bicicleta dentro do depósito e numa conversa direta e rude estabeleceu as condições para devolvê-la.

Na praça de Boca do Monte, enquanto os derradeiros reflexos dourados envolviam todas as coisas e os últimos transeuntes retornavam ao agasalho de suas casas, Genaro constata, mais uma vez, que esqueceu a conversação daquele já remoto sábado. É capaz de recompor toda a cena, os olhos inquietos do Major, os dedos brancos e peludos, o cheiro de álcool que exala, o movimento dos lábios pronunciando frases que, no entanto, não têm nenhuma materialidade, nenhuma ressonância. Tenta recompor as palavras, mas essas se tornam movediças, escorregadias. Sempre que as procura para reconstituir aquele instante decisivo esbarra nessa impossibilidade, como se um manto espesso de silêncio tivesse se abatido sobre a fala do oficial e a suprimido brutalmente da memória.

Lembra apenas que no início foi a dor, apenas isso. Uma dor que nada, nem mesmo a saliva com que o inglês untava-se antes de penetrá-lo, conseguia atenuar. Com o tempo, a língua áspera, os dedos infindáveis e o prazer que, apesar de tudo, vinha de entre as pernas do Major passaram a ser partes inseparáveis dele mesmo. Todas as noites, sobre a cama, raiva e gozo se cruzavam; havia dias em que o prazer era maior do que o rancor, e nesses dias ele tinha a certeza de que, no seu corpo, um sentimento implacável do qual sua mãe se envergonharia viera para ficar. Preso numa armadilha da qual não conhecia o funcionamento, Genaro ora queria e ora não queria encontrar a saída. No enganoso alívio de sentir-se protegido, enfiara bem fundo nos bolsos daquelas calças militares uma confusa mistura de dependência, gratidão e revolta – espécie bastante comum de amor – do qual ele simplesmente não conseguia libertar-se. A comida farta o fazia forte, capaz de muitas coisas, mas dentro dele uma coisa nova lhe dizia que, embora pequena, a distância da casa até o mar era intransponível.

***

Uma tarde, ao comprar uma garrafa de *grappa* no bar da aldeia, ouviu as primeiras gracinhas. Fingiu não entender, já se dera conta de que havia momentos em que o mais sábio era fechar os ouvidos, controlar o orgulho e sufocar a raiva que subia em forma de nuvem até seus olhos. O que podiam saber aqueles homens? Seriam capazes de imaginar o tipo de relação que mantinha com o oficial inglês? Teve vontade de gritar a sua verdade. A quem mais, senão a ele, o Major implorava? Em frente de quem se humilhava? A carne branda de seu corpo adolescente era também poderosa: tinha certeza de que ela mudaria a vida a seu favor.

Com a invasão dos aliados – da qual Pantelleria havia sido o primeiro teste – já consolidada, o Major recebeu ordens de transferência e prometeu quase exasperadamente que arranjaria uma forma de levá-lo consigo, iriam juntos para o continente. Genaro nunca saíra de sua ilha, não tinha noção do que havia para além do rochedo do elefante, mesmo assim, na calma tensa dos dias que antecederam a partida, arquitetou seu plano: ele já havia decidido o que fazer, não queria que a relação subterrânea mantida na ilha se repetisse fora dali. Numa quinta-feira de agosto, às duas da tarde, o barco que os levou até a Sicília continuou viagem para o continente.

Roma, quase ao final da guerra, estava um caos. Hospedaram-se numa pensão muito simples, no Trastevere, quartos separados, o nome completo de Genaro sequer constava do registro: felizmente o Major procurava ocultar sua paixão ilícita, o que tornava tudo bem mais fácil. Por amor, por raiva e por um inarredável sentimento de autodefesa, Genaro o matou. Depois, simplesmente abandonou o hotel e, com as libras do Major, convenceu-se de que havia conquistado o direito de impor-se ao mundo, a vida tinha para com ele uma dívida impagável, e tudo, até a mais ínfima migalha, lhe era devido. Decidiu que seria o dono de si mesmo, que viveria como bem entendesse, mas fosse sob o corpo de um homem ou entre as coxas de uma mulher, ele precisaria assegurar-se de seu poder. Jurou então que jamais entregaria sua alma novamente.

* * *

O controle, nunca perder o controle, Genaro repetia baixinho, vendo os primeiros indícios das sombras noturnas apoderarem-se de Boca do Monte. Ainda sentado no banco da praça, afastou o desassossego que parecia comprimir seu coração até alcançar a mesma sensação de triunfo que experimentara em Roma, quando vagava pelas ruas com o bolso cheio de libras e a consciência de que tinha à sua frente uma trajetória de grandeza. Neste instante, enquanto as lâmpadas da praça acendiam-se, avistou o pai de Maria Eulália cumprimentando os conhecidos com gestos desassombrados e caminhando em direção ao Clube Comercial, onde os poderosos da cidade se reuniam ao anoitecer. A ele e a todos os demais, Genaro recomendava que aproveitassem a trégua que lhes oferecia por enquanto: o mundo é como eu o percebo, e as pessoas têm sobre mim apenas os poderes que eu lhes der, afirmou em voz baixa sem que ninguém, com exceção das tartarugas, o ouvisse. Estava tudo certo, podia tomar sua cerveja, voltar para o hotel, fazer o que bem quisesse: o barco que tomara com o Major já se afastara para muito além de Pantelleria.

Capítulo II

— Quem é vivo sempre aparece – ralhou Adelina com um sorriso que fazia brilhar o dente de ouro na chapa dupla. Aquele dente lhe custara os olhos da cara, mas valera a pena: com ele rebrilhando, podia jurar que os outros todos eram de verdade. – Dona Olguinha, não vai morrer tão cedo! Pra amanhecer ontem, sonhei com a senhora. Sente que já lhe trago um café, o almoço tá quase pronto.

Fizera bem em não pedir que a servissem na sala, Olga pensava, alisando o oleado amarelo com desenhos de maçãs que cobria a mesa. Não custava dar esse gosto a Clotilde: desde que a mãe morrera, a irmã parecia ter prazer em fazê-la sentir-se visita na casa que era de todas. Hoje não estava com paciência e nem coragem de aguentar implicâncias. Queria um café? Pois muito bem, ela mesma buscava na cozinha, sem incomodar ninguém. Dormira mal, um cansaço enorme descia pelos seus ombros, resvalava pela nuca e se instalava, pesado e duro, em suas costas. Era bom estar ali, acarinhada por Adelina, o cheiro morno dos temperos e a ardência da pimenta aquecendo o ar feito um cobertor de flanela. Ser chamada de *dona* por quem a vira crescer não a incomodava: na tradição da casa, dona Olga, dona Clotilde e dona Maria Eulália eram palavras compostas, assim como beija-flor ou arco-íris, não criavam distâncias.

Uma xícara de café bem quente, um bolinho de arroz, as mãos ligeiras de Adelina a limpar a mesa já imaculada, o que mais podia querer? Aquele oleado com desenhos de maçãs, um pouco antes de a mãe adoecer, elas o haviam comprado numa loja de turcos, perto da galeria. Fingindo que se enganava, a mãe pedira uns metros a mais e essas *sobras* estavam agora na cozinha do apartamento cobrindo uma mesa semelhante a essa. Não é só das crianças que se pode dizer *as órfãs*, pensou, tomando um gole de café, *das casas e dos adultos também*. Apenas que, ao contrário dos adultos que escondem a saudade atrás do *foi-melhor-assim--descansou* e fingem que se conformam, as casas, assim como as crianças, são órfãs sem pudor. Seu abandono se mostra no doce que ninguém sabe fazer igual, no quadro que insiste em ficar torto, na planta que alguém esqueceu de regar. Nesse instante, a triste orfandade da casa estava bem ali, sobre o balcão da copa, na tigela azul dentro da qual meia dúzia de limas fingiam que a mãe chegaria logo, entraria pela porta do jardim a reclamar das formigas nas roseiras, a perguntar do almoço, a indagar das quatro filhas: para ela, Ana Rita contava sempre como filha. Na família e na casa, só a mãe gostava de lima, ninguém mais, e no entanto elas continuavam a ser compradas todas as semanas e deixadas ali, na tigela azul, como um tributo de saudade.

– Quero ver a senhora comer tudo, dona Olga. Está bem do seu gosto, dourado e com pouca salsa. A senhora está muito magrinha! O que é? A sua empregada não sabe cozinhar? Diga a ela pra vir aqui que eu ensino: se mesmo assim a comida dela não lhe agradar, a senhora me avise que lhe mando marmita – o Agostinho leva –, ou venha almoçar aqui mais seguido, não precisa nem avisar.

Olga sorriu vaga, meneando a cabeça. Adelina sempre esquecia que *na casa de dona Olguinha* não havia empregada, apenas uma faxineira duas vezes por semana, lembrá-la seria afligi-la, era capaz de ir reclamar ao Pai o despautério. Elogiou o bolinho – ninguém o fazia igual –, obrigou-se a mastigar, a engolir. Não sentia fome, só uma vontade enorme de chorar.

Ontem à noite, depois de mais uma tentativa frustrada de fazer amor com Caio, ela ficara lá, sentada na cama, as pernas cruzadas sob o corpo nu, exposta e vertical, sem conseguir falar. Tanto a dizer, mas as palavras não estavam mais na sua boca, haviam fugido e agitavam-se aflitas ao seu redor, feito esses pássaros que fogem da gaiola e ficam voando, estonteados, pela casa. Do fundo do travesseiro debruado de azul, Caio a olhava, impassível, cheirando levemente a álcool e a alguém que não era ela, e, de repente, sem que ele sequer percebesse, as palavras eram como pássaros mortos que não encontraram a saída, que bateram com a cabeça na vidraça e morreram e caíram sobre seus ombros, sobre o seu peito, sobre seu sexo. Estonteada, Olga as recolhia nas mãos: quem sabe se as engolisse novamente, se as vomitasse mais uma vez? Inútil, sua garganta se fechara, a língua inchara, preenchia a boca inteira, não havia mais espaço.

 Aos poucos, porém, Caio começou a escutar o que ela não conseguia dizer. Nunca saberia o que ele ouvira realmente, mas alguma coisa definitiva, alguma coisa que exigia reconhecimento surgiu entre eles e, apoiando o corpo sobre o cotovelo, ele a puxou para si e a abraçou. Ficaram assim por um longo tempo; quem os visse, pensaria em dois irmãos de luto ou dois amantes saciados. O dia já despontava quando ele começou a acariciar suas costas, a lhe beijar a nuca, o pescoço: fizeram então um amor cerimonioso, como se um deles estivesse por morrer, e depois, até o despertador tocar, de costas um para o outro, fingiram dormir. Antes de levantar-se, ela estendeu a mão para um carinho. Caio afastou-se, desconfiado, e esse gesto a feriu bem mais que qualquer tapa: por terem estado tão juntos, por terem dividido alguma coisa vaga que nenhum dos dois sabia exatamente o que era, ele agora tinha medo de que ela se fizesse toda meiga, se colasse a ele, implorasse.

 Irritada, levantara-se, vestira o chambre, fora até a cozinha preparar o café. Quando a água começou a ferver, enxugou uma lágrima estúpida e pensou como Caio, definitivamente, não a conhecia: era delicada, sim, gentil também, bem mais do que suas irmãs, mas estava longe de ser fraca. Maria Eulália já lhe dissera que a sua força explicava-se por seu signo e seu ascendente, ambos fogo, pela lua em Libra e o sol na casa de Escorpião, um signo de água: dessa combinação nascia uma coragem silenciosa, águas espessas correndo sob outras águas. Talvez houvesse alguma verdade nas manias de Maria Eulália, talvez existissem, dentro dela, aquelas águas.

Abrindo as venezianas, ouviu a voz de Adelina no jardim da casa, a vida lá também já começara. Chovera durante a noite, e as folhas molhadas luziam ao primeiro sol. O ventinho frio da manhã lhe deu arrepios; ainda assim, não quis voltar ao quarto para se vestir, enrolou-se melhor no chambre e, imóvel, em frente à janela, os braços cruzados, prestou atenção aos ruídos matinais de Caio dentro do apartamento: o rádio dando as primeiras notícias, a descarga da privada, a água correndo no chuveiro e depois na pia; para dar a ele o tempo de sair sem precisar falar com ela, foi até o quarto de Elisa. A filha, recém-acordada, espreguiçava-se entre os lençóis. Deu-lhe um beijo na testa, disse que era hora de levantar, abriu as venezianas, dobrou algumas roupas atiradas no chão. Quando voltou, Caio já não estava.

Serviu o café para Elisa, como se nada houvesse. Quando ela também saiu, retirou os lençóis da cama de casal e os meteu no tanque, abriu as janelas, mudou a água das flores, esfregou os móveis até que brilhassem, colocou lençóis recém-lavados: queria aquele quarto limpo; mais do que limpo, casto, ela o queria virgem, o queria como se nenhum amor jamais tivesse sido feito ali, porque nenhum amor realmente fora; depois, sentada na varanda envidraçada, cortou e alinhavou um dos muitos vestidinhos que fazia pra fora.

A dor não pode ser evitada, o sofrimento sim, repetia para si mesma tentando se convencer: lera isso, ou mais ou menos isso, num livro. Tinha esperança de que fosse verdade. Precisava arrumar um jeito de se afastar do sofrimento, um jeito de viver, de aceitar a vida como era, precisava arrumar tempo para organizar as ideias, um tempo apenas seu, longe da filha, longe do marido; o tempo das costuras, esse seria, em tese, um tempo apenas seu, e, no entanto, bastava sentar-se à máquina para que a caderneta do armazém, as contas atrasadas, o colégio e a necessidade de esconder tudo isso do Pai e das irmãs a abocanhassem com a voracidade de uma planta carnívora.

Para Clotilde e Maria Eulália, o dinheiro que vinha da estância era mais do que suficiente: não tinham filhos, não precisavam pagar colégio, condomínio, armazém, água, luz. Ambas estavam convencidas de que, para ela, o mesmo valor, somado ao salário de Caio, bastava. Não sabiam das noitadas em que o dinheiro escoava, das dívidas – talvez de jogo, talvez de empréstimos malfeitos, talvez de mulheres –, do salário sumindo pelo ralo. Se soubessem, mesmo que tentassem ajudá-la, mesmo que escondessem a pena que certamente sentiriam, mesmo que lhe dissessem palavras racionais e razoáveis – o que com certeza não diriam, pois estariam furiosas –, mesmo assim, não a ajudariam: poucas coisas eram razoáveis no seu casamento, poucas verdadeiras.

Nenhuma tragédia, pensou. Podia, como sempre, dar um jeito. Como diria Maria Eulália, estava atravessando uma fase nefasta, era isso, apenas isso. Precisava dar mais uma chance a Caio, retardar o dia das más notícias; enquanto conseguisse manter esse mundo que criara só para eles, um mundo onde explicações não eram dadas e nem pedidas; enquanto conseguisse conservá-los dessa forma, haveria uma esperança: só a humilhação testemunhada é fatal, a outra, a que ninguém vê, se acomoda num canto qualquer, feito gato em armazém, e a vida continua. Mesmo nas noites em que Caio demorava a chegar, mesmo quando vinha bêbado, mesmo quando trazia entranhado no corpo o cheiro de outra mulher, enquanto não houvesse testemunhas, a chance de tudo se ajeitar persistia.

Claro que os problemas, a falta de amor e de dinheiro também persistiam, mas, com as costuras engordando os rendimentos da estância, dava para ir levando, condomínio sendo mal menor do que aluguel. O apartamento – presente do Pai – ficava bem ao lado da casa, separado dela por um muro interrompido pelo portãozinho do qual só a família tinha a chave. Depois do casamento, Maria Eulália viria morar no mesmo prédio, um andar acima, a reforma já havia começado. Seria bom ter a irmã por perto: mesmo sem alegria, Maria Eulália era divertida.

Terminada a limpeza do quarto, olhou agradecida a obra de suas mãos e voltou para a cozinha. Não estava com paciência de lavar a louça. Sem saber bem o que fazer, ficou apenas olhando o jardim: viu passar a copeira e logo depois Agostinho fingindo, como sempre, que dirigia um carro. Oli, o peão que sempre cuidara de todos na estância e que havia algum tempo, por estar muito velho, o Pai trouxera para morar na casa da cidade, varria o pátio com uma vassoura de guanxuma. Adivinhando sua presença, ele levantou os olhos e lhe sorriu: estamos bem, lhe assegurou numa mensagem sem palavras. O galo Garnisé cantou no galinheiro, o casal de pombas abandonou o ninho junto à calha da cozinha, Agostinho *buzinou*, Máxima passou com a cesta cheia de lençóis, o vento trouxe o perfume das uvas maduras demais e, de repente, teve a sensação de que era impossível ficar ali, sozinha. Fora então que fechara as persianas, descera as escadas, atravessara o portãozinho e viera ter com Adelina.

* * *

Naquela tarde, quando percebeu que já eram dez para as três, Olga deu-se conta de que estava atrasada: havia combinado com a cliente às três e meia e, se não chegasse no horário, não receberia o pagamento. Precisava do dinheiro. Conferiu o penteado no espelho, o batom, reuniu as encomendas terminadas. Bendita Máxima que a ensinara a costurar, bendita, bendita Máxima que, havia muitos anos, fizera do quartinho no puxado um esconderijo para as duas e transformara a brincadeira de costurar vestidos de bonecas em mistério gozoso. Rodeadas de retalhos, carretéis, agulhas e minúsculos botões, passavam as horas que conseguiam roubar – ela às aulas, Máxima ao serviço da casa – inventando roupinhas: cada boneca tinha seu estilo, suas preferências; todas eram exigentes, reclamavam de mangas tortas ou bainhas malfeitas. Com elas e Máxima aprendera o que era agora seu ganha-pão, sua defesa: Deus, às vezes, até parece que adivinha.

Segurando a porta do apartamento com o pé, os braços ocupados no peso das costuras, Olga remexeu as profundezas da bolsa: onde estaria a chave? Terminaria se atrasando de verdade. Agoniada, sentiu o suor brotar entre os seios, umedecer a nuca, tomara não manchasse a blusa, morreria de vergonha. Calma, o mundo não vai acabar, é só um pagamento, não pego hoje, pego amanhã, pensou, pousando no chão as sacolas e empurrando a porta. Procura no lugar de sempre, dizia Máxima, é lá que as coisas, por simples hábito, costumam se esconder. Era uma boa regra: lá estava a chave, dentro do cinzeiro verde, sobre a mesinha em frente ao sofá, o lugar de sempre.

Apesar de tudo, costurar para crianças não era tão ruim, Olga consolava-se, entre minúsculas saias de pregas, casacões acinturados com gola de veludo e vestidinhos de laço. Fácil fingir que brincava ainda de bonecas. O dinheiro, sim, esse vinha como uma bofetada, não havia como disfarçar: se alguém perguntava, mentia que costurava por gosto, para ocupar as tardes, que doava o dinheiro para caridade. Essa mentira, esse sentir vergonha da própria vergonha, a incomodava. Ninguém além dela mesma pagava suas contas. Ainda assim, em vez de se orgulhar da própria força, a necessidade de disfarçar era mais forte: se perguntassem, continuaria a mentir. Com o canto dos olhos viu o síndico saindo do apartamento ao final do corredor: levava o cachorro para passear. Antes que o animal a delatasse, entrou novamente em casa e fechou a porta. Melhor assim: não havia cumprido a promessa de pôr em dia o condomínio, um mês apenas de atraso e a besta do síndico já ameaçava falar com o Pai. Tomara sumissem de uma vez. Enfim, o ranger do elevador – haviam descido. Saiu, chaveou a porta, agarrou as sacolas, iria pela escada: não queria arriscar novos encontros.

– Precisa de ajuda? – disse uma voz de homem às suas costas.

Olga encolheu-se num susto sem razão: era apenas o vizinho do trezentos e um. Gostava dele, do jeito calmo, das mãos tranquilas. O nome, se não estava enganada, era Carlos e, assim como Caio, ele era médico, não do Exército, médico civil.

– Obrigada, doutor. Não se preocupe, estou acostumada.

– Pois não devia – ele afirmou, pegando as sacolas com uma naturalidade que impedia negativas. – Vai até a casa do seu pai ou à parada do ônibus? Não me leve a mal, eu a tenho observado e, ainda que não seja da minha conta, não posso deixar de lhe dizer que deveria utilizar carro de praça.

Olga enrubesceu: quem era ele, que ainda chamava táxi de carro de praça, para se meter na sua vida? Coitado, pensou em seguida, não fazia por mal, apenas a idealizava, como todos: quem a visse sentada sobre décadas de abastança teria dificuldade em vê-la também dentro de um ônibus. Decidiu mentir.

– Vou lhe contar um segredo, doutor. Faço de propósito, gosto de andar de ônibus: são como palcos cheios de personagens reais. Nem sei se isso existe – personagens reais –, mas já reparou nos sorrisos? O que existe num ônibus lotado capaz de fazer alguém sorrir? E, no entanto, eles sorriem. Ontem, aniversário do cobrador, até bolo levaram!

Carlos ficou em silêncio – caminhava, educado, pelo lado de fora da calçada. Quando chegaram à parada, Olga tentou resgatar as sacolas, ele fez que não com a cabeça, disse que esperaria até o ônibus chegar. Tudo bem, ela pensou, estava gostando de falar, talvez nem estivesse mentindo, de verdade. As costuras lhe haviam aberto uma fresta, e, através dela, espiava um mundo diferente, paralelo ao da casa. Não pertencia mais inteiramente nem a um nem ao outro: se tentasse contar suas descobertas, as empregadas não a entenderiam e as irmãs não se dariam ao trabalho de escutar.

– Quando a viagem é mais longa, fico imaginando histórias: a menina com cara de freira e o rapaz de cabelo comprido e tatuagem: quanto tempo vai durar esse namoro? Como será a vida da moça obesa que quase preenche o espaço de dois bancos? Terá filhos? Marido? Um amante com fetiche por gordas? Não, não ria. Pergunto mesmo. É uma coisa meio maluca, difícil de o senhor entender.

– O que é difícil de entender é esse *senhor* que insiste em usar quando fala comigo: uma indireta para que continue a chamá-la de senhora?

Ora, quem diria, um galanteador! Andava até esquecida, há muito tempo Caio não a namorava: essa mulher na qual ele agora se afundava não deixava espaço para mais nada. Não era a primeira, sempre houvera alguém – concomitâncias, como ele mesmo dizia quando bebia além da conta, o que era frequente –, encantos rápidos: uma teia bordada de orvalho, um risco de avião branqueando o céu, algo assim, passageiro, que surge e logo desaparece sem deixar vestígios. Os desvios amorosos de Caio sempre haviam sido como o andar de um caranguejo: passos laterais que não chegavam a ferir de morte o casamento. Quando acabavam, não deixavam marcas importantes: uma raiva inútil, sim, uma desilusão não reconhecida, talvez, uma dor negada.

Todas haviam sido temporárias, todas, menos essa que o atordoava e não o deixava perceber que, ao final do dia, a fazia entrar e sentar feito dona na sala que Olga enfeitava e preservava só para eles. Essa mulher, Caio a trazia entranhada nas roupas, enfiada nos bolsos do paletó, no friso das calças, grudada às minúsculas rugas da camisa, às irritantes dobras do colarinho que ela jamais conseguia alisar o suficiente; essa permanecia nele ainda que tirasse a roupa, ainda que pendurasse o casaco, ainda que ficasse nu, era fumaça no vapor do banho, espuma no sabão da barba, aroma de pinho no desodorante; misturada ao ronco do seu sono, às palavras que ele gritava quando sonhava, estava conseguindo derrubar a última barreira, a última desculpa, os últimos fingimentos.

– ...e tu, Olga?

– Eu o quê? – ela respondeu, confusa.

– Ópera. Eu estava falando de ópera. – Não sei nada de ópera, nem mesmo sei se gosto. – Como assim? Impossível! É como alguém não saber se gosta de quiabo. Ópera e quiabo ou se ama ou se detesta, não há meio-termo. Vou te emprestar um disco de Verdi, é sempre bom começar por ele: Verdi é paixão, e sem paixão a vida não vale a pena, não te parece? – Paixão é artigo raro, doutor, não vem para todos.

    Mas o que era aquilo? Estava pior do que Elisa: falando o que lhe vinha à cabeça! O ônibus chegou, ainda bem, mais um pouco e chorava. Despediu-se com um aperto de mão, surpreendendo-se com o fato de aquele breve contato físico lhe parecer agradável. Conseguiu um lugar à janela, encostou a testa suada no vidro; esforçava-se tanto para esconder sua vida conjugal, e o mais provável era que todos já soubessem e zombassem dela ou, pior, sentissem piedade. Respirou fundo, endireitou os ombros. Tudo se resolveria, não estava sozinha, tinha uma filha, sim, acima de tudo, tinha Elisa.

Capítulo III

As mãos de Clotilde agarraram-se com força às grades de ferro, mas só quem reparasse nas pontas esbranquiçadas sob as unhas pintadas de vermelho notaria a tensão. O corpo roliço disfarçava o nervosismo recostando-se displicentemente, braços um pouco elevados realçando os seios fartos.

Pela janela da sala ela avistara a reforma no jardim do edifício em frente, sentira um arrepio de excitação, mas controlara-se: era cedo ainda, havia tempo. Verão, calor, ar pesado e úmido, um dia perfeito. Sem pressa, pelo corredor de fotografias e a varanda das begônias, deu a volta na casa até a escada que levava ao pátio; escolheu, no fundo fresco da adega, uma garrafa de vinho branco. Na cozinha, pediu que a colocassem no gelo. Voltando ao quarto, olhou-se no espelho de corpo inteiro: sentiu o peso dos seios, virou-se para se ver de costas. Nada mal, um pouco cheinha, talvez. Tirou da cama a colcha de cetim, fez a dobra costumeira na ponta dos lençóis, queria tudo pronto: se tivesse sorte, logo teria pressa. Protegeu os cabelos numa touca de plástico, tomou um banho demorado, depilou as axilas, deslizou a toalha felpuda entre as pernas um pouco mais do que o tempo necessário. Com antecipação de noiva, vestiu a calcinha nova e o sutiã. Demorou-se na escolha do vestido: nem muito justo, nem muito folgado, nem muito caseiro, nem muito social – precisava parecer comum –, decote que valorizasse os seios, mangas escondendo a flacidez dos braços, saia ampla a disfarçar movimentos. Meias, não usaria; perfume, também não, queria-se neutra, porosa, uma tela em branco. Brincos discretos, nada nas mãos.

Quase cinco horas. Cuidando para que ninguém a visse, esgueirou-se pela porta lateral. Colocou óculos escuros e um lenço na cabeça. Lançou um rápido olhar ao jardim em frente: o trabalho continuava. Tranquilizou-se, caminhou até a padaria da esquina como se fosse comprar alguma coisa: queria aproximar-se deles pelo lado oposto ao da casa. Recusou o pão fresquinho que a atendente ofereceu, disse que passaria mais tarde: o cheiro do pão atrapalharia.

Nem muito depressa nem muito devagar, fingindo ter algo para fazer, mas não urgente, aproximou-se dos jardineiros e certificou-se de que nunca os havia visto: um mais velho, talvez uns quarenta anos, o outro não mais que dezesseis. Deviam ser pai e filho, havia nos rostos angulosos, nos olhos estreitos, nas bocas largas uma forte parecença. Agradeceu a Deus pelo calor e a si mesma pela paciência: quase ao final de um dia de trabalho, os corpos suados, nus da cintura para cima, exalavam um cheiro salgado e acre, não azedo; sob os calções sujos de terra, adivinhavam-se volumes, o subir e descer da pá deixava à mostra pedaços mais claros de nádegas musculosas. Sentiu uma fisgada no ventre. À sombra de uma árvore, várias mudas com as raízes enroladas em sacos esperavam para serem plantadas.

— Desculpem interromper — disse, aproximando-se das grades —, mas essas mudas são de quê?

— De jasmim — foi a resposta, num rápido elevar de pálpebras.

Palavras poucas, o *de* pronunciado curto com ênfase na vogal: era gente da fronteira.

— Bem que achei que fosse, tinha um igual lá em casa. Ficava tapado de flor no verão. Durava pouco, faz muito calor em Itaqui.

— A senhora é de Itaqui? — alegrou-se o filho. — Nós somos de São Borja.

— Verdade? Tenho parentes em São Borja, os Silva, conhecem?

— Conheço o velho Firmino Silva — disse o mais velho, endireitando as costas doloridas e a fazendo lembrar imediatamente dos tosadores de ovelhas, que já a faziam sonhar nos verões da estância.

– É primo da minha mãe!
– Mas que casualidade – desarmou-se o jardineiro, num sorriso tímido.

Embriagada pela proximidade, ela os ouviu falar sobre parentescos e vizinhanças, a falta que faziam, principalmente nos domingos, quando não tinham a distração do serviço; respondia por monossílabos, a respiração acelerada, os olhos fechados atrás dos óculos, as vozes dando impressão de envolvê-la, cobri-la; aspirou profundamente os cheiros da terra, dos homens, da tarde morna de verão, deixou que lhe invadissem as narinas até que aquele perfume selvagem amolecesse suas pernas. Procurou guardar a forma dos corpos, o movimento dos músculos, a tessitura da pele, a fala com a cadência ritmada das vogais, segurou-se com mais força às grades para evitar que o tremor das mãos a traísse, roçou os seios na rigidez do ferro e, protegida pela amplidão da saia, esfregou de leve as coxas, uma contra a outra, muitas vezes, num ritmo lento para que não percebessem as palpitações que a invadiam. Quando sentiu que era hora, despediu-se.

Em casa, sobre o lençol de linho e monograma, reconstruiu pai e filho: as nádegas duras, os músculos salientes, os cheiros e os pelos, alguns vistos, outros apenas adivinhados. Com dedos hábeis, acariciou a pele dos seios, percorreu a textura macia do ventre, a curva farta e sinuosa das coxas. Os lábios brandos do filho roçavam seu rosto, a língua sábia do pai corria vagarosa por seu corpo, eram os dois que agora a sugavam num zelo de exigências, trocavam de lugar, sucediam-se.

Quando o sol se pôs, Clotilde, sentada no sofá da biblioteca, evocou a experiência da tarde com a mesma duplicidade de outras vezes: ora sentia-se um pouco suja, como se o seu corpo exalasse um cheiro de sexo recente, de sêmen e lençóis usados, ora deixava-se invadir por uma lassidão prazerosa – imaginava uma onda de espuma quente cobrindo-lhe o ventre, os seios e o sexo – que entorpecia todas as suas objeções. Serviu-se de mais uma taça de vinho. Nessas ocasiões, costumava tomar duas ou três e, de imediato, todos os vestígios de autoincriminação que a incomodavam cediam lugar a uma total serenidade entrecortada apenas por pequenos arrepios que irrompiam em sua pele, ao sabor das lembranças.

Anotações para um romance

Na manhã em que Miguel se sentou quase grudado em mim num degrau da escada do colégio, a primeira coisa que senti foi que meu rosto pegava fogo. Não era justo, só as loiras ficavam assim, cor de goiaba madura. Comigo, acontecia quase nunca; é que naquele dia ele sentara perto demais, só isso. Gostava dele, mas não o suficiente para ficar vermelha. Era dois anos mais velho, era paulista e era também judeu: nenhuma dessas condições sendo realmente importante. Ficaria um ano em Boca do Monte, o pai ensinando Filosofia do Direito na universidade, ele, por não ter alcançado vaga na faculdade em São Paulo, repetindo o último ano do colegial. Sendo judeu, estava dispensado das aulas de religião, mas, para não ficar sozinho, pedira para assistir. A Irmã consultara a Madre, e ela permitira. Isso, por incrível que pareça, nos aproximou: ambos éramos apaixonados pelo Antigo Testamento. Naquela manhã, lembro que tivemos prova, Miguel e eu terminamos antes e saímos para o corredor: foi assim que tudo começou.

Sentados na escada, falamos do Brasil. Na verdade, ele falou: fingindo-me de entendida e enrolando no dedo uma mecha de cabelo, eu apenas escutava. Quando a sineta bateu anunciando o fim das aulas e as escadas encheram-se de alunos apressados, continuamos a conversa num dos bancos do pátio. Não foi fácil nos entendermos: em minha casa, assalto era assalto, sequestro era sequestro e revolução era revolução. Agora, o que eu chamava de revolução, Miguel chamava de golpe; o que eu chamava de assalto, para ele era expropriação.

– Não te iludas, Elisa. Se *eles* estivessem no governo, fariam muito pior – o pai respondera quando eu ousei perguntar. – É desse jeito que as coisas são. Mostra pra mim uma guerra que não tenha gosto de merda – completou, fechando-se, feito um besouro, num dos seus silêncios.

    A verdade era que, igual a muitos, os que viviam em nossa casa preferiam ignorar o que estava acontecendo: não sendo comunistas, nem intelectuais e nem artistas, nada tinham a ver com tudo aquilo. Preferiam viver tranquilos à sombra do gigantesco girassol verde e amarelo que nascera sem que se soubesse exatamente quem o plantara, se o povo, a seleção de futebol ou os militares. Aqueles – que alguns insistiam em chamar de anos de chumbo – eram também anos de milagre: como poderiam coexistir chumbo e milagre? Brasil, ame-o ou deixe-o; a inflação subira, mas o ministro já prometera limitá-la a doze por cento. Gordo e preguiçoso, um desejo coletivo de ordem aquecia o país, feito um grande sol.

    Um sobrinho de Adelina fora preso, concluíram que era merecido, o guri quase matara a mãe de desgosto quando viera pra cidade envolver-se no que não era da sua conta – devia saber que a caridade começa em casa –; pessoas como ele eram, nas palavras do Avô, óbices ao futuro do país, e ninguém, de sã consciência, queria ser óbice: o país estava bem, o povo, satisfeito, as coisas todas mais calmas, a vida, com seus carimbos oficiais, seguia adiante, cada um com seus problemas. Ainda assim, influenciada por Miguel, eu quis saber o que existia além da ordem aparente: talvez não fizesse nada; o mais certo era que nunca conseguiria fazer nada, mas queria saber.

    Sob a condição inarredável de que ficássemos quietos, o pai dele concordou em nos levar à roda de chope do pessoal da universidade. Sentada em frente a um copo de guaraná, tentando me fazer invisível, ouvi falarem mal do meu Pai e do meu Avô. Descritos, assim, pela voz dos outros, não os reconheci. Pela primeira vez tive insônia. Os apitos das locomotivas lascando os morros em vez de, como antes, me darem a certeza de que tudo estava bem, agora entravam comigo na cama, amassavam meus lençóis, impediam a noite de passar, tornavam a vida mais urgente: era preciso ir para algum lugar, era preciso fazer alguma coisa.

Dilacerada entre o que eles diziam e a lealdade à família, fechei-me na biblioteca e vasculhei os jornais. Procurava em todas as páginas as raras referências. Lembro que eram muito poucas; na verdade, durante um ano inteiro encontrei apenas três – subversivos mortos em tiroteio, duas células comunistas desbaratadas, aparelho móvel incendiado –, notícias que eram publicadas um só dia, manchetes rápidas impressas em letra de tamanho médio. Os uruguaios nos Andes, que haviam comido carne humana para sobreviver, o Mobral, o general americano fazendo visita de cortesia, o fim da guerra do Vietnã, os cinquenta anos do Clube Comercial, tudo era comentado em detalhes, menos aquilo.

Enrolada na manta xadrez, a mesma que, anos antes, agasalhara tia Maria Eulália, roendo, sem a menor vontade, os biscoitos de polvilho que Adelina me trazia, eu teria enlouquecido não fosse por Máxima que, um dia, me encontrou chorando: havia brigado com Miguel. Se a minha família era alienada, a dele era fingida: eles falavam, falavam, mas o pai estava ainda na universidade, não estava? Quantos haviam sido exonerados? Quantos presos? Miguel, furioso, saíra batendo a porta. O eco daquela porta ressoando pela casa deu a Máxima a certeza de que precisava fazer alguma coisa: escondeu os jornais e proibiu a entrada do judeu subversivo.

Passada uma semana, ela concordou em chamá-lo para um particular. A conversa aconteceu perto do bambuzal: não se ouviu um só grito, porque nenhum dos dois era disso, mas o alarido das palavras estava grudado nas orelhas e no rosto escarlate de Miguel quando ele foi embora. Ficaram sem se falar: se Miguel ligava, ela batia o telefone. Um dia, ele voltou trazendo uma torta feita pela mãe com a palavra *Shalom* escrita em cima. Depois de se informar que palavra era aquela, Máxima deixou que ficasse, mas que não esquecesse: estava de quarentena.

Por algum tempo, os assuntos entre nós foram gerais; depois, pouco a pouco, voltamos ao tema clandestino. Miguel andava obcecado por quatro palavras – a banalidade do mal –; as lera num artigo que o pai estava traduzindo de uma revista americana – hoje, é claro, sei quem é Hannah Arendt e Eichmann, naquela época não tinha a menor ideia. Como se explicasse pra mim o segredo do universo, Miguel me dizia que o mal nem sempre é demoníaco, pode ser apenas burocrático: basta um carimbo, uma ordem superior, a preguiça de pensar e pronto, ali está, encostado às paredes, tomando conta de tudo, fingindo-se de dono. Ele teve a delicadeza de jamais dizer que meu pai era o exemplo mais próximo dessa espécie de mal; ao fingir que não percebia, nunca soube se eu também o estava acusando ou, ao contrário, desculpando, sei apenas que achei melhor pensar em outras coisas. Amava meu pai, não tinha coragem de romper com ele, com a casa, de romper com tudo.

Lembro que, naquele final de verão, devorando pilhas de sanduíches de presunto e queijo e tomando Coca-Cola, passávamos as tardes na biblioteca ouvindo Bob Dylan perguntar quantas vezes um homem consegue olhar para o outro lado. Tardes adentro, Miguel falava e falava, Bob Dylan cantava e cantava, e eu ouvia sem prestar muita atenção: o tamborilar melancólico da chuva nas folhas do jardim me dava a certeza de que, não importava o que disséssemos ou fizéssemos, nada nunca mais mudaria porque agora havia o tigre. Pelas madrugadas silenciosas, eu ouvia seus passos sobre o cascalho do jardim da casa e não me animava a olhar, mas, numa manhã qualquer, criei coragem e lá estavam elas, as pegadas: lagos breves onde o sol se refletia.

Capítulo IV

Assim que viu a empregada passar com toalha e sabonete, Agostinho subiu no abacateiro, feito um bugio. Sabia exatamente em que forquilha esconder-se para espiar o banheiro do puxado. Talvez não tivesse cabeça boa; no mais, seu corpo funcionava perfeitamente: comer e espiar as empregadas da casa tomando banho eram duas coisas que gostava de fazer, além, é claro de fingir que guiava carro, a marca e o modelo dependendo da ocasião. Gostava também de enfiar, ou sonhar que enfiava, o dedo macio e sem unha que tinha nascido com ele fosse no nariz, no ouvido ou em outro lugar qualquer, imaginário. Tira o dedo daí!, a madrinha falava. Nunca desconfiara que aquele dedo pudesse ter outras serventias até que, um dia, a passadeira aludiu a algo que ele não conseguiu compreender: uma hora dessas vou querer esse teu dedo macio emprestado, Agostinho – e a mulherada toda rira, até a madrinha, meio de lado, disfarçando.

Mesmo sem entender, Agostinho interessou-se: afinal, tratava-se de um pedaço dele mesmo. Quando compreendeu a que se referiam, passou a ter o maior orgulho daquele seu dedo! Quis emprestar pra filha da mesma passadeira, a menina contou pra mãe, que, furiosa, foi reclamar para a madrinha. Agostinho nunca mais ofereceu o dedo pra ninguém, mas a ideia ficou. Um dia, olhando pra dona Olga, pensou tão forte que deu na vista. Ela ficou vermelha: que foi, Agostinho? Ele saiu disparando. Desse dia em diante, deixou pra pensar quando não tinha ninguém por perto.

Depois que desceu do abacateiro, dando a volta por detrás da casa, foi sentar-se no degrau da escada perto da cozinha: se não pedisse, se ficasse por ali, como quem não quer nada, Adelina logo lhe alcançava algo para comer. A madrinha gostava dele; em dia de finados, iam juntos ao cemitério: ela colocava flor no túmulo do filho, ele capinava as ervas daninhas que haviam nascido de um ano pro outro; depois, iam ver a mãe dele, lá bem no canto, perto do muro, embaixo de uma quaresmeira. Agostinho não se lembrava da mãe, morrera quando era pequeno: um pedaço de terra cercado de tijolos e marcado com uma cruz de ferro, que ele todo ano pintava de branco de modo a não se terminar na ferrugem, era tudo o que restava dela: mesmo assim, ele pensava que era bom ter tido mãe e saber onde ela estava.

– O que tu tá fazendo aí no degrau, guri impossível, vai pegar friagem – ralhou Adelina. – Vem já tomar o teu café – disse, fingindo-se de braba, mas já lambuzando de manteiga e mel uma fatia de pão sovado e enchendo a caneca de café com leite. – Lavou as mãos? Capaz que sim! Vai lavar e depois vem comer, e come direito que não quero saber de desordem na minha cozinha.

Agostinho foi e voltou. De costas para ele, apesar de estar lidando com a louça, Adelina o cuidava: viu quando devorou o pão e queimou a boca com o café quente demais, fez um muxoxo de aprovação.

– Muito obrigado, madrinha – ele balbuciou, devolvendo o prato e a caneca: um obrigado no café garantia o almoço farto. Pelo jeito que a madrinha fez, viu que tinha gostado.

– Agora, vai lá na varanda que a dona Clotilde anda atrás de ti: quer que leve um bilhete pra dona Ritinha, lá na escola. Mas antes vai te lavar de novo. E não me põe o dedo no nariz na frente dela!

Emburrado, Agostinho saiu fazendo barulho de motor, arranhando mudança e andando meio de lado por folga na direção: os últimos araticuns no matinho do galinheiro estavam esperando por ele, mas não podia, dona Clotilde chamara, tinha que ir. Encostado numa parede da varanda, ficou remanchando, olhando o chão e esfregando um pé no outro, até ela acabar o terço, que sempre rezava baixinho e de olho fechado.

– Agostinho, pega esse envelope e leva pra dona Ana Rita lá no grupo escolar. É pra trazer resposta. Presta atenção. Tua mão está limpa?

– Tá, sim senhora – disse Agostinho mostrando as mãos recém-lavadas.

Se fosse logo, talvez chegasse à escola no fim do recreio, da outra vez, até pedra lhe atiraram. Chegou na hora da sineta, viu as crianças formando fila, entregou o bilhete pra dona Ana Rita e ficou esperando, conforme dona Clotilde havia mandado. Tirando um tremor no canto da boca, a cara dela foi a mesma de sempre: olhou bem séria pra ele, disse que não tinha resposta e lhe deu um pedaço de bolo pra ir comendo no caminho. O tremor fora pouca coisa, não precisava contar. Por garantia, Agostinho comeu o bolo ali mesmo; depois, para chegar mais depressa à casa e aos araticuns, decidiu cortar caminho pelos terrenos baldios; atravessou sem medo as macegas onde os cacos de vidros e as cobras se escondiam. Nunca sentira medo de cobra: de gente, sim, ele tinha medo, mas de cobra, não.

***

Ana Rita retornou à sala de aula como se nada houvesse acontecido; sem perceber que na verdade se vingava da irmã, antecipou a sabatina. Ouviu as reclamações, respondeu perguntas, passou o dever de casa. Quando, enfim, a sineta da saída tocou, guardou livros e cadernos, despiu o guarda-pó. Olhando-se no espelhinho manchado do banheiro, disse a si mesma que o bilhete de Clotilde era pouco importante: ouvira dizer que Caio estava tendo um caso, pedia a opinião dela antes de falar com *a pobre da Olguinha*. Escrevera como se soubesse de alguma coisa, como se estivesse realmente preocupada e como se, além de irmãs de criação, fossem amigas íntimas. Ao rasgar o bilhete, tentara dar o caso por encerrado. Não conseguira. Diferente do que dissera a Agostinho, havia, sim, uma resposta, claro que havia, e ela ainda a daria pessoalmente.

Procurou na bolsa a chave do carro e a lista de compras: a caminho de casa pararia no armazém do seu Machado. Colocou a lista sobre o banco do passageiro, assim não perdia tempo. Já pensara em ter uma conversa com Olga, mas sabia ser impossível. Tinha consciência de que ela vivia numa redoma. Um dia alguém lhe prometera que, se obedecesse a Deus, tudo em seu mundo funcionaria no mais completo equilíbrio, como se uma ordem vinda dos céus presidisse e regulasse o cotidiano para sempre; que, além de ter fé, bastaria ser boa e adequada e o curso da vida se encarregaria de manter o amor conjugal livre das paixões obscuras que explodiam numa realidade sempre próxima e vagamente ameaçadora. Com certa inocência, talvez fingida, corrompida por traços de crueldade, transferira para Caio a obrigação de fazê-la feliz. Como se ele não tivesse coisas demais com as quais se preocupar, como se não pudesse jamais se cansar de um afeto em que todo o ardor e responsabilidade recaíam em seus ombros.

Irritada, abriu as janelas para deixar sair o calor. Aos poucos, acalmou-se, reconheceu que, semelhante a Olga, ela também já se deixara envolver por fantasias. Durante muito tempo, imaginara ser a filha bastarda do Pai, a meia irmã das outras jovens da casa, as filhas legítimas. Era o fruto de um amor proibido, como diziam as revistas de fotonovelas tomadas por empréstimo das empregadas. Experimentava então um duplo sentimento: o de orgulho por ter nascido em consequência de uma paixão que ultrapassava todas as normas, uma paixão irremediável e desesperada, e o de humilhação por ser tratada como uma menina qualquer, arrancada à miséria das ruas. Esses sonhos foram adquirindo consistência, começou a ver em sua própria imagem, refletida no embaçado espelho de cristal veneziano do corredor, os sinais particulares do Pai: certa forma de olhar, o nariz afilado e um tanto longo, o queixo enérgico, a permanente insolência destilada pelo sorriso frio. Ali no espelho estavam as marcas de sua identidade, a certidão de sua origem, a prova de que pertencia àquela estirpe.

Passara muitas noites em claro, desassossegada pela certeza de que em suas veias e artérias corria o sangue dos Sampaio de

Alcântara, um sangue que a elevava e a extraía da vida reles, até que, certa manhã, interpretando o voo tranquilo de uma garça sobre a casa como sinal de bom agouro, tivera a coragem de bater à porta da biblioteca e enfrentar o Pai. Sentado à escrivaninha, ele custara a entender o que dizia, talvez porque gaguejasse atropelando as palavras. Pediu que repetisse. Assustada, parada muito tesa à frente dele, ajeitando as tranças castanhas e coçando uma ardência repentina logo acima da meia de algodão, ela não conseguia falar mais nada. Ele a olhava muito sério, de baixo para cima, o queixo encostado ao peito, a testa franzida, até que, de repente, pareceu entender do que se tratava.

Ana Rita haveria de lembrar para o resto dos seus dias o momento exato em que a compreensão inundou os olhos do Pai. Primeiro, ele sorriu, um sorriso que dava a impressão de escarnecer de todas as fantasias que ela alimentava há tantos anos. Depois, levantando a cabeça e contemplando-a sem qualquer vestígio de ternura, deixou escapar uma das suas gargalhadas implacáveis que, quando aconteciam, costumavam encher a casa de uma atmosfera cortante, despida de qualquer alegria. Aquela gargalhada doera nela como uma sanguessuga, uma faca, um golpe seco no coração. Sentiu os olhos marejarem-se, no entanto derrotou as lágrimas que queriam descer copiosamente por seu rosto, convenceu-se de que tudo em sua vida dependeria exclusivamente de sua vontade e decidiu que jamais seria frágil. Estava tudo muito claro: não era nem mesmo uma filha adotada, como filha de criação o seu lugar na casa ficava a meio caminho entre família e criadagem – herdava as roupas gastas das irmãs, dormia num quarto da casa principal e não no puxadinho atrás da parreira onde dormiam as empregadas, e, em troca de um serviço leve, lhe davam tempo para estudar: não no colégio das freiras, numa escola pública.

Ao formar-se na Escola Normal, subira um degrau, passara a comer na sala de jantar e ficara livre das tarefas domésticas. Quando fora aprovada no vestibular de Direito, sua mãe de criação, discretamente, sem fazer alarde, lhe doara um pequeno apartamento e dinheiro suficiente para mantê-lo. Graças a isso e ao seu salário de professora, tornara-se independente: hoje, frequentava a casa porque crescera ali, porque, junto com as irmãs, brincara de matar dragões montada no banco de mármore da escada das glicínias e porque os Sampaio de Alcântara, embora não fossem sua família, eram o que de mais parecido havia.

Ao chegar próximo ao armazém, reduziu a marcha. Estacionou o carro. Clotilde fazia ali as compras para a casa, pensou, sentindo-se levemente desconfortável, como se esse fato significasse que estava ainda atrelada ao desejo de copiar os hábitos da irmã. Não, não comprava ali apenas porque Clotilde o fazia, o lugar era bem sortido e ficava no seu caminho. Com sua atmosfera antiquada, de armazém da campanha, era um lugar interessante. Aos sábados, quando tinha tempo, gostava de caminhar entre as prateleiras altas, de madeira escura, repletas de tudo: enlatados, rolos de barbante, bules de ágata, ferramentas, veneno para ratos e formigas, fumo em corda e até um narguilé que um turco deixara em consignação e seu Machado nunca conseguira vender. Porque seu cheiro levemente acre a fazia lembrar-se da despensa na estância, levantava as tampas das tulhas cheias até a borda de erva-mate, feijão e de uma massa mais barata em forma de conchinhas.

Nessa tarde, enquanto caminhava por entre as mercadorias, sentiu uma ligeira saudade do tempo em que sua vida era sem medos e sem atropelos. Sempre pensara em Caio tão somente como o marido de Olga. Um homem educado e aparentemente insípido. Então viera a exigência na faculdade para que ela escrevesse uma monografia, algo que nunca tinha feito. Comentou o assunto com o Pai, e este pedira o apoio de Caio, que concordou em ajudá-la: embora fosse médico e não advogado, trabalhava na auditoria, depunha nos processos, fazia laudos, lidava diariamente com o assunto, tinha todas as condições. Os primeiros encontros foram burocráticos: não gostavam um do outro, a obrigação de estarem juntos os irritava. Com o tempo, começaram a perceber coincidências, ideias em comum, e, o mais importante, o que viria a aproximá-los definitivamente: nenhum deles tinha o sangue da família, não passavam de intrusos, de estrangeiros naquele universo orgulhoso no qual, às vezes, conseguiam antecipar um leve cheiro de decadência.

Tornaram-se amigos, passaram a zombar dos costumes da casa, da onipotência do Pai, das manias das irmãs, inventaram piadas que só eles entendiam, foram estabelecendo uma cumplicidade de olhares irônicos, de frases subentendidas, de alusões breves e sutis. Logo Clotilde intuiu que um halo estranho os envolvia quando juntos e começou a vigiá-los: abria sem aviso a porta da biblioteca, espreitava-os dos cantos neutros das salas, tentava ouvir o que falavam, queria surpreendê-los.

No início, acharam graça daquela desconfiança; depois, por diversão ou mesmo um pouco de maldade, resolveram implicar com Clotilde inventando uma relação transgressora: silenciavam, cochichavam, interrompiam subitamente as conversas quando ela abria a porta, contemplavam-se em silêncio fingindo constrangimento. Pouco a pouco, porém, o constrangimento foi se tornando real, passaram a se tratar de forma cerimoniosa e Clotilde parou de desconfiar e os deixou em paz, mas era tarde demais, um sentimento perturbador se insinuara, todas as pequenas coisas que sempre haviam passado despercebidas – a proximidade dos corpos, um encontro casual de mãos – se encheram de significados: estavam presos num labirinto do qual a única saída era um envolvimento amoroso, estavam tão próximos um do outro que sequer imaginaram outra alternativa.

A partir desse dia, os sentidos, aguçados pelo temor e pelo desejo, passaram a tomar os cuidados que só as mentes culpadas são capazes de arquitetar. Para ganharem, mais tarde, algumas horas sozinhos, procuravam, sempre que possível, estar acompanhados por alguém da família: a presença de Olga, às vezes de Clotilde ou de Elisa e suas lições, criava um círculo de inocência que enganava a todos. Assim, quando com a desculpa de excesso de trabalho Caio avisava que, num determinado dia, seu único horário disponível seria bem tarde, depois do jantar, ninguém desconfiava e – com as empregadas recolhidas, Clotilde pacificada e Olga no apartamento – eles tinham garantidos, apenas para si, a solidão e o sofá de veludo verde, que a ameaça constante de serem surpreendidos transformava na melhor e mais excitante das camas.

Sim, estava tendo um caso com o marido de sua irmã de criação. Nas primeiras semanas isso a angustiava, inúmeras vezes chegou a prometer a si mesma que fugiria daqueles encontros abrasadores. Mas, de maneira muito mais rápida do que poderia conceber, o sentimento de culpa foi se esvaziando: o casamento entre Olga e Caio havia muito não passava de uma encenação tediosa. Seu único temor era que alguém os descobrisse no sofá, quase nus, os corpos tensos se movimentando num ritmo incessante, os gemidos sufocados na garganta. Ao mesmo tempo, por algo que não compreendia bem, Ana Rita chegou a imaginar o Pai e Clotilde contemplando-os, espantados, enquanto ela cavalgava Caio freneticamente. A cena era horrível e também cheia de uma sensualidade que lhe tirava a respiração. Acho que tenho um grão de loucura escondido dentro de mim, pensou.

Ninguém nunca os surpreendeu e, um dia, a monografia precisou ser concluída. Passaram a se encontrar no apartamento de Ana Rita: Caio tinha um amigo morando no mesmo prédio, o que poderia lhes servir de álibi. Ela comprou uma cama de casal, e, para a sua própria surpresa, no dia em que a entregaram deu tantas explicações ao zelador que só por tratar-se da filha do Doutor ele não desconfiou de que se preparava para receber um homem em sua casa. Viam-se agora com menos assiduidade – Caio tinha medo de se expor –, porém, em vez de sofrer, Ana Rita sentiu-se aliviada: carregava consigo a certeza de que fazia parte da índole masculina a sensação de fastio diante do sexo fácil e contínuo. Quanto mais complicado fosse estar com ela, mais Caio a desejaria, uma teoria que aprendera com as criadas da casa e na qual acreditava piamente.

Capítulo V

– Quantos lugares à mesa, dona Clotilde? Seu Genaro vem almoçar?

– Hoje, não, Máxima. O Pai também não virá. Ele avisou?

– Avisou, sim, senhora. Dona Olga ligou mais cedo, virá com Elisa. Seu Caio vem direto do serviço. Dona Ana Rita também.

Olga e Caio chegaram quase juntos. Ana Rita, logo depois do meio-dia, pedindo desculpas pelo atraso: tivera uma reunião com a diretora do Grupo Escolar.

– Chegaste bem na hora, Adelina está atrasada: é só vir *alguém de fora* que se atrapalha toda – disse Clotilde como se procurasse reforçar a linha que separava Ana Rita da família.

Olga sacudiu a cabeça: era uma grosseria típica da irmã. Clotilde fingiu não ver, trocou de assunto, ofereceu vinho do Porto. Apenas Caio aceitou. Tomou o primeiro cálice de um sorvo, serviu-se de um segundo. Em pé, meio escondido pelas cortinas, fazia de conta que examinava o movimento na rua, embora não houvesse nada para ver: a cidade almoçava. Bebericando o terceiro cálice de vinho, concentrou sutilmente sua atenção em Ana Rita. Clotilde logo reparou na insistência daquele olhar e virou-se para Olga, mas esta parecia alheia ao marido, conversava com Maria Eulália sobre os vestidos do casamento, Elisa seria a aia.

– Pensei em fazer em organdi, a saia bem ampla, mas todo o resto muito simples, afinal, a cerimônia será aqui em casa: uma faixa de cetim na cintura e um rolotê também de cetim arrematando o decote. Precisamos decidir a cor do laço. Pensei em verde-abacate, não o da casca, o mais claro, da polpa. Verde combina com tudo. Já escolheste as flores? Copo-de-leite andava meio fora de moda, mas voltou. Vais casar de branco?

— Não sei ainda, Olguinha, acho que vou usar um *tailleur*. Gostei da ideia de organdi com laço verde para o vestido de Elisa, bastante original — disse Maria Eulália, irônica.

Nesse momento, junto com Elisa, um cheirinho bom, de comida, entrou na sala.

— Tia Clotilde, Máxima pediu pra dizer que está servido.

— Santas palavras! — exclamou Maria Eulália. — Estou morrendo de fome.

Por que estão usando a louça de domingo?, Clotilde indagou a si mesma, servindo-se da carne assada: alguma razão havia. Um tilintar ritmado de talheres se alastrava sobre a toalha com bordados de cerejas quando Nacho chegou e, com seu corpanzil, a cabeleira farta penteada para trás e fixada com Gumex — que o fazia parecer um argentino —, a voz de tenor e os dentes muito brancos, ocupou todos os espaços. Máxima suspirou: não conseguia decidir se gostava ou não daquele homem de olhar safado e unhas bem aparadas que, quando ria, apertava os olhos e mexia as orelhas um bocadinho. Se tivesse sabido que era apenas ele o que sua intuição anunciara, não teria colocado a louça boa. Não que fosse um vagabundo: sobrinho do Patrão, herdara da mãe um campo despovoado e o vender, vivia da renda de uns apartamentos que comprara com o dinheiro. Morava no Campito, uma *estanciola* de brinquedo com ares de estância grande: bretes, mangueiras, banheiro pra gado e ovelha, tudo impecável, mas sem muita utilidade. Tinha lá um gado de corte, meia dúzia de vacas leiteiras, um rebanho de ovelhas para assar no espeto e uns cavalos de montaria. Nada disso a incomodava, ele que vivesse como quisesse. Para dizer a verdade, não sabia bem o que a desagradava, era algo meio sem razão.

— Bom proveito a todos. Desculpe chegar sem avisar, Clotilde, mas há dias o cheiro da comida da Adelina anda lá pelo Campito, resisti o quanto pude — falou, piscando um olho para Maria Eulália e curvando-se para beijar a testa franzida de Clotilde. Gostava de irritá-la um pouco.

Máxima colocou mais um lugar à mesa, Nacho sentou-se, serviu-se e começou a comer concentrado e em silêncio. Elisa olhava fascinada a maneira metódica como aquele homem enorme, tingido de sol, enfiava na boca assombrosas quantidades de comida sem parecer que o fazia. A conversa retomou seu rumo.

– E o colégio, Elisa? – perguntou Ana Rita.
– Tudo bem, tia.
– Próximo ano, vestibular. Nervosa?
– Não, nem um pouco: vou pedir a tia Maria Eulália que leia a minha mão, assim fico sabendo o resultado com antecedência – disse, meio a sério.
– Não vou fazer nada disso, Elisa, e tu sabes muito bem.
– Claro que sei, tia, estou brincando. Mas bem que podias dar uma olhadinha, só de farra.

Maria Eulália sorriu, serviu-se de mais arroz, espalhou por cima uma concha farta de feijão: o feijão de Adelina era imbatível; a copeira ofereceu suco e água nas jarras de cristal, Caio pediu uma cerveja: ter Ana Rita e Olga na mesma sala o deixava nervoso; Máxima trouxe duas: uma para Nacho. Entre as mulheres, o assunto do casamento continuava. Nacho as observava: até mesmo Elisa parecia profundamente interessada. É atávico, constatou, a mania de casar nasce com elas.

Caio sentiu a ponta de um pé roçando o seu sob a mesa e sorriu: certos códigos nunca mudam, pensou, fingindo pegar, do chão, o guardanapo, para acariciar o tornozelo de Ana Rita: a cerveja e o vinho lhe fizeram bem. Nacho percebeu o gesto e a intenção; embora não gostasse de Caio, por lealdade masculina, fingiu também ter deixado cair o guardanapo.

– Máxima, verifica se as telinhas das janelas estão bem fechadas, parece que tem mosquito embaixo da mesa – Clotilde disse, olhando fixo para a travessa do assado.

Por dever de ofício, Máxima verificou.

– Estão fechadas, dona Clotilde. Deve ter sido algum avulso: os do fim do verão são os piores, sabem que logo vai ser inverno e se apuram.

Nacho terminou de comer, empurrou o prato vazio, recostou-se na cadeira e começou a contar as últimas safadezas do mulato de olhos verdes cujo nome jamais dizia e que era seu único peão no Campito. Do que contava, um pouco era verdade, outro pouco era invenção: no Campito, não havia testemunhas, podia inventar o que quisesse. Foi o que fez. Falou também de si mesmo: não tudo, só o que era conversável. Do cabaré onde tinha conta-corrente, garrafa de uísque marcada com seu nome, uma roda de carteado e onde gastava com o mulherio apenas o necessário para dona Nélida tratá-lo bem, não disse nada. Não falou também da mulher, meio índia e meio gringa, a primeira com quem havia se deitado e com a qual seguia ao longo dos anos fazendo um sexo mudo, de descarrego, semanal e religioso, aos sábados, quando chegava da cidade ou da mangueira e ela, de banho tomado, enfiada no imutável vestido de algodão grosso, sem nada embaixo, já o esperava. Esses não eram assuntos para as primas. Não porque fossem santas, ele as conhecia bem, apenas faltara-lhes oportunidade.

Gostava delas, divertia-se com todas, em especial com Maria Eulália, a quem, há muitos anos, apelidara de Incêndio pela cor dos cabelos. Por Olga, tinha um amor antigo e atrapalhado, que a falecida tia chamava de *primite*: um desarranjo no coração, nada importante, nada que mudasse a vida, ainda que tivesse sido nos olhos amendoados da prima, nos seus peitinhos empinados que ele pensara a primeira vez em que afundara o rosto nos seios fartos e macios da índia-gringa.

Quando Caio aparecera na vida de todos, decidido a fazer carreira militar e já cursando medicina, o namorisco terminara. Não por Olga: com aquele seu jeito tranquilo, ela deixara bem claro que não escolheria o que, à época, todos pensavam ser o noivo mais apropriado. Fora ele, Nacho, quem se afastara, ele quem abortara o que estava por nascer: sem nenhum curso superior programado, sem carreira, sem saber exatamente o que queria, mas com a certeza de que casamento não era, atrapalhara-se todo, até que Olga simplesmente desistira e aceitara o convite de Caio para o baile no Comercial.

Ainda que continuasse achando que ser marido não era do seu feitio, culpava-se por tê-la deixado cair nas mãos de Caio, e era para alegrá-la que contava todas aquelas histórias inúteis que Olga ouvia com interesse passageiro, os olhos sorridentes, até que algo mais importante chamasse sua atenção.

Clotilde tocou a sineta para pedir a sobremesa.

– Podes mandar trazer o pudim, Máxima. É de laranja, todos gostam?

Um perfume de caramelo espalhou-se pela sala, um grilo cantou sob o assoalho, outro respondeu de algum lugar. Não se enganem, não são grilos, Máxima gostaria de dizer, mas seria perda de tempo, ninguém notava a diferença.

Capítulo VI

A madrinha Adelina o havia mandado à farmácia buscar remédio – uma delas estava com dor de cabeça, podia ser dona Maria Eulália – e que não se enganasse com o troco. Seu Meirelles entregou-lhe o remédio e de troco deu-lhe quatro balas de caramelo. Agostinho contou-as uma a uma e guardou-as no bolso. Tomara a madrinha não pensasse que pedira o troco desse jeito para ficar com as balas: gostava de caramelo, mas não com o dinheiro dos outros. A madrinha pegou o remédio e o troco e, se pensou alguma coisa, nada falou, apenas botou as quatro balas numa gaveta.

– Vai depressa, Agostinho – ela disse, entregando a bandeja com o copo d'água. – Leva lá na sala e entrega pra dona Clotilde. Leva direito! Não vai derrubar! Anda logo, guri!

Quando Agostinho chegou à sala, as quatro falavam todas juntas como sempre e gritavam. Encostou-se à parede e esperou: nunca sabia se era conversa ou briga.

– ...tenham a santa paciência! Só não vê quem não quer. Essa menina parece uma *hippie*!

– Deixa de bobagem, Clotilde.

– Bobagem pra ti, Maria Eulália, que sempre foste desse jeito amalucado! Anda de uma vez, guri! Não fica aí parado feito um dois de paus. Trouxeste a aspirina?

Agostinho fez que sim com a cabeça, atrapalhou-se com a bandeja, quase derrubou a água.

– Estive pensando – Clotilde continuou, engolindo o remédio –, o que vocês acham de aulas de piano? Conheço um professor, tocou no chá da esposa do prefeito: rapaz quieto, educado, respeitoso, poderia ser uma boa influência para Elisa. Já perceberam como, tirando o tal Miguel, ela não tem amigos?

Olga! – Clotilde exclamou, olhando para a irmã. – Presta atenção! Estamos falando da tua filha!

– Estou prestando atenção, Clotilde – Olga respondeu, com calma e sorrindo para Agostinho. – Podes ir agora, Agostinho. Obrigada. Leva a bandeja com o copo e entrega para a Adelina lá na cozinha.

– A ideia até que não é ruim – disse Maria Eulália, servindo-se de mais chá. – Todas nós tivemos aula de piano, até Ana Rita. Dona Moema Medeiros era a professora, a irmã era mais baixinha, um pouquinho vesga, ensinava solfejo, esqueci o nome: Eunice, Berenice, algo assim.

– Elenice – disse Olga, distraída.

– Isso. Elenice Medeiros. Diziam ser parentes do Borges de Medeiros. Vocês lembram?

– Claro! Um dia, vocês brigaram e quebraste a varinha de marcar o compasso, a pobre da mamãe não sabia se ria ou se ficava braba.

– O Pai me deixou de castigo um final de semana inteiro! Vocês nunca me agradeceram por ter salvado os seus dedos.

– Ela nunca deu de verdade, Maria Eulália, só ameaçava.

– Dar ou ameaçar é a mesma coisa, Olga: que mania mais chata essa tua de desculpar todo mundo!

– Então, como ficamos? – disse Clotilde. – Posso chamar o rapaz?

– Preciso falar com Elisa, saber se ela quer. Quanto sairia?

– Aula de piano a gente não pergunta, Olga, enfia goela abaixo. Não te preocupa com o valor, o Pai vai te dar de presente.

– Nisso, Clotilde tem razão: se puder escolher, Elisa vai dizer que não. Resolve tu mesma: ruim não será. Como dizia dona Moema, fazer música é sonhar com disciplina. Já pensaram que coisa mais horrorosa?

Olga não se deu ao trabalho de responder, estava muito longe dali: ontem, pela primeira vez encontrara-se com Carlos no apartamento emprestado pelo amigo dele. Um alvoroço de beijos, um arrepio de peles, uma nudez envergonhada e nenhuma penetração, fora até onde ela conseguira ir antes de mandá-lo parar e, exausta, sentada no sofá do apartamento que não era dela, segurando com fervor um cálice de vinho, sem nem ao menos perceber a noite caindo sobre a hora de ir para casa, tentar com todas as suas forças acostumar-se àquela imagem de mulher adúltera.

Foi essa a primeira vez em que se atrasou por estar com Carlos, não sabia ainda que haveria muitos outros encontros ardentes, sempre às quintas-feiras: nesse dia, a mulher dele tinha aula de bordado, e as distrações da agulha em ponto cheio e o vaivém do ponto em cruz davam a Carlos a certeza – não absoluta, mas suficiente – de que não haveria ligações para o consultório. Se houvesse, a secretária diria que o doutor fora ao INPS realizar perícias – quinta-feira era mesmo o dia das perícias, a justificativa da secretária soaria convincente – e, na hipótese pouco provável de a barreira do consultório ser suplantada, os colegas do Instituto lhe dariam cobertura. Olga não precisava de tantas desculpas: se Caio não a encontrasse em casa, a última coisa em que pensaria seria em traição, ela era inocente demais, ele pensava, e com razão. Ter um caso era, para ela, um milagre que só se tornou possível porque Carlos entendeu desde o início a sua necessidade de romance e se adaptou a ela. Quando se encontravam, eram como namorados e não amantes, e a volúpia tornava-se tão somente consequência do afeto inventado.

Ser uma mulher normal deveria bastar, a necessidade de sexo, o desejo e a solidão deveriam bastar, mas não bastavam, Olga precisava ter a certeza de que continuava a ser uma mulher honesta. É só fazer a coisa certa, a mãe costumava dizer, mas o que era a coisa certa? Esquecera-se de perguntar ou a mãe não soubera responder? Para viver, inventou uma resposta: a coisa certa era o seu amor por Carlos. Se não o aproveitasse em plenitude não estaria sendo honesta consigo mesma, não importava a opinião dos outros, não importava o que pensassem, pela primeira vez alguém fazia amor com ela atento ao seu corpo, a suas fantasias, a todas as dimensões do seu ser. Como podia jogar isso fora? Ter a coragem de viver esse amor que lhe chegava assim fora de época não deveria lhe causar nenhum tormento. Assim como impor a Elisa as aulas de piano, essa era uma ideia que ela devia encarar com a mais absoluta naturalidade.

De amor e tramas

Amor Agarradinho é o nome da planta que, feito uma dessas nuvens suaves do amanhecer, cobria de cachos rosados o caramanchão junto à fonte do jardim. Era uma planta comum que durante todo o ano passava despercebida, mas no outono esticava suas gavinhas e, agarrando-se a tudo que a pudesse levar em direção à luz, florescia quando as outras já haviam desistido. Sempre a achei parecida conosco naquela época em que éramos quase jovens, quase bonitas e tínhamos um pai que controlava tudo e bem mais fácil seria nos acomodarmos. Nunca o fizemos, apenas nos esforçávamos constantemente para não sermos medíocres. Não sei se fomos verdadeiramente originais, talvez não, mas, comuns, tenho certeza de que não fomos; até mesmo Olga, tranquila e reservada, deixava escapar de dentro dos seus vestidos bem-comportados algo de imponderável e misterioso.

Havia alguma coisa em nós que rejeitava a mediocridade. Não era orgulho – os orgulhosos são, no mais das vezes, pessoas banais –, acho que graças ao Pai – sim, preciso creditar isso a ele – nosso grau de exigência para conosco mesmas era enorme, o que, de uma forma muito natural, nos levava à humildade. Se por um lado estávamos certas de que, se quiséssemos realmente, seríamos capazes de feitos memoráveis, por outro tínhamos a exata percepção de nossos limites. Essa linha entre o que nos julgávamos aptas a fazer e o que de fato fazíamos necessitava estar em constante tensão para termos a consciência da impossibilidade de muitos dos nossos projetos. "Nada mais difícil de aceitar do que a própria mediocridade", eu repetia para mim mesma naquela tarde em que decidira colher ramos de Amor Agarradinho e galhos de cotoneáster para enfeitar meu quarto. Com suas bolotas vermelhas e folhas acinzentadas, essa planta de nome difícil sempre me *pareceu a cara exata do outono, e o outono – sem grandes extremos, um pouquinho triste, com tudo à volta já se acomodando como num entardecer – sempre fora minha estação predileta. Como se ele, o outono, fosse um amante do qual eu precisava desfrutar cada minuto, costumava levá-lo para dentro do meu quarto, parecia que assim o usufruía melhor e por mais tempo.*

– Me dê aqui, que coloco nos vasos, dona Maria Eulália – Máxima disse quando, arrepiada de frio, subi a escada dos fundos e fechei a porta. – A senhora sempre gostou dessa planta de bolotinhas vermelhas. Lembra quando a gente fingia que eram feijões mágicos? Eu lhe dizia que nunca vira feijão vermelho, mas a senhora jurava que havia e que eram mágicos.

– Pois eu estava mentindo – lembro-me de haver dito, com voz irritada. Não queria perder tempo conversando, tinha pressa de provar a mim mesma que não éramos mulheres comuns vivendo numa cidade pequena, e, para isso, precisava examinar, mais uma vez, a tapeçaria na biblioteca. – Sabes do que tenho vontade agora, Máxima? – continuei com voz mais calma. – Adoraria uma xícara de chá, estou com arrepios de frio.

Máxima, como sempre, foi magnânima: assim que arrumasse as flores me levaria o chá na biblioteca, levaria também uma fatia de bolo, Adelina acabara de tirá-lo do forno, eu estava magra demais (vou repetir essas palavras – magra demais – muitas vezes: a preocupação com nossa magreza – minha e de Olga, Clotilde sempre foi mais gordinha –, uma ficção inventada por nossa mãe e cultivada com fervor por Máxima e Adelina, servia como desculpa para poderem nos cuidar à vontade). Controladora como sempre fui, antes de entrar na biblioteca, devo ter recomendado a Máxima que colocasse os galhos nas jarras altas, sobre os dois aparadores de rádica, e o Amor Agarradinho no vaso de Murano cor-de-rosa sobre a mesinha perto da janela. Havia roubado esse vaso do escritório do Pai para este fim específico: gostava de ver as gavinhas e os cachos cor-de-rosa repetindo em alto-relevo os arabescos do cristal.

Em seguida, parei diante da tapeçaria Aubusson que ocupava uma parede inteira da biblioteca para mais uma vez contemplá-la amorosamente. Era belíssima: como em todos os tapetes desse tipo, o primeiro deslumbramento vinha da suavidade das cores; só depois, olhando bem de perto, se notavam as damas rechonchudas, os guerreiros, os índios seminus, os tucanos e papagaios, os feiticeiros, os tigres e unicórnios, todos mergulhados numa orgia que a delicadeza das cores conseguia atenuar e até mesmo tornar elegante. Embora jamais tivesse a coragem de confessar a quem quer que fosse este voo imaginativo, sempre tive a impressão muito forte de que aquela tapeçaria traduzia de forma simbólica a nossa família. Gostava de observá-la de tempos em tempos, brincava com a ideia de que à medida que as pessoas e as coisas se modificavam em nossa casa, a tapeçaria também ia se alterando sutilmente – algo assim como o retrato de Dorian Gray –, ou seria ao contrário, a tapeçaria mudava com a passagem dos anos e obrigava todos nós a mudarmos também? Nunca conversei com minhas irmãs sobre isso, elas não entenderiam, mas estava convicta de que, nos pontos daquele bordado, eu era a cigana de saias arrepanhadas, Clotilde era a princesa, Olga, a jovem no balanço, Elisa, a menina brincando com os cachorrinhos, e Ana Rita, a dama de vestido rosa que segurava uma vela acesa sobre o ombro. Havia também o Pai, e claro que ele era o rei partindo continuamente para guerras infindáveis. Todos os que viviam em nossa casa – Máxima, Adelina e até mesmo Agostinho –, todos, de alguma maneira, estavam ali, misturados aos aldeões ou mercadores da praça.

À época, eu não sabia o que me levava a pensar assim; hoje percebo que, por simples instinto, sem saber exatamente o que fazíamos, criamos ao nosso redor uma paisagem fantástica semelhante àquela da tapeçaria, uma paisagem também disfarçada em meios-tons, e nela nos embrenhamos com todos os nossos sonhos. Talvez tenha sido a partir daí que criei essa fantasia ou, talvez, eu apenas desse forma a um desejo: o de existir neste mundo uma trama capaz de nos manter unidas. O interessante é que nunca consegui *identificar Genaro no desenho. Havia o feiticeiro, eu pensava, sim, talvez fosse isso, feiticeiros combinam com ciganas, Genaro talvez fosse aquele feiticeiro bem no alto, no canto esquerdo da tapeçaria, uma figura importante, destacada da paisagem e que nada tinha de medíocre. Era nisso que pensava naquele dia em que desci até o jardim para colher as flores e logo voltei, tremendo de frio.*

Lembro que acendi, uma a uma, todas as luzes da biblioteca para ver melhor as figuras na tapeçaria: lá estavam a princesa, a cigana, a menina no balanço e atrás dela – nunca havia reparado – a figura pouco definida de um homenzinho escuro, uma figura que àquela época eu não conseguia ainda identificar (a ideia de quem ele era veio muito depois), mas tinha certeza de que não era Genaro. Assim que percebi o homenzinho escuro, peguei a lupa sobre a escrivaninha e o examinei com atenção: ele carregava alguma coisa, uma pequena caixa, um dos cachorrinhos, não conseguia distinguir. Fui buscar uma cadeira para observar mais de perto. Como era possível não tê-lo visto antes?

– Não vá deixar o seu chá esfriar, dona Maria Eulália – Máxima disse naquele exato instante, entrando com a bandeja.

Foi das poucas vezes em que fiquei sem jeito em frente dela, havíamos compartido muitas coisas, mas o segredo da tapeçaria era algo que eu não queria dividir. Disfarcei, desci da cadeira, larguei a lupa, menti que estava verificando se não havia traças. Máxima não respondeu, apenas saiu, fechando a porta. Ainda envergonhada, sentei-me na poltrona junto à escrivaninha, servi-me do chá e de uma fatia do bolo: apesar de não sentir fome, não podia mandá--lo de volta sem provar, Adelina ficaria furiosa. Não tinha dado a primeira garfada quando Elisa entrou.

– Oi – ela disse, atirando-se no sofá. – Vou ficar um pouco aqui contigo, tudo bem? Tenho aula de piano. Posso comer um pedaço do teu bolo?

– Te serve à vontade, nunca vou comer tudo isso.

– Tia – ela continuou, a boca cheia –, posso te perguntar uma coisa? Por que tu vais te casar com o Genaro?

É em razão dessa pergunta feita por Elisa – não pelo outono, pelas flores ou pela tapeçaria – que lembro tão bem daquele fim de dia. A indagação não era nova: na verdade, com ou sem palavras, quase todos já me haviam interrogado. Mas ao ouvir o questionamento pela boca da minha sobrinha tive a impressão de que precisava urgentemente descobrir uma resposta que fosse plausível para mim mesma. Esfarelando com o garfo um resto de bolo, tentei buscar no coração e na mente um caminho que explicasse com clareza a escolha feita, uma escolha que a família não entendia, nem aprovava. Um pouco de lucidez, pensei, o que quero é somente um pouco de lucidez.

Foi naquele exato instante que percebi serem muitas as razões que me levavam a insistir no casamento, tantas que eu não saberia qual escolher, mas decidi que precisava enumerá-las: não podia deixar passar nem mais um dia sem decifrar a minha própria história. Comecei a fazer, mentalmente uma lista dos motivos. Além do fato inarredável de que estava apaixonada, eu me casava também por mil pequenas coisas: para afrontar minha mãe – ela sempre criticara as mulheres que se casavam com a intenção de mudar seus noivos, e era exatamente isso o que eu pretendia fazer; para marcar meu território com relação ao Pai; porque era uma cuidadora e Genaro precisava ser cuidado. Lembro que rejeitei imediatamente esse último motivo, jamais desejara para mim uma dessas paixões abnegadas que continuam usando o nome de paixão até quando já se transformaram em tédio ou mesmo em ódio. Se todos nós precisamos de uma ilusão para viver, que seja, pelo menos, a ilusão certa, era o que eu pensava: me casava porque estava apaixonada e ponto final. Essa era a ilusão correta.

Genaro nunca foi um homem bonito, não era também um homem culto, mas, em momentos de carinho, eu o amava muito: quando me fazia rir andando ao meu lado e sussurrando pelos corredores de retratos, ou me fazia sentir bonita na varanda das begônias – mais bonita até mesmo do que Olga –, ou quando valsava comigo no jardim e me deixava tonta e o jardim, então, girava feito um enorme carrossel verde, quando me chamava de signorina *e me explicava que assim chamavam* una donna giovanne no sposata *e me trazia rosas – por esses momentos raros, que eu podia contar nos dedos, eu já não podia viver sem ele. Mas havia também as razões do corpo, e essas eram as mais loucas e mais difíceis de controlar. Existe também o corpo, lembro de ter repetido para mim mesma, sentindo um formigamento no ventre e mantendo os olhos fixos no abajur sobre a escrivaninha como se aquela cúpula de alabastro fosse um mistério que eu precisasse esclarecer. Sem nenhuma razão – ele costumava maltratar-me de forma absurda –, meu corpo era louco por Genaro.*

Havia sempre um silêncio precedendo a sua chegada, um silêncio que, junto comigo, esperava e temia pelo que poderia acontecer. Nunca desejei que não viesse, mas muitas vezes desejei que saísse logo, para que eu pudesse, então, levá-lo por dentro de mim para o meu quarto e perdoá-lo antes de dormir. Recordo que numa tarde, logo que entrou na varanda das begônias, me segurou pelos braços, encostou meu corpo contra a janela que se abria sobre o pátio do poço e, com o rosto encostado ao côncavo da minha mão, sussurrou que sonhara comigo e acordara com uma ereção. Foi como se eu tivesse de novo quinze anos, Maria Eulália, e fantasiasse com as freiras do convento, ele me disse, e o calor da sua boca, seu hálito morno na pele fina e íntima da minha palma, o inesperado das palavras e o desafio que elas traziam à tarde até então tranquila me excitou – ...eu te quero tanto, meu amor, tanto... – continuou, encostando-se em mim, levantando a minha saia e roçando os dedos entre as minhas coxas – ...preciso de ti, preciso de ti agora... – ele insistiu, e era tão forte o seu poder sobre mim que, esquecendo minhas resoluções, cedi.

– Vou pegar a chave do porão – murmurei, a voz um pouco rouca –, podemos...

– Não, o porão vai ser a nossa casa, eu te quero em outro lugar... a varanda atrás da parreira!

– Mas, Genaro, é onde está o quarto de Máxima, a lenha, a despensa... todos passam por lá a toda hora.

– Por isso mesmo... – ele respondeu, e eu cedi novamente. Esquecida de tudo, me abracei à sua cintura e assim, abraçados, atravessamos o jardim. Íamos cochichando, rindo, tropeçando em nós mesmos, parando vez ou outra para nos beijarmos. Ah, como eu me sentia viva, bonita, transgressora, como não importava nada, não importava o mundo!

Assim que chegamos ao puxado, ao lado do quarto de Máxima, com a respiração alterada, ele me recostou contra a pilha de lenha, me cercou com seus braços, desabotoou minha blusa, começou a beijar meus seios. Eu podia ouvir ali, bem ao lado, a voz de Agostinho, mas, para minha surpresa, não senti medo nem vergonha: o lugar inusitado e a possibilidade de sermos descobertos haviam alterado meus sentidos; sempre beijando meu pescoço, meu rosto, meus cabelos, Genaro pegou minha mão, beijou dedo por dedo, depois lambeu o indicador e o enfiou em minha boca, explorou minhas gengivas, os dentes, brincou com a minha língua e, sempre guiando minha mão, desceu aquele dedo molhado de mim mesma entre as minhas pernas e me fez acariciar-me. Gozei tão profundamente que achei que ia morrer, mas percebi que queria mais, eu o desejava dentro de mim.

– Também te quero, agora – eu disse baixinho, tentando abrir o fecho das suas calças. Foi quando ele me afastou, olhou bem fundo nos meus olhos para que eu visse o quanto não se importava, sorriu e sussurrou: mas eu não te quero, Maria Eulália, nunca gostei de ver uma mulher se masturbar, tenho nojo... E, virando-se, me deixou ali, arquejante, sobre a pilha de lenha. No sorriso que vi em seu rosto quando me olhou uma última vez antes de desaparecer no jardim, percebi o prazer que sentia em fazer com que duvidasse de mim mesma, com que me perguntasse por que me submetia a isso e por que ele não me desejava: seria por eu ser feia, velha demais, seria por isso? Eu era ingênua àquela época, tinha uns olhos que nunca mais teria, uma forma de ver que perdi mais tarde, mas *tinha também minhas defesas, defesas nascidas da certeza de que éramos especiais, e assim, ao mesmo tempo em que me perguntava se era feia, eu sabia que não era, sabia que o problema não estava em mim, no meu jeito de ser ou de existir. O problema era Genaro.*

Hoje consigo enxergar com exatidão não apenas nossos erros – esses são fáceis de serem apontados tantos anos depois –, vejo claramente as nossas pequenas qualidades, nossa paixão equivocada, nossa loucura, o gosto das nossas lágrimas, nossas vontades férreas, nossas coragens tão opostas e, vendo a mim mesma e a Genaro sem acusar, posso entender e perdoar nós dois. Àquela época, porém, eu estava perto demais, via como se através de uma névoa e, assim, não acreditava no que via e, porque não acreditava, não conseguia dar os passos certos, tinha medo de cair no abismo, um abismo que eu inventara e que sequer estava lá, mas que eu evitava com todas as minhas forças enquanto o medo me fazia andar em outra direção – essa, sim, errada – até cair no abismo verdadeiro.

Alguns dias depois do que aconteceu no lenheiro, Genaro veio me pedir perdão:

– Naquele dia não consegui e inventei qualquer coisa porque fiquei com vergonha de falhar contigo. A verdade é que sou louco por ti, Maria Eulália... – ele me disse com um brilho de choro nos olhos costumeiramente opacos. Mais uma vez me rendi, mais uma vez o deixei beijar a minha boca, abrir minha blusa, mais uma vez perdi a cabeça e o deixei tirar minha roupa, peça por peça, agora sobre o sofá de veludo na biblioteca, e mais uma vez, depois de me fazer gozar, ele foi embora dizendo palavras ofensivas.

Máxima me encontrou ainda despida, chorando, ajudou-me a me recompor e, quando achou que eu estava mais calma, acariciando meus cabelos, apenas perguntou: A senhora tem certeza, dona Maria Eulália? A bondade daquelas palavras que, apesar de tudo, respeitavam minha paixão, foi a gota d'água: abraçada a ela, chorei a mágoa que me sufocava.

– Ele me ama, Máxima, faz assim porque me ama, tenho certeza de que me ama... – eu repetia baixinho, como uma criança que tentasse desculpar uma injusta agressão dos pais.

– Eu sei, dona Maria Eulália – ela disse –, só me pergunto se a senhora consegue aguentar.

– Consigo – afirmei, levantando a cabeça e secando os olhos.

– Então está bem, dona Maria Eulália – ela disse e, como se tudo não tivesse passado de uma tempestade e eu precisasse apenas me aquecer, agasalhou-me na velha manta xadrez, acendeu o fogo na lareira, afofou as almofadas. – Cada um sabe do seu cada qual – ainda a ouvi dizer antes de sair e fechar a porta do corredor.

Tudo isso eu pensava aquele dia, ao tentar responder para Elisa e para mim mesma por que ia me casar com o homem que me maltratava. Percebendo que havíamos ficado em silêncio por um longo tempo, escolhi disfarçar meus devaneios.

– Elisa – eu disse a ela sentada pacientemente a minha frente –, estávamos falando sobre o que mesmo?

– Sobre Genaro – ela respondeu, juntando com os dedos as migalhas de bolo do meu prato. – Não te preocupa, tia, eu ouvi só o que precisava ouvir.

Lembro que fiquei desconcertada: teria pensado alto, dito mais do que devia? Então percebi que não fazia diferença, Elisa saberia sempre e apenas o que era preciso saber. Debrucei-me sobre o braço da cadeira, peguei a sua mão e a acariciei, ela sorriu, retribuiu o beijo e assim, de mãos dadas, ficamos por alguns minutos observando o silêncio a espalhar-se pela biblioteca.

– Preciso ir – ela disse, enfim, levantando-se –, o professor de piano já deve ter chegado.

Concordei meneando a cabeça e retendo na garganta a vontade de chorar.

– O feiticeiro não é Genaro, tia – ela sussurrou ao abaixar-se para um último beijo –, repara no pelicano pousado no seu ombro, no unicórnio... Não, o feiticeiro não é Genaro – ela repetiu, dando-me assim a certeza absoluta de que, algum dia, saberia contar a nossa história.

Anotações para um romance

Para desespero da família inteira, eu estava sempre perdendo a chave do apartamento: era como se não devêssemos andar juntas, como se fôssemos inimigas, a chave e eu. Parecia até maldição: tomava todos os cuidados, e, de repente, lá se iam os dois, o chaveiro e a chave, cada um para um lado. O chaveiro nunca mais era encontrado, a chave, quando ninguém mais procurava, aparecia nos lugares mais estranhos: pendurada na roseira, dentro de uma das panelas de Adelina, enterrada sob as folhas do jardim. Era tudo tão constante e repetitivo que a mãe chegou a pensar em uma brincadeira de Agostinho. Ela o chamou para uma conversa, mas bastou ele começar a dar a sua versão sobre como e por que tudo aquilo acontecia, para convencer-se de que a culpa não era dele: o que quer que fosse, tinha força própria.

Na agonia de controlar o incontrolável, eu seguia todos os conselhos: pendurava a chave ao pescoço, amarrava no punho, não tirava nem pra tomar banho. Nada adiantava: num dia qualquer, sem nenhum aviso, a chave simplesmente mudava de lugar, deixava o chaveiro, encontrava um caminho só dela e seguia adiante com a firme intenção de perder-se. Sem poder culpar nem Agostinho nem a mim mesma, comecei a desconfiar de todos, até da própria casa: desde criança, pensava nela como um grande peixe que todo dia me engolia, alimentava e aquecia até que, à tardinha, porque não havia outro jeito, me vomitava de volta para o apartamento. Talvez tivesse ciúmes, talvez quisesse que eu morasse apenas nela e por isso me fizesse perder a chave.

No dia em que perdeu a conta das fechaduras trocadas, das chaves substituídas, minha mãe decidiu que bastava, já gastara dinheiro demais: se o ladrão queria entrar, que entrasse; no apartamento, muito pouco havia para roubar. Eu concordei, aliviada:

não fazia sentido viver com medo, nem do ladrão, nem de perder a chave e nem de me queimar nesse fogo surdo que me incendiava por dentro e que, igual à chave, uma hora estava ali e no momento seguinte havia ido. Um fogo que para tia Maria Eulália tinha o nome de Genaro e para mim não tinha ainda nome algum, mas me observava bem de perto, numa gula de gato e canário.

Aquela foi uma época muito ruim: meu pai chegava tarde e bêbado, tentava entrar sem fazer ruído, mas sempre tropeçava em alguma coisa: o barulho, os palavrões, a mãe acendendo a luz, nossa casa acordando quarto a quarto. Comecei a ter muito medo de que ele morresse – ninguém podia sobreviver daquele jeito – e passei a esconder bilhetes pela casa pedindo que não bebesse: coisa de criança, mas o que mais podia fazer? Os bilhetes tinham uma vantagem: ele estaria sozinho quando os lesse, não precisaria ficar brabo, nem envergonhado, poderia ser ele mesmo. *Da impossibilidade de ser quem se é na frente dos outros* era o nome de uma tese tola que eu havia desenvolvido na aula de filosofia do professor Elpídio, e que, naquela época, me parecia importantíssima.

O nome, eu copiara de Cícero, o das aulas de latim, que em vez de dizer *sobre* dizia *de*. Na frente dos outros, todos fingem, eu escrevera como conclusão, explicando que, se tentassem ser eles mesmos, ficariam sempre um degrau abaixo – quem escuta confunde franqueza com fraqueza e olha de cima, não percebe quanta coragem é necessária, como é difícil falar. Se todos fingem, todos mentem, e, mentindo, um jamais vai entender o outro: foi essa teoria, talvez não tão tola assim, que terminou de convencer-me a não me contentar com o que diziam os jornais da época e a buscar além deles o que deixavam de dizer.

Inútil ter medo, eu repetia para mim mesma, esvaziando mais uma vez a pasta em busca da chave; inútil ter medo porque, ao perder-se, a chave me ensina sobre esse lugar intermediário entre o só sei que nada sei das aulas de filosofia do professor Elpídio e o *é assim porque eu estou dizendo que é* usado pelo meu Avô. Eu já percebia então que Vovô sempre teve só certezas e eu não queria herdá-las, elas entrariam por meus ouvidos e se aninhariam dentro de mim e me devorariam de dentro para fora, me transformariam num espaço oco onde perguntas e respostas cairiam por seu próprio peso, se misturariam e lá ficariam, inúteis, contaminando umas às outras. Não queria isso, preferia o só sei que nada sei do professor Elpídio. Ainda que houvesse nesse método uma grave inconveniência, eu o preferia: se tudo o que eu sabia era que nada sabia, como poderia ter certeza de que o Avô estava errado? Não podia, a dúvida existiria sempre, não havia como escapar.

O fogo, aquele que para a tia Maria Eulália tinha o nome de Genaro e para mim ainda não tinha nome algum, era diferente da chave, mas também me dava coragem. Ele me incentivava a querer saber, a perguntar e até mesmo a buscar, entre as minhas pernas, aquele pedaço tão pequeno de carne que, quando tocado, feito essas águas calmas sobre as quais se atiram pedras, abria-se todo em círculos de prazer. Perder-se no fogo também não era tão horrível, ao contrário, era outra forma de entrar no mundo onde tudo estava fora de lugar, um mundo onde eu podia ousar fazer o que, mesmo sem me dizerem claramente – porque, naquela época, sobre certas coisas não se falava –, me haviam ensinado a não fazer.

A verdade era que, na casa e na família, tudo obedecia a um projeto preestabelecido, um plano semelhante àqueles que o governo anunciava e levava adiante doesse a quem doesse porque o que importava não era a felicidade do indivíduo, mas o progresso da nação. A diferença era que os planos do governo cobriam alguns anos, e os da casa envolviam gerações: todas as minhas lembranças, mesmo as mais antigas, estavam impregnadas de deveres, era preciso constantemente cumprir tarefas e prestar contas, agir de acordo com o que esperavam de mim. No colégio, eu ouvia as conversas das outras meninas: sem romper com nada, sem desorganizar o mundo, sem heroísmo, elas simplesmente faziam, não precisavam cumprir metas, não tinham a vida toda já escrita. Quando percebi o quanto eram diferentes de mim, primeiro eu as olhei de cima para baixo, depois, com um pouco de vergonha, dei-me conta de que, apesar de ser uma Sampaio de Alcântara, queria ser uma delas.

Na casa, a única a ter a coragem de perder-se é tia Maria Eulália, eu pensava, espiando-a, mais uma vez, por uma janela do andar de cima. Parece que a estou vendo agora – os cabelos ruivos apanhados num coque meio solto – sentada no colo de Genaro, sob a parreira, o lugar de sempre. Na verdade, sob a parreira, mas não no lugar de sempre: aquele dia eles haviam escolhido um ponto tão escondido que eu precisara experimentar todas as janelas do segundo andar até conseguir vê-los. A tia já sentara no colo de Genaro outras vezes, mas naquele dia havia alguma coisa diferente.

No crepúsculo, os olhos gostam de mostrar o que não existe, não dessa vez: mesmo de longe, eu conseguia perceber exatamente o que estava acontecendo. Abri a janela para não perder nenhum detalhe: Genaro estava no comando, uma estranha autoridade emanava dele, estranha porque nunca estivera lá, perto da tia ele me parecia menor, mais apagado, era ela quem resplandecia. Hoje não, hoje ele mandava e, entre eles, não havia beijo, não havia carinho, apenas pressa. Montada sobre as pernas de Genaro, de frente para ele, a tia o abraçava pelos ombros, ele a agarrava firme pela cintura e a fazia subir e descer sobre o seu colo, para cima e para baixo, para cima para baixo, para cima e para baixo, cada vez mais rápido, cada vez mais forte. Como uma dessas bonecas desengonçadas que pulam para fora das caixas de surpresas, a tia deixava-se levar até que Genaro estancou, atirou a cabeça pra trás e abriu a boca num grito mudo. Tia Maria Eulália deitou a cabeça no seu peito, talvez chorasse, não sei, não conseguia ver. Genaro a empurrou, a fez cair no chão, olhou-a por um momento, disse alguma coisa que, de longe, eu também não consegui ouvir, levantou-se, enxugou-se com um pedaço de pano branco, que, arrepiada, adivinhei serem as calcinhas da tia, e, depois de limpar-se, jogou-o feito um trapo sujo sobre ela, endireitou os ombros, fechou a bragueta e, sem dizer ou fazer mais nada, saiu pelo portão.

Tia Maria Eulália ficou lá, ajoelhada sobre as lajes, esperando por algo que até eu podia perceber que não viria: parecia uma flor caída de um buquê. Depois, ergueu a cabeça, levantou-se, vestiu as calcinhas, ajeitou os cabelos e as pulseiras, tentando com todas as forças ser ela mesma, mas, ainda que de longe, sem conseguir enxergar seu rosto, eu adivinhava a tristeza negra e penugenta que a devorava, pedaço a pedaço. Fazendo força para não chorar, permaneci onde estava: se corresse para abraçá-la, se a deixasse saber que havia visto, ela se sentiria ainda mais humilhada. Seria possível que tudo fosse apenas isso? Essa afobação terminando em nada?

Não, não podia ser sempre assim, eu pensava enquanto corria para a cozinha, onde, sabia, encontraria calor. Passei sem ver por Adelina e, como se já fosse inverno, abri a portinhola do fogão e estendi as mãos para o fogo. Pensando que eu estivesse gripada, ela me ofereceu chá de limão e me envolveu num dos seus abraços com cheiro de farinha. Sentindo os seus seios fartos contra o meu rosto, seu perfume de talco e picumã, compreendi em definitivo que eu era, sim, igual a todas: igual às gurias do colégio, às tias, à minha mãe, igual também a Adelina, a Máxima, igual à lavadeira que vinha às quartas-feiras e tinha um filho drogado e morava lá longe, numa vila perigosa à beira do morro. Algum dia o fogo, que eu ainda não vivera, mas viveria, também me faria sofrer: ele me queimaria como queimava a todas; ter ou não medo, estudo, religião, dinheiro, ser ou não importante não fazia a menor diferença; talvez sem o medo doesse menos; talvez com dinheiro fosse mais fácil; não havia como saber. Definitivamente, tudo que eu sabia era que nada sabia.

Capítulo VII

Sem que ninguém entendesse a razão, uma tristeza sem sossego espalhou-se pela casa: alguém quebrara o brilho das magnólias, desalinhara o quadrilátero. Não sabendo a quem culpar, todos culparam o vento norte e confiaram em Máxima. Ela não se negou, uma tarefa a mais entre tantas, e, como as pintas douradas em sua pupila esquerda anunciavam, deixou-se guiar pela intuição: rezou ao Gauchito Gil – não era assunto para a Virgem – e pediu ajuda a Adelina, a única capaz de acender uma vela a Deus e outra ao Diabo sem que nenhum deles se ofendesse, dom exclusivo dos excelentes cozinheiros.

Não foi fácil descobrir o que acontecera, uma cortina de vergonha encobria os fatos. Que a ofensa viera de fora e atingira mais de uma pessoa da casa era evidente, ou a cortina não seria tão espessa. Todo o resto era mistério. Deixa que o andar da carroça acomode as melancias, Máxima escutava, como se tivesse ouvido ontem, porque assim lhe dizia a Madre Superiora no orfanato Jesus de Praga, e ela se irritava, confundindo paciência com resignação ou com preguiça. Mais tarde aprendera que não era nada disso, que o tempo tem um andar para cada coisa e, por ter aprendido, manteve a calma, cuidou de suas outras obrigações como se nada houvesse: quando fosse hora, o que era para se mostrar se mostraria.

As semanas passavam sem revelar nada, até que, numa das faxinas das quartas-feiras, enquanto, com um pano macio e um pincel, conforme lhe ensinara a finada patroa, tirava o pó dos marfins, lembrou-se de que não ouvira mais Elisa reclamar de haver perdido a chave. Ao meio-dia, quando chegou para o almoço, revistou a pasta do colégio e lá estava a chave, no bolsinho interno, perfeitamente ajustada ao chaveiro: se Elisa não mais a perdia era porque havia perdido algo mais importante e aprendera, em definitivo, o caminho das coisas irrecuperáveis. Fazê-la falar foi fácil, o que Elisa mais queria era poder contar o que vira sem confessar o que sentira. Mesmo sabendo quem era o inimigo e apesar da gravidade da ofensa, Máxima ainda esperou: ser dona de uma chave não é o mesmo que saber da fechadura. Vingaria dona Maria Eulália se ela assim quisesse. Para ter a resposta, não podia perguntar, era preciso apenas estar atenta, muito atenta.

***

Genaro estava satisfeito consigo mesmo: numa única estocada, matara Maria Eulália. Ainda que agindo de forma apenas metafórica, sentira, ao matá-la, o mesmo prazer profundo e sensual de quando dera ao Major inglês a sua morte, essa, sim, real e necessária. O assassinato de Maria Eulália fora, na verdade, uma forma de amor: não podia se casar com a mulher errada. A nova Maria Eulália, ele a esculpiria pouco a pouco. Tão duro o granito dentro do qual ela existia antes que, para fragmentar seu orgulho, eliminar os excessos, fora preciso usar lâmina de diamante e martelo de aço, agir sem piedade. Conseguira: a mulher orgulhosa era agora o esboço de outra melhor. O processo seria lento, a todo avanço seguia-se uma pausa, e nesse instante eles viviam a pausa: era preciso deixá-la assim, sem forma e sem voz, por algum tempo, não podia ter pressa. Tal como estava, nem mesmo ele, seu criador, estava autorizado a possuí-la: qualquer contato físico, nesse instante, lhe daria uma força que ela ainda não estava autorizada a ter. Não poderia haver também explicações, o que acontecera sob a parreira ficaria sem comentários: as coisas obscuras sempre parecem mais importantes do que as explicadas, todos respeitam o que não entendem. Com o tempo, sem que ele precisasse dizer, Maria Eulália saberia.

Apesar de não poder tocá-la, ou talvez por isso mesmo, ele a desejava como nunca: a ideia de humilhá-la fisicamente o excitava. Passava noites insones imaginando inúmeras formas de fazê-lo. A tentação de sentir-se o seu dono, o seu macho, de fazê-la sofrer e implorar era tão grande que, para suportar esse período, decidiu tomar algumas precauções: graças a um acordo com o porteiro do hotel, pessoas passaram a visitá-lo nas madrugadas. Tinham ordem expressa de não acender a luz, não falar. Não os queria ver, não queria nem mesmo pensar neles: eram corpos sem nome, orifícios. Ao saírem levando o pagamento, deixavam atrás si o desmemoriado alívio dos amores sem amor. Por algum tempo, o arranjo funcionou. Embriagado por esse poder comprado, Genaro enganava-se: a cidade começava a aprender quem ele era. O orgulho não o deixou ver o que se escondia atrás do que havia planejado. Quando percebeu, era tarde demais: o imprevisto saíra das profundezas e dera o bote.

***

Igual a todos, ela entrava no quarto escuro, deitava-se na cama e não falava. Trazia em relevo, no ombro esquerdo, uma cicatriz em feitio de borboleta e exalava um profundo odor de atoleiro. Desde a primeira vez em que a penetrou, Genaro soube que não teria mais repouso: dentro daquele ventre, era necessário nadar com todas as forças ou deixar-se morrer entre os esqueletos dos que o haviam precedido. Atordoado, ele jogou no lixo as teorias de afastamento e controle que, desde os tempos do Major, o haviam protegido: eram remédios vencidos, nada podiam contra as milhares de pequenas mãos ativas que viviam dentro daquela fêmea – na sua vagina, na sua boca, no seu ânus – e cujo roçar obsceno o deixava tão aturdido que, ao levantar-se da cama, nunca sabia se estava saciado ou faminto demais.

Foi assim que eles passaram noites inteiras descobrindo o prodígio da total intimidade, e, sem jamais verem o rosto um do outro, sem se falarem, viveram o milagre ansioso dos amores condenados. Sem perceber que eram felizes, atravessaram todos os estágios da paixão até que, numa madrugada de neblina e calor fora de hora, Genaro decidiu que bastava, havia prometido jamais entregar-se novamente. Ordenou à mulher que fosse embora e não voltasse: não queria vê-la nunca mais, havia atingido os limites do suportável. Ela apenas suspirou, enregelando o quarto, e, ao sair, deixou o vislumbre do que poderia ter sido a queda do paraíso: uma mulher alta rodeada de borboletas bloqueando a luz do corredor. A porta ainda não se fechara por inteiro e Genaro já tentava, com todas as forças, evitar a certeza do erro se aproximando, passo a passo, pelo mesmo corredor.

Na insônia aturdida das noites que se seguiram, decidiu que precisava trazê-la de volta. Embora a levasse tatuada em todo o corpo, nunca a havia visto, nada sabia sobre ela, nem mesmo o nome; o antigo porteiro havia sido despedido, ninguém conseguiu encontrá-lo. Como poderia descrever ao novo funcionário o cheiro de atoleiro e o movimento das mãos ocultas que o masturbavam de dentro para fora enquanto, feito bicho, ele esfolava aquela mulher, na avidez do desespero? A solução foi começar a busca. Durante muitas noites, suportou corpos errados, até que, numa madrugada, a porta foi aberta por mão de dona e o cheiro inconfundível espalhou-se pelo quarto. Genaro entrou em pânico; embora a tivesse procurado loucamente, quis fugir, mas a fuga estava além das suas forças, por isso ficou, mas sempre no escuro e em silêncio. Continuava a não querer conhecer seu rosto ou ouvir sua voz, assim não correria o risco de esquecê-la. Padeceu a honestidade daquela paixão com valentia admirável, jamais se permitiu pensar nela à luz do dia, refreou o desejo de lhe dar presentes, mas cedeu à necessidade de ter na cama apenas ela e ninguém mais: foi quando mais perto chegou das pessoas comuns. Tranquilizado, decidiu que sua vida podia continuar e retomou com tanto empenho o seu papel de noivo que, no jeito de frequentar a casa, de almoçar com Maria Eulália, de tolerar suas irmãs, de trocar palavras quase amáveis com o Pai, deixou transparecer claramente a existência de um amor. Infelizmente, Maria Eulália enganou-se pensando ser por ela, o que atrasou, por algum tempo, o seu desagravo.

Fogo surdo

Demorei para perceber que, antes mesmo de erguer-me das lajes do jardim, eu já começara a arquitetar minha vingança. Porque, apesar de tudo, amava Genaro, fiz como as ostras e envolvi minha dor em mil desculpas. Dizia a mim mesma que o duro sofrimento da guerra, sobre o qual ele jamais falava, o induzia a fazer coisas das quais se arrependia profundamente, e que era preciso entender e ter paciência. Ou – nos dias em que achava não ser essa uma razão suficiente – dizia que fora por me amar demais que ele perdera o controle, todos sabem que a paixão faz isso com os homens: aniquila seu senso de moral, e os leva a agir feito bichos.

Foi assim que, a inventar razões sem convencer-me, afundei num emaranhado de sentimentos que pareciam ter movimentos próprios, independentes de minha vontade, e se enroscavam em mim feito gavinhas. Raiva, humilhação, orgulho, amor, por tudo isso eu passei numa ciranda insana; afastei-me das minhas irmãs, fugi dos olhos atentos de Máxima, da conversa fácil de Adelina, da perspicácia do Pai: se apenas ficasse quieta, talvez a casa esquecesse o que não sabia de mim e, de alguma forma, a dor passasse. Houve dias em que cogitei até mesmo romper o noivado: se mandasse Genaro embora, talvez ele percebesse o tamanho da sua perda e voltasse implorando meu perdão – eu tinha ainda essa esperança de normalidade –, mas, por sorte ou por uma sabedoria da qual não tinha consciência clara, entendi a tempo que romper não me servia: a ruptura, se viesse, só poderia acontecer depois da minha vingança ou seria outra derrota, precisava primeiro ganhar de Genaro no mesmo campo em que fora derrotada, fazer o que nossa mãe, meio brincando, meio a sério, costumava aconselhar às noivas da família: subir à boleia, agarrar as rédeas e mostrar quem mandava. Se esse conselho era útil para as outras – as felizes –, para mim era bem mais do que isso. Como disse antes, eu ainda amava Genaro – ou pensava amar, o que terminava por ser a mesma coisa – e, portanto, não tinha outra escolha a não ser vingar-me.

Enquanto eu assim me debatia, não consegui voltar ao jardim: era fálico demais, masculino demais e traiçoeiro. Sem forças também para enfrentar o dedo acusador da casa, busquei refúgio, como fazia desde menina, no território neutro da escada em formato de dragão. À sombra das glicínias, tentando não pensar, eu passava horas observando a rua. Sabia a hora exata em que o afiador de facas chegaria, antecipava seu apito, reconhecia seus fregueses: a cozinheira gorda que trabalhava nos Andrade e que um dia entrara pela casa adentro, furiosa, acusando Adelina de lhe haver dado a receita errada da sopa Vichyssoise que mamãe costumava fazer para a ceia do Natal (não duvido que falasse a verdade), a costureira quase cega que morava com a filha numa casinha antiga, de madeira, logo virando a esquina, que vinha afiar sua tesoura mais por solidão do que por necessidade. Mais assídua do que ela, só a esposa do seu Genuíno, segundo Adelina uma desavergonhada que estava de namoro com o afiador (um italiano alto e bem-apessoado). Sim, eu conhecia a todos eles; sabia também a que horas o dono da sapataria levantaria a cortina de ferro da loja, invejava os namorados que se encontravam à tardinha na galeria em frente, procurava identificar nos seus carinhos sinais de falsidade: eram tão mais feios do que eu e tão mais comuns, como seria possível que apenas eu sofresse tanto?

Porque, apesar dos sinais, eu ainda não me convencera de que o pior estava por acontecer, vivia como se já estivesse no inferno: ignorava tudo o que não fosse humilhação, esquecia-me até mesmo de comer. Máxima, preocupada, passou a alimentar-me com ovos quentes e batidas de abacate: são fáceis de engolir, ela dizia, repetindo as palavras e o jeito de minha mãe. Elisa – até hoje não tenho certeza se viu tudo o que acontecera sob a parreira, quando, como quase sempre, me espiava – fazia-me companhia no banco da escada e era tão parecida com sua mãe que, se eu deixasse de reparar em minhas mãos envelhecidas, poderia, com facilidade enganar-me: tudo estava como antes, eu era ainda menina e logo mais todas nós sairíamos para matar dragões.

Nesse período de tristeza profunda, até mesmo a revoada das pombas sobre o telhado da casa, algo que sempre me encantara e agora percebo como realmente belo, me entristecia: do pombal na praça até a casa e de volta ao pombal, aquela revoada não passava de um esvoaçar inútil, eu pensava angustiada, pois assim era também o meu amor: o que eu pensara ser um orgulhoso voo para longe do Pai não passara de um ir e vir sobressaltado e sem sentido, eu saíra do nada para o grande vazio e fora obrigada a voltar.

Foi Máxima quem percebeu quando eu estava pronta. Na verdade, foi ela quem me levou a ficar pronta: o orgulho que sentia de nossa família a fazia acreditar em minha força, e assim, vendo a mim mesma como ela me via, olhando através dos seus olhos, convenci-me de que havia chegado a hora. Decidida a ser perfeitamente cruel, permiti que a raiva velasse com falsas cataratas meus olhos verdadeiros, esqueci perdão e culpa, conceitos que, desde a minha primeira comunhão, todos me diziam serem pedaços inseparáveis de mim, não consultei ninguém nem examinei os sinais das mãos: não queria entender, queria fazer. Nunca amei tanto a mim mesma, passava as noites em lua de mel com meu corpo. Eu, que demorei tanto a ter a coragem de tocar-me, aprendi que podia sentir mais prazer com o coração furioso: decompor Genaro em pedaços – braços, mãos, boca, sexo –, transformar cada um desses pedaços em objetos de minhas fantasias, aliviou por algum tempo a minha angústia e me devolveu a capacidade de pensar. Como Máxima antes de mim adivinhara, eu estava pronta.

Por sobre as bandejas impecáveis nas quais ela me servia o creme de abacate, os ovos quentes e o mingau de maisena salpicado de canela, começamos a conversar. Falando por metáforas, usando uma língua criptografada da qual só nós conhecíamos a chave, decidimos que haveria, sim, uma vingança, que ela seria cruel, mas seria também discreta: puniria Genaro para que jamais ousasse humilhar-me novamente, mas não me impediria de continuar noiva se, depois de tudo, eu ainda o quisesse. Não tínhamos, então, Máxima e eu, ideia clara de como faríamos, sabíamos apenas que eu o humilharia através do sexo, assim como ele me humilhara, e que aconteceria na casa, num domingo caseiro e sonolento igual a qualquer outro. A casa guardaria meu segredo, manteria qualquer inevitável comentário preso entre as suas paredes.

Por fim, decidi – ou talvez tenha sido Máxima, e ela apenas me tenha convencido de que fora eu –, tudo aconteceria no meu futuro quarto do porão, o lugar onde, se o noivado continuasse e o casamento acontecesse, eu passaria a noite de núpcias. Era o lugar certo, tinha a força poderosa de um símbolo: lá renasceria o meu orgulho e lá Genaro entenderia que competia a mim estabelecer os desígnios da nossa hipotética vida em comum. Agora eu só precisava planejar a forma como tudo aconteceria. Totalmente perdida entre um milhão de possibilidades, voltei a roer unhas e a esquecer-me de comer, mas não desanimei, ao contrário, atirei-me de corpo e alma à tarefa, endureci lábios e coração, entreguei-me com tanto ardor ao ofício de planejar que todos confundiram raiva com paixão. Por não saber como começar, abri todas as janelas, deixei que o sol afastasse as aranhas, os escorpiões e os últimos mofos do porão, ajudei a lavar vidros, engomar lençóis e arear os castiçais. Embora tenha telefonado muitas vezes e até mesmo ido até sua marcenaria em Porto Alegre, não consegui convencer seu Albino a entregar a cama antes do prazo acertado: jacarandá exige respeito, me disse. A solução foi pedir à loja que fizesse a entrega do colchão. Mandei colocá-lo no chão, o rodeei, como se o emoldurasse, com almofadas de seda, trouxe do meu quarto de solteira duas mesinhas antigas em bronze e rádica e, mentindo estar testando a decoração, convenci Clotilde a me deixar usar a poltrona verde da sala do piano e os dois jarrões chineses com desenhos de pavões. O resultado foi pouco convencional, mas aconchegante e até luxuoso.

Por que fazia tudo isso? Não tinha ainda uma ideia clara, sabia apenas que, no tempo certo, de todas aquelas providências, algo haveria de nascer. Máxima observava minha agitação sem fazer críticas ou dar sugestões, mas todas as tardes, antes de fechar as venezianas, renovava os galhos de magnólias nos jarrões chineses e enfeitava o quarto com flores temporãs. Entretida e consolada, eu continuaria assim, apenas me distraindo com os preparativos se um brilho de amor que percebi nos olhos de Genaro, não me tivesse confundido. Seu amor por mim é tão forte que ultrapassa a opacidade estudada de seus olhos e se torna assim: evidente, pensei. Ansiosa por perdoá-lo, já me decidia a abandonar tudo quando Máxima, sem se deixar iludir por aquele fulgor de paixão que eu pensava ser meu, valendo-se de amigos, saiu em busca de explicações. Em poucos dias, um empregado do hotel, parente longínquo de Adelina, trouxe a notícia de uma prostituta que todas as noites visitava Genaro.

Com sabedoria instintiva, Máxima planejou imediatamente o que fazer e, para ter a certeza de que eu estava de acordo, exigiu-me a aceitação do fato irrefutável de que o amor de Genaro era voltado para outra mulher que não eu. Falou tão calmamente e com tanta bondade que, apesar da tristeza, concordei com tudo. Disse-lhe que meu coração estava seco e que esta era a única chance, se não de reflorescê-lo, pelo menos de me compensar pelas ofensas. Discutimos os detalhes, marcamos dia e hora e, quando tudo ficou resolvido, pela primeira vez desde aquele entardecer sob a parreira, eu consegui um sorriso sem fingimentos, ainda que certo esgar de amargura o deformasse.

***

O domingo escolhido amanheceu lavado e inocente, a chuva da noite o limpara de todo o suor da semana. Na antecipação febril que me impedira de dormir, levantei-me antes das seis e fui à missa. Ao ver-me tão cedo na igreja, Clotilde alegrou-se: a filha pródiga retorna, deve ter pensado, pois acendeu duas velas em regozijo. Não me dei ao trabalho de lhe explicar minhas razões e, sempre calada, de joelhos, o rosto entre as mãos, vi, sem remorsos, a decepção instalar-se no seu rosto quando não me levantei para comungar: mas não durou muito essa decepção, logo a vi sorrir, radiante. Como era seu costume, devia ter-se embrenhado numa das suas muitas fantasias – ela as usava para ser feliz – e convencido a si mesma de que eram escrúpulos exagerados (eu não me havia confessado) e não pecados o que me impedia de receber o corpo do Senhor e sorriu-me, compreensiva.

Ao contrário de Clotilde, acredito que padre Antônio não se deixou enganar: sabia que para mim, assim como para a grande maioria de seus paroquianos, a missa das seis era sinônimo de desespero, não de devoção. Homem generoso, talvez tenha rezado para que, fosse qual fosse o meu desespero, fosse qual fosse a graça por que eu viera suplicar, assim, tão cedo, eu a alcançasse. Retornei à casa e conformei-me à manhã modorrenta até que, exatamente ao meio-dia, uma alegre fúria contaminou a todos: haviam percebido que haveria uma guerra, e, ainda que não soubessem qual a sua causa, alistaram-se. Na cozinha, Adelina desfilava boleros, os do rádio e os outros, mais picantes, que aprendera com a prima prostituta. Adivinhando que tudo aconteceria na vertigem morna das duas da tarde, quando os relógios se acalmam e as pessoas se desprotegem, ela atrasava o almoço refinando o cardápio: supremo de frango à Kiev, um prato muito popular à época.

Máxima arrumou a mesa com o jogo de cristais azuis e a segunda melhor louça – não a do diário, não a dos domingos, mas também não a do Natal –, a que era usada nos aniversários: em tempos de guerra, era de bom-tom ser discreta, deve ter pensado. Sentada na varanda de begônias, eu observava Agostinho a vasculhar o jardim atrás de flores. Sem as encontrar – as de verão já haviam murchado, e as de outono ainda não haviam florescido –, colheu ramos verdes e, com eles, enfeitou-se a mesa. Quando o almoço foi servido num clima falsamente festivo, sorri, apesar do nervosismo para o recado que Adelina me mandava: em cada prato, enfeitados por ramos de salsa e discretamente enrolados sobre si mesmos, os peitos de frango à Kiev guardavam o segredo da manteiga quentíssima, pronta para fluir: sua alma de cozinheira entendera que se tratava de uma vingança e fizera dela uma metáfora. Elisa acompanhava cada gesto meu, cada detalhe. Penso ter sido ela a única a perceber, em toda aquela agitação, uma ressonância fúnebre, pois, como se tivesse medo, num gesto que lhe era pouco comum, permanecia de mãos dadas com Olga.

Levar Genaro até o porão foi mais difícil do que Máxima e eu havíamos imaginado; logo após a sobremesa ele envolveu-se com Caio num assunto qualquer e, quando me aproximei e sussurrei ao seu ouvido e acariciei a sua nuca, me afastou como a uma mosca inoportuna. Não insisti, apenas fiquei ali, em pé, ao seu lado. Assim que Caio levantou-se para buscar outro uísque, eu aproveitei para novamente dizer-lhe baixinho que o queria e que precisávamos ficar a sós. Ele hesitou, mas depois sorriu condescendente e concordou. Mais uma vez, ninguém, a não ser Elisa, pareceu reparar em nossa saída: embora estivesse agindo em legítima defesa, não tive coragem de encará-la.

Em silêncio, Genaro e eu descemos a escada até o pátio do poço e, sempre em silêncio, abrimos a porta do porão. Lá dentro estava escuro e fresco, as venezianas fechadas, as cortinas também. Na pequena sala, dois abajures acesos criavam um teatro de sombras. No quarto, imerso num crepúsculo de velas, estava o cenário que Máxima e eu havíamos montado. Sobre o piso muito encerado, entre os jarrões chineses e os ramos de magnólias, avultava o colchão recoberto por lençóis suaves. Ao lado dele, uma bandeja de prata, dois copos e um balde com gelo. Embora eu mesma tivesse planejado aquilo, enrubesci, envergonhada pela evidente sedução, mas, para a minha surpresa, Genaro aceitou tudo com tranquilidade: olhou ao redor, tirou os sapatos e a camisa e deitou-se, à minha espera.

Sempre pensei que havia na ausência de perguntas, na tranquila anuência dele com os meus planos, a mão de Deus a proteger-me, até que, tempos depois, numa de suas cartas, Genaro me relatou o que pensara naquele momento: *...e era natural que* *tentasses me seduzir, a mulher que nasceu em ti depois que te assassinei precisava disso.* Nunca encontrei palavras melhores do que essas para descrever o que me acontecera: sim, naquele dia, sob a parreira, ele me havia assassinado e uma nova mulher surgira. *Nessa mesma carta, me contava que, por eu ainda não estar pronta para o gozo carnal, assim que me visse nua sob os lençóis, levantar--se-ia e iria embora sem explicações: para o teu próprio bem, era forçoso humilhar-te novamente, explicava; como se me maltratar, aniquilar meus sentimentos, fosse apenas uma forma diferente de me demonstrar amor e como se tudo o que realmente aconteceu aquela tarde – seu aviltamento à prostituta, tudo – não houvesse jamais acontecido.* A realidade para Genaro nunca teve a menor importância, adulterava os fatos conforme as visões distorcidas de sua imaginação.

Capítulo VIII

Perguntando-se até onde Maria Eulália teria coragem de ir, e já decidido a abandoná-la na cama improvisada, Genaro tirou a roupa, instalou-se sobre o colchão e, de olhos fechados, esperou que ela desabotoasse o vestido e se deitasse com ele. Uma pena que precisasse humilhá-la novamente, disse a si mesmo, ao começar a acariciá-la, mas não podia desviar-se do projeto de transformá-la numa nova mulher, mais tarde Maria Eulália ainda lhe agradeceria. Cego pelo orgulho, não prestou atenção quando ela, murmurando qualquer coisa sobre ir buscar o champanhe, enrolou-se no vestido e saiu, fechando a porta. Pouco habituado aos rituais familiares, não percebera os sinais espalhados pela casa: não prestara atenção no estalar das tábuas, no alvoroço dos grilos, não ouvira o galope nos canteiros e o vento a assobiar nos galhos do jardim; não entendera a guerra em andamento. Certo de que controlava o mundo, deixou-se ficar sobre o colchão até que, exatamente às duas da tarde, conforme Adelina previra, abaixou a guarda em definitivo e adormeceu.

Quando o cheiro inconfundível o alcançou, sonhava com o elefante de pedra de Pantelleria, os vulcões ocultos, as casas negras, as grutas de rocha e vento. Dormia ainda quando um filete de medo invadiu seu sono. Assustado, abriu os olhos: as velas se haviam apagado e uma luz delgada entrava pelas venezianas. Permaneceu deitado e em silêncio tentando lembrar onde estava até que, tropeçando na penumbra, a mulher, que ele conhecia bem, mas cujo rosto jamais havia visto, aproximou-se, enfiou-se sob os lençóis e o sufocou com seu corpo forte e desnudo. Genaro tentou afastá-la e, quanto mais se debatia, mais a mulher agarrava-se a ele e o fazia afundar. Sentiu-se terrivelmente opresso. Como era possível que a fraqueza jamais confessada, a paixão transgressora, que à luz do dia ele tratava de esconder até de si mesmo, saísse do gueto em que a confinara e viesse a se materializar ali, na casa de Maria Eulália? Quis impedir a ereção, mas aquele corpo movente que se agitava sobre o seu, carregado de uma sensualidade ordinária, o deixava febril e, como num pesadelo, ele sentiu o seu sexo penetrando na carne úmida da mulher. Neste instante, Máxima entrou no quarto improvisado, acendeu as luzes e observou-os por alguns segundos com uma expressão de náusea e desprezo. Depois saiu, batendo a porta.

Golpeado pela cilada, Genaro cerrou os olhos. Ao seu lado, sob os lençóis, o corpo grudado no dele, a mulher chorava baixinho. Toda a excitação se esvaneceu, e ele disse a si mesmo que nunca mais teria desejo por aquela mulher. No entanto, precisava contemplá-la, mesmo que fosse apenas para confirmar o que agora descobrira: ela era uma mulher medíocre, terrivelmente medíocre, uma mulher irrelevante, pronta para todas as traições. Com esforço, ele abriu os olhos e percorreu aquele corpo que antes o arrebatava e constatou a trivialidade de suas formas, a textura gasta de sua pele, os inúmeros sinais particulares, as manchas, os dedos curtos e grossos como os de uma camponesa, e ao deter-se no rosto viu-o como era de fato: excessivamente maquiado para disfarçar as olheiras e as leves rugas que teimavam em brotar ao lado dos lábios. Viu também os dentes imperfeitos e os cabelos mal cortados, mas o que o repugnou foi o vazio de seus olhos, como se não os tivesse, olhos despojados de interioridade e de outras emoções que não a da sensualidade. Até o seu choro miúdo parecia falso. Pensou que a mataria sem remorsos.

Só então se deu conta de que todos os seus planos perdiam-se ali, Máxima mandaria espalhar por cada esquina, por cada botequim, por cada boca maledicente da cidade a cena indecorosa que ele protagonizara. Ririam dele, o apontariam na rua, sua história se tornaria motivo de deboche eterno em Boca do Monte. Talvez tivesse de fugir, de procurar outro território onde ninguém o conhecesse, de inventar uma nova vida. Vai embora!, ordenou asperamente à mulher, que se vestiu depressa e saiu do quarto.

    Ainda na cama, Genaro voltou a fechar os olhos e pensou que tinha de ter calma, criar uma alternativa, não podia jogar fora o seu futuro por causa de uma armadilha em que o haviam apanhado. Quem a teria planejado? Máxima? Maria Eulália? Talvez tivesse muitos inimigos naquela casa, mas isso agora não importava, pois estava seguro de que nenhum fio de cumplicidade o prendia àquela puta que acabara de afastar-se de seu horizonte para sempre, enquanto milhões de sonhos e interesses ligavam sua existência a de Maria Eulália. Levantou-se e, reconfortado por sua certeza, vestiu-se e caminhou de maneira resoluta em direção à porta da frente da casa. Não topou com viva alma. Estariam todas escondidas em seus quartos, saboreando em detalhes os acontecimentos escabrosos daquela tarde? Deu de ombros: retomara a certeza de que Maria Eulália ainda lhe pertenceria. Ao sair, bateu a porta da frente com muita força e em sua boca desenhou-se algo que se assemelhava a um sorriso.

Capítulo IX

Os pingos de sangue escorreram sobre os azulejos e tomaram a forma de uma folha vermelha, serrilhada, aguda: uma folha de liquidâmbar. Era orgulho do sogro a tal árvore: sempre que alguém vinha de visita, a história das sementes trazidas da Nova Inglaterra era recontada e a planta, revisitada. Nunca a olhara de verdade, fora Olga quem, um dia, só para dizer alguma coisa, só para puxar conversa, a mostrara pela janela do apartamento: olha que bonito, Caio!, ela dissera e lá estava o liquidâmbar, gordo e vermelho, abarrotando a manhã. Mesmo assim, misturada com outras sujeiras, era bonita a *folha* no azulejo, combinação de vermelho, cor de vinho, preto e cinza. Seria cinza ou um tom mais claro de preto? Existiriam tons de preto, ou o preto era uma cor pura, sem variações? Um preto e dois brancos, sempre três e sempre os mesmos nos assaltos em Porto Alegre, sempre três fazendo a Brigada, o DOPS e a Polícia Civil de palhaços. Todos presos, o negro já estava até no Chile, um dos setenta trocados pelo cônsul suíço. Chegava a ser irônico, Caio pensou, amargo: ele *encarcerado* ali, em Boca do Monte, sem chances de fugir, e o negão lá, livre e solto, bebendo vinho, aproveitando a folga. Cutucavam a onça e se escapavam. Estava cansado, muito cansado, cansado demais daquilo tudo. Na verdade, não devia nem estar ali no Regimento de Obuses presenciando uma tortura, estabelecendo limites para, talvez, evitar a morte do preso. Haviam acertado que seria sempre só a Auditoria: responder quesitos, fazer laudos. Precisava achar uma hora para conversar com o Sogro, restabelecer o combinado, falaria de leve, sem ofender, sem parecer que se queixava.

    Fez um sinal aos outros que ia lá fora, fumar, já voltava. Fechou a porta com um cuidado vagaroso, todos os excessos já haviam sido cometidos, qualquer outro, até mesmo o bater involuntário de uma porta, seria insuportável. Acendeu um cigarro. O que não daria por uma cerveja! Os imbecis lhe haviam oferecido um mate, ali não era lugar pra mate. Mate se toma embaixo de uma árvore ou numa varanda dando pro jardim, é coisa de família, não combina com sangue escorrendo no azulejo, não combina com obuses. Precisava comprar urgentemente uma daquelas garrafinhas discretas, de metal, aquelas de se levar no bolso. Em Boca do Monte não tinha, já havia procurado; talvez em Porto Alegre, naquela tabacaria perto do cinema Vitória: como era mesmo o nome? Não lembrava, mas, também, não era importante, e de repente era, sim, extremamente importante lembrar o nome da tabacaria. Encostado à parede, fechou os olhos, tentou pensar, estava na ponta da língua, mas não saía, a cabeça falhava; não devia faltar muito agora, haviam aumentado o volume do rádio, *y todo a media luz*, gravação antiga, Carlos Gardel, um tango clássico.

Ana Rita queria aprender a dançar tango. Não trouxeste o disco, esqueceste de novo, ela reclamava, assim que ele entrava no apartamento. Dizia que compraria ela mesma. Nunca comprava, terminava esquecendo também. Um dia desses, levaria a merda do disco e escutaria a música fodendo com ela lá no apartamento: nos obuses não havia meia-luz, nem apenas dois, eram muitos, e a luz, demasiada. Se demorassem lá dentro, mandava eles todos à merda, fingia que estava passando mal e saía para tomar um conhaque, uma cerveja, qualquer coisa, caralho! Isso, a moça lá dentro tinha: colhões. Mais do que muito barbado, reconheceu apagando o cigarro. Encostou-se à porta massageando o rosto: uma dor de cabeça filha da puta! Mais um pouco e o chamariam de novo, precisava estar preparado e nunca estava, sempre o pegavam de surpresa. Entraria e diria que tinham que parar, mesmo que fosse mentira era o que diria, não por ela, por ele, para poder ir embora.

Trabalho de merda, tempos de merda. Até Olga, ontem, ao furar o dedo com a agulha, gritara bem alto: MERDA! Olga nunca falava palavrão, devia estar no limite, embora a sua noção de limite não fosse igual à de todos. É isso aí, Olguinha, vamos lá, mulher, te solta, diz pra todo mundo, grita bem alto: merda, merda, merda! O mundo todo é uma grande merda, podes dizer sem medo, nem é mais palavrão, só uma palavrinha. Uma das coisas que o irritavam em Olga era a indiferença educada, contida: sempre bondosa, sempre a postura de mártir, sempre mais cabeça do que corpo, sempre pensando, nunca se entregando. Eram parecidas as duas, ela e a guria atrás da porta, ignorando o corpo. O corpo daquela guria há muito que trocara de lado, há muito que insistia: fala! Fala! Fala! Fala de uma vez, acaba logo com isso, me deixa descansar. Era isso que o corpo dela dizia, e a mente, estúpida, alongando tudo, agarrando-se a ideais, companheirismo, um monte de besteiras. Por que não falava de uma vez? Por que fazia todo mundo perder tempo? Se falasse e tivesse sorte, seu processo chegava à Auditoria, os que tinham sorte e um pouco de cabeça chegavam lá. Com o processo na Auditoria, ficava mais difícil o preso desaparecer, sumir, a prisão passava a ser oficial, seria preciso explicar.

Prejudicado era a palavra mais comum nos laudos, a usavam tanto que nem escreviam mais, carimbavam: resposta prejudicada, depoimento prejudicado pela alegação de tortura. Mais tarde, para o processo, não importavam tanto as confissões, podiam fazer uma declaração juramentada desmentindo tudo, ficava o dito pelo não dito, o sim pelo não, palavras canceladas pela denúncia de tortura, fatos apagados pelo carimbo de prejudicado, como o sangue no azulejo seria apagado, logo mais, pelos faxineiros. Mesmo sabendo que era assim, não falavam, não queriam delatar os companheiros, matar os amigos. Hipócritas todos eles, não queriam matar, mas matavam. Não queriam matar, mas atiravam, usavam armas, sequestravam, assaltavam, decidiam, em lugares semelhantes a esse onde estavam, os que deviam morrer. Nem matar e nem morrer, queriam só continuar vivendo: dia a dia, nojo a nojo, desgosto a desgosto, vivendo o mais possível. O dito e o não dito, nuanças da verdade, matizes do vermelho sobre ladrilhos sujos, mundo sujo, vida suja. Covardes todos, inclusive ele, bando de incompetentes. A coisa mais limpa ali dentro era o sangue no azulejo. Sangue nunca será sujeira, é oferenda, sacrifício aos deuses, sempre.

– Por hoje deu, doutor, terminamos. O Araújo tem aniversário da filha, não pode se atrasar.

Caio fez que sim com a cabeça, espreguiçou-se e, como se tudo fosse muito natural, inclusive o aniversário, foi buscar o carro no estacionamento sombreado de cinamomos caiados de branco, galhos podados para o inverno. Que se fodessem, iria direto para o bar encontrar-se com Ana Rita. Entrou no carro, ligou o rádio e, repetindo o gesto que se havia tornado comum nos últimos tempos, passou as mãos pelos cabelos, massageou a nuca, esfregou o rosto com ambas as mãos. Fazia assim quando queria clarear as ideias. Servia de nada, um cacoete inútil, todas as dúvidas continuavam no mesmo lugar. Não sabia nem mesmo quem era de verdade: o que se humilhava na frente do Sogro ou o que humilhava dentro do quartel, o que ficava enojado com as torturas ou o que observava, curioso, os limites da resistência humana; o homem domesticado, que vivia com Olga, ou o outro, que sentia o maior tesão pela cunhada. Bem no fim, não era nenhum. À noite, deitado ao lado de Olga, sentindo seu cheiro honesto de sabonete e camisola de algodão, tinha certeza de estar no lugar certo, mas depois, quando, como agora, seu corpo latejava na expectativa de Ana Rita, aquela certeza deixava de existir, e o cara dormindo ao lado de Olga não passava de um imbecil, um covarde que se agarrava ao corpo de uma mulher que, horas depois, haveria de trair.

Não era uma situação nova, perdera a conta dos adultérios que cometera. Mesmo quando ainda era possível sentir nos lençóis de casa o cheiro amadeirado do baú onde Olga guardara o enxoval, a necessidade de ter outras mulheres existia nele, feito um tumor que o incomodava, mas com o qual precisava conviver porque era impossível extirpá-lo. De quando em quando, junto com o deixo ou não de fumar, deixo ou não de beber, uma leve culpa o atormentava, culpa passageira: não imaginava sua vida sem bebida, sem cigarros e sem mulheres; tornara-se um dependente, pois não era apenas o costume, a repetição de hábitos frívolos que o levava a aqueles vícios, e sim uma necessidade imperiosa e irracional. Sentia que, se os abandonasse, não conseguiria sequer pensar, talvez nem viver. Nesses momentos, apesar de ela ser tecnicamente sua cunhada, lembrava sempre de Ana Rita. Desejava-a com ardor, se esvaía em seus braços e às vezes supunha-se apaixonado por ela, uma paixão que ia além dos toques ardentes do frenesi na cama e do gozo mútuo. Ao lado dela, sua consciência se aplacava.

    Estacionou o carro na esquina, sob uma sombra, perto do bar: mesas de madeira grossa, cadeiras com assento de palha e um espelho enorme com anúncio de bebida ocupando toda a parede atrás do balcão. Espiou para ver se havia algum conhecido. Ninguém. Lá dentro estava escuro e fresco. Escolheu um lugar bem no fundo, pediu uma cerveja. Lembrando o que acabara de pensar, achou graça de si mesmo: Ana Rita era tecnicamente sua cunhada, estava aprendendo rápido; *tecnicamente,* essa palavra tão usada lá na Auditoria para justificar quase tudo, já se instalara em seu vocabulário civil.

    Delatar, denunciar, dedurar companheiros era, agora, *tecnicamente* correto e patriótico, uma questão de segurança nacional. Em meio a tantas outras palavras estúpidas que ouvia todos os dias, por uma razão qualquer, aquela lhe ardia feito espinho fino, impossível de arrancar. Não era difícil enganar Olga, que era *tecnicamente sua cunhada*, mas não conseguia ser *tecnicamente patriótico*. Para ele, proteger a segurança nacional era defender o país das ameaças estrangeiras. Esse novo sentido que trazia o inimigo para dentro da mesma sala e tornava heroica a delação de companheiros lhe era por vezes intolerável.

    Estão colhendo o que plantaram, o coronel bradava. Seria isso mesmo? Ao ouvi-lo falar com tamanha ênfase e também quando recebia suas ordens inflexíveis, convencia-se de que, sim, o país, do jeito que estava em 64, caótico, sem disciplina e sem rumo, marchava para o abismo. No raciocínio teórico, tudo fazia sentido, e ele estava apenas defendendo a segurança da pátria. No dia a dia, porém, ao lidar com alcaguetes, vadios, bajuladores, uma ralé humana, o sentido das ações se perdia, e ele experimentava apenas nojo de si mesmo e dos que se infiltravam por toda parte para identificar culpados ou inventá-los quando não existiam. Detestava a burocracia, os papéis, os relatórios, os códigos, os bules e bules de café requentado, as conversas sem sentido, as sacanagens, as piadas grosseiras. E no entanto, como médico militar, devia obediência ao regime, mais do que isso: as ordens recebidas davam-lhe a reconfortante certeza de que naquilo tudo havia uma hierarquia e um sentido maior e que cabia a ele simplesmente ajustar-se à engrenagem e contribuir com sua cota de sacrifício para o país.

Só que havia Ana Rita, e a relação que mantinha com ela significava algo de inadequado à sua imagem de homem capaz de defender em circunstâncias terríveis os melhores valores éticos. A qualquer momento os encontros furtivos poderiam vir à tona, causar um escândalo na cidade: sua integridade sofreria questionamentos, e ele precisaria ouvir perguntas para as quais não teria resposta e seria obrigado a ficar cara a cara com o Sogro, com Olga e toda a família. E teria de escolher.

– Boa tarde – Ana Rita disse às suas costas –, demorei muito?

– Não. Eu cheguei cedo demais – disse, levantando-se e a cumprimentando com um aperto de mão.

Não se arriscava a beijá-la em público, uma bobagem nascida do medo: dar dois beijos na bochecha da cunhada, o que poderia ser mais natural? Fez sinal para que se sentasse. O que tomava? Um café e uma água. Chamou o garçom, fez o pedido. De cabeça baixa, engoliu o resto da cerveja, fez sinal ao garçom novamente e pediu, dessa vez, um conhaque: era mais forte e, mesmo que ordinário, seria sempre mais honesto do que um uísque.

– Tudo bem contigo? – ela disse.

– Tudo bem – respondeu, olhando-a com um sorriso vazio.

Ela tomou um gole do café e cruzou as pernas, deixando entrever um pedaço da coxa. Caio teve um leve estremecimento: gostava daquelas coxas roliças, dos tornozelos bem torneados, por alguma razão era louco por tornozelos. Tomou o conhaque de um gole só e pediu outra dose: agora os arrepios vieram fortes, talvez estivesse pegando um resfriado.

– Precisamos conversar – Ana Rita disse, olhando ao redor e aproximando a mão da dele, sobre o tampo de mármore.

Mesmo sem tocá-la, era possível sentir uma espécie de corrente elétrica que procedia daquela mão: quase se pode ver os fios, pequenos choques doloridos, como na tortura, Caio pensou.

– Hoje, não tenho muito tempo, por isso pedi que nos encontrássemos aqui – ela continuou, e ele assentiu como se concordasse.

Estava tranquilo, incurioso, Ana Rita podia dizer o que quisesse, ele não precisava ouvir, bastava manter o olhar fixo, menear a cabeça, cerrar os ouvidos, pensar em outra coisa. Diferentemente do que imaginava, porém, ele prestou atenção.

– É óbvio que Clotilde não tem certeza – Ana Rita contava-lhe sobre o bilhete – nem de que estás tendo um caso, nem de que eu esteja envolvida. Se tivesse, não mandaria recados pelo Agostinho. Mas sempre pode ser que alguém nos tenha visto e falado alguma coisa. O que achas que devemos fazer?

Caio não respondeu, mexia e remexia o copo entre as mãos como se o examinasse para ver se estava sujo: o melhor era acabar de uma vez com tudo, pôr um fim no caso mais disparatado em que já se envolvera durante toda a sua vida. Quando levantou os olhos pra dizer o que pensara, encontrou os de Ana Rita e viu que havia neles algo de resplandecente. Ela acredita em mim – deu-se conta – e me ama. Sorveu um longo gole de conhaque e observou que, mais uma vez, estava diante de uma mulher a quem iria desapontar. Mais uma, suspirou. Uma nuvem cobriu-lhe fugazmente a visão da amante e o seu coração se endureceu. Que se foda, disse consigo mesmo, que ela se foda, e também Olga, Clotilde, o Sogro, a família, a casa, que se fodam todos! O que é que eu posso fazer?

Por algum tempo, nenhum deles falou: Caio examinava o anúncio do vermute Martini escrito no espelho, Ana Rita, pensando talvez numa aliança, enrolava o guardanapo de papel no dedo anular.

– Pois eu não vou me esconder – ela disse, enfim, levantando a cabeça. – Vou agir naturalmente, deixar que as coisas caminhem como devem caminhar, a não ser, é claro, que tu queiras terminar de vez.

Caio não respondeu de imediato: terminar com tudo? Não, não era bem isso. Ana Rita chamou o garçom, pediu outra água, não deixaria Caio perceber o quanto estava... Estava o quê? Triste? Não, triste, não. Decepcionada talvez fosse a palavra certa: o coração em desassossego, a debater-se, a agitar-se aflito, feito a mosca presa àquele quindim no balcão de vidro. O que será que colocavam naqueles quindins para que ficassem assim, tão amarelos?, ela pensou.

– Não quero terminar, Ana Rita – Caio disse, depois de alguns minutos. – Estamos bem por enquanto, tu não achas?

Ana Rita fez que sim com a cabeça, mas já não tinha tanta certeza.

Capítulo X

Trancado no quarto do hotel, Genaro perguntava-se, vezes sem fim, como pudera ser tão descuidado. Por muito pouco não perdera tudo. Não, a culpada não era Maria Eulália, enganara-se com ela, é claro, mas fora apenas um erro de cálculo que logo lhe seria perdoado. Maria Eulália o amava, tinha certeza disso. Simplesmente a haviam usado. Precisava saber quem eram os seus inimigos. Eles não agiam às claras, eram silenciosos e perversos, feito tigres. Levantou-se da cama, caminhou pelo quarto, acendeu um cigarro, deu duas tragadas nervosas e o apagou no cinzeiro já repleto. Máxima, com certeza, estava entre eles, era dona de uma inteligência perigosa, de uma astúcia superior à sua condição social, mas não passava de um instrumento: o risco verdadeiro estava além, numa área de trevas que ele iria iluminar. Deitou-se de novo e por largo tempo ficou ali, na cama, fumando um cigarro após o outro.

Na noite anterior, o porteiro da noite viera saber se precisava de alguma coisa: atitude estranha. Dissera que não, que estava tudo bem, apenas uma gripe. Ele fora embora, mas deixara um pacote de bolachas; estava ali, na mesa, ainda fechado, não ia abri-lo, não queria comer, não queria falar com ninguém, queria apenas que o deixassem pensar. Por mais que tentasse, não conseguia refletir com clareza, todos os seus pensamentos eram variações sobre um mesmo tema obsessivo: o de sua própria morte. Muitas vezes sentia-se sufocar como se alguém o cavalgasse e o esganasse. Levantava-se então da cama, num ímpeto de ar e vida.

A sensação não era nova. Em outra época, um forte desejo de morrer já o assolara. Fora logo depois da morte do Major. No quarto da pensão em Roma, cujo nome já esquecera ou nunca soubera, mas cujas paredes cobertas por um papel estampado de rosas ele jamais esqueceria, passara longas horas a olhar o punhal, uma vontade quase irresistível de tornar a usá-lo, dessa vez em si mesmo. Ergueu-se da cama, agoniado. Havia momentos em que a loucura parecia avançar sobre a morte e paralisá-la, mas a ânsia de viver não podia ser assim, tão forte, porque se transformava em medo. De onde vinha esse enjoo, a ardência no estômago, esse mal-estar? Veneno? Não havia ingerido nada além do café que ele mesmo preparara, as bolachas do porteiro estavam lá, intactas; sem abrir o pacote, ele as esmigalhou e atirou-as no lixo: pelo menos quanto a isso podia ficar tranquilo.

Sentou-se à mesa, abriu um dos seus cadernos e tentou, mais uma vez, escrever alguma coisa. Não conseguiu concentrar-se, o que de certa forma foi bom: estava bem atento quando os passos soaram no corredor. Ficou muito quieto, devia ser apenas alguém entrando no quarto mais adiante. Não, os passos pararam em frente à sua porta. Por segundos, contemplou-a, tomado de pânico, pareceu-lhe que o trinco estava sendo forçado. Escutou uma tênue batida, quase inaudível, na madeira.

– Quem é? – perguntou. Talvez fosse o porteiro querendo saber se comera as bolachas.

Ninguém falou, mas a batida repetiu-se. Olhou ao redor procurando algo com que se defender, precisava estar preparado. Se pelo menos tivesse o punhal. Vasculhou o quarto e decidiu-se pelo abajur de ferro na mesinha de cabeceira. Retirou-o da tomada e o escondeu, feito uma arma, atrás do corpo. Só então ousou abrir a porta, uma fresta apenas: viu um homem magro, usando um terno preto surrado de cujas mangas longas demais escapavam duas mãos muito brancas, mãos de pianista, pensou Genaro absurdamente.

– Sim? – perguntou.
– Preciso falar com o senhor. Posso entrar?
– Mas eu não o conheço. Como vou deixá-lo entrar?
– O senhor me conhece, apenas não está lembrado.
– Não vou deixá-lo entrar, já lhe falei.

– Tudo bem, como queira – o homem disse com voz irritada –, só vim lhe dizer para que tome cuidado com eles.
– Eles quem? – perguntou, sentindo um aperto na garganta.
– Ora, por favor, não se faça de idiota, o senhor sabe muito bem quem eles são – o homem retrucou, afastando-se pelo corredor. De repente, virou-se para Genaro, que o observava da porta, e exclamou com dureza: – E um último aviso: não se engane com a inocência, ela é falsa.

Genaro fechou a porta devagar, colocou o abajur sobre a cama, foi até o banheiro, molhou o rosto, olhou-se no espelho: pensa, repetia para si mesmo – pensa, pensa, pensa!, repetia agarrando-se na pia com as duas mãos. O homem do terno preto lhe era familiar, não conseguia lembrar-se de onde o conhecia, mas intuiu que era seu aliado, o seu único aliado, e que teria que vê-lo novamente. Subitamente tranquilizado pela certeza de não estar sozinho, percebeu que estava faminto. Decidiu tomar um banho, sair, dar uma volta, iria até o clube tomar o café da manhã. Mais tarde, talvez pudesse ir à casa de Maria Eulália, quem sabe até almoçasse por lá, afinal, ela não tinha culpa, seus inimigos eram outros.

Encontrou a sala do clube quase vazia, pendurou o chapéu num dos cabides de madeira escura, escolheu uma mesa de canto, cumprimentou o garçom, pediu café com leite, pão, manteiga e que não esquecessem a geleia. Essa geleia, eles não a ofereciam a todos, era de limão siciliano, valia qualquer sacrifício – até mesmo o de levar pra cama a cozinheira gorda com sovacos cheirando a gordura – e o fazia ter saudades da Itália: não de tudo na Itália e nem do tempo todo em que lá vivera, mas de algumas tardes em que a mãe colocava a mesa no pátio e, junto ao pão, dentro do pote de vidro azul, dormia um pequeno sol ácido, todo feito de limão, que era só dele e não queimava.

– Gostou da geleia, doutor? – perguntou o garçom.
– Boa como sempre, Naldo.

O marido da cozinheira inflou o peito, satisfeito. Genaro sorriu, gostava de ser chamado de *doutor*, mas, lembrando-se de que eram tempos perigosos, não alongou a conversa. Levantou-se, serviu-se de mais café, pegou um jornal da pilha sobre o balcão. Na primeira página, a foto do Sogro na inauguração do novo hotel no bairro Medianeira e, ao seu lado, Clotilde, aquela santarrona fingida que, por enquanto, ele precisava suportar. Terminou de comer, pediu a conta, pagou e ficou algum tempo indeciso, sem saber aonde ir. Uma coisa era certa, não almoçaria na casa de Maria Eulália, não era ainda o momento de sentar à mesa com os Sampaio de Alcântara, passaria por lá à tarde como que por acaso.

Caminhando sem rumo pelas ruas, viu-se diante do colégio dos maristas. Era quase hora da saída, o guarda de trânsito o cumprimentou com familiaridade, aquele guarda era sua credencial, não fosse por ele certamente os padres já o teriam abordado querendo saber o que fazia ali nos horários de saída, não fosse por ele talvez não tivesse conhecido Rafael. Era um menino comum, o Rafael, mas, por alguma razão obscura, ele excitava suas fantasias. Tinha vontade de protegê-lo e de machucá-lo, de ensinar-lhe a dor e o prazer, de fazer como o Major fizera, de transformá-lo em homem. Cuidado com a inocência, o homem lhe havia dito aquela manhã à porta do quarto. Seria uma ameaçadora referência a Rafael? Não, era impossível. Ele não poderia estar se referindo àquele menino todo feito para lhe dar prazer. Ainda assim, pelo menos por enquanto, era melhor manter-se à distância, pensou, e, abandonando o seu posto, caminhou até a praça. Sentou-se no banco de sempre, próximo ao lago das tartarugas. Gostava daquele lugar: a placidez da água e a previsível lentidão das tartarugas o acalmavam. A frase do desconhecido – cuidado com a inocência, ela é falsa – soou novamente em seu ouvido e encheu seu peito de angústia. Tornou a desconfiar de que estavam lhe preparando uma armadilha. Sim, talvez fosse isso, o homem que o visitara queria apenas confundi-lo, enganá-lo, afastá-lo do prazer que Rafael poderia lhe dar, não era seu aliado, como pudera se deixar iludir? Decidiu que voltaria ao colégio, esperaria pelo menino e passariam a tarde juntos. A inocência nunca é falsa, disse a si mesmo, satisfeito, olhando em torno, mas sem ver o revoar das pombas, o movimento dos transeuntes, a atmosfera cristalina do dia. Todo o seu pensamento concentrava-se na doce lembrança do adolescente.

Nesse instante, uma das tartarugas saltou, ágil, abocanhou uma pomba pelo pescoço e a arrastou para o fundo da água. Estático, respiração suspensa, Genaro viu que o pequeno lago fervilhava como em agonia. Outras tartarugas vieram dividir a carne recém-abatida. A água tingiu-se de sangue, restos de pena boiaram na superfície. A inocência era falsa, o homem do terno escuro viera alertá-lo, fora enviado por uma força maior, uma força capaz de interferir no universo, de reforçar seus recados com acontecimentos como esse. Há muito aprendera a não duvidar do universo, a prestar atenção nos mínimos sinais, a perversidade do animal que sempre julgara pacato e inofensivo fora a confirmação de outros prenúncios: tinha de tomar cuidado, os que desejavam destruí-lo escondiam-se nos mais improváveis esconderijos do cotidiano e vigiavam-no secretamente à espera do instante oportuno. Levantou-se, ajeitou a gravata – hoje, não sabia exatamente o porquê, havia decidido usar terno e gravata, parecia ter adivinhado que o dia seria importante – e, com a palavra inocência ecoando em seus ouvidos, lembrou-se de Maria Eulália e depois de Agostinho.

Não, não podia ser! Ou podia? Agostinho, aquela pobre criatura de inteligência diminuta, com sua expressão estúpida, o eterno dedo no nariz, as imitações ridículas do ronco dos automóveis, balbuciando palavras sem sentido, poderia ser ele o espião, o inimigo oculto? Era quase impossível, mas e se o treinassem? Se o transformassem num títere capaz de executar quatro ou cinco ações triviais? Por que não? Até minutos atrás, jamais imaginara que tartarugas fossem capazes de trucidar pombas. Atirou o cigarro que acabara de acender no chão e foi em direção à casa de Maria Eulália: precisava olhar de perto a cara daquele idiota, deixar-lhe bem claro que não o enganava mais. Ou seria melhor fingir que não havia percebido? Resolveria quando o visse, decidiu, caminhando apressado, sem dar-se conta de que falava sozinho e as pessoas ao redor riam-se dele.

***

Assim como os cachorros escutam o que os homens não conseguem escutar e os pássaros fazem ninhos perfeitos e diferentes, conforme a espécie, assim Agostinho entendia: pelo instinto e pela carne. Por isso, sempre teria muita pena de dona Olga, perdoaria dona Clotilde e sentiria, até morrer, um amor inconsolável por dona Maria Eulália; por isso, logo após a chegada de Genaro, ele compreendeu que era preciso avisar Máxima imediatamente. Por não tê-la encontrado na cozinha, nem na varanda, nem nas salas e nem na biblioteca, fez o que nunca havia feito antes e, rezando para que dona Clotilde não o visse, foi procurá-la na zona proibida dos quartos. Encontrou-a arrumando os lençóis na rouparia do corredor.

Quem quer faz, quem não quer manda, ela murmurava examinando uma fronha contra a luz que entrava pela claraboia de vidros coloridos e livrava o corredor da escuridão. Lençol de baixo, lençol de cima e quatro fronhas todos com o mesmo bordado, todos engomados e amarrados com fitas diferentes, uma cor para cada quarto, por que era tão difícil de entender? Se os lençóis também fossem de cores diferentes seria mais fácil, verdade, mas há muitos anos que, naquela casa, toalhas e lençóis eram sempre brancos, e para não misturá-los havia que se prestar atenção no bordado. Às vezes, a diferença era uma coisinha de nada, um risco a mais ou a menos, um detalhe. Não era assim também com as pessoas?

– O que foi, Agostinho? – perguntou, sem precisar se virar para saber que ele estava ali.

– Não é nada, dona Máxima, é só eu.

– Eu sei que és tu, criatura – ela respondeu, desistindo de arrumar os lençóis e virando-se para olhá-lo de frente. – O que aconteceu, Agostinho?
– Foi o seu Genaro.
– O que tem o seu Genaro?
– Ele chegou e me perguntou da tartaruga, uma que comeu a pomba.
– E o que tu respondeste?
– Que tartaruga mata quando tá com fome.

Máxima sorriu. Embora não parecesse, Agostinho podia muito bem ajudá-la a proteger dona Maria Eulália, de uma forma primitiva ele compreendia o perigo e, à sua maneira limitada e incompleta, amaria a sua senhora para sempre. Decidiu fazê-lo participar mais de seu plano, fechou o armário da rouparia, e disse: vem comigo, Agostinho.

Juntos, atravessaram os corredores de retratos até a varanda das begônias, onde os vasos de samambaias e as gaiolas brancas, colocadas por dona Clotilde, repletas de canários cujo canto entontecia a casa desde o amanhecer, estavam, pouco a pouco, apagando a memória da finada patroa. Dona Clotilde não fazia por mal, queria modernizar a casa – begônia é flor antiga, a moda agora são as samambaias, dizia com a mesma teimosia que durante a doença da mãe a levara a passar noites em branco, a dar banhos na enferma e a limpar urinóis, como se esse sacrifício fosse realmente necessário numa casa com tantas mãos. Evitando, por respeito, o cantinho perto da janela, onde a falecida patroa gostava de bordar, Máxima fez Agostinho sentar no parapeito da janela e sentou-se na ponta de uma das cadeiras de cana-da-índia – nessas cadeiras dona Clotilde não mexera, porque davam à varanda um jeitinho de jardim de inverno inglês –, ali podiam falar, o canto dos canários abafaria a conversa.

– Agostinho, tu sabes o colégio dos guris? Aquele dos padres?
– Sei, sim senhora.

– Pois eu preciso que todos os dias, no horário da saída, tu vás até lá e me repare num guri chamado Rafael, é filho da Domingas, a passadeira minha comadre. Lembra dele? Sim? Que bom. Não precisa fazer nada, é só ficar reparando no que ele faz e me contar depois.

Ficara sabendo das conversas de seu Genaro com o menino pela Domingas. Se conseguisse provar que havia alguma coisa, talvez conseguisse convencer dona Maria Eulália a terminar aquele noivado absurdo.

Capítulo XI

Por amor ou seu inverso – em página solta, fácil de ser eliminada, pode-se escrever sem susto –, as confissões mais íntimas acontecem com as amantes. Assim, porque Caio lhe contava, Ana Rita sabia das torturas. Olga também, ainda que por vias transversas: adivinhava o que havia por detrás das palavras soltas que o marido gritava enquanto dormia. Eram palavras sombrias, vindas de uma região de desvario, que impregnavam o quarto com suas ressonâncias assustadoras e a obrigavam a se levantar, caminhar pela casa, regar as plantas, buscar, enfim, qualquer coisa que lhe devolvesse a ilusão, por passageira que fosse, de que o seu pequeno mundo tranquilo e corriqueiro havia sido restaurado.

Nos pesadelos de Caio descortinara o ódio e a ausência de defesa, mas, embora experimentasse uma pena infinita por todos eles, os que experimentavam o inferno, não alcançava compreender as razões de sua disposição para o sacrifício. Pareciam dominados por um princípio de irrealidade, uma espécie de loucura: mal treinados, mal armados, mal preparados, como acreditavam ser possível vencer forças militares poderosas? Nem mesmo as classes populares, em nome das quais justificavam suas ações, pareciam apoiá-los, mais interessadas que estavam em usufruir das vantagens do crescimento econômico. Por essa razão, e também porque a sua dolorosa relação com Caio – o peso das traições, a solidão, a ausência de carinho, os problemas financeiros – a havia ensinado a fugir de qualquer agonia que não fosse absolutamente inevitável, a solidariedade que sentia pelos presos políticos era restrita: repugnava-lhe a dor a eles infligida, mas não admirava a fé cega que os levava ao sofrimento e, muitas vezes, à morte.

Ao contrário de Olga, Ana Rita vivera toda a sua vida numa fenda estreita entre o mundo da família e o mundo exterior, sabia o que era estar à margem. Sobrevivera a dias e dias de pequenas e irrecuperáveis injustiças, por isso era capaz de compreender quando e por que uma luta se transforma de particular em pública e se mantém, apesar de parecer absurda. Na prática, porém, sua solidariedade era muito semelhante à de Olga, apenas mais culpada. Também estava presa às normas da casa, e a clandestinidade a assustava: qualquer passo em falso e mergulharia nela. Até agora, agira com parcimônia. Comparecera a algumas reuniões, ajudara a mimeografar panfletos, dera algum dinheiro e ficara nisso.

O bilhete amassado, molhado pelo suor da mãozinha de menino que o carregara apertado entre os dedos durante toda a manhã, lhe fora entregue no recreio. Dizia quase nada, pedia apenas que ela fosse, depois das aulas, até o banco embaixo do ipê amarelo, nos fundos do Grupo Escolar. Não havia assinatura, mas era óbvio que o pai do menino o escrevera. Ana Rita o conhecia da universidade, haviam se cruzado muitas vezes, cursava Filosofia ou Letras, não lembrava, todos comentavam que fazia parte de um desses movimentos de resistência, que ela também não sabia exatamente qual era: todos o chamavam de Lalo e, para ter se arriscado a mandar o bilhete pelo filho, devia estar desesperado. Pensando bem, fazia algum tempo que não o encontrava.

Por curiosidade, mais do que por coragem ou por culpa, Ana Rita foi ao encontro. Achou Lalo bem mais magro do que se lembrava. Os vincos entre as sobrancelhas, as linhas profundas de cada lado da boca, os dedos amarelos de cigarro e os olhos, principalmente os olhos, escreviam em seu rosto, com todas as letras, a palavra *medo*. Ele a cumprimentou constrangido, agradeceu por ter vindo, disse que só lhe mandara o bilhete porque não tinha mais ninguém a quem recorrer, bem no fundo não supunha que viesse e, num tom cansado e sem emoção, falou em luta armada, em consciência social, em família, em mulher e três filhos. Alguém o havia denunciado, o estavam procurando para interrogá-lo. Se fosse solteiro, se esconderia por ali mesmo, ao redor da cidade, nos morros, no campo, mas precisava pensar nos meninos, na mulher: se os deixasse sozinhos, com certeza usariam-nos para encontrá-lo. Precisavam fugir todos. Uruguai. Sim, sabia que a coisa estava ficando feia por lá também, seria só o primeiro passo, o menor, o mais perto. De lá, iriam para o Chile. Será que ela conhecia alguém que os pudesse levar até a fronteira? Desculpasse de novo por tê-la procurado; se quisesse, podia dizer que não, é claro, a escolhera por ser quem era. Ela e as irmãs estavam acima de qualquer suspeita.

    Ana Rita o ouvia falar como que hipnotizada, não conseguia desviar os olhos daquele pomo de adão pontudo e nervoso que subia e descia em seu pescoço parecendo que a qualquer momento iria sufocá-lo, e, quando ele se calou, contra tudo o que havia de mais razoável, ouviu-se dizendo que sim, podia contar com ela. A pessoa óbvia a quem pedir ajuda seria Caio: se quisesse, ele poderia socorrer, mas talvez não tivesse coragem. Não importava, pensaria em alguém, era a sua oportunidade, sua chance de não se abster mais. Não estava exatamente orgulhosa de si mesma, sua coragem era mesquinha, semelhante à bondade desses que querem ganhar o céu, mas escolhem a boa ação menos trabalhosa para agradar a Deus. Outro, que não ela – quem sabe Nacho?, depois de Caio, fora dele que se lembrara –, outro correria os riscos: não era o ideal, não era sequer bonito, mas era melhor do que nada.

***

No dia seguinte, Ana Rita foi até o Campito. Sendo domingo, Nacho devia estar por lá, curando a bebedeira de sábado. E ele estava, de boina e alpercatas, sentado à escrivaninha, rodeado de papéis. Nunca pensara encontrá-lo assim, organizando a vida, imaginara-o dormindo ou no galpão, trinchando uma cabeça de ovelha recém-assada. Ele a recebeu com o sorriso de sempre, mandou a índia-gringa buscar um mate. Sentaram-se nas cadeiras de vime da varanda, Ana Rita contou por que viera, perguntou se poderia ajudar: se não pudesse, ela compreendia perfeitamente. Nacho ficou algum tempo em silêncio, coçou o queixo, deu uma palmada forte na própria coxa – uma poeira fina pairou no ar, feito uma galáxia –, abriu a boca num sorriso e disse: pois faço e com muito gosto, companheira! Dera ênfase à palavra *companheira* só para implicar. Esse detalhe carinhoso, aliado ao sorriso largo, fez os olhos de Ana Rita se encherem de lágrimas: há muito que não se sentia assim, como se fosse ainda criança e um adulto viesse lhe garantir, sorrindo, que estava tudo bem.

Nacho percebeu as lágrimas e ficou sem jeito, nunca soubera lidar direito com choro de mulher. Deu um último sorvo no mate, convidou-a para entrar na sala da casa e, de uma gaveta da escrivaninha, tirou um mapa – tão manuseado que fez Ana Rita desconfiar não ser a primeira vez que dava fuga –, estendeu-o sobre a mesa, traçou com o dedo o melhor itinerário: podiam entrar no Uruguai por Rivera ou Aceguá. Ainda que com a ponte nova o caminho até Livramento, por Rosário, fosse um pouco mais rápido, era mais seguro irem por Aceguá, passando ao largo de Bagé. As duas Aceguás, tanto a brasileira quanto a uruguaia – sim, tinham o mesmo nome –, eram cidadezinhas insignificantes, com pouco controle de aduana. Para não dar na vista, o casal poderia se separar e cruzar a fronteira a pé, misturados aos *quileiros*. Se estavam prontos, ele também estava, e era melhor irem logo, essas coisas não se deixam pra depois.

Ana Rita voltou para a cidade, conversou com Lalo – estamos prontos, ele disse – e, à tardinha, levou-os até o Campito. Sentado ao seu lado no banco da frente, usando um boné vermelho com a propaganda de uma loja de tratores, Lalo não deixava transparecer o medo que sentia, e Ana Rita o admirou por isso. No banco de trás, a mulher, com a menina menor ao colo, e as duas crianças maiores, todos olhando fixo pela janela como se o que se passava lá fora fosse um filme divertido, mas não o bastante para fazê-los rir. Dirigindo muito tesa, o coração a bater acelerado, Ana Rita tentava inventar uma desculpa capaz de explicar uma família inteira e duas trouxas com roupas abarrotando o seu Gordini. Havia sempre a possibilidade de encontrarem uma barreira policial. Os soldados reconheceriam Lalo ou ele era peixe pequeno demais para ser reconhecido? E ela? Ter sido criada na casa dos Sampaio de Alcântara lhe dava certa imunidade, verdade, mas duvidava que, se a parassem, soubessem quem ela era. Pela primeira vez deu-se conta do tamanho da sua loucura.

Nacho os esperava em frente à porta. Um cheiro bom de comida enchia a casa, a índia-gringa tinha feito o jantar – guisadinho com moranga, arroz e farofa –, comida leve, ele disse, não queria ninguém enjoando no carro, sairiam logo mais, era um bom pedaço até o Uruguai. A gentileza dele a comovera – se lembrar de fazer comida para as crianças, não esperava esse gesto de um solteirão. Havia escolhido a pessoa certa, pensara, mas agora, deitada no escuro sem conseguir dormir, perguntava-se por que, de verdade, escolhera Nacho. Conhecia muitas outras pessoas, engajadas, atuantes, bem mais apropriadas do que o primo. Talvez o tivesse escolhido apenas para proteger-se: sendo da família, jamais a trairia. Além disso, os amigos na universidade talvez estivessem sendo vigiados. Nacho, com certeza, não, ninguém chegaria a ela por meio dele. Sim, era isso, fora por medo, pensou, atirando longe os lençóis, fora para se proteger que o escolhera. Não havia pensado em Lalo, nas crianças, pensara apenas nela mesma.

Levantou-se, envergonhada, foi até a cozinha, serviu-se de um copo de vinho, sentou-se no sofá da sala: agora estava feito, já deviam estar a caminho, melhor pensar em outra coisa e torcer para que tudo desse certo. Estendeu os pés sobre a mesinha em frente ao sofá, ficou brincando de abrir e fechar os dedos magros que terminavam em unhas pálidas, sem esmalte. Dois pés fantasmas, iluminados pela lua enorme que entrava e se esparramava sobre a mesa, dois pés apartados do resto de seu corpo que a convidavam a também fugir, a deixar tudo e ir viver sua vida noutro lugar. Um convite tentador, mas que ela, pelo menos por enquanto, não podia aceitar, não tinha forças para lutar contra os Sampaio de Alcântara, eles eram como um ralo por onde sua vontade individual se escoava em círculos.

De ferro ou de veludo, havia vários círculos por onde ela desaparecia: o dos hábitos familiares, o das tradições, o das regras sociais. Na casa em que crescera, por um acordo que cruzava gerações, todos sabiam a hora e a forma de acordar, de se vestir, de tomar café, de almoçar, de ler e até de amar ou se divertir. O mesmo véu de renda e a mesma batinha de batizado, envoltos em papel de seda azul, esperavam anos a fio, pacientemente, por seu dono transitório. Assim como ela, suas irmãs, cada uma ao seu jeito, tentavam resistir, mas, também iguais a ela, não conseguiam escapar a essa força. Nacho era o único a ter o domínio: quando ele entrava, as regras da casa como que se encolhiam. Talvez por isso o tivesse escolhido, por isso e pelo seu apelido de Coronel, pensou, sorrindo.

Levantou para servir-se de mais vinho e, encostada à geladeira, recordou a história que Maria Eulália lhe contara: em 65, no auge da ditadura, depois de haverem, ele e os amigos, passado a noite num bordel, ao ver o absurdo da conta, um dos rapazes teria gritado que fossem cobrar cerveja a esse preço na puta que os pariu. Na confusão que se seguiu, com os leões de chácara já se aprumando, Nacho teria dito com voz baixa e respeitosa: calma, *Coronel*, não se exaspere... Logo a conta viera recalculada, acrescida de pedidos de desculpas, e Nacho ganhara o apelido de Coronel. Imaginando mais uma vez a cena, Ana Rita riu, lavou o copo na pia da cozinha, correu as cortinas, verificou se a porta da rua estava bem fechada e voltou para o quarto. Não importa por que o escolhi, disse para si mesma, afofando o travesseiro, meu coronel vai dar conta do recado.

***

A estrada vazia e a lua enorme que branqueava as coxilhas transformavam a paisagem num cenário fantasmagórico. Estavam rodando há quase duas horas, um princípio de conversa banal se estabelecera, mas fora substituído por um silêncio tenso. As crianças dormiam no banco de trás, a menor escondia o rosto no colo da mãe. Alguma coisa na menina do meio fez Nacho lembrar-se de Elisa: o queixo, talvez, viradinho para cima, ou as pestanas enormes, as de baixo quase tão compridas quanto as de cima, cruzando-se como dedos que se entrelaçam.

Não sabia por que continuava se metendo em situações como essa, ele pensou um pouco irritado. Sentia pena deles, claro, mas milhares de pessoas igualmente se comoviam com o drama dos perseguidos e nem por isso se arriscavam em tarefas perigosas. Era um sedutor e ainda ia morrer disso, não conseguia dizer não aos encantos de uma mulher, e Ana Rita sempre o atraíra por sua beleza altiva. Havia também o gosto de desafiar Caio e seu estúpido cargo na Auditoria: havia muitos anos que, por tudo e por nada, competiam como se fossem guris. De forma metafórica, apostavam quem era capaz de mijar mais longe. Olhando através do vidro embaçado, evocou que em noites como essa, enluaradas e frescas, uma Olga ainda menina pulava a janela do quarto e vinha ter com ele no jardim. Às vezes, ela trazia a garrafa de vinho que sobrara do jantar e, de mãos dadas, os dois caçavam as estrelas difusas na intensidade do luar, e ele adiava ao máximo a hora de partir: se ficasse mais um pouco, talvez pudesse desabotoar um a um aqueles botões de madrepérola, libertar os seios pequeninos, beijar as auréolas que adivinhava castanhas e arrepiadas. Nessas noites, Maria Eulália os espiava da janela da sala, podia ver os cabelos vermelhos brilhando à luz do lustre, podia suspeitar que ao observá-los ela se sentisse excitada e, então, para excitá-la ainda mais, beijava vorazmente a boca úmida de Olga, imaginando que beijava os lábios inacessíveis de Maria Eulália. Voltava para casa com as calças molhadas de sêmen.

O automóvel seguia o seu curso, Nacho mantinha uma velocidade constante e, às vezes, contemplava rapidamente o cenário: coxilhas, cercas, matos de eucaliptos, gado rente ao aramado, tudo recoberto pela grande luz nevoenta da lua; havia uma beleza estranha naquela paisagem adormecida que parecia congelada, pensou. Ao seu lado, o amigo de Ana Rita viajava em silêncio, olhar fixo na estrada. Era engraçado ver aquele rosto barbudo e desafiador sob o boné com propaganda da maior revendedora de tratores da região. De tanto em tanto, ele levava a mão ao rosto e esfregava a barba fina. Talvez porque estivesse estampada em sua mais recente carteira de identidade, ou apenas porque representasse seu atestado de rebelião contra o mundo, parecia querer assegurar-se de que ela continuava lá.

Estava tudo correndo bem, somente a má sorte faria com que encontrassem alguma barreira por ali. Já tinham deixado pra trás a BR-392 e aquele pedacinho torto da BR-290 que, no mapa, parecia um rabinho de porco. Agora percorriam a 153, que costumava ser tranquila. Mais um pouco e teria de parar para que a moça urinasse, não se animava a perguntar-lhe, diria alguma coisa sobre tomar um café, o que não seria exatamente falso. Avistou um posto de abastecimento: se bem lembrava, era o único por ali.

– Vamos parar um pouco, esticar as pernas – disse. – Melhor não descermos juntos. Qual de vocês vai comigo?

A mulher entregou a criança ao marido e saiu do carro. Nacho a acompanhou até a lanchonete. Quando ela saiu do banheiro, ele lhe perguntou se aceitava um café. Ela disse que sim e ambos em pé, encostados no balcão, beberam um líquido escuro e adocicado com vago gosto de café. Nacho ainda comprou dois pacotes de bolacha: para as crianças, disse.

– E para nós – ela retrucou abrindo um dos pacotes.

Agora não parecia tão tímida, Nacho olhou-a com mais atenção: era bonita, de um jeito meio cansado, mas, face às circunstâncias, não era de estranhar. Sem dar-se conta do que fazia, movido por um velho hábito de sedução, ele se aprumou e alisou os cabelos para trás.

– Tenho um mau pressentimento, seu Nacho, uma coisa ruim no peito.

– É só cansaço, vai dar tudo certo. Chegando em Aceguá, a gente espera o movimento dos *quileiros* começar e vocês passam tranquilamente.

– O que é *quileiro*?

– É essa gente que vai e volta pela fronteira levando coisa pouca – farinha, bolacha, azeite, doce de leite –, o que estiver mais barato do lado de lá e puder ser vendido aqui com algum lucro. Contrabando formiga, como se diz. O pessoal da aduana nem se preocupa mais com eles, só de vez em quando fazem uma batida para manter o respeito. Vocês têm alguém esperando do outro lado, não?

– Sim, em Melo.

– Não é longe, uns sessenta quilômetros, mas vão ter que pegar um ônibus. Têm pesos?

– Uns amigos providenciaram. Não estão conosco para o caso de nos revistarem, vamos pegar lá em Aceguá.

Nacho fez que sim.

– Por que está nos ajudando, seu Nacho?

– Pois a verdade é que não sei – ele respondeu, rindo –, mas lhe pergunto, por que não?

– Eu lhe sou muito agradecida. Nós...

Uma voz áspera os interrompeu.

– Boa noite, seu Nacho. O que faz por estas bandas a esta hora? – o sargento perguntou olhando a mulher de alto a baixo, como se a avaliasse.

Nacho o conhecia das rodas de carteado na casa da Nélida, havia entrado sem que percebessem e se colocado logo atrás deles. Puta que pariu, pensou, eu aqui meio que namoriscando e nem vi.

– Que tal, Hermes? Eu é que te pergunto, alguma batida?

– Nada de mais, só rotina, mas o senhor não me respondeu.

Será que esse filho da puta terá visto o marido e as crianças dentro do carro, era o que Nacho que se perguntava. Como não sabia, escolheu uma alternativa dúbia.

– Pois faleceu uma parenta minha, por parte de pai, em Aceguá. Estamos indo pro enterro – examinou o sargento, que

continuava com a mesma expressão neutra. – Esta moça é minha prima – completou, fazendo um gesto de apresentação.
– Muito prazer, seu sargento – a mulher disse em voz tranquila.

Não importa que pareça santa, ninguém mente melhor do que uma mulher, admirou-se Nacho, tomando o último gole de café e devolvendo a xícara ao pires muito devagar, com o maior cuidado, como se o ruído de louça contra louça fosse uma falta de respeito à família enlutada.

– Bom, com sua licença, sargento, nós já vamos indo, que, se não, perdemos o velório.

Lá fora, um jipe do exército com três soldados estava estacionado junto ao carro vazio. A mulher ergueu a mão para agarrar a de Nacho, controlou-se a tempo, mas seu terror era tão grande que era possível senti-lo. Onde estariam? Esperando ouvir voz de prisão a qualquer momento, ela e Nacho entraram no carro, ele ligou o motor e, assim que fizeram o contorno e tomaram a estrada, Lalo apareceu com os dois filhos maiores agarrados às suas pernas e a pequena no colo: graças à lua, ele havia visto o jipe se aproximando e se escondera no barranco com as crianças.

– Vamos logo – Nacho disse –, pode ser que não tenham ainda montado a barreira. Se já o fizeram, não sabemos se é para o lado de Santa Maria ou de Aceguá, assim que tanto faz: não vamos voltar, seguimos adiante.

O resto da viagem foi feito em silêncio, a tensão destruía qualquer tentativa de conversa, até mesmo as crianças pareciam ter a noção de que, se falassem, algo de muito ruim poderia acontecer. Não encontraram barreira alguma. Em Aceguá, estacionaram na periferia, aguardando o momento certo, o de maior movimento. Nacho comprou pacotes de erva e de farinha para o disfarce dos dois: passariam a fronteira como contrabandistas, precisavam carregar alguma coisa.

– Se puderem, mandem notícias por algum companheiro, coisa pouca, sem detalhes, apenas que chegaram bem.

Eles prometeram. A menina *pestanuda* veio correndo para lhe dar um último abraço, Nacho a beijou, disfarçando a emoção: sempre se atrapalhava também com crianças. Depois que se foram, considerou o que faria. O mais sensato era passar a noite ali, pensou, afinal, tinha vindo para um enterro, seria estranho voltar no mesmo dia, mas que se fodessem todos, estava cansado, voltava hoje mesmo para o Campito: não era sábado, mas estava precisado da índia-gringa.

Porque a lua ainda não se tinha posto, foi possível ver, de longe, a barreira na estrada: os soldados fizeram sinal para que parasse e saísse do carro.

– Boa noite, seu Nacho – o sargento disse. – Já de volta? Não ficou para o enterro?

– Não deu para ficar, sargento, só dei um abraço no viúvo, deixei minha prima por lá. Estou esperando um comprador de ovelha bem cedo amanhã, tenho que estar no Campito.

Um dos soldados examinava o interior do carro com uma lanterna. Sem pedir licença, abriu a porta de trás e pegou do chão uma boneca. Estou fodido, foi o que Nacho pensou, como as primas reagiriam à notícia da sua prisão? E o Tio? Logo agora, um pouco antes do casamento de Maria Eulália. O sargento, com a boneca na mão, o fez sair do carro e o chamou para um particular longe dos soldados.

– Não pelo senhor, por sua prima Clotilde, que é uma santa e pagou médico pra minha mãe quando ela esteve doente, vou lhe deixar ir desta vez, seu Nacho, mas não pense que o exército é idiota.

Calado, Nacho voltou ao carro e deu a partida. Fez toda a viagem sem acreditar na própria sorte. Quando chegou, a índia-gringa já o esperava à porta, de vestido branco, sem nada embaixo.

Tempos de renascer

No dia seguinte àquele em que enfrentei Genaro pela segunda vez, acordei muito cedo e, antes mesmo de tomar o café da manhã, fui até a cozinha pedir a Agostinho que colhesse ramos de louro no jardim. Havia um loureiro enorme sombreando o galinheiro, Adelina usava suas folhas perfumadas para temperar o feijão, condimentar assados e curar cólicas menstruais; minha mãe costumava encher com seus galhos os dois jarrões orientais da biblioteca, segundo ela uma providência infalível para evitar as traças. Sempre detestei ocupações domésticas, mas naquela manhã, talvez porque no dia anterior havia colocado em sério risco o meu noivado – ainda que não pudesse evitar de me sentir levemente estúpida –, espalhar folhas de louro entre os lençóis me pareceu tarefa importantíssima. A casa andava muito úmida, como se chorando pelas paredes, qualquer descuido e passaria a vergonha de ter na cama cobertores e lençóis furados.

    Da cozinha vinham os ruídos cotidianos e um cheiro bom de leite fervendo com canela e cravo, Adelina devia estar preparando uma ambrosia, o mundo andava em aparente calma, minha vingança era assunto terminado, nossa vida, ainda que marcada por algumas cicatrizes, continuava. A lembrança da minha humilhação doía ainda e, por isso, decidi malhar o ferro ainda quente do vexame de Genaro e fixar em definitivo os meus limites. Sabia que dessa vez era preciso agir sozinha, e foi o que fiz. Ninguém, acho que nem mesmo Máxima, percebeu o quanto eu senti medo aquela tarde, um medo enorme, que fazia tremer minhas mãos e só não era maior do que o meu orgulho.

    Um instinto de preservação me levou a não querer argumentar com Genaro na amplitude do jardim, precisava sentir ao meu redor os contornos protetores da casa. A varanda das begônias foi *minha escolha: a biblioteca era muito séria e a sala de visitas, formal demais. Durante todo o tempo em que durou nossa conversa, mantive as mãos unidas sobre o colo para que ele não adivinhasse no meu tremor uma hesitação e não recuei um milímetro: estava determinada, havia decidido que muito pior do que perder meu noivo seria perder a mim mesma. Porque dessa vez não existia raiva, não enfrentei Genaro como um touro enfrenta outro, ao contrário, feito uma abelha – toda ferrão e doçura –, girei e zuni ao seu redor até que, ao cabo de uma ou duas horas, eu o havia convencido a assinar o pacto antenupcial de separação total de bens.*

Quando ele finalmente disse sim, quando tive a certeza de que no dia seguinte eu poderia chamar o tabelião e assinar o pacto e que, mesmo assim, o casamento aconteceria, eu tinha a impressão de haver atravessado léguas de um deserto escaldante, minha pele ardia como se coberta de sal. Tomara jamais precisasse pisar no fundo arenoso da vida de novo, eu pensava, jamais estar outra vez entre as duas muralhas líquidas em que o mundo se divide: bens materiais e sentimentos. Embora soubesse que todos os meus sonhos com Genaro poderiam terminar ali – bastava ele ofender-se ou fingir-se de ofendido e a culpa de tudo acabaria sendo minha –, sabia também que, se não levantasse a mão naquele momento para separar as coisas, me afogaria. Eu necessitava ter ao menos a esperança de que Genaro fosse mais do que uma simples emboscada.

Foi assim que, sentada muito tesa na cadeira de cana-da-índia que havia sido da minha avó, sentindo uma brisa morna agitar as samambaias e uma força maior silenciar os canários, venci minha segunda batalha. Enfrentaria outras, podia vê-las se quisesse, preferia não. E se eu as enxergasse errado e pusesse tudo a perder? Que Genaro e eu estávamos destinados, isso eu sabia, mas destinado não é sinônimo de feliz, o desencontro também manda sinais, e eles estavam lá: a linha do relacionamento bifurcada, inclinada para baixo, cortando a linha do coração, era um deles. Ainda assim, segura de que não era apenas pelo dinheiro que Genaro se casava comigo, terminei a manhã tranquila, quase feliz.

O movimento da rua se acalmava com a proximidade do meio-dia, eu já havia repassado a uma das empregadas a aborrecida tarefa das folhas de louro e, deitada na cama de bronze, esperando que Máxima viesse anunciar que o almoço estava servido, me despedia do quarto de solteira. Sempre gostara daquele quarto: as paredes desbotadas – que eu não deixava restaurar porque gostava delas assim, da cor do tempo – decoradas por uma guirlanda de flores miúdas que alguém pintara muitos anos antes junto ao teto, as cortinas de algodão branco, tão finas que se podia ver através, o espelho manchado de umidade, que eu já decidira mandar espelhar novamente para levar comigo pois ele me fazia parecer mais alta e mais magra e espelhos assim não se deixam para trás.

A reforma no meu apartamento estava atrasada e, por uma razão que eu não sabia identificar e ainda que ninguém acreditasse, eu estava feliz por irmos, Genaro e eu, morar durante algum tempo nos aposentos do porão. Hoje percebo que, na verdade, eu tinha medo, os sinais estavam todos lá, embora eu os negasse, e, por instinto, eu me cercava de defesas. Pensava que, no porão, teria sobre mim a proteção da casa e os cuidados paternais do Oli. A cada manhã, quando abrisse a porta, eu o veria ali, sentado no banquinho, ajeitando a chaleira nas brasas de uma das fogueiras clandestinas que fazia sobre as lajes – ainda me pões fogo na casa, o Pai dizia –, com um sorriso maroto, ele acenderia um dos vários cigarros que fumava escondido e me daria bom dia, eu não precisaria de mais nada para saber que me cuidava.

Mesmo agora, tantos anos depois, difícil descrever o que esse velho empregado significava para todas nós. Ele sempre fora como uma força fundamental da natureza, algo que não se explica facilmente, mas que explica tudo pelo simples fato de existir. Quando mergulhado nos seus pensamentos, parecia estar distante: bastava reparar na forma como, vez ou outra, lambia os lábios grossos, herdados junto com o cabelo pixaim e a cor de cobre luzente de avós negros e índios, para perceber que, sem qualquer esforço, como quem abre uma laranja, ele abria as lembranças das muitas gerações da nossa família para saborear seus gomos suculentos e garantir que continuaríamos a existir. Quando morresse – morreria um dia? –, levaria a infância de todos, mas enquanto estivesse vivo, apenas por estar por perto, eu me sentia a salvo.

    Naquela época, talvez como todas as noivas, eu deixava que a vida acontecesse, e além desse – o de deixar o porão confortável –, eu, pelo menos de forma consciente, não tinha muitos planos. Dizia a mim mesma que, sempre que se organiza a vida em gavetas – aqui o amor, ali um filho, mais adiante a missa e o almoço de domingo –, corre-se o risco de sufocá-la. Porque nada estava decidido, era melhor que tudo fosse provisório.

    Um pouco antes do meio-dia, ouvi no pátio da casa o ruído inconfundível da caminhonete de Nacho. A empregada veio avisar que ele me esperava na sala. Mandei que servisse um cafezinho e dissesse que já ia. Lembro perfeitamente que foi nesse dia... não, estou me adiantando e confundindo a narrativa, Nacho me esperava na sala e, qualquer que fosse a razão de sua vinda, ele era uma ótima desculpa para adiar o medo, foi o que pensei enquanto lavava as mãos e penteava os cabelos.

    – Bom dia, Incêndio! – Nacho disse, levantando-se para me dar um beijo e despentear meus cabelos recém-penteados, como se ainda fôssemos crianças. – Vim receber uns aluguéis e sobrou um tempinho, resolvi arriscar se estavas em casa – mentiu, para logo depois, com aquele riso que sempre me fascinou, porque mexia um bocadinho as suas orelhas, confessar que viera apenas para me ver, encontrara Agostinho na praça e perguntara se eu estava em casa.

    Máxima entrou com a bandeja do café. Nacho serviu-se, como sempre, de uma ponta de colher de açúcar e ficou mexendo e mexendo a mistura, o que me deu a certeza de que o assunto era importante: nas reuniões de família, ele costumava usar o barulho redondo da colher raspando a xícara para ajudá-lo a encontrar palavras quando não sabia por onde começar.

    – E o casório, prima. Sai ou não?
    – Sai, claro!

Então era isso, pensei, quer me convencer a não me casar com Genaro. Sem coragem de começar, ele continuou a mexer o café, resolvi ajudá-lo.

– O normal agora seria um "Que bom, prima! Quando vai ser o casório?". Vieste me dizer que é loucura minha e que não gostas de Genaro?

– Se gosto ou não, pouco importa, Maria Eulália, essas coisas não são assim tão simples, quem sou eu para me meter, já fiz muita loucura por paixão. Olha, vou te contar uma história – ele disse, vindo sentar-se ao meu lado, no sofá.

Suspirando, preparei-me para ter paciência, as histórias de Nacho costumavam ser compridas.

– Houve uma vez em que fiquei louco por uma mulher, era esposa de um fazendeiro importante de Rio Pardo. Não sei por que, mas em geral me apaixono pelas casadas, as intenções das solteiras me assustam mais do que os maridos. Não ri que o caso é muito sério. Não, obrigado, não quero mais café, anda me dando azia. Fica quieta e escuta, Maria Eulália – ele disse, cortando minha tentativa de mudar de assunto, *eu não queria saber das suas paixões, ainda sem perceber claramente sentia uma pontada de ciúmes por esse primo quase irmão.*

– Ela era uma maravilha de mulher, Maria Eulália: bonita, inteligente, alegre, pena que nos víssemos raramente, o marido era muito ciumento, não a deixava sozinha. Num final de manhã, com a desculpa de ir pagar uma promessa, ela pediu que a levassem da estância até Rio Pardo e, de lá, me telefonou. Deixou recado com o garçom que até hoje me serve no Clube Comercial – sabia que, quando venho à cidade, sempre dou uma passada por lá –, estava na casa de uma prima, pedia que eu ligasse. Fiquei todo alvoroçado. Quando liguei, ela mesma atendeu, devia estar ao lado do telefone, esperando, disse que precisava me falar com urgência. Agora? Sim, o quanto antes, ela respondeu, e a ansiedade dela me esquentou o peito. O marido fora comprar umas novilhas numa estância perto de Butiá, voltaria só de madrugada: vem depressa – ela insistiu.

– *Daqui até Rio Pardo continua sendo um bom tiro, imagina com as estradas daquela época, mas nem pensei nisso, saí desabalado. Lá por Candelária, já estava decidido a me casar com ela, o marido que se fodesse! Desculpa, prima, mas era isso mesmo. Ela me recebeu aos prantos, abraçou-se a mim, eu a consolei como pude, disse que a amava, que faria o que ela quisesse, que podíamos fugir naquele mesmo dia, que não precisava chorar.*

Enquanto me contava tudo isso, Nacho levantou-se e começou a caminhar pela sala, parecia um bicho enjaulado nas lembranças. Foi quando percebi que falava sério, que havia mesmo sofrido por aquela mulher.

– Sabes o que ela me respondeu? – perguntou, parando à minha frente e franzindo os olhos numa incredulidade de muitos anos. *– Que estava apaixonada por outro e que esse outro havia morrido na noite anterior e, desde que ouvira a notícia pelo rádio, só conseguia pensar que precisava despedir-se dele e havia me escolhido pra levá-la até o velório em Cachoeira. Se perguntassem, era pra eu dizer que ouvíramos a notícia enquanto eu lhe dava uma carona, a pedido do marido, algo assim. Se a levei? Claro que sim. Engoli em seco e levei. Ela chorou durante toda a viagem. Na capela mortuária, cumprimentei a viúva me dizendo amigo do falecido e me aproximei junto com ela do caixão e dei uma boa olhada no defunto: nem bonito era, o filho da puta. Desculpa, prima.*

– Para de me pedir desculpas, Nacho, não sou freira – respondi irritada, e não apenas pelos palavrões.

– Eu podia sentir a intensidade do desejo dela, Maria Eulália, o quanto queria abraçar o morto, dar-lhe um último beijo, não se importava de fazer isso, de enfrentar o escândalo, não o beijou apenas para não o delatar à família. Estava tão bonita, assim desesperada; enquanto ela pensava nele, tudo o que eu queria era arrastá-la dali para a primeira cama disponível.

De pé, junto ao aparador das bebidas, as costas voltadas para mim, Nacho arrumava os copos, ajeitava as garrafas, fazia de tudo para me impedir de perceber o quanto estava ainda entristecido.

– Não ficamos para o enterro – ele continuou, depois de alguns minutos –, não podíamos, o marido dela ia chegar, fizemos a viagem de volta em silêncio e, um pouco antes da meia-noite, eu a deixei em Rio Pardo. Apesar de ser muito tarde, decidi que não ficaria na cidade, iria direto para casa, queria chegar logo ao Campito. Não consegui ir muito longe, precisei estacionar a caminhonete para poder chorar. Noite fria e sem lua, um céu rebrilhando de estrelas e eu lá, no escuro, ouvindo as corujas e chorando. Aposto que nunca me imaginaste assim, chorando no meio do nada por uma mulher, ninguém imaginaria. Eu engano bem. Não tão bem assim? É que me conheces de guri. Então, me explica, se puderes – continuou, sentando-se ao meu lado e agarrando a minha mão –, por que, de todas as mulheres que passaram na minha vida, foi justo por essa que chorei? Gostava dela, claro, mas gostei de tantas, devia era ter ficado furioso, ela traía a mim e ao marido com outro homem, o sensato seria não levá-la ao enterro, virar as costas e ir embora, mas, como ouviste, não foi o que fiz.

A essas alturas, eu já percebera, claramente, o recado que ele queria me passar. Meus olhos se encheram de lágrimas. Finalmente alguém que compreende, pensei, todos os outros ou ficam constrangidos e decidem não falar ou cheios de razão e querem me convencer a terminar o noivado. Nacho apenas pergunta se estou preparada. Sem saber o que dizer, fiquei olhando o vento a agitar as folhas das samambaias. Nacho, meio envergonhado, continuou.

– Mas, enfim – ele suspirou –, o que eu queria te mostrar é o quanto uma paixão pode nos levar a fazer coisas absurdas: naquele dia, pela primeira e espero que última vez na minha vida, eu invejei um morto. Assim, não importa o que eu ou qualquer outra pessoa pense de Genaro, se gostamos ou não dele, quando se trata de paixão não se tem muita escolha, só não queria que sofresses demais, Incêndio. Não te pergunto se sabes quem ele é, porque ninguém tem resposta para isso, pergunto se sabes como ele é, pois se a resposta for positiva tu não decifrarás todos os mistérios que o Genaro carrega consigo, mas estarás mais próxima da verdade.

Talvez aquela mulher tenha me doído tanto porque me pegou de surpresa. Ainda assim, não me arrependo, a loucura dela, a minha loucura, a proximidade da morte, isso tudo me fez viver aquela noite com uma intensidade que eu ainda não conhecia e me ensinou que é preciso prestar atenção na vida.

Nacho e eu éramos então – acho que ainda somos – pouco habituados a confidências, e, assim, permanecemos em silêncio ouvindo os ruídos da casa e sentindo o cheiro da ambrosia fervendo no fogão. Tenho certeza de que a nossa cumplicidade amorosa começou ali, naquele meio-dia, enquanto pensávamos em amores diferentes. Ambos sabíamos que era minha vez de falar. Cheguei a pensar em ficar calada, em agradecer, dizer que estava tudo bem e voltar para o meu quarto – sempre essa enorme dificuldade de expressar as coisas mais profundas que se agitam dentro de mim, de dizer o que sinto. Felizmente, decidi que precisava me abrir, que não podia simplesmente virar as costas para a realidade mais uma vez.

– Nacho – eu disse, sentando-me na beira da poltrona e falando baixinho, como se fosse segredo –, lembras a teoria de Máxima sobre a felicidade? A do embrulho na prateleira? Ela nos contava quando éramos crianças. Lembras? Pois gosto dela: acredito que a felicidade está mesmo logo ali, ao alcance da mão, não se adapta a formas e raramente vem do jeito como a imaginamos. É preciso agarrar, sem queixas, o que nos está destinado e fazer o que for necessário, ser feliz é muito trabalhoso.

Ele me escutava, sério, olhos apertados, prestando atenção, parecia um menino querendo entender uma lição difícil, e porque sempre fui orgulhosa e não queria que sentisse pena de mim, procurei uma maneira de lhe dizer que até então eu pouco recebera da vida, mas sem parecer que me queixava.

– Vento e gravetos, Nacho, foi o que veio no meu pacote. Eu poderia passar a vida dizendo que isso é pouco, poderia ficar me lastimando, se quisesse. Não quero, estou satisfeita: com vento e gravetos, vou inventar o fogo. A possibilidade de inventar o fogo é o que de grandioso existe na quota que me coube. Gosto das coisas

grandiosas, tu sabes disso, nunca me contentei com menos: ainda vais ver que fogo lindo eu vou fazer. Quanto a Genaro – continuei –, houve um momento em que cheguei a pensar que ele jamais havia estendido a mão para a felicidade. Bobagem minha. Claro que havia. Quem nunca o fez? Ele estendeu a mão, não sei o que buscava, mas sei o que encontrou. Encontrou uma barreira de cactos, posso sentir os espinhos cada vez que toco sua mão, alguns são recentes, estão ainda à flor da pele, outros são muito antigos e profundos. Tenho tentado fazer com que Genaro reconheça a sua quota, saiba o tamanho e a profundidade de cada um dos seus espinhos, é a única chance de ele conseguir livrar-se da raiva que o sufoca, sua única chance de ser feliz, de, algum dia, saborear a polpa doce e suculenta que está lá, sob os espinhos, como em qualquer cacto, esperando por ele.

Não lembro mais sobre o que conversamos depois, acho que nada importante, mas lembro muito bem o alívio nos olhos de Nacho quando terminei de falar sobre mim mesma: ele não precisava preocupar-se, eu sabia o que estava fazendo.

Capítulo XII

Porque Olga fazia questão, no apartamento emprestado havia sempre pão, queijo, uma garrafa de vinho e discos de música romântica. Como se fossem namorados e não tivessem outras famílias e outras casas, ela e Carlos tiravam as alianças e iniciavam a conversa, rostos bem próximos na troca de intimidades ao recostarem-se sobre o sofá da pequena sala. À medida que a narrativa perdia importância, lentamente, iniciavam a despir um ao outro, alternando a retirada das peças. Já nus, dançavam roçando seus corpos: com delicadeza, de início, com pressa, em seguida, e a cama era a consequência natural, e o orgasmo simultâneo daqueles corpos maduros, uma explosão.

A idade de Carlos e o tempo exíguo de que dispunham por vezes não permitiam uma segunda tentativa, então, lado a lado fantasiavam que se haviam conhecido muito antes. Carlos falava de uma Olga moça com tantos detalhes que parecia pintá-la numa tela de lençóis. Ela, por sua vez, ensaiava esboços do jovem que não conhecera, e assim transcorriam-se os minutos, as meias horas, e das descrições de si próprios passavam à narrativa dos encontros, como se haviam conhecido, onde acontecera, o quanto Carlos era ousado, quanto recato guardava Olga, e namoravam-se e contavam dos beijos, das mãos buscando os seios, da primeira vez que a ereção foi percebida enquanto dançavam num baile de final de ano e as fantasias corriam à solta: a saída da festa, as correrias pela rua até o quarto de um amigo, as roupas quase arrancadas, espalhadas desde a porta, e, por fim, a cama de lençóis amarfanhados de um estudante de república sendo o palco daquela primeira vez que, agora, saía da imaginação e invadia o mundo real de duas criaturas solitárias a buscarem a loucura do encontro, da penetração sem ar, da sensação de preenchimento, de se transformarem em um ser único e absoluto.

Por todas essas razões, aquelas poderiam ter sido tardes memoráveis se, em vez de apenas aproveitarem o maduro apogeu do sexo que suas fantasias instigavam, ambos não tivessem estabelecido, pouco a pouco, uma rotina de carícias e se adaptado a ela como a um molde de gesso. Embora não percebessem claramente, a rotina lhes dava segurança, fora dela pesavam a realidade e as famílias. Quando Olga saía do mundo inventado das quintas-feiras, um mundo feito de paredes que absorviam não apenas seus gemidos, mas também as suas culpas, quando, como agora, passava na casa do Pai para pegar Elisa e a beijava e fingia ouvir com interesse as mil pequenas coisas do seu dia, quando, enfim, abria a porta do apartamento, colocava a chave no cinzeiro sobre a mesinha, o lugar de sempre, e voltava para a sua vida, tudo o que sentia era uma profunda vergonha de si mesma. Nessas horas, se lhe perguntassem de que é feita a angústia, responderia que de um corpo saciado.

A verdade era que, obedecendo a uma forma de pensar tão arraigada que sequer a percebia, ela terminara por fazer da paixão uma nova forma de sofrer. Quando se aproximava a quinta-feira e o desejo de estar com seu homem a oprimia, era capaz de enfrentar todos os perigos – o de ser descoberta, o de se apaixonar, o de envergonhar a família. Depois, como se esse fosse o preço do adultério, vinham a docilidade, a culpa, ela voltava a ser a esposa dedicada e submissa, e assim vivia até Caio chegar cheirando a bebida e trazendo no corpo os vestígios de outra mulher. Sentia-se, então, não apenas perdoada, mas justificada, e Deus voltava a compreendê-la, o círculo se fechava e um novo período de esperança se iniciava.

Um vento frio começou a soprar levantando pequenos redemoinhos de poeira nas esquinas; nessa época do ano, eles eram comuns, antes da chuva. Quando Elisa era pequena, as duas brincavam que eram os redemoinhos das bruxas e se fingiam de assustadas e fugiam deles cantando *bom é mau e mau é bom/ voa no ar sujo e marrom*, o coro das bruxas de Macbeth, que ela havia ensinado à filha como se fosse uma cantiga infantil. Quem era, afinal, esse homem a quem se entregava, ela pensava ao abrir o portão da casa e subir apressada a escada das glicínias, o que existia de verdade atrás da barreira de palavras bonitas que ele lhe dizia? Não o conhecia, não sabia quem era realmente, o que nele era autêntico e o que era invenção. Não sabia e nem queria saber, preferia enganar-se, pela primeira vez alguém fazia amor com ela prestando atenção, não podia perder isso, não tinha coragem, era covarde; covarde e grata por ter quem aceitasse seus fingimentos de amor, precisava deles para poder trair Caio, eles eram os véus que disfarçavam sua necessidade pura e simples de sexo.

Mas todo amor, mesmo o inventado, tem o seu preço. Apesar de saber que não podia, começara a desejar um lugar na vida de Carlos, conformava-se de que fosse limitado por uma longa lista de interditos: jamais telefonar, tratá-lo em público com distante cerimônia, nunca, em hipótese alguma, procurá-lo em casa. Ela aceitava todos os interditos, os justificava até – era o que ele podia fazer no momento –, mas, em contrapartida, exigia que Carlos a amasse mais do que à esposa e não permitisse que nada, nem mesmo um nome ou uma fugaz lembrança, invadisse o espaço que era apenas deles: as tardes de quinta-feira no apartamento emprestado. Nesse tempo e nesse lugar somos apenas nós, dizia, apesar de saber muito bem que mentia. Não era estúpida; romântica, talvez, mas não estúpida. Bastava levantar-se dos lençóis para que a mulher legítima de Carlos se apropriasse de todos os espaços e só ela existisse até a próxima vez.

Abriu a porta com a chave que mantinha na bolsa a contragosto de Clotilde porque não suportava a ideia de precisar bater à porta da casa onde nascera. Elisa não estava na sala, agradeceu a Deus por isso, precisava de um tempo para recompor-se. Estava exausta, não era um cansaço físico, era assim como um cansaço moral, lutara a tarde inteira uma luta perdida, combatera todas as suas convicções, negara, um a um, os seus valores, e para quê? Para absolutamente nada; nada além de um beijo de despedida, e o sentimento recorrente, ainda que infantil, de ter sido usada e a certeza de que Carlos devia estar, nesse exato instante, preparando-se para jantar com a esposa e, depois, talvez, ir ao cinema ou dar um passeio pela praça.

Sentiu que seus olhos enchiam-se de lágrimas, mas, como sempre, não permitiu que rolassem e, ouvindo as vozes de Elisa e Adelina – elas estavam na cozinha – para verificar se nenhum vestígio de choro havia ficado, olhou-se num dos espelhos venezianos que se misturavam aos retratos dos antepassados no corredor. Seu rosto cansado e abatido sobrepôs-se ao rosto também cansado de uma das muitas tias-avós cujos nomes só Clotilde lembrava. A conformada tristeza nos olhos dessa antepassada de alguma forma a consolou, bem ou mal ela havia vivido e sobrevivido e permanecido na casa. Endireitou as costas, sorriu, entrou na cozinha com a desenvoltura de uma atriz entrando no palco.

Beijou Elisa, recusou, para consternação de Adelina, uma fatia de pão recém-saído do forno e sentou-se esperando que a filha terminasse de comer. Olhou ao redor com a certeza de que, no calor familiar daquela cozinha ladrilhada até o teto, Carlos não fazia o menor sentido: ali reinava a mãe e sua honestidade. Como se fossem pessoas, cada um dos pequenos azulejos amarelos ria-se dela e a acusava e perguntava se fora assim, para se entregar a qualquer um, que fora criada. Sentindo-se miserável, baixou os olhos, tirou com a unha uma sujeira inexistente no oleado que cobria a mesa, pediu um copo de água e, para parecer que estava bem, prendeu os cabelos em nó no topo da cabeça, um gesto que dividia com Elisa.

Adelina colocou à sua frente o copo com água e, comentando como estava boa a safra nova do feijão, retirou a panela grande de dentro do armário, aquela em que fazia as feijoadas. A estatueta de São Jorge surgiu no seu esconderijo, e com ela as lembranças dos dias alegres, de caçar dragões. Olga levantou-se de um salto, disse a Elisa que não podia mais esperar, precisavam ir agora, abraçou Adelina e desceu a escada dos fundos.

As primeiras gotas de chuva haviam começado a cair quando chegaram ao pátio de pedras. Caminhavam abraçadas, Elisa falando, Olga não ouvindo. O jardim sussurrava seus barulhos, uma brisa fria agitava as folhas respingadas e uma lua em forma de unha riscava o céu atrás das nuvens. Pararam em frente ao portãozinho do muro que separava a casa do apartamento, Olga não conseguia achar a chave dentro da bolsa, achou-a, enfim, e, enquanto abria o cadeado, retalhos do que Elisa falava penetraram em sua cabeça.

– ...e quando Adelina ralha com ele, Agostinho diz guri porco, guri porco e bate na própria cabeça. É engraçado, mãe. Como se fossem duas pessoas: a que bate e a que apanha. Nunca sei se acho graça ou tenho pena. Estás me ouvindo, mãe?

Olga pediu que contasse de novo, estava distraída, na verdade, pensava que gostaria de fazer como Agostinho e dar uma surra em si mesma. Teve a absurda sensação de que uma lama vermelha cobria suas mãos, seu corpo e, por mais que lavasse, ela não sairia. Abriu a porta do edifício em silêncio, deixou Elisa passar à sua frente. O que ela diria se soubesse o que aquelas mãos e aquela boca que agora a acarinhavam e falavam palavras de aconchego haviam feito? Teria asco de sua mãe, isso era certo. Não importava o que Caio fizesse, Elisa sempre o perdoava, mas não perdoaria a mãe com a mesma presteza. Se houvesse uma separação, talvez até pensasse em ir viver com ele ou, quem sabe, na casa, com Máxima e Clotilde. Estava arriscando-se a perder a filha. Não. Não podia pensar assim, ficaria louca. Chegaria em casa, abriria a porta, mimaria Elisa, prepararia o jantar, esperaria inutilmente por Caio, deixaria a comida no forno para quando ele chegasse e, dessa forma, tudo daria certo, ninguém poderia acusá-la.

Capítulo XIII

O professor de piano tocou a campainha, esperou a porta ser aberta, cumprimentou a empregada e, com o andar balançado que o tornava parecido a um pinguim, atravessou o vestíbulo. O preto e branco do piso de mármore lhe deu, como sempre, a impressão de estar pisando sobre um enorme teclado. Nunca se sentira tão bem quanto ali, naquela casa: as cortinas, os tapetes, os estofados, as estátuas de bronze, tudo combinava com ele, dava-lhe sentido, peso e consistência. Havia uma alma ali dentro, uma alma profunda e silenciosa, instituída, organizada, os outros não a percebiam, viam apenas um amontoado harmonioso de tijolos. Felizmente, não precisava ter contato com nenhum deles, entrava, cumprimentava a empregada e ia direto para a sala do piano. Falava apenas com Elisa, o que já era muito, quase demasiado, Elisa sendo sempre duas ou mais.

Qual encontraria hoje, ele pensou, dedilhando as teclas do piano, a que fugia ou a que ficava? Na verdade, por mais que Elisa se esforçasse, uma parte dela sempre ficava, jamais conseguiria fugir por inteiro, pertencia à casa em todos os sentidos e acepções do verbo pertencer: ser propriedade de, caber, ser parte de, relacionar-se, estar conectado com, ser peculiar a... Esses, e todos os outros significados que pudessem constar de um dicionário a definiam. Ainda que se revoltasse, ainda que arriscasse, ainda que fingisse, ela não podia mudar esse fato: assim como os móveis, os cristais, assim, até mesmo, como as pequenas fissuras das paredes, Elisa pertencia à casa e, por mais distante que fosse, permanecia. Com o tempo, ele a ensinaria a ficar por inteiro, a obrigaria a prestar atenção, a apaixonar-se: desde o instante em que a ouvira roçar as teclas do piano sem saber tocá-las e tocar melodias que não conhecia, compreendera que a queria tanto quanto queria à casa.

Não era difícil perceber como tudo se organizava ali: o jardim era o caos, a casa era polifonia, e Elisa, a chave. Uma chave escorregadia que ora estava, ora não, mas que ele daria um jeito de dominar para jamais perder. Com ela entraria, fecharia a porta e permaneceria para sempre. Não se angustiava, havia tempo, e ele sabia como fazer: ainda que não gostasse do próprio corpo, tinha plena consciência de que seus olhos bonitos e castanhos, grandes como os de um boi, os ombros pesados, que o faziam parecer sempre prestes a iniciar uma reverência, e a sombra constante de um sorriso o protegiam, o sustentavam acima de qualquer nível, não o deixavam afogar-se. Por causa deles, os da casa, sem nem ao menos se darem conta, o deixariam ficar. Primeiro, tornar-se-ia um adorno imprescindível, depois, um quase residente e, então, se tudo corresse bem, o dono. Até lá, ninguém precisava saber o que existia embaixo do sorriso, abaixo da reverência.

– Boa tarde, professor – Elisa disse, entrando e trazendo nos olhos as conversas com Miguel, o barulho das caturritas, algumas lições de matemática e muitas outras coisas com as quais se ocupara até então.

O professor de piano suspirou, conformado: seria um daqueles dias. Elisa logo fugiria, deixando apenas as mãos sobre o piano. Precisava prendê-la, precisava escolher uma melodia capaz de fisgá-la, uma melodia anzol, mas qual? A mais óbvia, *Für Elise*, não era apropriada: mesmo quando se escondia atrás de uma *bagatela,* Beethoven era sempre perigoso. Precisava de lógica, não de rebeldia. Um adágio de Mozart, tranquilo e cartesiano: concerto para piano, nº 21, um bom começo.

– Professor, o senhor já viu o unicórnio?

– Unicórnio?

– Sim, no jardim.

O professor de piano buscou nos olhos de Elisa algum sorriso; não havia, ela não estava brincando, acreditava mesmo em unicórnios.

– Eu não sei. O que diz a casa? – ele perguntou, compreendendo que a pergunta não fazia nenhum sentido, mas sem saber o que mais poderia dizer.

– A casa? Acho que ela nem o vê: o unicórnio pertence ao jardim – Elisa respondeu, sonhadora, a dedilhar *Für Elise* sem que ninguém a houvesse ainda ensinado.

Capítulo XIV

A ideia de morar no porão irritava Genaro profundamente: detestava sentir sobre ele o corpo gordo e sufocante da casa. Não, não suportaria por muito tempo a família de Maria Eulália pisando em sua cabeça. Pensavam o quê? Que não percebia? Queriam irritá-lo, fazê-lo desistir. Não o conheciam: a calma, o sorriso, o silêncio, tudo nele era provisório. Maria Eulália fizera questão do pacto antenupcial. Pois bem, ela agora o tinha: se essas poucas palavras, esse estúpido papel a tranquilizava, por que não? O advogado que consultara em Caçapava, um que não comia pela mão do Sogro, lhe havia assegurado que, mesmo depois de casado, poderia, a qualquer momento, anular o tal pacto, bastaria a concordância de Maria Eulália, o que não seria problema, sabia como convencê-la. Deu uma última pincelada na placa que pintava e, indiferente ao monótono arrulho das pombas e ao dia que se espreguiçava sob a parreira, afastou-se um pouco para sentir o seu efeito visual. Observando-o da janela da varanda, Máxima sacudiu a cabeça, agora dera para isso, pintar placas para a prefeitura. Ao menos estava fazendo alguma coisa, toda a cidade sabia que até então vivera só do que lhe alcançava dona Maria Eulália. Suspirando, foi em direção ao quarto de dona Clotilde. Sempre cuidara pessoalmente do quarto da finada patroa, depois que ela morrera a filha encanzinara que fizesse o mesmo para ela.

– A senhora viu que seu talco está quase no fim, dona Clotilde? O perfume pequeno, aquele com cheiro de jasmim, também.

– Não, eu não vi, Máxima, não sei o que seria de mim sem ti... Claro que vi, criatura! Já dei o dinheiro, a copeira vai comprar hoje à tarde...

Nossa, que estupor!, Máxima pensou, indignada, ajeitando os cremes sobre a bancada do banheiro. Quer ser igual à Mãe, mas que esperança!, resmungou olhando-se, furiosa, no espelho e penteando as sobrancelhas, que de uns tempos para cá haviam dado pra crescer feito macega. Por decoro e eficiência, mais do que por vaidade, Máxima não podia ver espelho sem se olhar: quem não é bonita precisa ajeitar o pouco que tem, era o que a razão lhe dizia. Umedecendo as mãos, devolveu ao coque impecável, preso à altura da nuca por uma redinha transparente, os poucos fios de cabelos que desafiavam a ordem imposta. Depois, com gestos econômicos, terminou de secar a pia, recolheu as toalhas para secar no varal, regou a avenca que defendia dona Clotilde do mau olhado, ainda que ela às vezes não merecesse.

Em frente ao armário, Clotilde arrependia-se: não precisava ter dito aquilo, andava de mau humor, devia ser a idade, os hormônios. Adiava ao máximo a hora de ir para a cama, lia até altas horas, sempre ouvira essa frase – medo de fechar os olhos – e sempre achara uma grande bobagem, agora, como se por castigo, estava acontecendo com ela. Custava tanto a dormir e, quando conseguia, tinha pesadelos. Era como se lá, atrás dos olhos, houvesse outro mundo tão verdadeiro quanto este, um mundo subterrâneo, poroso, que ficava de tocaia, só esperando ela abaixar as pálpebras para começar a existir. Em algumas noites, os sonhos eram tão reais, que, ao acordar, precisava de alguns momentos para ter certeza de que não os vivera realmente.

Nem sempre era assim, havia noites boas, mas na anterior tivera um daqueles pesadelos em que sabia estar sonhando e não conseguia acordar, eram os piores, os mais confusos. Quando acordara, banhada em suor, o sol mal despontava. Num impulso, correra até a janela para olhar o túmulo no jardim, e lá estava ele, como sempre, nem escavado, nem revolto. Quieto. Não sabia se gostava de ter a mãe ali, fora ela quem determinara o lugar, talvez porque não quisesse abandonar a casa ou, talvez, porque não quisesse afastar-se do Pai. Não era justo, era a sua vez de viver. Fora a melhor das filhas, comida, remédios, sondas, tomava conta de tudo, a mãe morrera sem nenhuma escara, nenhuma ferida, e, ainda assim, nos sonhos de todas as noites, ela a acusava.

Estavam ambas presas, enterradas até a cintura numa terra vermelha como a da estância, e acima da terra que as prendia, acima da superfície de onde elas estendiam a mão como se mendigassem, havia uma força maior – ou Deus, ou o Pai – que as julgava. Famintas, assim elas estavam nesses sonhos, por isso estendiam a mão, por isso imploravam. A mãe encontrava consolo, mas ela não. Um grande espelho surgia e cordas que se enroscavam como cobras a prendiam e a obrigavam a olhar seu rosto, e no espelho estava escrito o que ela não conseguia ler e ela se debatia e não queria olhar, e mesmo assim lia e sabia que os sonhos a acusavam. Por que não cuidas melhor da tua mãe? – uma voz, que ela sabia ser a do Pai, perguntava. Não posso – ela respondia –, o cobertor é pequeno. Mentira, o que dizia era mentira: o cobertor era grande, grande o suficiente para abrigar as duas: se quisesse, podia, sim, agasalhar a mãe, mas estava cansada, já havia cuidado dela e, virando-se de costas, se cobria, e a lã transformava-se em terra, um barro vermelho, apodrecido, decomposto, que subia e a sufocava. Enterrada viva, assim ela acordava, lavada em suor. Durante o dia era dona de seu corpo, o pavor e a culpa vinham quando abria os olhos e tremia e suava ante a força e a extensão do seu desejo. Nessa madrugada, entre adormecida e desperta, pensara perceber acima dos ruídos noturnos e habituais da casa uns passos abafados que iam e vinham, sob a sua janela. Era um tigre: mesmo sem abrir os olhos sabia que era um tigre, via seus olhos amarelos, percebia seu fedor. Por que estava lá, não sabia dizer.

Foi só um sonho, disse, amarrando melhor o cinto do roupão e forçando-se a pensar na sua discussão com Máxima, ela não tinha nada a ver com aquilo tudo, era uma boa pessoa. Deus a livrasse de perdê-la: vão-se os anéis e fiquem os dedos, principalmente se forem os dedos de Máxima, pensou. Havia ido longe demais, hoje Máxima não se aplacaria com um pedido de desculpas, era preciso um agrado importante, alguma coisa para firmar as pazes. – Pena que ele não me caiba – disse, revirando nas mãos um vestido amarelo quase novo –, talvez sirva em ti, estás mais magra do que eu.

Era uma lástima desfazer-se daquele vestido: bom tecido, bom corte, um clássico. Sempre gostara dele, Máxima também. Ainda furiosa, mas fingindo indiferença, ela pegou a roupa, olhou-a com desprezo, colocou-a sobre a cadeira perto da porta e, rosto virado, concedeu à patroa um obrigado chocho, como se dissesse: tudo bem, dessa vez passa. Clotilde abriu o rosto num sorriso postiço, sentou-se à penteadeira, ajeitou a gola da blusa contemplou o fundo dos próprios olhos e, como muitas vezes acontecia, estranhou a si mesma.

Como aquelas bonequinhas russas, qual das *clotildes* a estaria observando agora? A segunda, a terceira? Quantas eram, não saberia dizer, mas, se antes de morrer conseguisse ser perdoada pela menor e mais íntima de todas, teria vivido bem. Conferiu a hora no relógio de pulso: dez e quinze. Precisava apressar-se ou chegaria atrasada: padre Antônio sempre saía do confessionário um pouco antes da missa. Para ela, a confissão nada tinha de penoso, ao contrário, e esse talvez fosse o maior de seus pecados. Estar de joelhos, sob o murmúrio de um homem, o rosto tão perto da sua boca que podia perceber quando sua respiração se alterava ao ouvi-la contar todas as minúcias dos seus pecados, podia não ser o todo, mas era o suficiente. Desde menina, preferia o suficiente ao todo. O todo é feito de realidades, exige comprometimento, se o escolhesse não seria quem era: a imaculada comandante da casa, exemplo da comunidade. Se tivesse escolhido o todo seria apenas mais uma solteirona ridícula às voltas com sua libido. A sabedoria estava em fazer do suficiente um todo. Contentar-se com ele. Não achar que era pouco, ao contrário, buscá-lo incessantemente em todos os momentos.

Por isso, para ter o suficiente, planejava suas confissões palavra por palavra, queria alcançar o melhor efeito. Se pelo gosto em contar pecava novamente, o que podia fazer? Confessar ao padre que estava pecando enquanto confessava? Extremamente constrangedor, não só para ela, para o padre também. Teria que encontrar outro sacerdote para confessar que pecara com o anterior e depois outro e mais outro. Nem todo o Vaticano bastaria. Por isso calava. Do que a podiam acusar? De mentir? De não declarar a verdade mais profunda? O último pecado, a falha mais íntima, ninguém revela.

***

Padre Antônio não tinha crises de fé. Nunca tivera, Deus entrara no seu corpo pelo cordão umbilical e, porque tinham os dois, ele e Deus, essa dificuldade enorme em romper alianças, ali ficara. Portanto, duvidar da existência de Deus nada tinha a ver com o que o vinha afligindo nos últimos tempos: não caminhava à beira de abismos, não corria o risco de cair num precipício de dúvidas, apenas perguntava-se o que fazer. Era homem, a batina, essa roupa tão cheia de significados, mas que nem obrigatória era mais, não o protegia desse fato. Todos os antigos simbolismos – trinta e três botões para lembrar a idade de Jesus, outros cinco para lembrar as chagas etc. etc. – extintos, devorados por uma modernidade que atingia a roupa, não a alma. Hoje, para distinguir sacerdotes de homens comuns – além dos votos, que não podiam ser vistos –, havia apenas um colarinho branco, prosaica tira de plástico, imitação de tecido. As freiras não queriam mais perder tempo a engomar roupa de padre, por isso restava um crachá triste e sem nome usado ao pescoço. Mas o que valia um nome? A função, essa sim tinha importância: sacerdote. E isso ele era sem deixar de ser homem.

Deus sabe perfeitamente que vivemos como podemos e não como devemos, ele pensava abrindo a janela da sacristia, retirando da gaveta da cômoda a estola e ajeitando-a ao redor do pescoço. Dona Clotilde vivia e amava como podia: inventava histórias e depois as confessava. Alguém podia culpá-la por ser tão minuciosa? Claro que não, era a forma como as confissões deviam acontecer, e ouvi-las fazia parte de sua missão, de seu compromisso com os princípios da fé. Assim, se independentemente da razão, da vontade e das súplicas ao Senhor seu corpo reagisse a elas, como poderia evitar? Padre Antônio reconhecia a sua condição humana e admitia que aquela voz sussurrante o hipnotizava. No princípio se escandalizara com a torrente de narrativas impudicas, depois se sentira atraído pela duplicidade de dona Clotilde. Por fim, as lascívias descritas com todos os detalhes, a exasperação da carne e a busca do gozo proibido que ela expunha, ao mesmo tempo arrependida e orgulhosa, despertavam nele uma impressão fortíssima. Ao sentir a proximidade física da pecadora, o cheiro bom que exalava (lavanda ou jasmim) e que chegava às suas narinas misturado a outro, mais sutil, que parecia ser de talco, seu hálito levemente perfumado, ao escutar a evocação que ela fazia da brutal imposição dos instintos e de seu abandono à sensualidade, as mãos do padre tremiam, um suor frio corria-lhe pelo peito e uma ereção involuntária afligia-o, como um castigo divino.

Passou a esperar a confissão semanal de dona Clotilde com angústia. Em geral, ela vinha às quartas pela manhã ou às sextas-feiras à tarde, quando ele ficava no confessionário à disposição dos fiéis. Esses, para ele, eram dias tensos. Ficava desatento a tudo, atendia às outras pessoas com distraída gentileza. De quando em quando, pedia licença e ia até a sacristia beber uma água fresca com flor de laranjeira, que a mãe lhe ensinara ser um ótimo calmante. Debatia-se internamente, assolado por um sentimento ambíguo de atração e repulsa moral. Pensara mesmo em lhe pedir que procurasse outro sacerdote para revelar suas experiências, mas não tivera coragem. Muitas vezes, em momentos tão sagrados quanto o da consagração da hóstia na Santa Missa, a voz murmurante da mulher o perseguia. Outras vezes, em sonhos, ela lhe aparecia nua, provocante, e ele acordava terrivelmente excitado. Tomava um banho frio para atenuar o desejo, mas nem sempre a calma chegava. Era como se tivesse caído prisioneiro de tentáculos poderosos dos quais nunca escaparia.

A maior parte das vezes, no entanto, sentia piedade daquela mulher solitária. Como pastor de almas, compreendia que não podia deixá-la sem uma palavra de consolo e de perdão. Sabia que ela era vítima de pulsões incontroláveis (assim como ele). Que ela merecia ser compreendida e tolerada em seus erros. Aprendera no seminário que a infinita Graça Divina se comprazia em recuperar os pecadores mais impenitentes, que salvar uma ovelha perdida era uma tarefa mais complexa do que simplesmente enquadrá-la na categoria simplória do Bem e do Mal, feita para padres mais obtusos, incapazes de entender a variedade infinita do coração humano. Recordava, emocionado, a compaixão de Cristo por Madalena, uma meretriz. Era o seu exemplo de bondade e de aceitação da fraqueza dos outros. Todos somos fracos, e o Senhor estende seu manto de tolerância sobre os nossos equívocos, pensava. Pois, então, como poderia ele, pobre serviçal de Jesus, amaldiçoar uma mulher atordoada pela inquietude de sua sexualidade? Nesses instantes, padre Antônio acariciava mentalmente os cabelos de dona Clotilde e a perdoava por sua voz sussurrante e suas narrativas de secreta luxúria. Perdoava também a si mesmo pelo desejo que brotava no confessionário por todos os seus poros.

Numa antecipação esperançosa e culpada – ela viria hoje? –, o padre terminou de se arrumar e entrou na igreja quase vazia: poucos vinham à missa numa quarta-feira. Como sempre, levantou os olhos suplicantes para os reflexos que se espalhavam no vitral de Nossa Senhora: nessa hora, um pouco antes do meio-dia, o sol iluminava seu rosto de um ângulo determinado e ela parecia lhe sorrir. Assim que se sentou no confessionário, os passos inconfundíveis de dona Clotilde ressoaram pelo corredor. Acomodou-se melhor sobre o banco de madeira, ajeitou a estola e o colarinho, aspirou fundo o perfume de jasmim e talco e, antes de abrir a treliça, pediu a Deus que o amparasse.

– Padre, estou aqui porque pequei... Minha última confissão foi há uma semana...

Nove dias, para sermos exatos, dona Clotilde, pensou padre Antônio, mas ficou calado.

Todas as cores do inverno

Num dia cinza em que, mesmo fora de hora, o inverno já se instalava no jardim, decidi que era tempo de pôr um fim aos preparativos do meu casamento. A data se aproximava, e havia ainda muitos detalhes a serem resolvidos. Dedicaria esse final de tarde ao mais aborrecido deles: a lista dos convidados. Não sei por que escolhi a sala do piano e, afundada na poltrona junto à mesinha, repassava nome por nome, cortando um aqui e outro lá: precisava alcançar o limite imposto pelo espaço da casa e distribuir os setenta convidados nas dez mesas disponíveis. Do pátio, vinha o barulho de um dos carros imaginários de Agostinho. Há quase uma hora ele dava voltas ao redor do poço – ronco de motor, troca de marchas, freadas. Ouvi-lo brincando lá fora, por uma razão qualquer, me confortava.

  Embora não fossem ainda seis horas, o dia nublado e friorento já deixava a noite se alongar pelo assoalho. Máxima havia acendido a lareira, era gostoso estar ali à luz do fogo, mas a escuridão crescente tornava quase impossível trabalhar na lista sem ligar o abajur. Ia levantar para acendê-lo quando vi entrar o professor de piano. Havia esquecido que era dia de aula, teria que juntar minhas coisas e sair dali, continuar minha tarefa na biblioteca. Comecei a recolher papéis e lápis, mas alguma coisa, um detalhe, não saberia dizer qual, me fez parar e reparar melhor naquele homenzinho que entrava e saía duas vezes por semana da nossa casa e no qual jamais prestara muita atenção. Seu paletó preto e surrado, com ares de sobrecasaca, certo desequilíbrio simpático, as mãos longas e muito brancas, a quase ausência de ombros o tornavam parecido com um antiquado pinguim de geladeira. Minha intuição, no entanto, me dizia que a aparência não correspondia à verdade e que era preciso estar atenta. Decidida a perder algum *tempo, deixei a lista de lado. Podia confiar na minha intuição, ela sempre me propiciara revelações desconcertantes.*

Imaginando-se sozinho, o professor perambulava pela sala. Examinou com atenção o vaso de faiança sobre a lareira, o pequeno pescador em marfim, a jarra Rosenthal, o cinzeiro de alabastro, o delicado trabalho de marchetaria na mesa junto ao piano, e assim continuou, de peça em peça, como se as avaliasse. Não me havia visto, eu podia observá-lo à vontade. Aproximou-se do fogo e quedou-se um instante pensativo, cabeça baixa, a testa encostada na cornija de mármore da lareira. Uma chama maior iluminou seu rosto e, nos olhos cor de caramelo, única parte bonita de sua anatomia, pude perceber um desesperado desejo de posse. Não de roubo, isso não: aquelas mãos alongadas, tão próprias de um professor de piano, não haviam sido feitas para surrupiar alguma coisa. O que havia nelas era um desejo quase sexual, uma volúpia por tudo aquilo que o cercava. O professor parecia querer tocar a intimidade da casa, possuí-la, violar seus segredos, e para isso pegava cada um dos objetos não apenas para apalpá-los, mas para ouvi-los, como se pudessem relatar a história de suas origens e de tudo aquilo que haviam presenciado de raro, de delicado, de violento ou de apaixonante na privacidade daquela sala.

Lembro que não senti a menor culpa em espioná-lo: aquela era a minha casa, nascera nela e sabia quando estava sendo ardilosa, quando fingia deixar que a penetrassem, mas, na verdade, fechava-se sobre si mesma. Nessas ocasiões escondia a severidade, tornava-se difusa e feminina, diluía seus contornos, permitia que uma penumbra suave amaciasse suas paredes, despisse suas cadeiras da rigidez diária, fizesse flutuar a face veludosa dos sofás. Tudo adquiria então uma falsa fluidez, uma fingida inocência. Naquele instante – como fazia também com Genaro –, de mil pequenas maneiras a casa se defendia.

Tentando passar despercebida, afundei meu corpo na poltrona. Quase não respirava, queria tempo para compreender que tipo de ameaça havia ali, mas Elisa entrou de repente e acendeu a luz.

— *Oi, tia Maria Eulália, vieste assistir a minha aula?*
Pego de surpresa, o professor de piano virou-se em minha direção, nossos olhos se cruzaram, cumprimentou-me com um movimento de cabeça.
— Outro dia, Elisa — eu disse, levantando. — Preciso terminar esta lista. Nem sei por que me preocupo, pouco importa quais dos nossos conhecidos vão ficar furiosos por não serem convidados.
Confesso que ter sido pega em flagrante me deixara constrangida, saí da sala sem olhar para o professor. Ao atravessar o corredor dos retratos a caminho da biblioteca, tentei organizar as ideias: o que, exatamente, eu havia visto? Havia mesmo uma ameaça real? Ou havia nada, era apenas a minha agitação, meu nervosismo? Abri a porta da biblioteca, mas a solidão dos livros enfileirados, constantemente à espera de alguém, me deu uma sensação de abandono. Decidi que não queria ficar sozinha, precisava de calor e companhia. Atravessei novamente o corredor, dessa vez em direção à sala de visitas. Máxima com certeza acendera a lareira lá também. Minhas irmãs já deviam ter chegado, jantaríamos juntas. Se o inverno fosse tão frio como estava se anunciando, talvez precisasse repensar o meu vestido de casamento, pensei, tentando afastar o professor de piano do meu rol de preocupações imediatas. Nada havia ali. Era, com certeza, apenas uma impressão passageira. Desde ontem, a minúscula linha vertical que eu percebera em minha mão, bem ali, sob o dedo de Mercúrio, estava me transtornando. Sempre estivera lá? Surgira há pouco tempo? Meu cérebro não a registrara antes: esse era o risco de ler as próprias mãos, via-se apenas o que se queria ver. Melhor pensar em outras coisas, parar de escutar meu próprio umbigo: a linha existia, clara e profunda, e o que tinha de acontecer, aconteceria.
A sala de visitas estava ainda vazia, nenhuma das irmãs havia chegado, nem mesmo Clotilde, que detestava estar na rua durante a noite. Logo me dei conta de que o escuro precoce do inverno me enganava, não era ainda noite, não eram sequer seis horas, Clotilde devia estar na missa. Tranquilizada, aconcheguei-me junto

à lareira e fechei os olhos. Do aposento ao lado vinha o barulho abafado do piano de Elisa. Então, ele emudeceu – a aula devia ter terminado – e, da eletrola, a voz de Bob Dylan começou a perguntar mais uma vez how many times can a man turn his head e um medo grande o suficiente para tornar mais discreto o tilintar das minhas pulseiras começou a girar ao meu redor com seu zumbido monótono de mosca varejeira.

Elisa ouvia sempre os mesmos discos, e esse era um dos seus prediletos. Através dela, uma música toda feita de metáforas havia invadido a casa. Se Elisa trazia a música, Caio, sem perceber, trazia os pedaços desse povo sobre o qual as músicas falavam. Pobre Caio, ainda que limpasse os pés no capacho querendo livrar-se deles e esvaziasse copos e mais copos tentando esquecê-los, eles entravam na casa agarrados às suas roupas, alastravam-se pela sala, criavam raízes sobre os tapetes persas e, lá de dentro, do fundo macio e rico dos desenhos orientais, cantavam as músicas que nós todos escutávamos. Não posso lembrar-me disso sem dizer como eu via o que estava acontecendo no país. Essa é uma das poucas coisas que lamento: eu não via, não prestava atenção, estava ocupada demais, ou triste demais, não sei. Dito hoje, quando os arquivos foram abertos e as atrocidades expostas, pode parecer absurdo, mas asseguro que àquela época não era. Além de ouvi-los, de simpatizar com eles, o que mais eu podia fazer?

Imune às confusões do mundo, Clotilde providenciava para que a casa continuasse a mesma: sempre iguais os estampados dos sofás, as cores nas paredes, os tapetes, as almofadas. Iguais até mesmo os vidros desenhados das janelas. Quando uma pedra, lançada não se sabia por quem, quebrou um deles, ela descobriu talvez o último lugar onde ainda os faziam como antes, e as janelas voltaram a ficar intactas. Geração após geração, a casa sempre fora o nosso grande colo, nossa segurança, nosso referencial de permanência: bastava ela querer para que todos os opostos, todos os impossíveis fizessem sentido. Até mesmo a improvável amizade entre Ana Rita e Olga, pensei ao ouvir a voz das duas irmãs do outro lado da porta, no corredor. Será que Olga saberia?

– O que é isso, Maria Eulália? – disse Olga acendendo os abajures. – Pareces o fantasma do Hamlet vagando no escuro. Ânimo, mulher! Onde já se viu uma noiva desanimada? Relaxa, vai ser um lindo casamento, hoje nós vamos terminar de organizá-lo. Pedi para Máxima nos trazer uma garrafa de vinho, não imaginas como está frio lá fora.

A voz de Olga trouxe de volta a calma da rotina e azeitou a suave engrenagem que meu medo havia ameaçado: se não tínhamos controle sobre o que acontecia lá fora, aqui dentro podíamos cuidar-nos, providenciar para que ninguém se machucasse em demasia, pensei, esticando o rosto para receber o beijo de Ana Rita. Olga colocou mais uma acha de lenha no fogo e estendeu as mãos para a boca grande e negra da lareira. Um trovão anunciou chuva, a luz ligeira e atrasada do seu relâmpago atravessou a sala. Máxima entrou trazendo o vinho, uma bandeja de prata com torradas e o imbatível patê de fígado de Adelina. Logo depois chegou Clotilde.

– Muito bem, gostei de ver! Todas pontuais – ela brincou, acomodando-se na cadeira de sempre.

Aquela noite, jantaríamos apenas nós quatro, homenagem a mim por estar deixando para trás o nome de solteira. Como, pelo menos de imediato, eu não sairia da casa, essa seria, na prática, a maior mudança. Sem conseguir livrar-me de todo do pressentimento que me confrangia, fiquei em silêncio observando as conversas e os risos das minhas irmãs. Feito rãs na umidade do jardim, suas palavras voavam, chocavam-se no ar, interrompiam-se, organizavam-se de outra maneira, formando novos sentidos. Elas falam de tudo, menos do meu noivo, eu constatei. Ignorar Genaro dessa forma era o mesmo que eliminá-lo, condená-lo a um desaparecimento gradual, mas inevitável. Não vou deixar isso acontecer, decidi, aproveitando um silêncio para introduzi-lo na conversa.

– Genaro está muito contente, surgiu uma vaga de professor no colégio dos Maristas. Embora não tenha formação acadêmica, tem evidente conhecimento, talvez o contratem.

– Desistiu de pintar placas? Vai ensinar o quê? – perguntou Clotilde, um pouquinho cruel, como sempre.

– *Filosofia* – *respondi, forçando minha voz.*
– *Vai se sair muito bem, ele gosta muito de filosofia* – *saltou Olga, conciliatória.* – *Sabem que Caio também tem o sonho de ensinar medicina legal na universidade assim que o trabalho na Auditoria diminuir?*
– *Caio? Não sabia* – *disse Ana Rita, para logo depois ficar sem jeito, visivelmente arrependida do que falara.*
– *É que, desde aquela monografia, vocês quase não conversam* – *Olga retrucou, para logo também se arrepender: ela jamais conseguira ser irônica.*
– *O jantar está servido, dona Clotilde* – *anunciou Máxima.*
– *Santas palavras!* – *eu disse, apenas para manter a tradição dessa frase: não sentia a menor fome.*

Estávamos comendo a sobremesa quando Caio chegou, respingado de garoa e levemente bêbado: tinha ido ao cinema e agora, sem paciência de esquentar o jantar deixado por Olga, resolvera vir até a casa. Clotilde mandou Máxima colocar mais um prato à mesa.

– *Não quero atrapalhar a conversa de vocês, põe meu prato numa bandeja, Máxima, vou comer na sala.*

As tentativas de Clotilde para que ficasse conosco de nada adiantaram. Bandeja em punho, ele foi se sentar junto à lareira. Ana Rita manteve os olhos fixos no prato, Olga, fingindo uma desenvoltura que não lhe era própria, procurou restabelecer a naturalidade da conversa. Foi quando tive a certeza de que ela sabia de tudo e que – *por uma razão indecifrável* –, *entre Caio e Ana Rita, escolhera a amizade por Ana Rita. Não me esforcei para entendê-la, quanto mais julgá-la: todas nós tínhamos os nossos segredos, éramos plurais, únicas e absolutas, como nossa mãe costumava carinhosamente dizer.*

Capítulo XV

Na quarta-feira, alguns minutos antes do meio-dia, Caio entrou no elevador e apertou o botão do quinto andar. Em frente à porta fechada do 501, aguardou até que a senhora e a menina de uniforme desaparecessem pelo corredor. Depois, usando as escadas, desceu ao andar de Ana Rita e tocou a campainha. Ela o recebeu com um beijo reticente. Alguma coisa não estava bem, ele pensou. Sabia do que se tratava: ela o vira descendo do carro e, pela demora em bater à porta, adivinhara o resto. A manobra envolvendo o amigo que morava no quinto andar do mesmo prédio sempre a irritava. O que era aquilo, afinal? Para quem o teatro? E não viesse de novo com a desculpa ridícula de que era para protegê-la.

Mesmo que argumentasse, como fazia agora, que um escândalo não seria bom para ninguém, ela não se acalmaria. Para não agravar a situação, decidiu ficar em silêncio, mas o silêncio a irritou ainda mais. Ana Rita detestava esses encontros breves, era algo definitivo dentro dela e que ele jamais conseguira entender. Tinham pouco tempo: um sexo rápido na hora do almoço. Tão ruim assim? Era o que podiam ter, por que complicar?

– Ficar pouco tempo contigo não significa indiferença – ele atreveu-se a dizer. – Sair da Auditoria, me arriscar vindo até aqui, quer prova maior de interesse?

– Interesse? – ela exclamou, e Caio encolheu-se, perdido. Usara a palavra errada e, além de tudo, falsa: o que chamava de interesse talvez fosse amor. Não, não podia ser amor, porque, se fosse, o que faria com o resto da sua vida?

Deixou que Ana Rita desabafasse, pediu desculpas, disse que não soubera se expressar, tentou beijá-la. Ela o afastou, foi até a cozinha. Caio a seguiu. Sobre a mesa, no balde com gelo, uma garrafa de vinho branco. Serviu-se, tomou um gole apenas, sua sede nesse instante era outra. De costas para ele, Ana Rita preparava uma salada. Abraçou-a por trás e a fez virar-se. Ela permaneceu calada, mas se deixou guiar. Abriu-lhe a blusa, atrapalhando-se com os botões. Que inferno! Sabia que vinha, por que não o esperava nua?, pensou, irritado. Começou a beijá-la. Tirou-lhe o sutiã.

A pressa dele não é apenas sexo, Ana Rita repetia a si mesma, tentando diminuir a tristeza que, como sempre, já subia por sua garganta. Estava irritada, humilhada: por que Caio só conseguia vê-la assim, por uma hora, entre dois compromissos? Tempo é questão de preferência, a mãe dizia. Pensar na mãe fez crescer sua raiva e, mesmo sabendo que a fúria não era apenas contra Caio, mas contra si mesma, interpelou-o.

– Tu achas que sou o quê? Uma pausa para o café? Uma puta à disposição? Não sei onde estava com a cabeça quando te deixei vir... Quer saber de uma coisa? Vai embora! – gritou, desvencilhando-se.

Foi a vez de Caio se irritar. Ele estava ali, não estava? O que mais ela queria? Não era assim que haviam combinado? Verem-se quando possível? De costas para ele, Ana Rita terminava de abotoar a blusa. Ah, não queria escândalo? Devia ter pensado antes: que o edifício todo ouvisse, pouco importava. Vai embora, gritou de novo, furiosa, virando-se e o ameaçando com uma bofetada. Caio a segurou pelos braços e a prendeu contra o balcão da pia. Ela esquivou-se. Ele a segurou com o corpo, tapou sua boca com uma das mãos, substituiu a mão pela boca, introduziu profundamente a língua, tornou a abrir-lhe a blusa, apertou-lhe os seios. Respiração alterada, Ana Rita fingia resistir. Gostava de vê-lo assim, fora de controle, capaz de qualquer coisa. Caio a machucava, e a fantasia inconfessável de estar sendo violentada a excitava. Com um gemido abafado, levou a mão dele até seu sexo. Caio viu o gesto como desafio: ela o desafiava a ir adiante? Pois veria do que era capaz. A fez girar sobre si mesma para penetrá-la por trás. Ana Rita quis fugir, mas, ao senti-lo entre suas nádegas, aquietou-se, a mão dele exata sobre o seu clitóris. Dobrou-se sobre o balcão, abriu mais as pernas. Caio a penetrou com força e uma onda inesperada de amor e gozo os atingiu. Muito quietos, deixaram que a sensação de plenitude passasse.

Depois, tomaram banho juntos. Beijaram-se sob a água, os dedos dele a acariciaram, ela sorriu: ambos sabiam que não havia mais tempo. Vestiram-se e voltaram para a cozinha. Estavam assustados com a intensidade do que haviam sentido, falaram de outras coisas. Ana Rita tirou o pastelão do forno, contou do novo professor de Moral e Cívica: sua tímida gagueira, o bigodinho. Sexo, pastelão e vinho branco, Caio pensava ao sentar-se à mesa. O que podia ser melhor?

– Como está o teu trabalho na Auditoria? – Ana Rita perguntou.

– Indo.

– Aconteceu algo diferente?

– Nada. Não aconteceu nada de diferente, pelo menos para mim, e isso é o pior de tudo: não importa o que eu faça, não importa para que lado vá, de alguma forma vou estar sempre errado...

– Podias fazer alguma coisa. Ajudar um dos presos, dar notícias para as famílias.

– Isso é loucura tua, Ana Rita! Estou de mãos amarradas, preso à beira de um poço, posso cair a qualquer momento, e tu queres que eu piore a situação com heroísmos? Não tens a menor ideia...

Ana Rita suspirou, era inútil iniciar uma nova discussão, ambos precisavam voltar para o trabalho. Levantou-se, retirou os pratos, colocou a água a esquentar para o café. Tinham ainda uns dez minutos, o suficiente para deixar a cozinha organizada. Começou a lavar a louça. Uma leve dor de cabeça pressionava sua nuca. Caio fumava deitado no sofá. Ela colocou a louça lavada no escorredor, guardaria mais tarde, depois das aulas, na volta. Estamos todos à beira de um poço, pensou, secando as mãos no guardanapo de cozinha no qual Adelina havia bordado o desenho ingênuo de uma casa.

    Vivemos sem nenhuma garantia, nada que impeça a queda, nada além das nossas próprias mãos. Uma pena que Caio não conseguisse viver assim, não sem morrer de medo, não sem exigir uma corda, uma certeza de segurança. Como se fosse criança, ele queria tudo: ela, Olga, esquentar-se na lareira e nadar no mar. Quando romperia este infantilismo e compreenderia que era preciso escolher, enfrentar a solidão? O medo o deixava assim: sem vontade própria, jogado de lá para cá, controlado pelo sogro e pelo coronel. O único poder que ele conseguia exercer era sobre ela, e só existia porque ela deixava que assim fosse, tinha pânico de ficar sozinha, era covarde também. Daí, talvez, a raiva inútil que a fizera gritar e essa dor de cabeça estúpida que martirizava sua nuca.

Capítulo XVI

Deixar São Paulo fora uma mudança e tanto, Miguel pensava, ensaboando-se sob o chuveiro. Tinha impressão de que ali em Boca do Monte tudo era diferente e até seu coração batia de outro jeito. Essa impressão não se explicava apenas pelo fato de a vida ser mais sossegada, de haver menos carros, menos gente. Acontecia mais fundo, numa zona íntima que normalmente não se atrevia a visitar. Desde que chegara, vantagens e desvantagens de morar numa cidade pequena acumulavam-se em seu peito de forma caótica, amontoavam-se umas sobre as outras, escorregadias e instáveis feito um castelo de cartas, o faziam mudar de opinião e o impediam de decidir se, afinal, gostava ou não de ter vindo. Não poder assistir *Bodas de Sangue*, com Maria Della Costa, no Teatro Itália, era uma grande frustração, mas, por outro lado, aqui neste lugar pequeno ele não passava despercebido, e, embora se intrometessem em sua vida, o que era ruim, prestavam atenção em tudo o que fazia, o que, de certa forma, o agradava.

Já não era invisível como em São Paulo. Agora as pessoas o notavam, e isso lhe dava certa responsabilidade, precisava pensar duas vezes antes de falar sobre qualquer assunto e, com a obrigação de pensar melhor, muitas de suas antigas certezas começaram a ser revistas. "Nada existe no mundo que não exista também numa aldeia", Miss Marple dizia, talvez não com essas palavras. Será que Elisa lia Agatha Christie? Será que sabia quem era Miss Marple? Preocupar-se com o que Elisa lia ou não, sabia ou não, pensava ou não, gostava ou não, estava se transformando em mania, ele concluiu, um pouco envergonhado, fechando o chuveiro e afastando a cortina de plástico com desenho de peixinhos.

Em frente à pia, amarrou uma toalha à cintura, limpou o vapor que se formara no espelho, examinou os dentes, passou a mão pelo queixo: precisava fazer a barba. Tirou do armário o tubo de creme de barbear e abriu novamente a água quente, dessa vez na torneira da pia. Vendo o jorro fumegante, pensou que o apartamento térreo, que a mãe escolhera – talvez por ser espaçoso, talvez pelo pátio dos fundos, repleto de azaleias, mas, certamente pelo imenso aquecedor de água –, era bem mais acolhedor que o de São Paulo. Essa era outra das vantagens de Boca do Monte: os aluguéis baratos. Umedeceu o pincel, cobriu o rosto com espuma, pegou a lâmina de dentro do armário e recordou, como se estivesse acontecendo naquele instante, que no dia em que se sentara perto de Elisa, tão perto que podia ver até mesmo a pequena espinha inflamada no cantinho esquerdo do seu nariz, tudo o que sentira fora uma vontade imensa de enrolar-se nela feito um cachecol e protegê-la.

Essa fora uma das muitas coisas que haviam mudado dentro dele em Boca do Monte. Nunca pensara que pudesse gostar de alguém como Elisa, alguém tão habituada ao dinheiro que atravessava a vida feito um grande cisne, sem olhar para os lados, e exercia como se fosse um direito seu esse poder despreocupado e egoísta, próprio dos gatos e das pessoas ricas. Nada, nem mesmo a amorosa onipotência de uma mãe judia, o havia preparado para aquela casa cor-de-rosa, com uma escada de mármore branco retorcida como o corpo de um dragão, onde uma empregada antiga controlava tudo e, como no conto de Thurber, um unicórnio (que ele jamais vira) comia rosas no jardim. A escada retorcida e o unicórnio: nenhum deles fazia sentido e, no entanto, eram absolutamente coerentes. Máxima e todo o resto são imprescindíveis, pois sem eles Elisa não existiria, disse baixinho, terminando de vestir-se, pegando o casaco e a sacola do colégio e tentando esgueirar-se pela porta da cozinha sem ser visto pela mãe.

– Nem pensar em sair sem tomar o seu café! Ontem você já fez isso. Hoje não vai fazer, não!

– Estou sem fome, mãe, e atrasado.

— Há um tempo de correr e outro de sentar, este é o tempo de sentar e tomar o seu Toddy.

Sem outra opção, Miguel sentou-se na ponta da cadeira sacudindo os joelhos para cima e para baixo, como se isso fizesse o tempo passar mais depressa. Eclesiastes, ele pensou, todas as coisas têm seu tempo. O problema era que, dentro dele, havia muitos tempos, muitas idades: a da carteira de identidade, a que ele sentia como real e a que a mãe queria que ele tivesse. Faria a vontade dela, como se fosse criança, sentaria e tomaria seu Toddy, era mais fácil, apenas o faria depressa pois logo seria hora de sair à rua e correr, ainda que não estivesse atrasado, correr apenas porque talvez hoje, diferentemente dos outros dias, Elisa chegasse mais cedo ao colégio.

Obediente, sob o olhar aprovador da mãe, tomou o café da manhã. Quando, enfim, pôde agarrar a pasta e sair, não reparou que todas as paineiras da cidade já haviam estendido seus lençóis cor-de-rosa no céu de outono, mas reparou numa cadela que atravessava a rua bem à sua frente seguida por quatro cachorros. Um deles, o menor, o mais fraco, o menos capaz de conseguir copular com ela, era o que mais saltava, o que mais cheirava, o que mais levantava a cabeça e olhava ao redor com ar de desafio. Embora envergonhado, reconheceu que comparava o cachorrinho e a cadela a si mesmo e Elisa. Chegou ao portão do colégio junto com o pipoqueiro. No pátio vazio, um servente varria as folhas caídas dos plátanos, faltavam ainda quinze minutos para as sete e meia. Embora soubesse que Elisa chegaria, como sempre, só um pouco antes das oito horas, olhou ao redor, esperançoso. Não, ela não estava. Sentou-se no encosto de um dos bancos de madeira que abraçavam os plátanos, colocou os pés sobre o assento rabiscado por nomes e corações, abriu a pasta examinando os livros — precisava matar o tempo —, mas não sentiu vontade de olhar nenhum deles, já os conhecia de cor.

— Também vieste mais cedo hoje? — Elisa disse, surgindo de repente e sentando-se ao seu lado.

Miguel sorriu, apesar do frio na barriga, do coração batendo rápido, das mãos molhadas de suor. Elisa também sorriu, e, num gesto que ele já conhecia de cor, começou a enrolar uma mecha de cabelos no dedo, parando, vez ou outra, para examiná-la, como se decidisse se era ou não tempo de cortar suas pontas. Miguel, mais uma vez, admirou-se do quanto ela parecia alheia à própria beleza: ficaria surpresa se soubesse o quanto mexia com ele. Sentiu orgulho de ser, talvez, o único a achá-la realmente bonita. Todos estranhavam seu rosto de maçãs salientes, limpo de maquiagem, as unhas cortadas bem curtas e sem nenhum esmalte, as sobrancelhas grossas sombreando olhos absurdamente amendoados, um pouco mais castanhos do que os cabelos. Ele ainda não conseguira concluir se o que havia ali era uma real ausência de vaidade ou, ao contrário, uma convicção de beleza tão consolidada que Elisa simplesmente não pensava no assunto.

Quando o relógio bateu a solitária badalada das sete e meia, estavam os dois em silêncio, observando o servente amontoar as folhas secas num carrinho de mão. Miguel não encontrava nada pra dizer. Agoniado, chegou a pensar em perguntar-lhe se conhecia Miss Marple, mas corria o risco de ter que explicar por que perguntava e de confessar que, como em todas as manhãs, havia pensado nela assim que acordara, e esse não era o momento certo para dizer coisas assim. Alheia ao desconforto de Miguel, Elisa soltou a mecha com a qual brincava, e, a cabeça inclinada para trás, sacudiu os cabelos, torceu-os, amarrou-os em um nó no topo da cabeça e, muito séria, perguntou o que ele achava da ideia de matarem a aula naquela manhã.

– Acho ótimo! – Miguel respondeu de imediato, embora sentisse aumentar seu nervosismo. A sugestão fora dela, mas pelo simples fato de ser homem caberia a ele decidir o que fariam. – Você consegue inventar uma razão para não almoçar em casa? – disse, por fim. – O lugar em que estou pensando ir é fora da cidade, demora um pouco.

– Demora quanto?

– Até o final da tarde estamos de volta.

– Tudo bem, vou inventar uma desculpa. A gente se encontra na esquina da praça às nove e meia?

Miguel fez que sim com a cabeça, também precisava ir até em casa avisar que não iria almoçar e pegar o dinheiro para as passagens de trem. Torcia para que o que ele tinha guardado na gaveta do quarto fosse suficiente, não gostaria de assaltar o pote amarelo na cozinha, mas talvez fosse preciso, já notara que Elisa nunca se lembrava de pagar nada, parecia pensar que a vida era de graça. Devia ter, sim, o suficiente na escrivaninha do quarto. Se não tivesse, daria um jeito, tiraria do pote e devolveria depois, não podia pensar nisso agora, precisava correr ou não estaria de volta na hora combinada.

Anotações para um romance

Até hoje não sei dizer com certeza se aqueles eram tempos de inocência ou se o que chamávamos de inocência era apenas nós cobrindo com uma peneira fina o que não queríamos ver. Mas acredito que sim, aqueles eram tempos inocentes. Li em algum lugar que, ao contrário da pureza, a inocência jamais poderá ser proposital. Se isso for verdade, éramos inocentes porque tudo o que não queríamos era sermos considerados inocentes. Bem, de qualquer forma, talvez eu esteja confundindo com outros, mas recordo minha primeira grande transgressão acontecendo numa manhã infinitamente azul, um daqueles dias de outono, de ar muito leve e muito limpo, que todos nós pensávamos existir apenas no Rio Grande do Sul ou, para ser mais exata, em Boca do Monte.

Eu acordara com a ideia maluca, pelo menos para mim, de faltar à aula e passar a manhã com Miguel e precisava achar uma maneira de fazer isso sem preocupar minha mãe. Cheguei ao colégio mais cedo e, sentada ao lado dele sob os plátanos desfolhados, convidei-o para sair. Quando me perguntou se poderíamos voltar apenas à tarde, fiquei assustada, ele estava levando as coisas mais longe do que eu imaginara, mas a ideia de matar aula fora minha e concluí que, agora, não podia recuar. Diria à minha mãe que haveria um passeio da escola, um passeio que eu havia me esquecido de avisar, correria até em casa, pegaria dinheiro para pagar o ônibus fictício, diria que voltava só à tarde e tudo daria certo. Sempre existia a possibilidade de ela ligar para o colégio, mas, como eu nunca mentira antes, era improvável. Menti também à Irmã Loyola: um primo de Caçapava havia morrido, Máxima viera ao colégio me avisar, eu precisava me ausentar para o enterro. Para minha surpresa, a Irmã acreditou.

Não sei que desculpa Miguel inventou na sua casa, mas quando voltei esbaforida ele já me esperava na esquina da praça e estava mais nervoso do que eu. Como faz até hoje quando precisa resolver algo importante, movia os maxilares para cima e para baixo e uma veia grossa latejava em sua testa. Chegamos à estação um pouco antes das nove. Pegaremos o trem das dez, ele me havia dito; o destino, mantinha em segredo. A viagem não foi tão longa: nós a fizemos em silêncio, estávamos ambos estranhamente tímidos. Quando a locomotiva diminuiu a marcha, avistei uma extensa plataforma coberta por um telhado com armação de metal, um sino de bronze semelhante aos que tínhamos na estância pra chamar os peões, dois bancos compridos encostados à parede, um relógio com números romanos pendendo de uma parede branca junto com um letreiro que anunciava: *Estação da Mata*. O trem deteve-se tempo apenas suficiente para desembarcarmos. Depois do ruído constante das rodas, o sossego me pareceu estranho, tive a impressão de que havíamos entrado num mundo mágico onde apenas o alarido das caturritas atacando uma goiabeira, o cacarejar das galinhas ciscando entre os trilhos e o assobio do vento nos dormentes eram verdadeiros.

– Vieram ver a Mãe-do-Ouro? – perguntou, atrás de nós, uma voz com sotaque alemão.

Sobressaltados, nos viramos ao mesmo tempo. O dono da voz era um homem alto, de olhos claros e bigode, vestindo bombachas com suspensórios e calçando alpercatas. Um quepe azul o identificava como funcionário da Viação Férrea.

– É um pouco longe – informou, sem que tivéssemos perguntado. – A sorte de vocês é que o meu irmão Altino está indo para aqueles lados daqui mais um pouco – completou, apontando para um carroção de madeira parado ao lado da casa. – A gente recém tinha sentado pra almoçar. Estão servidos?

Aceitei de imediato. Estava com fome. Miguel, sem jeito, me acompanhou. Não gosto de incomodar, sussurrou quando o olhei interrogativa. A hipótese de eu representar um incômodo para quem quer que fosse jamais passara na minha cabeça, sempre achei que não aceitar o convite é que seria ofensivo. Seguindo o homem loiro, que se apresentou como Argeu, Miguel e eu entramos numa sala fresca sombreada por venezianas. Lembro-me perfeitamente de todos os detalhes. Além da mesa e das quatro cadeiras com assento de palha, havia um armário com porta de telinha, prateleiras forradas com folhas de jornal caprichosamente recortadas imitando uma renda e um tripé repleto de panelas um pouco amassadas, mas tão bem areadas que até mesmo Adelina as aprovaria. Em pé, junto ao fogão, uma mulher de pele acobreada como a dos índios, grávida de uns sete ou oito meses, e, sentado à mesa, um homem muito parecido com o nosso anfitrião, só mais gordo, que nos examinava com ar desconfiado.

– Não reparem, é casa de pobre – seu Argeu disse, com evidente orgulho.

Antes de sentarmos, apresentou-nos o irmão. Apertamos solenemente a mão do seu Altino, que, cortês, elevou o corpo da cadeira alguns centímetros. Um gato amarelo de cara e pescoço brancos saiu de algum lugar perto do fogão e veio se esfregar em minhas pernas. Acariciando sua cabeça, eu lançava olhares disfarçados para a mulher que, num ir e vir arrastado, as pernas e os lábios inchados pela gravidez, preparava nossos lugares à mesa, colocando mais dois pratos esmaltados, talheres, dois copos de vidro. Quando tudo estava pronto, ela mergulhou uma caneca de metal numa talha de barro junto à porta e encheu de água fresca uma bilha também de barro que colocou perto de nós. Feito isso, sempre em silêncio, voltou para junto do fogão – o gato retornou com ela – e seu Argeu, sorrindo, esticou o queixo nos indicando a panela de ferro e uma forma de pão sovado no meio da mesa.

– Sirvam-se, não façam cerimônia – ele disse, e Miguel e eu nos servimos do melhor ensopado de ovelha que já experimentei! Tão gostoso que se transformou em referência: tão bom quanto o ensopado da mulher do seu Argeu, dizemos até hoje.

Durante algum tempo, ninguém falou. Depois, com a fome já saciada, os irmãos retomaram a conversa que a nossa chegada havia interrompido. Ficamos sabendo que Altino, o dono do carroção, fora contratado para levar uma carga de tijolos até a casa de um tal de seu Eleutério, cujo filho mais moço fora preso pelo DOPS havia pouco mais de um mês em São Pedro do Sul.

– O pobre do velho tá que é pele e osso, já foi com o outro guri dele até a cidade, andou de um lado pro outro e nada. Vou te dizer uma coisa, Argeu, esses milicos perderam o rumo. – Seu Altino concluiu, servindo-se de mais ensopado.

– Pois Deus que me perdoe, mano, eu não achava, mas de uns tempos pra cá ando pensando que é assim mesmo – seu Argeu disse, empurrando o prato e recostando-se. – De primeiro, eu pensava que eles só queriam arrumar a bagunça e, pra isso, não dá pra ter pena. Como dizia o finado pai: rasgar a terra com o arado é o único jeito de se ter lavoura. Depois, nem sei bem por que, a coisa degringolou.

Senti os olhos de Miguel sobre mim, ele estava louco pra entrar na conversa. Raspando o resto do molho do meu prato com um pedaço de pão, fiz um gesto negativo com a cabeça, não fosse estragar nosso passeio discutindo política. Felizmente, ele ficou quieto. Quando todos terminaram, a mulher veio novamente e, sempre arrastando os pés, sem pressa alguma, retirou os pratos, colocou sobre a mesa uma caixinha de madeira com pessegada caseira e duas facas. Seu Altino espetou um pedaço e comeu com gosto. Depois, espreguiçou-se, coçou a barriga, desculpou-se por fazer a parte do cachorro magro e, palitando os dentes, nos anunciou que já íamos. Se quiséssemos, nos daria carona também na volta, lá pelas quatro da tarde, o trem pra Boca do Monte passava um pouco antes das cinco. Dissemos que seria ótimo, agradecemos ao seu Argeu pelo almoço e seguimos todos até o carroção.

Os dois irmãos começaram a tirar alguns pacotes da boleia, fazendo lugar para nós, mas eu, para desespero de Miguel, disse que não era necessário, preferíamos ir atrás, mais divertido.

O que é do gosto..., seu Altino respondeu, dando de ombros. Não foi uma decisão acertada: além da carga de tijolos do seu Eleutério, precisamos dividir o fundo poeirento da carroça com um saco de aipim, quatro abóboras de pescoço e três galinhas vivas atadas pelos pés. Aguentando como podia os sacolejos, aprendi que às vezes é melhor desistir da *diversão* e ficar com o conforto.

Viajávamos beirando os morros. Pouco a pouco fomos adentrando uma zona repleta de bananeiras e de árvores frondosas enfeitadas de bromélias como eu já havia visto apenas perto da praia; os galhos dessas árvores pareciam mover-se sozinhos sobre o carroção, desenhando sombras. O silêncio adensava-se e nos deixamos embalar por ele. Creio que estávamos quase dormindo quando ouvimos um ronco assustador, como se de onça. Miguel arregalou os olhos, eu apenas sorri. São bugios, seu Altino informou, por sobre o ombro.

– A cachoeira fica logo atrás daquela pedra – anunciou, reduzindo a marcha. – Esse menino deve ser solteiro, assim que podem entrar sem medo – ele riu, achando graça da própria piada. – Quando estiverem lá dentro, é só seguir a água.

– O que ele quis dizer com não precisarmos ter medo? – eu perguntei, apoiando-me em Miguel para contornar a tal pedra.

– Ele estava se referindo à Mãe-do-Ouro – Miguel explicou. – Ela é a protetora das mulheres mal casadas, atrai seus maridos para dentro da fenda, e eles nunca mais são vistos.

– Desaparecem como o filho do seu Eleutério – eu me arrisquei a dizer, embora não quisesse falar a respeito do que havíamos ouvido durante o almoço.

Foi a vez de Miguel ficar calado: talvez tenha pensado, como eu pensara antes, que não era uma boa hora para se falar em política. A fenda estreita rasgada na rocha branquicenta, coberta por liquens, elevava-se muitos metros acima de nós e era de uma beleza um pouco claustrofóbica. Caminhávamos próximo às paredes, seguindo o pequeno curso de água. Acima de nós, as pedras pareciam se esticar querendo tocar-se, e o céu não passava de um risco azul por onde corriam pedaços de nuvens.

— Liquens são sinal de ar puro — expliquei, sem a menor necessidade, apenas porque havia lido num almanaque. Miguel não respondeu, ocupado que estava em me impedir de escorregar no limo.

O fio de água ocupava agora quase toda a trilha, estava ficando difícil caminhar sem molhar os pés quando, logo depois de uma pequena curva, as rochas se afastaram, e a cascata surgiu. Era suave, caía bem do alto sobre uma piscina de água mansa e, igual a todas as cascatas, fazia lembrar um véu. Além do ruído da água, nada mais se ouvia. As nuvens continuavam a passar, vagarosas, acima de nós. Apenas os restos de uma fogueira e uma oferenda com velas e grãos de milho nos impediam de pensar que éramos os primeiros seres humanos naquele lugar. Agarrando-me às pedras maiores, eu me aproximei do poço, ajoelhei-me e enchi as mãos daquela água transparente e fria.

— Será que dá pra beber? — lembrei-me de perguntar.

— Mais pura impossível! — Miguel respondeu, orgulhoso, como se aquilo tudo lhe pertencesse.

Quando tentei levantar, meu pé escorregou no limo e afundou na água gelada. Por pouco não caí inteira dentro do poço. Miguel correu para me ajudar, estávamos muito perto um do outro, e eu quase morria de vergonha porque meus mamilos arrepiados pelo frio apertavam-se contra a blusa do uniforme. Segurando sua mão, mas sem olhar o seu rosto, deixei que me conduzisse até um lugar mais seco. Sentei-me numa pedra, tirei os sapatos e as meias. Mais adiante, no chão arenoso, uma nesga de sol se esparramava.

— Me dê aqui que eu ponho pra secar — Miguel disse, apontando aquele pouquinho de sol. — Não é grande coisa, mas é melhor que nada. Está com frio? — perguntou, colocando o braço sobre meus ombros.

Fiz que não com a cabeça, mas me aconcheguei mais a ele. No silêncio irreal que nos rodeava, eu tinha a nítida impressão de que, enredada à cachoeira, a Mãe-do-Ouro me espiava. Os dedos de Miguel desceram pelo meu braço leves como aranhas, subiram pelo meu pescoço, acariciaram minha garganta, brincaram com minha nuca. Fechei os olhos, estendi meu rosto para ele e o beijo simplesmente aconteceu. O meu primeiro beijo. Vontade de não mais separar meus lábios dos de Miguel, de engolir seu hálito morno, de implorar que aquela língua, cuja ponta me lambia de leve os dentes e brincava com minha própria língua, entrasse mais profundamente em minha boca. Miguel acariciava-me por sobre a blusa sem coragem de ir adiante. Tímida, eu não o incentivei a prosseguir. Ou os limites eram muito severos naquela época ou a Mãe-do-Ouro me cuidava, não sei, sei apenas que poderíamos ter feito muito mais do que fizemos, mas foi bem mais bonito da forma como aconteceu.

– Acho que está na hora – murmurei, enfim, com os lábios ainda encostados aos de Miguel. – Não podemos perder o trem.

Levantamos de mãos dadas e, naquele exato instante, um bando de tucanos passou voando sobre nós numa festa de asas negras e bicos pintados de vermelho.

– Tucanos? – Miguel espantou-se.

– Não são lindos? – eu respondi, tentando não demonstrar que também estava admirada. Eu os havia visto algumas vezes pousados nas corticeiras da estância em São Borja, mas nunca assim tão perto de Boca do Monte.

Cabeça atirada para trás, tentando aprisionar nas retinas aquela imagem inesquecível e rara, agradeci mentalmente à Mãe--do-Ouro: os tucanos haviam sido um presente dela. Logo percebi minha tolice, a Mãe-do-Ouro não passava de uma lenda. Então aconteceu algo que nunca contei a ninguém porque sei que é absurdo, mas conservo comigo a certeza de haver ouvido, no rumor da cachoeira, a voz cristalina de uma mulher a me dizer: *de nada*.

Capítulo XVII

...As magnólias estavam apagadas – Olga leu essa frase no livro que Maria Eulália lhe dera e achou bonita. Bonita e apropriada. Ao contrário das outras flores, as magnólias não murcham, se extinguem. Quando as via aninhadas na árvore, como se fossem pássaros, seu primeiro impulso era colhê-las, levá-las para dentro de casa. Ficariam lindas no vaso, iluminariam a sala inteira! Mas logo viria o perfume doce demais, as pétalas amareladas, a decomposição. Das magnólias, se admira a beleza e se deixa onde está. Seu esplendor resiste quando intocado. Só lá, na árvore, elas permanecem, porque assim que uma se vai logo floresce outra, e mais outra, e o que se vê, na verdade, não é uma magnólia, mas centenas. Ao entrar em sua vida, Carlos a havia transformado em magnólia e, então, a colhera, e pouco a pouco, humilhação a humilhação, a estava apagando.

Olga suspirou, levantou-se, guardou o livro, fechou a janela – estava ameaçando chuva. Foi até o quarto, ajeitou o cabelo: precisava dar sequência à vida, era dia de feira. Tirou de trás da porta da cozinha o carrinho de compras, presente de Caio no último Natal. Uma lembrança gentil, quase amorosa: não queria que ela carregasse peso. O que tornava aquele carrinho um presente errado era ter sido entregue no Natal: ninguém gosta de coisas úteis no Natal. Desceu pelo elevador esperando não se encontrar com Carlos. O mais prudente era habituar-se à ideia de não tê-lo: embora tivesse tesão por ela e se alegrasse ao vê-la, ele nunca lhe dera esperanças, sempre dissera que a considerava uma mulher impossível. Estranho como muitas vezes nos fazemos surdos.

Se o objetivo de Caio era dar-me algo útil, poderia ter escolhido uma armadura, ela pensava, descendo a rua e desviando dos buracos da calçada. Uma armadura teria sido um presente romântico e, ao mesmo tempo, útil. Precisava dela bem mais do que de um carrinho de feira. Caio, antes de todos, deveria saber. Ele a esfolava havia tanto tempo e com tanta convicção que devia saber: estava exposta, tudo nela virara carne viva. Caio e Carlos: sem armadura, era difícil suportá-los.

Esquivando-se dos gritos dos feirantes, chegou à banca onde sempre fazia suas compras. O dono a conhecia bem, sabia suas preferências: se quisesse, nem precisava vir, podia apenas mandar a lista, e ele entregaria em casa. Algumas vezes fazia assim. Hoje, viera porque precisava sair, espairecer, ver a vida alegre e colorida, mesmo que a cor fosse apenas a dos tomates e das laranjas, mesmo que a alegria estivesse tão somente na algazarra do *pode escolher, freguesa*.

– O que vai ser hoje, dona Olga?

– Um quilo de tomates, seu Genuíno. Um quilo de cebola, um abacate, dois mamões. Não muito maduros, por favor.

Examinando as bananas, Olga pensava no quanto a palavra *maduro* fazia nascer em tudo a mesma urgência. O maduro não pode esperar, o fim está logo ali, virando a esquina, um instante depois da plenitude. A flor mais bonita não é a que está prestes a murchar? Em que ponto estaria ela agora? Quão perto estaria da velhice? Muito perto, lhe dizia o desespero. Mas é confiável, o desespero? Pode-se acreditar nele? Ou é apenas uma lente de aumento que distorce o tamanho e torna tudo mais feio e mais urgente? A sua discussão com Carlos começara por uma enorme bobagem, se é que as bobagens podem ser enormes: ela o encontrara passeando de mãos dadas com a esposa. Subiam a rua bem à sua frente, falavam baixinho, pareciam namorados. Aquela imagem desmentia a solidão que Carlos dizia sentir no seu casamento. Coração aos pulos, sentindo uma raiva a que não tinha direito, ela apressara o passo. Carlos a vira e, feito um menino pego em travessura, soltara a mão da esposa. Logo voltara atrás e de mãos dadas, eles seguiram adiante. Agora, sem os cochichos.

– Vai querer ovos hoje, dona Olga?

– Só quero dois, seu Genuíno – ela respondeu, sorrindo.

A dor não pode ser evitada, o sofrimento, sim era outra frase que repetia sempre, mais uma aprendida num livro qualquer cujo nome nem lembrava mais.

– Estou brincando, vou levar uma dúzia. Dos vermelhos. Quero também meio quilo desse queijo da colônia, Elisa é louca por ele.

Genuíno, que nome mais pesado para se levar vida afora, nunca havia reparado. É preciso muita coragem para ser genuíno. Sabia bem disso, porque fora exatamente o que tentara ser na última quinta-feira, quando contara a Carlos o que sentira ao vê-lo com a esposa, quando se expusera, quando dissera que sofrera, quando falara em carência e solidão, quando tentara explicar o quanto se sentira culpada por estar invadindo, feito um verme apressado, o corpo ainda vivo do seu casamento.

Palavras verdadeiras, erro crasso. A teoria que Elisa inventara um dia e à qual dera um nome pomposo – *Da impossibilidade de ser quem se é na frente dos outros* – estava correta: a sinceridade coloca a todos nós um degrau abaixo. Melhor seria ter feito uma cena estúpida de ciúmes, ter ficado brava, ainda que sem nenhum direito. Receberia dele uma resposta irritada, brigariam, fariam as pazes, sairiam ilesos. Um arranhão, talvez, nenhum machucado importante. Mas escolhera ser sincera, e qualquer resposta teria sido melhor do que a que recebera.

– Olga, se continuarmos juntos passa pela necessidade de eu desfazer meu casamento, é melhor terminarmos agora. Não estou pronto para uma separação. O que tu viste continuará a acontecer. Compreendo teus ciúmes, mas não quero te enganar: vou permanecer casado, pelo menos por enquanto.

Ele também havia sido sincero, havia sido ele mesmo, dizia sentir-se velho, tinha medo de ficar sozinho, queria que uma mulher à qual já estivesse habituado o cuidasse, confessou até que a diferença social entre eles o assustava. Não podia culpá--lo, também sentia medo. Apesar de tudo, não conseguia pôr um fim no seu casamento. Deixava, covardemente, essa decisão para Caio. Seu sofrimento estava no pensar de um jeito antigo, ultrapassado, pensar que, quando o corpo se entrega, a alma deve entregar-se também. Corpo e alma juntos, o que pode ser mais natural? Tudo! Agora sabia. Tudo era mais natural ou, pelo menos, menos perigoso do que isso.

– Não, seu Genuíno, obrigada – ela disse, dispensando ajuda. – Posso levar sozinha. Tenho o carrinho, não fica pesado.

Ajeitou as compras, tendo o cuidado de colocar os mamões e os ovos bem em cima. Parou um instante, tomada por súbita revelação: dera-se conta de que Carlos, mesmo sem perceber, lhe entregara o que ela mais precisava: uma armadura. Jamais esqueceria aquele "ou é assim ou paramos por aqui". Essas palavras seriam, a partir de hoje, o seu escudo, sua garantia de distanciamento, sua proteção nos encontros das quintas-feiras. Precisava acostumar-se com ela. No início, como toda armadura, seria incômoda. Depois, se acostumaria a ela e ficaria resguardada. Conseguiria, quem sabe, ir contra o que lhe haviam ensinado: o sexo é dádiva apenas quando existe amor. Errado. Errado! O sexo é dádiva sempre. Precisava habituar-se a essa ideia.

Eu te registro, Carlos, no caderno de frustrações deste mundo, disse baixinho, como se desse o caso por encerrado: continuava querendo bem mais do que podia ter, mas estava aprendendo a proteger-se, aprendendo a não ter expectativas, a passar as tardes com Carlos apenas pelo prazer que ele, sem dúvida, sabia lhe dar. Daqui para frente seria assim: ninguém a esfolaria mais. Devagar, começou a subir a rua arrastando o carrinho. Estava bem mais pesado do que imaginara.

***

Ao contrário de Olga, há muito que Clotilde desistira da feira. Para não ser lograda, precisava ir ela mesma, pois se entregava a lista para o seu Genuíno o peso vinha sempre errado, as frutas e verduras mal escolhidas. Quando dava a tarefa à Máxima, ela ignorava a lista, por mais minuciosa que fosse, e trazia apenas o que queria. Fazia de propósito. Detestava ir à feira. Tudo o que comprava parecia firme, brilhante, maduro, mas eram coisas que, na casa, ninguém comia. Por isso, Clotilde preferia comprar no armazém do seu Machado, onde frutas e verduras eram mais caras, mas podiam ser pedidas pelo telefone. Além disso, havia Caetano, o rapaz de entregas do armazém. Quando ele entrava pela porta do jardim com a cesta de vime e o andar gingado de marujo, as empregadas todas se agitavam. Falava ciciado, metendo a língua entre os dentes, o que lhe dava um charme levemente espanhol.

 Seu Machado sabia que as compras deveriam chegar à casa sempre por volta das dez horas – uma questão de organização doméstica, haviam-lhe informado –, não sabia que a essa hora Clotilde estaria saindo do banho e, portanto, plenamente autorizada a usar nada além do roupão branco atoalhado e uns chinelinhos de pelica. Era assim, discretamente nua, o roupão fechado até o pescoço, que recebia Caetano. Máxima tinha ordens expressas de levá-lo, com a cesta de compras, ao quarto da patroa. Enquanto Clotilde examinava produto por produto, conferia as anotações na caderneta e colocava sua rubrica ao lado de cada item, para que não houvesse erro no pagamento ao final do mês, Caetano, inquieto, um pouco constrangido por estar ali, transferia o peso do corpo de um pé para o outro e, por coceira ou simples cacoete, de quando em quando enfiava a mão direita calções adentro até um limite pouco definido. Era destro, informação absolutamente inútil, mas que dava a Clotilde uma sensação de agradável intimidade.

 Dentro de seu roupão atoalhado, estava perfeitamente vestida, apresentável, ninguém poderia dizer diferente. Não era culpa sua se, ao abaixar-se para examinar a mercadoria, mostrasse, sem querer, um pouco do seu corpo ou, ao sentar-se à escrivaninha com Caetano às suas costas para ajudá-la a desvendar a caligrafia tortuosa do seu Machado, o decote se entreabrisse e mostrasse um seio, ou um cruzar de pernas desvendasse intimidades e fizesse que, sob os calções do menino, um volume se elevasse esticando o tecido.

 Embora não trocassem qualquer palavra além da necessária, daqueles encontros testemunhados discretamente por Máxima, Clotilde guardava todos os detalhes – o cheiro dos melões, a veludez dos pêssegos, o vermelho das maçãs enroladas, uma a uma, em papel azul, o mesmo azul dos calções de Caetano, os cabelos castanhos das espigas de milho, cabelos de Caetano, seus ombros largos, a barba incipiente, os olhos ternos como o coração das alcachofras – e, em noites de inverno, quando ia deitar-se mais cedo e ficava ouvindo o vento a conversar com os trens atrás dos morros, ela os costurava e os reconstruía e os modificava e era, então, a manhã de sábado e Máxima e todos haviam saído e a campainha soava enquanto ela estava no banho – agora não podia atender – e soava, e soava, insistente – e era melhor atender, podia ser importante – e vestindo o roupão sobre o corpo ainda ensaboado, os pés descalços deixando marcas úmidas nas tábuas, sob os olhares rígidos de todos os retratos que enchiam as paredes do corredor, passava por eles, enrolada no roupão, passava sem ver nenhum daqueles tios e avôs tão sérios, tão cansativamente severos que a reprovavam por estar manchando o corredor, e avistava o rosto de Caetano atrás do vidro branquicento da porta dos fundos: viera no dia errado, sábado não era o dia de ele vir, mas mandá-lo embora seria crueldade, afinal, já estava ali, e, fechando melhor o roupão, ela abria a porta, pedia que entrasse e virava-se para ir buscar os óculos no quarto, esquecendo-se de dizer se ele deveria esperar ou ir com ela, como sempre, e Caetano a seguia e colocava a cesta no chão e retirava dela dois melões para que escolhesse qual o mais maduro, dois melões redondos como dois seios que ocupavam as mãos do rapazote e então ele os entregava a ela e aqueles melões a deixavam vulnerável, as mãos presas como que por algemas, e Caetano a olhava bem nos olhos e abria suavemente o seu roupão e a acariciava com sua juventude, e os volumes mal contidos por aqueles calções frouxos faziam seu corpo de menino estremecer entre o respeito e o gozo.

Noite de noiva imensa

*U*ma toalha de renda, uns poucos lírios, dois castiçais de prata e um crucifixo de marfim: com esses poucos truques, Olga transformara o aparador da sala em altar de casamento. Carrancudo, o Pai conduziu-me, pausadamente, por entre os convidados; a casa e nós mesmas estávamos tão festivas que a carranca não o delatou. O vestido de noiva em chiffon púrpura, que eu mantivera até o último momento trancado a sete chaves, além de contrastar a mil maravilhas com o tom da minha pele, causou o assombro desejado: quando entrei, um oh! involuntário espalhou-se pela sala. Clotilde fez cara de escândalo, mas vi que havia gostado, Olga sussurrou "Não disseste que usarias um tailleur?...", Ana Rita apenas riu. Na verdade, nós quatro estávamos nos divertindo, eu e todos na casa sabíamos que não me casaria de branco, muito menos usando um tailleur discreto.

Quando padre Antônio leu o Evangelho – o da casa construída sobre a rocha –, nos entreolhamos: no jantar de despedida, cada uma apostara em uma passagem da Bíblia como tema central da homilia: Clotilde escolhera "deixarão pai e mãe e serão uma só carne"; eu, "que a mulher seja submissa ao marido"; Ana Rita, o trecho sobre o amor paciente; e Olga, brincando que a preferia por ser parecida com a história dos três porquinhos, escolhera essa, a da casa sobre a rocha, e assim, quando padre Antônio começou a ler, ela, fingindo que arrumava o cabelo, fez com dois dedos um V de vitória: ganhara a aposta e nós teríamos que pagar não lembro mais o quê. Uma Ave Maria de Gounod bastante aceitável, entoada pela melhor aluna da Escola de Artes e Ofícios, enchia a sala durante a troca das alianças e fazia maior a saudade que eu sentia de minha mãe. Não deixei que a música da qual ela gostava tanto me entristecesse.

O jantar nupcial foi impecável: lagosta com maionese como primeiro prato e peito de perdiz recheado como prato principal. De sobremesa: docinhos de Pelotas – camafeus, ninhos, olho de sogra, lampreias –, um delicioso bolo de amêndoas, fios de ovos e, sublinhando sutilmente nossas origens fidalgas, enormes compoteiras de cristal repletas de doces campeiros: figo, abóbora, marmelo, pêssego. Vinhos – o branco que acompanhou a lagosta, português, o tinto, para a caça, espanhol –, licores, conhaques franceses, Porto e café.

Uma elegante simplicidade aliada a uma bem estudada dose de pompa e circunstância – nome também da música que eu escolhera para a minha entrada – fizeram da cerimônia um sucesso. Ninguém chorou, nem mesmo Adelina, Caio manteve o álcool dentro de limites aceitáveis, o conjunto musical era afinado, Nacho cantou o quanto quis, tudo correu muito bem. Decidida a ser feliz, pelo menos durante aquela noite, ignorei meu Pai quando, logo depois da benção, ele abandonou a festa. Obriguei-me a ficar contente com sua saída, tentei não pensar em suas razões, convenci-me de que tudo transcorreria melhor sem ele por perto. Lembrei a mim mesma de que minha mãe – sobre cujo túmulo eu depositaria na manhã seguinte o meu buquê e cujo espírito – sempre tive certeza disso – habitava ainda a nossa casa – estava contente. Com esses pequenos truques, consegui sentir-me bem-aventurada e aproveitar meu casamento, mas agora, festa concluída, maquiagem retirada, o vestido apenas uma mancha púrpura pendendo no cabide era hora de enfrentar minha primeira noite de casada.

Através das paredes de pedra, eu percebia os movimentos de Genaro na sala ao lado: o riscar de um fósforo, o cheiro do cigarro, o barulho do uísque a cair no copo. Mesmo sem vê-lo, podia sentir que estava irritado. Estranhei, não conseguia estabelecer a causa. Durante a maior parte da festa ele estivera alegre, orgulhoso, conversando com os convidados, dançando comigo. É a necessidade de passar alguns meses no porão o que o irrita, justifiquei a mim mesma. Sim, era isso, repeti, e, mais tranquila, decidi não tocar no assunto, não queria discussões. Servi-me de uma taça de champanhe, apreciei a suave elegância da cama de jacarandá e reconheci estar com medo: como posso ter medo do meu próprio marido, pensei, tentando me acalmar.

Tudo vai dar certo, o que aconteceu antes não conta, eu dizia a mim mesma, tentando me convencer de que agora, casado, Genaro se sentiria seguro, não tentaria mais me humilhar e seríamos felizes. Repetindo, como se fosse uma ladainha, a frase de que tudo daria certo, tomei um banho, coloquei perfume, vesti a camisola de renda branca – tão inesperada em sua pureza alva quanto a cor extravagante do meu vestido de noiva – e tentei, desesperadamente, sentir-me sensual: respirei fundo, aprofundei o decote, deixei que uma das alças descesse, lânguida, sobre meu braço, revelando o ombro. Sozinha no meu quarto, para ninguém mais além de mim mesma, transformei os atos mais simples, como o de escovar meus cabelos, em sensuais preliminares e, num impulso um pouco supersticioso, escolhi duas das minhas pulseiras prediletas e as enfiei no braço: seu tilintar suave me confortava, fazia com que me sentisse eu mesma naquele ambiente que era e não era a minha casa.

Ao passar creme nas mãos, aproximei a palma direita do abajur e examinei pela milésima vez a linha vertical e diminuta sob o dedo de Mercúrio, logo acima da linha do afeto. A luz brumosa do porão gostava de pregar peças, mas não, não era engano: ali estava ela, junto a outras pequenas marcas secundárias, a linha que eu não podia ignorar: muito fina, quase inexistente, quebrada. Sabia que não devia estar lendo a própria sorte, sabia também que linha dos filhos era apenas um nome, não significava necessariamente sequer uma criança, e menos ainda uma nascida de minhas entranhas. Podia ser um primo, um sobrinho ou até mesmo um animal ao qual me apegasse muito. Podia ser tudo; podia ser nada. Como reagiria Genaro se o que a linha mostrasse fosse um filho? Talvez ficasse contente, como todos os italianos, figli maschi, era o que aspirava. Aceitaria com a mesma alegria uma menina? Calma, disse a mim mesma, pondo um ponto final ao assunto, estava colocando a carreta muito à frente dos bois, nada acontecera ainda, e ficar sentada sentindo medo não fazia meu gênero.

Pensando assim, deixei sobre a penteadeira a escova de prata – presente de casamento de Clotilde –, levantei-me, mexi nas pulseiras para ouvir seu retinir familiar e reconfortante, ajeitei o laço do penhoar de cetim e fui ao encontro de Genaro.

– Querido – eu disse, colocando a taça de champanhe sobre a mesinha –, não estás cansado?

– O quê? – ele respondeu sem me olhar.

– Perguntei se não estás cansado. Já é muito tarde, vamos nos deitar?

Ele não respondeu. Sem saber como agir, servi-me da jarra de água que Máxima havia deixado, junto com dois copos, numa bandeja sobre o pequeno aparador. Minhas mãos estavam trêmulas. Colocar nos quartos, todas as noites, uma jarra com água era costume da casa, mas, até aquele dia, na bandeja que me era deixada havia apenas um copo; aqueles dois deixados assim, lado a lado, me diziam que a partir de agora eu não estaria mais sozinha. Na minha nova família, seríamos sempre dois, talvez três, pensei, me aproximando de Genaro. Sem dizer palavra, sem nem mesmo olhar-me, ele levantou-se, entrou no quarto, despiu-se, deitou-se, apagou a luz.

Não o segui, sentei-me na poltrona da sala, fechei os olhos, apoiei a cabeça no espaldar. Como gostaria de poder desculpá-lo – está exausto, apenas isso – e, abraçada a essa desculpa, dormir, consolada. Mas não podia, não agora que já o conhecia bem. Meu medo agigantou-se: fora uma louca em insistir no casamento, minha onipotência havia dado a esse homem um novo poder: o da proximidade. Ele podia agora machucar-me na minha própria cama. Servi-me de um pouco de uísque: queria ficar tonta, dormir e só pensar amanhã. Aos poucos, a bebida foi me serenando, fazendo com que me sentisse mais segura: eu ainda mantinha o controle dos bens, isso era importante – estivera certa ao insistir no pacto. Além disso, graças ao Pai, que, com uma série de estratagemas, atrasara a obra do apartamento, todos estavam logo ali, no andar de cima. Se precisasse de ajuda, eu a teria.

Contra todos os conselhos, eu havia feito minha escolha e agora, pelas razões que vinha dando aos outros e a mim mesma, era hora de levantar a cabeça e encarar a guerra que havia tanto tempo se anunciava. Sim, eu estava cara a cara com a realidade, não desviaria os olhos. Não dizia sempre que inventaria o fogo? Pois conseguira, a primeira faísca estava lá, acesa, aquecendo minhas entranhas. Não importava fosse raiva, era também fogo. Eu teria muitas outras noites com Genaro, muitos dias também. Haveria de conseguir fazer com que me amasse. Pensando assim, apaguei a luz da sala e fui para junto daquele homem que era agora o meu marido.

Capítulo XVIII

Puta que pariu, como está linda a Incêndio!, Nacho havia dito em alto e bom som, para o divertimento de Miguel e o escândalo das senhoras próximas. A expressão lhe saíra de repente ao ver entrar Maria Eulália com o vestido de noiva de uma cor que ele nem sabia o nome, mas que, junto à pele muito branca e aos cabelos vermelhos, a fazia luzir rosada e flamejante, como essas luas que anunciavam seca. A inveja das convidadas era tão evidente como as joias que usavam, mas isso não era importante. Nacho, mesmo sabendo que ia se incomodar, resolveu reparar nas reações dos homens. Todos respondiam àquela visão feminina, e se agitavam, e não conseguiam deixar as mãos quietas, e ajustavam as gravatas, e passavam as mãos nos cabelos, e alisavam os colarinhos. Ele também ajeitara o casaco da fatiota, mas era diferente. Não estava, feito um sabiá de primavera, querendo chamar a atenção de Maria Eulália. O terno estava apertado, ele o mandara fazer havia quatro anos para um Réveillon e se esquecera de verificar se ainda servia. O mais constrangedor era que não estava justo o bastante para tornar evidente que engordara: parecia que, sem se dar ao respeito, quisera imitar a gurizada. Junto dele, Miguel, enfiado numa fatiota tão estreita quanto meia de náilon em perna de china, piorava tudo. Até o garçom do Comercial, que todo mundo sabia que era veado, viera lhe oferecer um champanhe – uma taça de champanhe, doutor?, ele sussurrara. Tivera que olhar feio, deixar bem claro que não admitia brincadeira.

Suspirando, Nacho pegou mais um uísque da bandeja que passava e olhou novamente ao redor, invejando todos os ternos dignamente largos. Não fosse por aquela fatiota, fazia-se de louco e ficava passeando pela sala, dava boa noite para um, perguntava pela mãe do outro, brincava com Elisa e até dizia a Olga que ela parecia um anjo dentro daquele vestido azul. O mais triste era que já estava até pensando em deixar o orgulho de lado e ir conversar com o garçom do Comercial, pelo menos falava com alguém e não ficava ali, feito um dois de paus, ao lado de um guri. Serviu--se de outro copo de uísque, o terceiro da noite.

Havia ainda uma chance de se dar bem: pelo jeito como haviam arrumado um canto da sala, haveria baile; se houvesse, haveria música e, em Boca do Monte, o único conjunto que tocava em casa de família era o Cirandinha Serenaders – o nome, uma brincadeira feita a partir do outro conjunto, o do velho Chico Pacheco, Quitandinha Serenaders. Se viessem, estava salvo. Aproximava-se, como quem não quer nada, pegava o microfone e ainda virava a atração da festa cantando Lupicínio – era amigo do Ney, o crooner, haviam dividido a mesma mulher por um tempo.

– Vou ficar aqui contigo, Nacho – disse, às suas costas, o padre Antônio –, preciso descansar um pouco das senhoras do Apostolado da Oração.

– Claro, padre! Um prazer. O senhor conhece o Miguel? Amigo da Elisa?

Dizia *um prazer* porque era educado, não podia ficar de conversa com um padre, o conjunto já entrava, e Ney lhe fazia um sinal para que viesse ter com eles. Deixo Miguel e padre Antônio conversando e me escapo, pensou, na certeza de que, se não agisse ligeiro, um deles terminava sobrando para ele, e era certo que seria o padre, Elisa logo viria resgatar o namorado.

– Miguel é judeu, padre Antônio! – informou, para logo depois ficar sem jeito: que coisa mais idiota de se dizer!

– Mesmo? Ortodoxo?

– Não exatamente. Minha mãe é religiosa, mas não somos ortodoxos – informou Miguel.

Talvez não tenha sido tão idiota, consolou-se Nacho, em festa de gente importante qualquer assunto é assunto. Ajeitou mais uma vez o casaco da fatiota, murmurou um com licença que abrangia o padre e Miguel e foi dar um abraço no Ney. A caminho, pegou mais um uísque, o quarto. Temos ordem de tocar música instrumental até o fim do jantar, depois podemos cantar, Ney cochichou assim que o viu chegar. Fazendo que sim com a cabeça, Nacho deu uma olhada no repertório: ia fazer bonito, sabia quase todas de cor.

– Seu Nacho, o senhor não me atrapalhe os moços – disse Máxima, com voz de mando.

– Ele não nos atrapalha, dona Máxima – respondeu Ney, todo reverência –, ao contrário, está nos ajudando a testar o som. Se me permite dizer, sem lhe faltar com o respeito: a senhora está muito elegante.

Máxima fez uma careta de nojo, olhou o músico de cima pra baixo, mas não pôde disfarçar um brilho nos olhos. Nacho percebeu e achou que combinavam, daria um jeito para que conversassem mais tarde. Com sorte, ele ainda virava padrinho de outro casamento. Abaixou-se para dizer isso ao Ney e, ao levantar a cabeça, seus olhos se cruzaram com os do Tio. Assustado, interrompeu o gesto de levar à boca o copo de uísque e encolheu-se como se encolhe um menino diante da mão do pai, erguida em bofetada.

Por um instante, foi possível perceber todo o rancor e a solidão que existiam dentro daquele homem, sentimentos que, por soberba, ele escondia, mas que por um segundo haviam escapado ao seu controle e se espalhado pela sala como uma nuvem venenosa. Um absurdo sentimento de culpa invadiu Nacho. Ele tem razão, pensou, como posso estar festejando a desgraça de Maria Eulália? Nesse instante, como uma águia observando suas garras, o Tio abaixou o rosto e examinou as próprias mãos: parecia avaliar se eram fortes o suficiente. Ao levantar a cabeça, porém, havia recuperado o controle, seus olhos estreitos mostravam nada além da habitual indiferença. Apenas a respiração, com evidente esforço, fazia subir o peito protuberante e dilatava as narinas do nariz adunco, denunciava a raiva insuportável e o desejo de mandar todos embora para que, sozinho, pudesse dar a Genaro o fim que merecia.

Ao vê-lo lutando para esconder seus sentimentos, da mesma forma como antes sentira culpa, Nacho sentiu pena: uma pena antecipada daquele homem orgulhoso que envelhecia vendo sua casa revoltar-se. Decidiu ir até lá falar com ele, mas, com um último olhar à figura resplandecente da filha a sorrir feliz, braços dados com Genaro, o Tio virou as costas e, cabeça erguida, saiu fechando com força a porta do corredor. Sem grande esforço, havia deixado claro a todos que se recolheria porque o casamento e aquela festa não passavam de acintoso absurdo.

***

Ana Rita acordou triste na manhã seguinte ao casamento. Seu primeiro pensamento foi de que jamais teria uma festa igual. Ainda bem! Ficara contente por Maria Eulália: dentro da previsível loucura daquele vestido púrpura, nunca a vira tão radiante. Não, a tristeza que a incomodava nessa manhã não era inveja pela festa, pelo vestido, por nada daquilo. Era o que, então?

Levantou-se, enrolou-se num xale de lã, colocou a chaleira no fogo para passar o café e, enquanto esperava que fervesse, regou as violetas sobre o parapeito da janela. Sentia-se um pouco desconfortável ao vê-las tão floridas, como se a recompensassem por um carinho que não sentia: não as havia comprado, nem mesmo gostava delas, ganhara-as de mães de alunos. Por que nunca lhe davam rosas?, ela se perguntara por algum tempo, até entender que era porque a viam exatamente assim, como estava nesse instante: solteira e sozinha, enrolada num xale, regando vasinhos na cozinha. Sim, era isso, mas estavam enganadas, ela jamais se renderia às violetas. Cuidava delas porque, enquanto estivessem em sua casa, eram sua responsabilidade, as conservava porque não tinha a quem dá-las e nem coragem de colocá-las no lixo. Uma pena que o zelador fosse viúvo: violetas combinam bem com esposas de zeladores. Uma boa opção era levá-las ao cemitério e deixá-las sobre um túmulo. As pessoas não abandonam ninhadas de gatinhos? Por que não violetas? A cor das flores de um dos vasos, um pouco mais intensa do que a cor do vestido de Maria Eulália, a fez lembrar novamente da festa e de que, do início ao fim, Caio a ignorara.

Sabia que seria assim e não se importava. Já havia ultrapassado a fase da mágoa, disse a si mesma, cortando duas fatias de pão e colocando-as na torradeira. Encostada ao balcão da cozinha, sentiu a tristeza transformar-se em angústia. Deu de ombros: não perderia tempo tentando descobrir sua causa – as angústias sempre se escondem atrás de causas falsas –, se a ignorasse talvez fosse embora. Comeu as torradas, tomou uma xícara de café, arrumou a cama. Seria bem mais natural que Caio tivesse falado com ela, afinal, eram quase parentes.

Teve pena dele, o tempo a ensinara a respeitar as fraquezas, tanto as dos outros quanto as dela. Já conseguia até mesmo reconhecer que, ao contrário do que sempre alardeara, invejava suas irmãs: não o dinheiro das três ou a beleza ou o poder, nada disso; o que invejava nelas era uma força natural que, sem qualquer merecimento, apenas por terem o mesmo sangue, haviam recebido como legado. Sem esforço e sem sequer perceber, as três eram muito fortes. Admirava-as por isso, mas ao mesmo tempo sentia um sentimento de injustiça porque parecia que, como todo o resto, essa parte na herança lhe fora negada. Afora a obrigação de ser grata a quem a criara, nada mais lhe fora transmitido, precisara construir-se sozinha, passo a passo.

Decidiu preparar um chá – camomila –, necessitava pensar com clareza, entender essa nova fase da sua vida. No início de seu relacionamento com Caio, estivera obcecada, a vida rachada ao meio, o tempo partido em dois, não conseguia pensar em mais nada, em mais ninguém além dele. Se estava trabalhando, fantasiava que a vinham chamar, que batiam à porta da sala de aula e diziam que alguém a esperava na secretaria para tratar de um assunto urgente, e esse alguém era Caio e o assunto urgente era contar-lhe que a amava e, por causa dela, decidira abandonar

Olga. Se estivesse em casa, ficava atenta ao telefone: mil vezes pensava tê-lo ouvido tocar – era Caio chamando –, mas isso raramente acontecia; quando, um dia, finalmente ele chamou, rompera num choro inesperado, de puro alívio.

Um dia, pensando em fazê-lo abandonar Olga, ela quase revelara que a vira com outro homem. Conseguira conter-se, não podia delatar a irmã. Aferrara-se a esse fragmento de lealdade para não afundar de vez. Nem sabia ao certo a que se aferrara: se à lealdade ou se a um trunfo, um coringa que, no momento certo, usaria sem piedade a seu favor. Fosse por que fosse, guardara a informação. Olga não desconfiava que ela sabia, nem Olga nem o homem que a acompanhava, nenhum dos dois a percebera. Pôde observá-los à vontade. Caminhavam lado a lado, poderiam passar por amigos, apenas um encontro fortuito, mas uma mulher conhece outra, e nada havia de casual no olhar e no sorriso de Olga, era evidente que estava ao lado de quem, pelo menos naquele momento, a ajudava a seguir vivendo.

A partir daquele dia, o dia em que quase traíra a irmã, decidiu mudar sua relação com Caio. Preparara-se a vida toda para ser independente e agora, por vontade própria, submetia-se a um homem? Não, aquilo não podia continuar, precisava reagir, ser ela mesma de novo. Quando Caio ligara, alguns dias depois, pela primeira vez pediu que não viesse, não queria vê-lo, estava cansada, tomaria um banho, um copo de vinho e ficaria sozinha. Não conseguira aguentar por muito tempo a decisão. Feito uma náufraga que avista ao longe a fumaça de um navio, mesmo sabendo que podia tratar-se de uma miragem, encheu-se de expectativas. Porque estar com ele era, apesar de tudo, absolutamente necessário e urgente, pegou o telefone, disse que mudara de ideia e implorou que viesse. Essa fase de paixão terminara, vivia uma época mais triste – o fim de uma paixão é sempre triste – e mais verdadeira.

Bebericando o chá, Ana Rita sentou-se no sofá e tentou se concentrar no livro que estava lendo. Não conseguiu, levantou-se, tomou um copo d'água, decidiu fazer outro café: que se danasse a camomila. Abriu um novo pacote de café e, como sempre fazia, cheirou o pó escuro e perfumado. Por mais que tentasse ser diferente, era uma mulher de hábitos repetitivos. Fosse esse – o de cheirar o pacote do café recém-aberto –, fosse o de cuidar das violetas apesar de detestá-las, fosse o de exagerar na entrega quando amava. Reproduzia todos eles mecanicamente. Também por isso invejo Olga, deu-se conta de repente. Invejava a irmã porque, bem ou mal, ela havia encontrado uma alternativa e estava seguindo em frente, ultrapassando tudo aquilo que em Caio era limite e ambiguidade.

Para terminar com tudo isso, o que estou precisando é estabelecer um novo objetivo de vida e me entregar a ele, decidiu, parece que só sei existir assim, cumprindo metas. Era isso. Iria entregar-se de corpo e alma a uma nova missão. De súbito, sentiu-se inundada pela esperança de que um novo período iniciava-se para ela, como se todo o passado ficasse para trás, soterrado, diluído, e apenas o futuro se insinuasse, cheio de promessas e frescor. Foi até o quarto e, antes de guardá-lo, examinou o vestido que usara na festa: podia tê-lo sujado. Não, estava perfeito, um belo vestido azul-marinho com detalhes brancos, simples e elegante.

O telefone tocou. Escutou a voz risonha de Olga cantando *Parabéns a você*. O que ela estava pensando? Que só por causa do casamento tinham esquecido? Claro que não! Como assim, ia ficar em casa? De jeito nenhum, não estavam mais em idade de deixar passar em branco os aniversários. Pegaria um táxi e a buscaria em casa, almoçariam juntas, as quatro, naquele restaurante novo na Medianeira; sim, as quatro, até Maria Eulália havia confirmado. Falariam sobre o casamento, sobre o primo Nacho bancando o cantor na festa. Estava disfarçando? Com vergonha da fatiota? Era mesmo? Não havia percebido. Tinham muito sobre o que conversar, que se arrumasse depressa, em quinze minutos passaria para pegá-la.

***

Mutuca é que tira o boi do mato, filosofava Máxima comandando as faxineiras. Além do pessoal da casa, mandara chamar quatro moças e mais o filho da dona Chininha, tinha pressa em deixar tudo limpo, o chão encerado, os móveis de volta em seus lugares, os tapetes estendidos. Só depois de eliminados os últimos vestígios da festa a vida na casa seguiria em frente. Na verdade, não sabia se a mutuca era dona Maria Eulália ou seu Genaro porque, de jeitos diferentes, um desalojava o outro. Esse casamento mexeu com a casa inteira, até comigo, ela resmungava desmanchando o arranjo de lírios do aparador. Se o Patrão achava que havia um jeito de fazer tudo voltar ao que era antes se enganava, tinham aberto a porta, e seu Genaro entrara. Para isso não havia remédio. Estava contente porque, pelo menos por enquanto, dona Maria Eulália decidira que não haveria lua de mel, assim mantinha um olho sobre ela. Era estranho sabê-la morando lá embaixo, no porão, em vez de no seu quarto de sempre. Já mandara a copeira levar uma bandeja com sucos, brioches e geleias, deviam estar tomando café.

***

Sentado à mesa que Maria Eulália fizera questão de preparar pessoalmente, Genaro olhava o vazio. Tinha certeza de que era também a isso – essa mesa com toalha de linho e vaso com flores – que o mensageiro se referia quando lhe avisara que a inocência era falsa. Eles vão se arrepender, era o que pensava: estava farto de ser ludibriado. Por uma conversa entreouvida na festa – falavam dele, com certeza – ficara sabendo ser impossível alterar o regime de bens após o casamento: o advogado de Caçapava mentira, era comparsa do sogro. Estava preso ao pacto antenupcial que assinara, mas eles não sabiam o quanto erravam, encontraria uma forma de enganar quem o enganara, não era uma questão de dinheiro, era um jogo de poder, e esse jogo ele sabia jogar.

***

Algumas semanas depois, nas sombras de uma quase madrugada, Genaro agitava-se sem conseguir dormir: a proximidade de Maria Eulália o enojava. Era como estar deitado junto a um animal. Não selvagem, um animal doméstico: um gato repugnante e macio exigindo afagos que ele não estava disposto a dar. Então, a realidade o alcançou. Levantou-se de um salto: como não percebera antes que o animal naquela cama era ele, não ela? Maria Eulália o amava, isso era indiscutível, mas o amava como a um bicho de estimação: dava-lhe água, casa, comida e, em troca, exigia decoro e obediência. Não, não podia afogar-se nesse redemoinho de conforto e domesticidade, era hora de fazer alguma coisa. Tão macia e letal como um travesseiro, Maria Eulália o estava sufocando. Mil vezes o hotel barato, a pobreza, a liberdade. Abriu a porta do quarto, atravessou a sala, foi até a cozinha. Sobre a mesa, a cesta de ovos em formato de galinha parecia dormir. Encheu um copo com água da torneira e bebeu devagar, recostado ao balcão. Um vaso com rosas coloria o canto perto da janela onde a cortina, arrematada por um laço xadrez azul e branco, ondulava de leve e, na bancada, um abajur minúsculo jogava sua luz. Genaro sentiu uma incontrolável repulsa por aqueles sinais evidentes de domesticidade. Embora a noite ainda envolvesse tudo, logo um novo dia surgiria e seria muito semelhante ao anterior – e esta sucessão de dias iguais terminaria por enlouquecê-lo. Precisava interromper a dissimulada tirania dos Sampaio de Alcântara: atrás do que diziam, havia o que pensavam e, mais atrás ainda, o que sentiam, fundo falso sobre fundo falso, como na gaveta onde Maria Eulália guardava as joias.

Pensou em fazer café: não, o barulho poderia acordá-la, não queria isso. Acendeu um cigarro: a chama azul do fósforo cintilou sobre a mesa, revelando o brilho suave da faca. Ele a pegou e a revirou nas mãos: uma faca de cozinha, pontuda e afiada. Ao lado dela, o anel de esmeralda de Maria Eulália, ela o esquecera ali noite passada, sempre o tirava quando precisava lavar alguma louça. Haviam discutido, ela fora se deitar furiosa, ou triste, ou os dois, pouco importava, e esquecera o anel sobre a pia. Nem lembrava mais qual havia sido a discussão, não era importante, o anel e a faca, sim, e assim, juntos, iluminados pelas primeiras luzes do dia, adquiriam uma poderosa força sugestiva. Aproximando-se do pequeno abajur, examinou o anel. Guardou-o no bolso e voltou ao quarto, em busca das outras joias. Maria Eulália ainda dormia. Procurou na gaveta da penteadeira o esconderijo, afastou pentes e maquiagens, levantou a tampa: enroscado sobre si mesmo, um solitário colar de pérolas parecia rir-se dele. Ela havia escondido as outras joias. Como sempre, estava querendo enganá-lo. Era hora de agir.

Pisando chão soterrado

Acordei com o alarido infernal das caturritas e a lâmina de uma faca a comprimir meu pescoço. Na luz difusa que entrava pelas frestas da janela, reconheci Genaro. É uma brincadeira, pensei, até observá-lo melhor: em seus olhos brilhava uma luz gélida, despojada de qualquer vestígio de alegria ou ternura. Um olhar fixo, quase vazio, em que todas as emanações do humano pareciam ter se dissolvido. Pensei isso tudo em poucos segundos, pois o instinto de sobrevivência me levou a participar de seu jogo.

– Calma, meu amor! – falei, entreabrindo as pernas. – Não precisas de faca para me ter.

Por um instante, como se por milagre, minha tática funcionou: o desconcerto nos olhos de Genaro foi maior do que sua frieza, e a lâmina afastou-se alguns centímetros. Aproveitando o espaço, sentei-me na cama, um dos seios exposto no desalinho da camisola. Talvez eu o seduza, lembro que pensei, quase tão delirante quanto ele.

– As joias – Genaro me disse, com voz rouca, apertando meu pescoço. – Onde estão as joias?

– Estão na caixa, dentro do armário, atrás dos suéteres: a faxineira me viu levantando o fundo falso da gaveta, achei mais prudente esconder em outro lugar.

Genaro foi até o armário, achou a caixa, retirou as joias e as colocou no bolso. Eu o observava em silêncio, tentando controlar o medo. Como no dia em que o convencera a assinar a separação de bens, se agisse com sabedoria talvez pudesse sair incólume. Ficaria imóvel e em silêncio. A trégua que eu havia conseguido era frágil, podia a qualquer momento desabar. Quando, enfim, ele saiu levando as joias, fiquei andando pelo quarto tentando entender o que me acontecera.

Passei a manhã trancada no porão. Ao ouvir as badaladas da missa do meio-dia, me vesti e fui até a catedral. Fiquei lá sentada num dos bancos, sem conseguir rezar. Tampouco os pensamentos se articulavam, não alcançava o significado das ações de um homem que, agora, era o meu marido. Apenas considerei, antes de voltar para a casa, que, enquanto não soubesse o que fazer, não tomaria qualquer decisão. Estava completamente atônita.

O sol já morria quando Genaro retornou. Soube depois que trazia as joias, ninguém as quisera comprar, alguns ainda se davam ao trabalho de explicar – são da filha do doutor, não tem valor que pague o risco –; outros, nem isso: apenas o colocavam porta afora ameaçando chamar a polícia. Eu estava na cozinha quando ouvi o barulho da porta se fechando. Não me mexi, não disse nada, continuei fingindo. Quando o senti aproximar-se, meus ombros se enrijeceram de medo. Sem falar, Genaro me abraçou por trás, beijou minha nuca, escorregou a mão por minhas costas, por meus seios, minhas coxas e, de repente, o mundo inteiro se reduziu àquelas mãos que me acariciavam. Deitei a cabeça para trás e respirei seu cheiro másculo, ao mesmo tempo repulsivo e enlouquecedor. Ele me tomou no colo e me levou para a cama. Deixei-me levar para o que seria, enfim, minha primeira noite de casada. A faca, naquele momento, era apenas uma lembrança longínqua, guardada bem no fundo da minha cabeça. Amanhã eu pensaria nela.

Capítulo XIX

Ana Rita ficou sabendo antes das irmãs de todos os detalhes, verdadeiros e falsos, sobre o roubo das joias. As pessoas não se calavam perto dela, ao contrário: fingindo uma pena e uma indignação que não sentiam, contavam tudo o que sabiam ou haviam ouvido dizer enquanto tentavam usá-la para obter mais informações. Um dos ônus ou das vantagens de ser apenas a filha de criação. Ela pouco falava, mas ouvia, atenta. Todo detalhe, por menor que fosse, poderia ser útil. Assim que teve dados suficientes sobre o que possivelmente acontecera, chamou Olga e Clotilde e lhes contou tudo. Juntas, decidiam o que fazer. Para preservar Maria Eulália da completa humilhação, era imprescindível acabar com os boatos.

Genaro não fugira, continuava morando no porão como se nada tivesse acontecido, e porque Maria Eulália nada dizia, não confessava sequer ter sido ameaçada, ninguém, nem mesmo Máxima, sabia exatamente o que fazer. Assim, quando dias depois do roubo Clotilde fez sua sugestão, todas agradeceram o fato de estar indicando uma possível saída.

– Precisamos calar a boca da cidade – ela disse. – Se espalharmos a notícia de que estamos fazendo um jantar em homenagem a Genaro, dando-lhe as boas-vindas à família, instalamos a dúvida sobre se o fato realmente aconteceu.

Talvez porque, embora meio fora de propósito, aquele fosse o único plano e pudesse, apesar de tudo, funcionar, todas concordaram. Máxima iniciou os preparativos e, para surpresa dos criados, a quem sempre ordenara que não contassem nada sobre o que acontecia na casa, espalhou a novidade no armazém, na padaria, no açougue, na loja de flores. Por toda a cidade, não se falava de outra coisa. Para alegria das irmãs, novas perguntas foram feitas, novas hipóteses levantadas, quanto mais histórias circulassem, menos certezas a cidade teria sobre a humilhação de Maria Eulália. Quando, no dia acertado, Máxima acendeu o lustre de bronze da sala de jantar e a família ocupou seus lugares ao redor da mesa impecavelmente posta, todos, com exceção de Genaro, sabiam perfeitamente que participavam de uma encenação e estavam dispostos a representar seu papel.

A ausência mais importante, a do Pai, abalou, mas não derrubou o teatro inventado por Clotilde. Olhando ao redor, Ana Rita pensava que, naquela casa, tudo parecia resolver-se ao redor da mesa de jantar e tentava perceber se, assim como ela, os demais conseguiam ver a sobreposição de palcos, o teatro dentro do teatro. O Pai não veio porque não precisava vir, ela pensava tomando um gole de vinho, será sempre dele o último movimento. Mesmo quando tomamos providências, não passamos de fantoches. Não importa o que dissermos ou fizermos, a sentença já foi proferida e paira sobre a toalha de renda e os cristais. A destruição de Genaro é apenas questão de tempo e acontecerá da forma como o Pai determinar.

Sentiu pena de todos, inclusive de si mesma, mas em especial de Maria Eulália. Estonteada, sem saber o que pensar ou fazer, ela apenas se deixava levar. Observou-a sentada do outro lado da mesa, quase à sua frente, assim como estava nesse instante – seu rosto triste tentando desesperadamente aparentar firmeza –, aquela irmã lhe ficava muito próxima. Envergonhou-se porque não fora apenas por amor que comparecera ao jantar, viera também por curiosidade, para observar como os Sampaio de Alcântara lidavam com seu primeiro grande escândalo. Por muito pouco, Caio e ela não haviam sido os protagonistas de outro. Por mais que tentasse enganar a si mesma, sabia que a relação deles afetara os alicerces da família, camadas profundas se rearranjavam.

Depois do aperitivo servido na sala de visitas, Genaro sentou-se à cabeceira, lugar indicado por Clotilde. O outro extremo da mesa, o lugar do Pai, permaneceu vazio. Com esse, me acerto depois, Genaro pensou abrindo o guardanapo sobre os joelhos. Estava satisfeito. Aos poucos, a família começava a compreender sua condição dentro da casa, ninguém, nem mesmo Maria Eulália, ousara tocar no assunto das joias: de forma tácita, todos reconheciam que também lhe pertenciam. Ficaria com elas porque era seu direito. Ainda assim, para evitar surpresas, guardara-as bem guardadas atrás de uma pedra solta na parede do porão, só ele sabia o lugar exato onde.

– Peito ou coxa, Genaro? Esqueci que parte do frango tu preferes.

A pergunta de Clotilde o pegou de surpresa. Ninguém jamais perguntava qual sua parte predileta, e ele sempre comera o que lhe davam.

– Genaro prefere peito – disse Maria Eulália.

– Então é uma sorte que o Pai não esteja conosco hoje, assim os dois não brigam – Clotilde disse, aparentando tranquilidade, e, sem levantar os olhos ou deixar de sorrir, continuou a servir porções generosas de frango com molho cremoso de nabos, arroz e batatas *noisettes*. Desde que Adelina ganhara o aparelho de cortar legumes em bolinhas, tudo, da cenoura à beterraba, passando, é claro, pela batata, era apresentado dessa forma. Hoje, havia mais uma novidade: no lado esquerdo de cada prato, um pequeno recipiente de metal continha três pequenas bolas de manteiga enfeitadas por folhas de salsa. Um toque elegante, concedeu Clotilde. Adelina, às vezes, a surpreendia.

Atenta, ainda que discreta, Máxima tratava Genaro com solene deferência, concedia-lhe primazias, fazia com que se sentisse verdadeiramente homenageado: antes que cruzasse os talheres, nenhum prato foi retirado, e também a ele foi servida primeiramente a sobremesa. Quando o jantar enfim acabou e todos se levantaram para tomar o café na sala, Máxima deu o assunto do furto por terminado. Não havia muito mais o que fazer, a última palavra precisava ser de dona Maria Eulália, e ela dava sinais de que preferia sujeitar-se à situação. Não questionaria a patroa se tivesse a certeza de que sua escolha era lúcida, mas temia que dona Maria Eulália decidisse ficar com Genaro pelas razões erradas, fazia bem mais de um mês que não encontrava no lixo de seu banheiro nenhum sinal de menstruação.

A pequena linha sob o monte de mercúrio

Sentindo-me dividida entre o vexame e um difuso sentimento de gratidão, eu me conformava em participar do jantar planejado por Clotilde. Entendia que, sem perceber o quanto aquilo me era doloroso, minhas irmãs estavam apenas querendo ajudar. Num ponto, tinham razão: a notícia da homenagem confundiria a cidade, ninguém teria certeza do que realmente acontecera, mas isso não me consolava em absoluto. Com ou sem escândalo, com ou sem paixão, com ou sem esse jantar, meu casamento havia terminado. Era capaz de aguentar muita coisa, mas não aquela faca. O que elas estarão pensando de mim, lembro que me perguntava, esmigalhando um pedaço de pão sobre a toalha engomada. Que tenho medo? Que o amor me paralisa? Não sabiam o quanto se enganavam. Havia em mim uma paixão inexplicável, misteriosa como todas as paixões, mas não era por ela que eu permanecia com Genaro, e sim pela constatação do que a pequena linha sob o dedo mínimo de minha mão direita anunciava. Aquele único e minúsculo traço logo acima da linha do afeto, tão fraco e vulnerável, me comovia e, ao mesmo tempo, me aterrorizava, pois exprimia uma grande mudança em minha vida, e nas últimas semanas essa mudança se confirmara. Por ele, pelo pequeno ser que essa linha antecipava, eu ficaria mais um tempo com Genaro, e também pelo mesmo motivo eu o abandonaria quando a hora certa chegasse. Ninguém, nem mesmo minhas irmãs, sabia ainda do meu segredo, um segredo que não me fora assoprado por um anjo, mas que tinha muito em comum com a Sagrada Anunciação porque, além de um filho, noticiava sofrimento.

Uma grande angústia comprimia meu peito e, por instinto, por não estar ainda acostumada à ideia de não ter mais um marido, estendi a mão e tomei a de Genaro. Ele teve um primeiro gesto de rejeição, depois deixou-a presa à minha. Sem me importar com os olhares estupefatos da família, decidi que ficaríamos de mãos dadas. Tudo em que conseguia pensar era que nada mais importava além dessa vida que crescia no meu ventre. Se eu estava feliz? Sim e não. Nada mais, em mim, era privado, nem o que comia, nem o que bebia, nem o que sonhava. Quisesse ou não, havia que me preocupar apenas e constantemente com esse ser sem traços definidos que me habitava. Era um sentimento duplo que ora me oprimia, ora me exaltava e do qual eu, secretamente, tanto tinha vergonha quanto prazer. Passei a me arrumar com mais apuro: comprei vestidos novos, mais amplos, mais coloridos, três ou quatro pulseiras. Mais do que pela forma, eu as escolhia pelo som que faziam quando batiam umas contra as outras. Fiz mais vermelho o vermelho dos cabelos. Não queria que ninguém, muito menos o meu filho, percebesse os ossos rompidos, a vida quebrada e, mais do que tudo, não podia deixá-lo perceber que metade de mim o rejeitava.

Capítulo XX

Embora tivesse sido convidado, Nacho decidiu não comparecer ao jantar: palhaçada das gurias, foi o que pensou. Estaria na cidade – precisava tratar de alguns assuntos no Sul Brasileiro –, mas não iria ao jantar e nem daria explicações, não queria que pensassem que aprovava aquela bobagem.

Marcando gado na mangueira, se atrasou, chegou a Boca do Monte um pouco depois do horário bancário: falou com o segurança do banco, e lá do fundo o gerente levantou o polegar fazendo sinal de tudo bem. Com a mão no revólver e olhando para os lados como se esperasse ser assaltado, o guarda entreabriu a porta e Nacho entrou, fingindo-se de apurado. Uma vez lá dentro, o fingimento acabou, ele e o gerente tomaram café, deram risada, combinaram uma pescaria no final do mês. Ao receber a confirmação de que o dinheiro da venda de uns cavalos havia sido depositado, Nacho suspirou aliviado. O comprador não era de confiança: quando atrasara quinze dias, chegara a duvidar de que pagaria. Engolindo o último gole do café, despediu-se já resolvido a comemorar o fato com um carteado, fazia tempo que não visitava o puteiro da Nélida.

Ela o recebeu no salão, com alegria. Miúda e quase circunspecta, ninguém acreditaria que era a dona do estabelecimento até que reparasse nos olhos apertadinhos: estava tudo lá, camuflado entre as pestanas, a discrição, o tino para negócios, a determinação, a mão de ferro. Gostava de Nacho por ser divertido e educado, embora, se dependesse dele para manter o cabaré, já teria fechado as portas. Sentados nos bancos do bar, conversaram sobre a vida. Ele ofereceu um drinque, sabia que gostava de Campari; não bebo em serviço, ela disse para poupá-lo da despesa, mas que ficasse à vontade, a casa era dele. Nacho agradeceu, tomou mais um uísque, brincou um pouco com as meninas e foi para os fundos da casa onde ficavam as mesas do carteado. Numa delas, faltava um parceiro, jogo pesado, entrava ou não? Decidiu entrar, não tinha ido pra comemorar o dinheiro na conta?

Na mesa ao lado, um pôquer mais pobre, as fichas valendo pouco, quem ganhasse pagava a bebida e, talvez por isso, o pessoal mais conversava do que jogava. O assunto era um gringo que viera, fazia uns dias, e exigira duas meninas e um travesti. Ao ouvir a palavra gringo, Nacho fez um gesto desistindo da parada, o assunto lhe interessou e, de qualquer forma, tinha recebido só cartas bêbadas. Espichou o ouvido para a voz da rapariga: "Acho que a dona Nélida ia mandá-lo embora, mas pensou melhor, afinal, a gente tem a Ema Lucia, o filho daquele leão de chácara, o que não tem um dedo".

O assunto mudou de rumo, e Nacho retomou o carteado. O gringo seria Genaro?, ainda perguntou-se, já ouvira dizer que andava se metendo até com guris. Uma galega meio gordinha, com uma pinta sobre o lábio, peruava suas cartas e fazia senha para o delegado, que jogava à sua frente. Sentindo-se absurdamente ofendido, resolveu tirar a limpo a desconfiança, recebeu uma trinca de mão e pediu mais três cartas. Desfez-se das boas e reteve as que não faziam sentido; a galega, revirou os olhos, chegou até a suspirar. Nacho deixou assim, não queria criar caso. Acostumado a dormir cedo, já estava mesmo louco de sono, jogava uma ou duas mãos e pedia pra sair, ninguém se importaria.

Quando se levantou, convidou a mulata de braços cabeludos, que havia se chegado à mesa, para ir com ele. Nélida deixara reservado o melhor quarto, ela lhe informou. Isso é apreço, Nacho pensou, satisfeito, alisando as costas da mulata. Gostara desde logo do cheirinho dela, dos peitos altivos, gostara até do cabelo, que ela deixava solto sem se importar de ser crespo. No quarto, ele tirou a calça de brim, deixou dobrada na cadeira, pendurou a camisa no encosto: a índia-gringa não suportava coisa atirada, e ele se acostumara a ser ordeiro. A mulata deitou nua na cama, pernas abertas, já se retorcendo um pouquinho. Era bonita, a safada, e cabeluda no entrepernas, bem como ele gostava. Um baiano um dia lhe contara que pelos nos braços eram garantia desse atributo secreto, e a teoria se confirmara. Deitou-se ao lado dela e começou a acariciá-la. Mesmo sabendo que a trepada não passava de uma punheta, faria, como sempre, sem pressa. Eram esses cuidados que lhe garantiam os dengos da Nélida: as meninas falavam bem dele para a patroa, ganhava o melhor quarto. Com grana contada, tinha que saber se virar.

Já excitado, cheirou o cangote moreno. Umas gostavam que lambessem a orelha, outras não, achou melhor ficar na sugestão. A mulata percebeu o cuidado e correspondeu: chupou-o quase até o gozo, depois montou nele e começou a rodear o corpo devagar. Nacho estendeu as mãos para os seios. Eram macios, empinados, as auréolas muito escuras viradas para cima, os mamilos espevitados. Em cima dele, a *cabeluda* subia e descia, ensaiava uns gemidos, esfregava-se no seu púbis, parecia estar gostando. Que aproveite um pouco, concluiu, fechando os olhos, pronto para pensar em outra coisa de forma a não gozar de imediato. Com o quarto assim, quase escuro – só uma lamparina em cima da mesinha –, era fácil deixar o pensamento ir.

Maria Eulália sempre foi igual curva de rio, sempre juntou tudo o que não prestava, ele pensou, lembrando o que ouvira havia pouco sobre o tal gringo, as coisas que ela lhe dissera antes do casamento, o quanto os olhos de corça de Maria Eulália lhe apertavam o coração, o quanto ela chorara quando fora preciso matar aquele cachorro velho que ela adotara na estância porque dera pra comer ovelha, e cachorro que come ovelha só matando, como ela se parecia com um peixinho, naquele fevereiro, há muitos anos, quando, sem saber que ele espiava, resvalara nua na água do arroio, a pele muito branca, como se de prata, o quanto ele a quisera *derrubar* ali mesmo, quando saíra e se secara com a própria camisa, as pernas bem abertas, os pelos pingando água, os olhos fechados, sentindo o sol aquecer a pele arrepiada, o quanto fora boa a punheta que batera atrás da árvore fantasiando com aquela cândida buceta... Estou é ficando louco, foi o que pensou sobre a cama, antes de gozar com intensidade.

Perturbado, sem saber como explicar o que acontecera ou determinar o que aconteceria dali para frente, deixou a casa da Nélida e foi para o hotel. Naquela noite, dormiu pouco e mal, ficou andando pelo quarto até cansar; quando o dia já amanhecia, desceu, tomou um porre, voltou pra cama. Quando acordou, perto do meio-dia, pensou em passar na casa do Tio antes de voltar pro Campito, mas achou melhor não.

Capítulo XXI

Caio espalhou os documentos sobre a escrivaninha para examiná-los mais uma vez. Era domingo e, na Auditoria, além dele, apenas um que outro funcionário enganando a vida. Habituado ao corre-corre diário, estranhava o sossego. De início, estar sozinho lhe pareceu agradável, depois o silêncio foi se tornando enervante. Concentrou-se nos papéis à sua frente. O relatório com as informações sobre o cunhado era detalhado: suspeito na morte de um militar e outros delitos menos importantes, saíra fugido da Itália e alguém o ajudara a entrar no Brasil por Livramento, fronteira com o Uruguai.

O fato de as informações terem chegado depois do casamento de Maria Eulália fora um desses azares. A culpa não era dele, fizera o que fora possível: mesmo assim, mais uma vez, o Sogro o humilhara. Já conhecia o seu método: primeiro o chamava de imbecil e depois, para garantir que continuasse a trabalhar, afirmava que, ainda assim, o conhecia melhor do que ninguém e nutria grande esperança de que, na próxima vez, não o desapontaria. Criar uma sensação de culpa entre as pessoas de seu círculo familiar para que essas se subordinassem às suas vontades era uma técnica que usava havia anos com plena eficácia. Tanto que agora, num domingo, ele estava ali, feito um palhaço, examinando tudo para agradar ao velho. A verdade era que o pai de Olga exercia sobre todos uma espécie de tirania à qual apenas Genaro parecia imune. Caio chegava a supor que era por isso, por não se deixar dominar, mais ainda do que pelos crimes cometidos, aqui e na Itália, que o gringo precisava desaparecer.

Com o material contido naquele dossiê, mesmo sem expor Maria Eulália e a família, havia elementos mais do que suficientes para dar início ao processo de extradição. Fora assim que pensara até ser informado pelo Sogro de que os acontecimentos teriam outro curso. Haviam ido juntos ao escritório dos advogados. Depois de ouvir com atenção todos os aspectos jurídicos, depois de garantir que retornaria no dia seguinte com a procuração assinada, quando já tinham saído do escritório, o velho, ao ver que ninguém os ouvia, exclamara "bando de imbecis!" e, impaciente, ficara agitando os pés, sacudindo a cabeça e apertando vezes sem conta o botão do elevador. Descera carrancudo e enigmático. Aqueles advogados não entendiam nada, ele havia dito no carro, não estava interessado nem na extradição, nem na deportação: ambas permitiam um eventual retorno. Genaro precisava ser expulso do país: a expulsão dependia de decreto presidencial, mas, uma vez concedida, só outro decreto a podia cancelar. Aquele gringo não voltaria nunca mais.

Usaria sua influência, não seria difícil convencer os militares de que a permanência desse estrangeiro representava sério risco à segurança nacional, à ordem política e social. O caso seria tratado nas altas esferas, desta vez por gente competente, sentenciou, muito agitado. Após a expulsão, obteria também a anulação do casamento pelo direito canônico. Não descansaria enquanto Maria Eulália não fosse solteira novamente, o processo teria andamento rápido, um Comendador da Santa Sé tinha privilégios.

Expulsar o cunhado não incomodava Caio, estava convencido de que Genaro não passava de um psicopata, mas agir pelas costas de Maria Eulália o afligia e, no entanto, ele o faria porque, ainda que parecesse traição, era a única forma de libertá-la. Mesmo depois de ter sido ameaçada com uma faca, ela dava a impressão de estar disposta a permanecer com o marido. Agindo assim, às escondidas, deixavam o italiano sem defesa: quando desse por si, estaria expulso.

Guardou o dossiê no cofre e começou a fechar as janelas. Ana Rita havia ligado dizendo que precisavam conversar. Iriam se encontrar na casa dela. Seria um domingo atípico. Ele sempre passava em casa, dormindo e, nos intervalos do sono, ouvindo a narração de jogos de futebol que não lhe interessavam em nada. Hoje, com a desculpa de vir até a Auditoria, poderia ficar mais tempo longe. O telefone tocou na linha direta, Caio atendeu com a sensação de que, fosse quem fosse, seria engano. Apenas três pessoas sabiam daquele número: o Sogro, Olga e Ana Rita, e ele não queria falar com qualquer um dos três. Era Ana Rita, perguntando se não seria melhor deixarem o encontro para algum outro dia. Já estou indo, ele respondeu com voz irritada. Chaveou as gavetas e a porta da sala, tinha quase certeza de que o encontro não seria agradável, mas lembrou das duas gotas redondas e macias, cor de café com leite, que eram os seios de Ana Rita, e decidiu que, pela possibilidade, mesmo remota, de tê-los em sua boca, valia a pena ouvir o que não queria.

Capítulo XXII

— O que é mesmo que vais fazer em Porto Alegre?
— Já te disse, Caio, esqueceste? Vou comprar aviamentos: fitas, rendas, botões, essas coisas de que preciso para as minhas costuras. Vou hoje e volto amanhã, fico fora só por uma noite. Consegui um hotel perto da rodoviária, os melhores armarinhos estão ali mesmo, no Centro, não preciso gastar em ônibus e não corro o risco de me perder na cidade. Elisa vai ficar com Máxima, na casa do Pai, deixei comida pronta para ti na geladeira, mas podes comer lá se quiseres e... — Olga calou-se, estava falando demais, explicando demais, soava culpada.

Não mentia, precisava mesmo comprar aviamentos, mas não era só por isso que viajava. Conseguira convencer Carlos a ir até Porto Alegre com ela, haviam reservado quartos separados num mesmo hotel, passariam uma noite e um dia juntos. Percebeu aliviada que Caio não prestava atenção, antes mesmo de ela terminar, voltara ao jornal que havia deixado aberto sobre os joelhos. Aproveitou para ir até o quarto, precisava terminar de arrumar a mala pequena.

Numa ansiedade quase adolescente, havia semanas que sonhava com essa viagem. Passar a noite com Carlos, dormir e acordar ao lado dele, fazer amor à hora que quisessem, sem pressa, sem precisar contar tempo, passear pelo Centro, almoçar com ele. Se encontrassem algum conhecido, seriam como a carta roubada de Allan Poe, ninguém os veria de verdade, estavam expostos, à vista de todos e, como dizia Máxima, o melhor lugar para se esconder uma árvore é na floresta. Fechou a mala com um cadeado, guardou a chave junto com o dinheiro num compartimento lateral da bolsa e sentou-se para escrever uma lista: regar as plantas, arrumar o apartamento, levar a roupa de Caio para lavar, lembrar Elisa da aula de piano... Coisas para Máxima fazer enquanto ela estivesse fora.

    Sentiu-se ridícula, parou de escrever, amassou o papel e o jogou no lixo: ficaria fora pouco mais de um dia, não precisava deixar lista! Levantou-se, respirou fundo, tomou um banho e começou a vestir-se. Penteou-se, aplicou uma maquiagem leve e, com mãos trêmulas, verificou, mais uma vez, a bolsa: carteira de identidade, dinheiro, passagem, a chave do cadeado, estava tudo ali. Pegou o casaco, espalhou algumas gotas de perfume nos pulsos e atrás das orelhas e, sentindo-se terrivelmente culpada, passou por Caio, que dormia sentado em frente à televisão, fechou a porta sem fazer barulho e desceu pelo elevador. Carlos já devia estar em Porto Alegre esperando por ela, tomara o ônibus das duas horas.

    Mala na mão, foi até a casa cortando caminho pelo portãozinho, subiu de dois em dois degraus as escadas dos fundos, precisava despedir-se de Elisa. A copeira a viu chegar, abriu a porta, disse que dona Clotilde estava no quarto, queria que a chamasse?, ofereceu um cafezinho. Não, obrigada, não tenho tempo, Olga respondeu um pouco engasgada, só viera dar um beijo em Elisa. Ela está lá dentro, com Máxima e Adelina, informou a empregada. Olga assentiu, deixou a mala perto da porta e, tentando não pensar na estatueta de São Jorge dentro do armário, evitando também fixar-se no oleado de maçãs que cobria a mesa e que a fazia lembrar-se da mãe, entrou sorrindo na cozinha.

    Cumprimentou Adelina, beijou Elisa e, apesar de haver prometido a si mesma que não o faria, repassou a Máxima a lista das tarefas. Saiu aliviada por não precisar despedir-se de Clotilde, os olhos desconfiados da irmã estavam além do que podia suportar. Assim que fechou a porta atrás de si, sentiu-se melhor: um vento fresco e as sombras na escada das glicínias a acolheram, disse a si mesma que, a partir de agora, tudo seria mais fácil. Tomou um táxi até a rodoviária. Passagem na mão, entrou no ônibus, procurando seu assento. No primeiro banco, um velho de peito encovado olhava tristemente para o aviso de não fumar.

Logo atrás dele, uma senhora recomendava ao menino ao seu lado que se comportasse na casa da dona Esmeralda.

O lugar de Olga estava ocupado, um adolescente magro, de cabelo comprido e camiseta justa, ouvindo música alta. Ele nem sequer a olhou, foi preciso bater em seu ombro para pedir que saísse: levantou-se de má vontade. Sentindo um arrepio de nojo, Olga sentou-se no banco ainda morno do corpo do rapaz. Tentou esquecer o incidente, os ônibus interurbanos sempre a deprimiam, detestava o ar viciado, o vago odor de bala de hortelã e o cheiro de urina e desinfetante que saía do banheiro cada vez que alguém abria a porta, detestava também as conversas minuciosas sobre procedimentos médicos, adultérios, brigas familiares e desentendimentos por heranças, assuntos que se prolongavam às vezes por toda a viagem e que todos, querendo ou não, acompanhavam atentamente, fingindo não ouvir.

Um pouco antes do horário previsto, o motorista entrou, palitando os dentes, e sentou-se ao volante. Sairiam no horário, ao menos isso. Olga fechou os olhos, recostou o banco e preparou-se para pensar em Carlos e esquecer todo o resto. Embora tivesse a certeza de que não conseguiria deixar de preocupar-se com Elisa, o ronco do motor e os solavancos da estrada a embalaram, e a música alta demais, as conversas desagradáveis, os cheiros foram-se distanciando, perdendo importância, transformando-se em nada. Quando acordou, já se avistava Porto Alegre.

Sentou-se muito reta no banco, olhou ao redor. Teria roncado? Era tão feio roncar. Tirou o espelhinho da bolsa para retocar o batom, ajeitar os cabelos, tornou a guardá-lo e, satisfeita, fixou os olhos na paisagem. A cidade era bonita assim, vista de longe, a linha dos prédios sublinhada pelo traço móvel do rio, um sol cor de laranja a chamejar nos vidros dos edifícios. O Pai sempre dizia que, da estrada, Porto Alegre fazia lembrar Nova York. Ou seria São Francisco? Ela esquecera qual: como não conhecia nenhuma dessas cidades, não podia comparar. Pensou que, um dia, isso mudaria. Viajaria muito, seria livre. Elisa já estaria adulta, talvez morando sozinha...

    O ônibus atravessou a ponte, passou ao lado dos armazéns do porto, o movimento dos carros cresceu, as placas indicando a rodoviária se multiplicaram, estavam chegando. Olga abriu a bolsa para certificar-se mais uma vez de que não perdera nada. Não, estava tudo ali, como ela organizara. O motorista ligou o pisca-pisca, o adolescente desligou o rádio e se colocou próximo à porta, todos começaram a recolher seus pertences.

    Quando o ônibus parou no box 31, Olga arrependeu-se de ter vindo. Sem coragem de sair, permaneceu sentada observando o burburinho, a confusão de pessoas, de malas e vendedores ambulantes. Sentia-se absurdamente tímida para enfrentar tudo aquilo. Só ela permanecia sentada, o motorista veio avisar o óbvio – haviam chegado –, ela sorriu, envergonhada, pediu desculpas, disse que estava distraída, pegou o casaco e desceu. Entregou o tíquete, recolheu a mala, seguiu o fluxo de pessoas até o ponto de táxi. Assim que entrou na fila razoavelmente longa, avistou o nome do seu hotel pintado numa parede alta logo adiante e perguntou-se se tomava ou não o táxi. Era mais perto do que havia pensado, talvez o taxista se irritasse com o valor da corrida ou desse uma volta maior para cobrar mais e ela, então, se sentiria pior. Já era noite, argumentou consigo própria, não podia ir caminhando. Quando chegou sua vez, entrou no táxi. O motorista foi simpático, e ela, aliviada, riu de si mesma e assegurou-se mais uma vez de que tudo daria certo, logo estaria no hotel, pediria informações sobre o horário de abertura das lojas de armarinho, faria as compras amanhã bem cedo...

    Carlos a esperava no hall, encostado ao balcão. Não a cumprimentou, fingiu não conhecê-la, ficou observando ela assinar a ficha e receber a chave, ouviu o número do quarto. Olga recusou ajuda para levar a mala, o rapaz da portaria insistiu. Entraram os três no elevador: ela, Carlos e o carregador. Olga virou-se de lado para mexer na bolsa, precisava achar algum troco para a gorjeta sem que o rapaz visse quanto dinheiro levava, devia ter deixado a gorjeta já separada. Quando o elevador parou, Carlos pediu licença e passou à frente dela. O carregador acompanhou Olga até o quarto, abriu a porta, mostrou o banheiro, o armário embutido, como se abriam e fechavam as venezianas, onde se acendia a lâmpada da cabeceira. Olga ouvia a tudo sem prestar atenção; quando ele finalmente saiu, suspirou aliviada e abriu a porta para Carlos.

Aquela noite, jantaram no quarto. Ele havia comprado algumas frutas numa banca na calçada e uma garrafa de vinho. Olga ajeitou tudo sobre a mesinha, acendeu os abajures, ligou o rádio. Beijaram-se atrapalhados, como se não se conhecessem. Amaram-se canhestros e apressados. Olga não sentiu nenhum prazer. Mais tarde, sem conseguir dormir, arrependeu-se novamente de ter vindo. Quando enfim adormeceu, acordou logo, sobressaltada, havia sonhado com algo terrível, não conseguia lembrar o que era. Fechou os olhos e tentou ignorar os ruídos pouco familiares que se multiplicavam ao redor: risos, conversas surgindo e desaparecendo no corredor, uma porta batendo em algum lugar. Desejou que Carlos tivesse ido dormir no outro quarto, estranhava seu corpo na cama, o ressonar profundo, as viradas bruscas. Estava acostumada a Caio, sentia falta até mesmo das palavras que ele costumava dizer quando sonhava. Levantou-se, tomou um copo de água e afastou as cortinas. A luz dos carros coleando por entre os edifícios a fez pensar numa grande cobra, um ameaçador boitatá. Afastou-se da janela, abriu a bolsa e tirou um pequeno rosário de contas azuis, dormiu com ele apertado na mão.

Quando acordou, o dia apenas clareava. Carlos estava perto da janela, sorriu, voltou para a cama e a puxou para si. Dessa vez, fizeram um amor sem pressa, ao ritmo do sol que nascia, e foi muito bom. Os fantasmas da noite haviam desaparecido. Olga ligou para a portaria, pediu que lhe servissem o café da manhã no quarto. A refeição era farta, mais do que suficiente para os dois.

Perto das onze horas, saíram para fazer as compras. Subiram a rua Senhor dos Passos, Olga examinou os armarinhos, entrou no que lhe pareceu mais sortido, comprou fitas, rendas e botões, bem mais do que precisava. Sentia-se rica, imaginou-se fazendo o mesmo em Paris. Sim, depois de Nova York, ela conheceria Paris, assistiria a um desfile de um costureiro famoso – Dior, talvez, ou Chanel –, caminharia à beira do Sena, folhearia os livros dos buquinistas, experimentaria um sanduíche de *jambon et fromage*, veria as estátuas no Jardim de Luxemburgo, visitaria os museus.

Ao meio-dia, comeram salada de frutas com sorvete numa banca do Mercado Público. Depois, caminharam pelo Centro admirando os edifícios: a antiga Aduana, a antiga Delegacia Fiscal e os Correios. Na Praça da Matriz, visitaram a Catedral, o Theatro São Pedro estava fechado. Já entardecia quando decidiram voltar para perto do rio. Olga queria ver os armazéns, as paredes de vidro verdolengo do prédio da Superintendência. De mãos dadas, passaram pelos guindastes que lembravam girafas, pelos navios, chegaram à Usina do Gasômetro. Num correr de casas antigas, em frente à Usina, uma livraria minúscula oferecia também serviço de cafeteria. Sentaram-se a uma das três mesas disponíveis. O cafezinho, servido em xícaras brancas e grossas, estava bem quente e surpreendentemente gostoso. Uma garoa muito fina – mais neblina do que garoa – começou a cair, e um vento frio agitou os cartazes que anunciavam livros usados. Na praça agora quase vazia, além deles, apenas dois guardas e um vendedor de balões que, por falta de fregueses, já se afastava.

Quando a garoa parou de cair, Olga sugeriu que fossem até a beira da água. Sempre de mãos dadas, ultrapassaram a barreira espinhenta dos gravatás e sentaram-se junto ao rio. Pequenas ondas erguidas pelo vento quebravam com um ruído monótono nas pedras da margem formando uma espuma marrom. Olga levantou os olhos, o cinzento do rio confundia-se com as nuvens, e uma coluna de fumaça cortava o horizonte num risco vertical.

– Que pena, hoje não há cores – Carlos disse, e Olga admirou-se: ele estava enganado. Ao redor deles, até onde a vista podia alcançar, havia uma profusão de tons envelhecidos que as aves, em voo raso, misturavam.

Por que voam assim, roçando o rio?, ela pensou, com vergonha de perguntar. Um pouco de sol rompeu as nuvens, cobrindo a água de brilhos, eram como cacos de vidro cintilante – estão roubando estrelas, Olga disse baixinho. Naquele instante, ela também pássaro, ela também estrela. Uma ave aquática, de bico longo, alçou voo, deu duas voltas sobre o rio e desapareceu, uma garça branca pousou num tronco seco e, como se estivesse se exibindo, ficou olhando para eles, torcendo a cabeça de um lado para o outro, coçando-se com o bico. Logo outras vieram disputar aquele espaço, pousaram muito juntas, num redemoinho de asas. Olga fez sinal a Carlos para que ficasse quieto, não queria espantá-las. Ele sorriu e obedeceu. Quando se cansaram de observar as garças, mais uma vez de mãos dadas, voltaram para o hotel.

A noite já caía pela veneziana do quarto. Mais algumas horas e teriam que tomar o táxi até a rodoviária, entrar no ônibus, voltar para Boca do Monte. Deitaram-se juntos uma última vez, e Olga teve a certeza de que as coisas não haviam corrido como ela sonhara. Consolou-se dizendo que não importava: atrás do concreto, atrás da cortina dos edifícios, atrás dos carros estavam o rio e as garças. Como é avaro o prazer, ela pensava, como é mesquinho; quando acaba, leva tudo embora, não deixa nada para trás, nada além de um ônibus saindo. Por mais que tentasse, não conseguia aceitar aquele ônibus e, por causa dele, decidiu perguntar o que jamais perguntara.

– E agora, Carlos, o que vai ser de nós?

Ele não respondeu, parecia não ter ouvido. Olga esperou. Sabia que seu silêncio o levaria a falar.

– Não sei o que dizer, Olga – ele murmurou, enfim, em voz muito baixa –, não encontro as palavras certas. Se não me importasse contigo, tenho certeza de que as encontraria, e elas, por mais falsas que fossem, nos serviriam. Mas eu me importo. Estivemos muito juntos nessas últimas horas, tenho a impressão de que só agora conheci teu corpo de verdade, tuas belezas e teus defeitos. Não te importaste que eu os visse, não querias ser bonita, não estavas interessada: querias ser minha, e foste. Fomos um do outro de um jeito muito simples e sem nenhum pudor, e é por isso que não encontro as palavras certas para dizer que não nos vejo juntos.

Ainda que já soubesse, ainda que concordasse, Olga começou a chorar. Sem soluços, sem ruído, sem nem ao menos secar as lágrimas. Chorava como uma criança deixada sozinha, chorava mesmo sabendo que não havia ninguém para ouvi-la.

– Tu és uma mulher inviável, Olga – Carlos continuou. – Esposa de militar, filha de quem és – principalmente filha de quem és –, só um louco como eu para ter a coragem de me aproximar de ti. Deves ficar com Caio, pelo menos por enquanto, isso não nos impedirá de continuarmos juntos.

Quantas voltas para chegar ao mesmo lugar, ela pensou, quantas voltas para não permanecer comigo, para ter-me uma tarde por semana e devolver-me, ao final do dia, às mesmas antigas pessoas. Meu Pai, minhas irmãs, Máxima, as mesmas pessoas que, por pena ou por amor, há anos mantêm meu rosto fora d'água o suficiente para que não me afogue. Agora tinha a certeza de que, por mais que tentassem, eles não a podiam manter viva indefinidamente: de solidão, essa morte silenciosa que começa e termina como um sonho, também se morre. Levantou-se, foi até o banheiro, olhou-se no espelho: achou-se feia, o rosto inchado, os olhos vermelhos. Pegou a escova sobre a pia e começou a escovar os cabelos.

– Meu avô tinha uma estância – ouviu Carlos dizendo lá da cama. – Chamava-se Estância dos Umbus, era onde eu passava as minhas férias. Ao redor da mangueira, havia muitos umbus. Lembro-me das suas raízes enormes, que ora se aprofundavam na terra, ora se levantavam para fora dela e eram como uma grande saia cheia de bolsos, um campo repleto de pequenos compartimentos que eu fingia serem potreiros onde pastava meu rebanho de ossos.

Ele está com pena de mim, Olga pensou, largando a escova e voltando para a cama. É um homem bom, usa a poesia para compensar o desamor, não percebe que a gentileza pode ser bem mais cruel do que a agressão. Somos adultos: ele jamais me prometeu nada, está sendo gentil, do que posso me queixar?

– No meio dos grandes umbus, cercado por eles, havia um umbuzinho – Carlos continuou. – Lembro-me dele, pequenino e forte, assim como tu, Olga. Cachorros urinavam no seu tronco, galinhas bicavam sua casca, ovelhas se esfregavam nele para coçar a sarna e ele, quanto mais sofria, mais forte ficava. Não é fácil terminar com um umbu, estâncias inteiras desaparecem sem deixar vestígios, e o umbu permanece, é a árvore das taperas. E aquele, pequenino, era o mais forte de todos.

Deitada ao lado de Carlos, a mão apenas encostada à dele, Olga reconheceu-se como a menor e a mais solitária das árvores. Lembrou-se, enfim, do pesadelo que tivera na noite anterior e que a impedira de dormir: corria num beco deserto, corria porque estava atrasada para uma festa, e lá no final da ruela a esperava um homem sem rosto. Ela precisava encontrá-lo porque não havia mais ninguém, absolutamente ninguém para fechar os botões nas costas do seu vestido, e ela já estava atrasada, muito atrasada para a festa. Respirou fundo e, mesmo sabendo que não devia, sabendo que sofreria, continuou.

– O que ela tem que eu não tenho, Carlos?
– Ela quem?
– Tua mulher.
– Tempo.

Olga meneou a cabeça, concordando. Sim, era isso, a mulher de Carlos tinha o tempo, podia, feito Sherazade, seduzir com histórias longas e a ilusão de companhia. Pobre Carlos, estava tão acostumado às correntes que havia engolido a chave e agora se enganava dizendo que as amava. Não queria isso pra si mesma, não ficaria apenas ouvindo histórias e deixando o tempo passar. Chegaria em casa, encontraria uma forma de viver sozinha, de pagar suas contas, de criar Elisa, de fechar sem ajuda os botões do vestido. Já não fazia tudo isso? Seu caso com Carlos terminava ali, mas não precisava terminar mal, ela diria alguma coisa divertida, os dois ririam, e a viagem de ônibus não seria tão terrível. Por mais que tentasse, não encontrou o que dizer. Para não ficar calada, para que ele não sentisse ainda mais pena dela, como se fosse natural, como se não doesse, sorriu e lembrou-o de que precisavam se apressar. Ele levantou-se: tomaria um banho, ela queria ir primeiro? Não, ele podia ir.

Ainda deitada na cama, Olga ouvia o som da água no banheiro ao lado. Embora líquido, era muito duro aquele som, ele a fazia perceber o quanto era feio o quarto onde haviam dormido, como era escandaloso o verde das paredes, como estavam puídos o tapete e as cortinas. Carlos cantarolava sob o chuveiro. Misturada aos restos de sêmen dele, ao perfume dela, ao sabonete, sua voz sumia pelo ralo, ia para o subterrâneo da cidade, um lugar abarrotado de coisas que não serviam mais. De tudo fica um pouco, Olga disse baixinho, lembrando-se do poema, de tudo fica um pouco, do teu medo, do meu asco, de tudo fica um pouco. Um pouco deles sumia agora pelo ralo, rolava pelos canos, seguia pelos esgotos até a embocadura do rio, um pouco deles encontraria novamente as garças, seria, talvez, devorado por uma delas, um pouco deles ficaria em Porto Alegre.

Decidiu que não tomaria banho agora, levaria no seu corpo os últimos restos do que haviam sido. Levantou-se, vestiu a calcinha, fechou a mala. Logo estaria em casa, buscaria Elisa na casa do Pai e amanhã, como sempre, os três comeriam em silêncio, ouvindo apenas o ruído áspero dos talheres.

Capítulo XXIII

Nunca me renderei à solidão, Clotilde divagava, enquanto vestia o tailleur para ir ao escritório do advogado, a essa solidão medrosa que obriga as pessoas a se casarem, a terem filhos ou a se enfiarem num cinema no meio da tarde só para se sentirem acompanhadas. Sou uma mulher livre. Ao decidir se usaria ou não um broche, pensava, levemente orgulhosa, que, diferentemente das outras mulheres da casa, sempre se bastaria. A simples imagem de um marido, morando na mesma casa, comprando pão pela manhã ou vendo televisão deitado no sofá, lhe dava engulhos. Até mesmo o anseio que por vezes infiltrava-se em sua mente e a fazia desejar um filho jamais passaria disso, um anseio sazonal. Não estava disposta a submeter-se, nem a filhos, nem a marido. O melhor da sua fruição com padre Antônio... não, a palavra *fruição* era de duplo sentido, melhor dizer experiência... o melhor da sua *experiência* com padre Antônio era ter a certeza de que permaneceria como estava, solteira e sem descendentes.

A disposição que agora a movia de ir ao advogado e estabelecer o seu testamento decorria desse fato. Não pensava em morrer tão cedo, mas queria organizar quem herdaria o que no seu patrimônio. Além das irmãs, suas herdeiras naturais, queria presentear Máxima com um apartamento, deixar seus campos todos para Elisa, um legado para Adelina, algum dinheiro também para Agostinho e uma bela quantia para o padre Antônio, caso ele sobrevivesse a ela, é claro. O voto de pobreza que fizera quando se tornara padre era um complicador. Precisava descobrir uma forma de beneficiá-lo sem que a Igreja se apropriasse de tudo, daí a necessidade de um advogado. Dessa vez, não queria o doutor Flodoaldo, ele era competente, mas, com a desculpa de que numa família não devem existir segredos, terminaria por revelar o testamento ao Pai. Indispensável encontrar um profissional capaz de manter sigilo.

Olhou-se no espelho e se achou muito bem. Confiante, saiu da casa, caminhou algumas quadras e tomou um táxi: o escritório do advogado era longe. Ao chegar, verificou, satisfeita, que era um prédio grande, repleto de consultórios médicos. Se alguém a visse, podia dizer que estava indo a um deles, consulta de rotina, ninguém precisava saber do advogado. O saguão em granito cinza a impressionou. Aquilo tudo não ia sair barato, pensou, enquanto aguardava o elevador. Olhou ao redor, um senhor grisalho, usando óculos de tartaruga, terno escuro e gravata listrada de azul e cinza chamou sua atenção. Ele entrou junto com ela no elevador, pediu licença, apertou o botão do oitavo andar. Clotilde, como sempre, decidiu que era preciso organizar a vida por ordem de urgência, o advogado podia esperá-la um pouco, oportunidade como essa talvez demorasse a surgir novamente.

De forma casual, como se para facilitar o entra e sai das pessoas, abriu caminho até o fundo do elevador e postou-se bem em frente ao senhor grisalho. Sentiu um perfume conhecido. Como era mesmo o nome? Lancaster! Os argentinos usavam muito. O elevador moveu-se. Fingindo ter-se desequilibrado, ela encostou seu corpo ao do *senhor Lancaster*. Ainda bem que hoje não tinha posto a cinta, podia sentir melhor o contato. O elevador parou, pessoas entrando e saindo, novo roçar de corpos com o senhor Lancaster. Fingindo-se inocente, ela pediu desculpas, ele sorriu, sem jeito. Estava nervosa, nunca tinha feito dessa forma, foram alguns andares de linda excitação.

Quando o senhor Lancaster saiu, levava a pasta de couro preto bem à frente do corpo. Clotilde gostou de pensar que ele escondia o que não podia ser visto. Exultante, subiu até o décimo andar. Deu uma espiada no corredor, aparentou confusão, olhou para a senhora ao seu lado, disse que não sabia onde estava com a cabeça, havia errado o andar, e desceu até o sétimo. Pediu desculpas ao advogado pelo pequeno atraso, explicou o que queria de forma resumida, disse a ele que estudasse o caso e combinou de resolverem os detalhes num próximo encontro. Levantou-se apressada, não podia perder tempo, o tempo ataca a memória.

A caminho de casa, parou numa farmácia e comprou um vidro de Lancaster. Já planejara tudo, espalharia um pouco do perfume sobre a cama e se deitaria de costas, o vidro sob seu corpo, no lugar onde antes ficara o corpo do senhor Lancaster, tudo seria como no elevador. Aos poucos, porém, sua excitação foi diminuindo, o sino da catedral a chamar para a missa a lembrou que, cedo ou tarde, teria que se confessar com padre Antônio. Assustada, guardou o perfume no armário do banheiro, não podia fazer isso, nunca havia chegado antes a esse extremo, contato físico estava fora dos limites, perdera a cabeça. Como podia confessar que se esfregara num homem real? E se o senhor Lancaster se informasse quem ela era e viesse procurá-la? Negaria tudo, claro, mas seria muito desagradável. Fizera uma loucura imperdoável, pensava, despindo o tailleur. Não iria à missa, tomaria um banho.

Embaixo do chuveiro, sentiu-se mais relaxada e decidiu que, afinal de contas, a transgressão cometida era moralmente suportável. Sem importar-se de molhar o chão, foi até o armário, pegou o vidro de perfume, espalhou um pouco no ar e, aspirando profundamente o cheiro de Lancaster, deixou que a água morna a abraçasse com dedos de sabonete.

A educação pela pedra

Quando os soldados chegaram, já estávamos deitados, mas nenhum dos dois dormia: uma suspeita de violência impedia o nosso sono. Eu a percebia claramente, Genaro apenas a intuía. Havia sonhado com uma pedra cujo peso o empurrava para trás, bem para trás, até as colinas cinzentas de Pantelleria. Fiquei lá, abandonado, me havia dito quase chorando, enquanto jantávamos. Esperava, é claro, que eu o consolasse, dissesse que nada aconteceria, que fora apenas um sonho. Preferi ficar calada, ambos sabíamos que nada, nem mesmo a fechadura nova, de chave dupla, o salvaria do que estava por acontecer.

Ao ouvir os golpes na porta, Genaro encolheu-se contra a cabeceira da cama, balbuciou que o Major estava ali, que meu Pai o mandara, suplicou-me que o protegesse. Eu não conseguia entender a que Major ele se referia, mas pude sentir o seu pavor. Embora soubesse que o levariam e provavelmente eu não saberia para onde – naqueles tempos, pessoas desapareciam sem deixar rastro –, tentei acalmá-lo. Disse que não havia por que temer, que na manhã seguinte eu esclareceria tudo. Enredado em si mesmo como um feto, ele apenas sacudia a cabeça concordando, queria desesperadamente acreditar em mim, mas ele inteiro tremia, e o som entrecortado de um suspiro marcou o momento em que a mancha de urina coloriu de azul mais escuro as calças do seu pijama. Genaro sequer a percebeu.

Confesso, envergonhada, que o menosprezei por sentir tanto medo, mas depois, não por amor, apenas porque é dessa forma que as mulheres da família agem com seus homens, eu lhe disse as palavras que ele queria ouvir: acariciei os seus cabelos, menti que tudo ficaria bem e, para que ninguém testemunhasse a humilhação daquele que seria para sempre o pai do meu filho, levantei-me, vesti o penhoar e fui abrir a porta, cumprimentei os soldados, pedi que entrassem, disse que meu marido viria logo. Não me haviam pego de surpresa, eu sabia que viriam: os sinais nas mãos de Genaro me haviam avisado, a estrela sobre a linha da cabeça já me anunciara o grande embate. Na verdade, eu lia as suas mãos apenas por hábito, não necessitava delas para saber que em algum momento do passado Genaro quebrara o equilíbrio e precisava agora enfrentar as consequências.

Apesar da minha fingida gentileza e aparente fragilidade, um pouco da autoridade do Pai deve ter transparecido na minha voz ou no meu olhar, pois o sargento endireitou as costas e levou a mão à testa num arremedo de continência. Quando percebeu a gafe – a autoridade ali era ele –, ajeitou a farda, gritou ordens aos soldados: que saíssem todos, respeitassem a senhora, fossem esperar no pátio. Depois, acendeu um cigarro e, sem que eu o autorizasse, sentou-se no sofá e me encarou, desafiador e sério. Sem conseguir esconder um toque de ironia, eu lhe disse que ficasse à vontade e retornei ao quarto. Encontrei Genaro ainda encolhido sobre a cama, o fiz levantar e o amparei até o banheiro. Abri a torneira do chuveiro, obriguei-o a tomar um banho, a fazer a barba. Depois, vesti-o como se vestisse uma criança e guiei-o até a sala.

Usando o estratagema de manter meus olhos fixos nos dele, consegui que mantivesse a cabeça erguida e estendesse as mãos para as algemas. Esse foi o momento mais difícil. Jamais esquecerei o ódio desesperado que, feito um óleo espesso, escorreu por entre seus cílios, desceu pelo seu rosto fazendo inchar as veias do pescoço e tremer os maxilares, endureceu seus lábios numa linha reta de cruel determinação. Ali, o ódio de Genaro estancou: havia encontrado o seu lugar. A partir daquele dia, seus lábios seriam como o muro caiado do cemitério. Atrás deles estariam enterradas todas as palavras de um ódio implacável e definitivo que incluía a casa, o Pai, minhas irmãs, as muitas gerações antes e depois de mim, mas que, por alguma razão, me excluía.

Quando os soldados saíram levando meu marido, só então eu não soube mais o que fazer. Exausta, encostei-me à porta e fiquei ouvindo os passos que se afastavam sobre as lajes. Era fácil distinguir os de Genaro: eram os únicos relutantes. Porque não houvessem percebido o que acontecera – os soldados tinham a chave do portão – ou porque o Pai, de alguma forma, as impedira, nenhuma das minhas irmãs veio me consolar. Sentada à mesa da cozinha, os ombros rígidos, a garganta ardendo, os olhos secos, assim eu ouvi o dia começar. Só quando a mão de Máxima pousou, silenciosa e forte, em meu ombro, só então eu chorei.

Minhas lágrimas sempre souberam resistir a tudo, menos ao amor, e era isso que aquela mão me trazia – porque era dessa forma que ela me consolava quando eu era criança e caía do cavalo. Sem dizer palavra, colocava a mão no meu ombro, secava meus olhos, limpava minha roupa e me fazia montar novamente. Sabíamos que, em nossa casa, montar logo após a queda era algo inegociável e valia para todas. Antes que o medo viesse, precisávamos voltar aos arreios, retomar o controle do cavalo. Até mesmo Olga, que sempre foi a mais dengosa, não ousava fazer diferente. Quando voltávamos dessas cavalgadas, Máxima nos servia uma xícara de chocolate quente e nos distraía com suas histórias até esquecermos o susto.

Naquela noite, talvez porque soubesse que o que me acontecera eu jamais esqueceria, ela não contou nenhuma história: apenas ficou ali, ao meu lado. Sentindo toda a força da sua presença, cabeça entre os braços, os ombros sacudidos por soluços, fechei-me sobre mim mesma, como um molusco que se recolhe em sua casca, e cerrei os olhos, os ouvidos, a mente, o corpo inteiro a tudo que havia ao redor. Que nada mais exista além dessas mãos, eu pensava, sentindo-as como se fossem asas a crescer nos meus ombros. Aquelas mãos agrestes, que eu tantas vezes experimentara ler e nunca conseguira, porque nelas as linhas confundiam-se e um sinal desmentia o outro, me consolavam com seu toque de uma leveza surpreendente. Lembro que chorei muito, chorei como se quisesse lavar do meu corpo e da minha mente todos os dias e noites com Genaro. Então, acho que adormeci ou desmaiei, não sei, sei apenas que, ao levantar os olhos, o dia amanhecera, e Máxima havia ido embora.

Sem saber qual deveriam ser meus próximos passos, decidi recomeçar pelas pequenas coisas: esquentaria uma xícara de leite, era um começo. Coloquei o leite para ferver e, encostada à pia, passei manteiga num resto de pão do dia anterior, fiz torradas. Quando terminei de comer, comecei a lavar a louça. Tinha uma estranha sensação de esfacelamento. Olhava para as minhas mãos ossudas, salpicadas pela espuma do detergente, e elas pareciam não me pertencer. Eu não tinha mais um corpo, estava quebrada em pedaços. Meu Pai e Genaro, como se fossem cavalos correndo em direções opostas, me haviam esquartejado. Mas sabia que precisava seguir adiante, não importava o que havia acontecido: eu precisava juntar os pedaços e seguir adiante porque ia ter um filho. Endireitei os ombros – a mãe sempre ensinara que manter as costas eretas é uma das formas de demonstrar coragem –, fui até o banheiro, lavei o rosto, os dentes, penteei os cabelos. De volta ao quarto, abri o armário, escolhendo o que vestir. As muitas cores dos meus vestidos me fizeram lembrar tudo o que eu havia sonhado viver com Genaro. Deixei meus olhos percorrerem aquelas cores sem saber qual escolher, cheguei a pensar que, a partir daquele dia, passaria a usar apenas preto: estava cansada de fingir que não sofria.

Capítulo XXIV

Nacho soube da prisão de Genaro no dia seguinte bem cedo, lá mesmo, no Campito. Quem levou a notícia foi seu Machado, o comprador de pelegos. Ficara sabendo pelo irmão, o dono do armazém. Furioso com o Tio, desejando dar uma surra em Caio – aquele grande filho da mãe –, não conseguia acreditar que tivessem tido coragem de trair Maria Eulália daquela maneira. O italiano não era flor que se cheirasse, todo mundo sabia disso: diziam que andava agora financiando putas para policiais em troca de imunidade, falavam de pequenos objetos – cinzeiros de prata, caixinhas de esmalte, estatuetas de marfim – que ele vendia ou tentava vender para os clientes da Nélida alegando havê-los recebido de presente. Não, ele não era flor que se cheirasse, queria mais que sumisse de uma vez, mas se importava com Maria Eulália. Nada justificava a terem exposto à bestialidade de um bando de soldados invadindo sua casa no meio da noite. Uma agressão inútil: o Tio, se quisesse, poderia ter mantido Genaro sob controle.

    Sentado junto ao fogo, sentindo o chão de terra batida enregelar seus pés dentro das alpercatas, Nacho mexia nas brasas com um pedaço de lenha e refazia mentalmente a estranha conversa que tivera com Maria Eulália antes do casamento, aquela sobre vento e gravetos, aquela sobre inventar o fogo. Sentia uma vontade quase irresistível de ir até Boca do Monte abraçá-la, mas sabia que não iria. Desde aquela noite na casa da Nélida, por mais que tentasse vê-la apenas como a prima com quem compartilhara a infância, não conseguia deixar de vê-la como a mulher cujos cabelos de incêndio assombravam sua cama. Estou mesmo ficando louco, só pode ser, pensou, atirando no fogo a acha de lenha e levantando-se para caminhar pelo galpão. Apenas para fazer alguma coisa, tampou e destampou a lata de erva sobre a prateleira manchada de picumã, limpou um resto de barro nas alpercatas, examinou o trançado de couro que começara a fazer no dia anterior e que não sabia ainda se seria um buçal ou umas rédeas e, sem encontrar alívio, sentou-se novamente, agoniado.

A índia-gringa entrou trazendo uma bandeja com café, um prato de bolachas folhadas, das que serviam no quartel – e que ele buscava toda semana na cidade, porque permaneciam macias por muito tempo – e um naco de manteiga feita em casa. Devia ter adivinhado que hoje ele não ia querer comer na sala, sozinho, e que mesmo a companhia de um simples comprador de pelego era melhor que nada. Como em todas as manhãs, uma cabeça de ovelha chiava devagar numa assadeira sobre o fogo. Nacho cortou um pedaço da carne da bochecha, lambuzou-a com a farinha do vidro que ficava sempre por ali, fez sinal para que seu Machado também se servisse. Mastigou devagar e sem vontade. Às vezes, achava que a índia-gringa gostava dele mais do que devia. Naquela regra de Máxima de a felicidade ser um embrulho na prateleira, gostar dele talvez fosse o que tocara para essa mulher, pensou, sentindo pena dela, mas sem conseguir evitar um reconforto egoísta. Limpou a faca num pedaço de pelego, cuidando pra não tirar toda a gordura – servia pra protegê-la da ferrugem –, e a guardou na cintura. Era a sua mimosa, aquela faca, aço Solingen e o cabo feito de um rabo de tatu. Como lhe dissera um dia Ana Rita: uma faca metade coragem a outra metade medo, não havia aço mais valente do que o Solingen e nem bicho mais medroso que o tatu. Essa lembrança anulou o conforto que o possível amor da índia-gringa havia acendido e o incomodou.

– ...mas, como eu ia lhe dizendo, a coisa foi muito feia.

Nacho sobressaltou-se, tinha se esquecido do seu Machado. Assentiu com a cabeça, voltou a prestar atenção.

– Dizem que eram uns quantos, chegaram ainda de noite num camburão, abriram o portão sem arrombar, deviam ter a chave, pegaram o seu Genaro e o levaram, até agora ninguém sabe pra onde. O meu irmão tentou indagar dos fregueses, eles lhe contaram isso e aquilo, uma coisa desdizendo a outra, porque a verdade é que ver, mesmo, ninguém viu.

O mulato de olhos verdes veio avisar que já estendera os pelegos na frente do galpão. Seu Machado levantou-se, mas Nacho permaneceu sentado. Meio sem jeito, o visitante sentou-se novamente, não podia fazer a triagem sozinho. Os cachorros do galpão começaram a latir. Nacho gritou – passa! – e eles se aquietaram. Seu Machado tirou do bolso da bombacha um maço de palhas, escolheu uma, alisou-a com a faca, picou um pouco de fumo e começou a amassá-lo na palma da mão. Lá do açude, vinham os gritos dos quero-queros e o mugido dos terneiros. Nacho voltou a mexer nas brasas com um pedaço de pau.

– Cá entre nós, seu Nacho – disse o comprador de pelegos, dando uma tragada funda no cigarro –, sem querer lhe ofender, porque sei que ele é meio seu contraparente, mas o tal de Genaro andava por demais, qualquer dia uma coisa assim ia acontecer.

Nacho concordou com a cabeça. Se Maria Eulália fosse sua filha, talvez fizesse como o Tio e desse um sumiço no italiano. Não, não o faria, encontraria uma forma diferente de resolver o assunto. Esse sistema de enfiar goela abaixo sempre terminava em merda, bastava ver o merdeiro no Vietnã. O que o Tio fizera fora inaugurar um Vietnã dentro de casa. Quanto tempo ia durar, não dava pra dizer: igual àqueles *amarelos*, Maria Eulália era boa de emboscada. Levantou-se, espreguiçou o corpo, deu uma espiada burocrática nos peitos da índia, que se abaixara para pegar a bandeja, e convidou o comprador a ir escolher os pelegos.

Lá pelas dez e meia, decidiu ir até Boca do Monte: trocou as alpercatas, perguntou se queriam alguma coisa da cidade, pegou a lista das compras. Ligou a caminhonete e dirigiu-a sem pressa pela estrada poeirenta, imaginando como poderia ajudar Maria Eulália, que certamente estava desorientada. Conseguiu vê-la, sofrida, tensa, embora sem nenhuma lágrima, mas ideias salvadoras não lhe ocorreram. Preciso pensar, ordenava a si mesmo, preciso pensar. Seu Machado dissera que ninguém sabia para onde tinham levado Genaro nem o que acontecera com ele. Quem sabe os amigos de Ana Rita têm alguma notícia, lembrou, e de imediato resolveu procurá-la. Logo seria meio-dia, podia convidá-la pra almoçar, ou melhor, ele se convidaria para almoçar na casa dela, falariam mais à vontade, a cidade fervilhava sob o impacto do ocorrido.

Antes de buscar Ana Rita na escola, passou no armazém, comprou uma língua, cebolas, três cenouras, um salsão, algumas batatas e duas latas de ervilha argentinas. Notou que o bodegueiro o olhava com curiosidade, pronto a puxar assunto sobre os acontecimentos escandalosos que envolviam família tão ilustre, porém Nacho pagou as mercadorias, virou-se e saiu sem se despedir. Assim que o viu em frente à escola, Ana Rita abanou e veio ao seu encontro.

– Chegaste bem na hora – ela disse, dando-lhe um beijo no rosto –, as aulas terminaram neste instante. Vou deixar o Gordini aqui e vou contigo de carona. Imagino que tenhas vindo conversar sobre a prisão de Genaro, assim já vamos falando, mais tarde volto para buscar o carro.

Enquanto Nacho dirigia, Ana Rita, atrapalhando-se na sequência dos fatos, narrou o pouco que sabia. Não, meus amigos da faculdade não têm mais informações, vamos precisar descobrir pouco a pouco, ela disse. Nacho estacionou a caminhonete numa sombra em frente ao apartamento e pegou as compras no banco de trás. Subiram as escadas juntos, ignorando os olhares curiosos dos vizinhos.

– Uma coisa é certa – Ana Rita continuou, enquanto abria a porta –, não se trata de uma prisão política. Faz parte do processo de expulsão do país, o Pai exigiu que acontecesse de madrugada para evitar que Genaro fugisse ou, de alguma forma, reagisse.

– O problema é que se esqueceu de Maria Eulália – Nacho retrucou, irritado, colocando os pacotes sobre a bancada da pia.

Ana Rita reparou, divertida, a forma metódica como ele tirava as compras das sacolas e as arrumava sobre a mesa, como se estivesse em sua casa. Depois, lavou as mãos na pia da cozinha, descascou as batatas, picou o salsão, cortou cebola, rodelas de cenoura, perguntou onde estava a panela de pressão, limpou a língua e colocou para cozinhar com pimenta em grão e um ramo de louro.

– Não tenho que dar aulas à tarde, vou abrir um vinho pra nós – ela disse, tirando os sapatos e indo, descalça, até a área de serviço pegar a garrafa na geladeira. Vai pegar friagem, depois tem cólica e não sabe por que, soou a voz de Adelina em sua cabeça... Arrumou os pratos sobre a mesa, abriu a garrafa de vinho, serviu duas taças e começou a falar sobre a possível participação de Caio em tudo aquilo. Nacho notou que, pela primeira vez, Ana Rita referia-se a ele sem fingir que era apenas seu cunhado. Adivinhou que o caso deles havia terminado, porém não fez perguntas: deixou que continuasse falando, sem interrupções.

– Caio costumava me contar tudo – ela disse, pensativa, bebericando o vinho –, mas sobre o processo de expulsão nunca comentou nada. Eu desconfiava que alguma coisa estivesse em andamento – uma vez ele afirmou que Genaro não podia seguir fazendo parte da família, era preciso dar um jeito naquela situação. Mas como de uma forma ou de outra todos nós dizíamos o mesmo, achei que falava em tese. Quando Máxima me ligou contando o que acontecera, tentei contatá-lo na Auditoria, mas não pôde ou não quis me atender. Foi quando decidi conversar com meus amigos da faculdade. Como já te disse, eles não sabem nada além do que nós já sabemos, mas ficaram de me avisar se descobrissem alguma coisa.

A panela de pressão apitou, Nacho colocou-a embaixo da água fria para liberar o vapor, depois escorreu e descascou a língua, a cortou em fatias, a colocou num refogado de cebolas, sem tomates, misturou a ervilha, o salsão picado, a cenoura em rodelas. Corrigiu os temperos, cortou grosseiramente as batatas, pôs para dourar à parte, numa frigideira com manteiga.

– Esqueci de comentar contigo que eles chamaram minha atenção para duas coisas – continuou Ana Rita. – A primeira é que não devemos nos preocupar demais, porque se o fato de Genaro ser marido de Maria Eulália o condena, também o salva, eles não podem matá-lo. Humilhá-lo, espancá-lo, isso talvez; matar, não. A segunda, é que o melhor lugar para buscarmos alguma notícia é lá mesmo, na casa. Em algum momento, Caio e o Pai vão conversar; quando isso acontecer, precisamos de alguém com ouvidos atentos.

– Eles têm razão. Vou avisar Máxima, se bem que acho difícil discutirem alguma coisa importante perto dela.

– Sabe de quem eu me lembrei? – ela continuou, enquanto Nacho servia os pratos. – Me lembrei de Elisa.

Não é má ideia, ele pensou, dando a primeira garfada e achando que, modéstia à parte, a língua estava uma delícia. Quando terminaram de comer, ajudou Ana Rita a lavar a louça e a levou de volta ao colégio para buscar o Gordini. Sozinho no carro, decidiu que devia procurar Elisa. Não contaria seus planos a Olga, com certeza ela não gostaria que envolvessem a filha naquela confusão. A empregada que lhe abriu a porta disse que Elisa estava na aula de piano. Nacho decidiu que a esperaria e usaria aquele tempo de espera para conversar com Maria Eulália. Mesmo achando que seria inútil, mandou a moça perguntar se ela podia vê-lo. Para sua surpresa, a prima concordou. Conversaram na sala do porão.

Embora estivesse muito pálida e os olhos vermelhos de choro, Maria Eulália pareceu alegrar-se em vê-lo, não se queixou e nem entrou em detalhes sobre o que acontecera. Passou um café para os dois, ouviu com atenção o que ele tinha a dizer. Rogou que não envolvessem a sobrinha naquele assunto, disse ter a convicção de que Genaro estava bem, mas ainda assim pediu que, se descobrissem para onde o haviam levado, a avisassem. Apesar do pedido de Maria Eulália, antes de ir embora Nacho falou com Elisa, explicou o que queria, ela o ouviu muito séria e prometeu ajudar.

Mais tarde, ao voltar para o Campito, perguntou-se o tempo inteiro se teria agido bem. Sem ânimo de entrar em casa, ficou andando para cima e para baixo em frente ao galpão até o sol se esconder por trás da figueira grande. Reparou no céu sem nuvens, no vento calmo, na quietude dos quero-queros, na temperatura que havia subido um pouco: sinal de geada. A vida, às vezes, é uma grande merda, refletiu, tomando um gole comprido da garrafa de cachaça que mantinha fechada a cadeado no armário do galpão. Hoje, tirando a língua com ervilha, não conseguira fazer nada que prestasse. Quando o chamaram para jantar, sem importar-se em respingar a toalha, comeu um prato grande de espinhaço de ovelha com pirão de mandioca e chamou a índia--gringa para um desafogo.

Capítulo XXV

Em pé, ao lado de Elisa, o professor de piano conformava-se. Hoje seria um daqueles dias em que era preciso ter paciência. Nada a fazer: sua vida, por enquanto, dependia dos que podiam lhe pagar. Cobrava caro pelas aulas: isso, de certa forma, o consolava. Oficialmente, fora contratado para dar à menina da casa um verniz de cultura e estava cumprindo sua parte. Não os criticava, sentia até um pouco de pena por demorarem tanto a entender que a casa jamais seria a mesma depois da invasão. Tudo mudara. O tigre, cujas pegadas Elisa lhe contara ter visto no jardim, viera para ficar. Eles ainda não conseguiam vê-lo, sentiam sua presença, percebiam o brilho amarelado dos seus olhos, mas o corpo, o pelo, os dentes continuavam invisíveis. Algum dia isso mudaria, e nesse dia ele estaria lá.

Corrigindo, com uma flanela macia, as pequenas manchas na superfície do piano Bosendorfer, sentia-se forte. Todos naquela casa eram uns pobres coitados, ele pensava, não entendiam a importância do que estava logo ali, ao alcance de seus dedos, incapazes de perceber a força daquele instrumento e da música que ele gerava. Jamais compreenderiam o medo quase religioso que lhe subia pelas mãos ao tocar suas teclas: dentes antigos de um animal faminto, tão ou mais faminto do que o tigre. Suportava aquela gente por Elisa e pela música: enquanto permanecesse, aquele piano era apenas dele. Ficaria muito quieto, esperando o momento certo para agir.

Ninguém podia acusá-lo de nada, o tigre não chegara através dele e nem por ele, viera por dona Maria Eulália e viera também por Elisa, embora a hora dela ainda não tivesse chegado.

Anotações para um romance

Nos dias que se seguiram à prisão de Genaro, a música me usava apenas de passagem: as notas entravam pelos meus olhos, escorregavam pela garganta e, sem tocar o meu coração, voltavam ao piano. Eu não as forçava a seguir outro caminho, não adiantaria, o que descia pelos meus dedos era apenas entulho, restos de pensamentos, pedaços de melodias que se espalhavam pelo pântano instável em que a casa parecia haver se transformado, amontoavam-se em pequenas ilhas e ficavam balançando, de lá para cá, na superfície, sem chegar a lugar nenhum. Sabia que, se tentasse apoiar-me, afundaria; nelas, não havia sustentação.

Durante as aulas eu aproveitava a música para distrair meu corpo, o queria distante, quieto, sentado junto ao professor, entretendo-se com as teclas e deixando minha mente livre para refletir. Muitos homens contra apenas um, muitas armas contra nenhuma, as algemas – tomara não o torturassem –, não conseguia pensar em nada mais. O sofrimento da tia me aterrorizava. Tentei falar com o pai. Não é assunto teu, ele me respondeu. E por acaso era dele? Ou do Avô? Ou de qualquer outra pessoa da casa? Na verdade, hoje consigo ver que sim, Genaro era assunto de todos nós, mas continuo certa de que não podiam ter feito da forma como fizeram. Não perdoo meu pai quanto a isso.

Ouvindo atrás das portas, como Nacho me pedira, fiquei sabendo que Genaro havia sido levado para uma delegacia em Caxias do Sul, a distância acalmaria os ânimos, era o que pensavam. Avisei tia Maria Eulália, ela me agradeceu, o rosto impassível, mas pediu que eu não me envolvesse mais, era perigoso. Coitada, presa na armadilha montada pelo Avô, além de ir visitar Genaro

– o que não me pareceu que quisesse fazer –, não poderia realizar mais nada. O processo de expulsão agora caminhava sozinho, sem interferências. Apenas se ela conseguisse provar que Genaro era inocente teria alguma esperança, mas não havia o que provar, Genaro não era inocente.

Convivendo com o inimigo

Apesar de tentarem me ajudar e de me cercarem de cuidados, não encontrei consolo em minhas irmãs. Talvez por sentirem-se culpadas, tratavam-me com delicadas cerimônias, o que tornou impossível contar-lhes sobre a minha gravidez. Se lhes contasse, estaria apenas multiplicando por mil a culpa que sentiam por não me haverem socorrido aquela noite, quando, na verdade, se alguma delas tivesse tentado, eu talvez a tivesse mandado embora. Para poupá-las, nada disse: preferi deixar o tempo passar. Em algum momento, meu corpo me delataria.

Meu silêncio teimoso incentivou Clotilde a pedir a ajuda do padre Antônio. Terças e quintas à tarde ele vinha até a casa para conversar comigo. Foi de pouca ajuda: eu não queria falar, queria apenas que me deixassem em paz. Lembro que dava a mim mesma a desculpa de que o recebia porque não podia ser grosseira, mas, hoje percebo, um instinto de sobrevivência me levava a isso: teria enlouquecido se passasse todas as tardes sozinha. Assim foi que, terças e quintas, por volta das quatro da tarde, padre Antônio chegava e sentava-se comigo na biblioteca. Ficávamos a maior parte do tempo em silêncio, esperando o tempo passar. Para distrair-me e distrair-se, ele me ensinou a jogar xadrez e permitiu que lesse a sua mão. Foi assim que tomei conhecimento do amor que o consumia. Não reconheci Clotilde na mulher que o habitava, mas comecei a gostar mais dele. Não a ponto de confessar-me, isso não, mas o suficiente para sentir saudades de mim mesma, ao tempo da minha primeira comunhão.

Habituada a ser leal a muitos, Máxima foi a única capaz de enfrentar o caos com tranquilidade e a conviver não apenas com as diferentes reações da família – o triunfo do Pai, a piedade de Olga, a raiva de Clotilde –, mas também com minhas bruscas mudanças de humor. Feito uma menina que já desistira de perguntar aos adultos os segredos do universo, ela apenas continuou vivendo como se nada houvesse, e assim, graças ao seu bom senso, a rotina da casa retomou seu ritmo. Não foi tão difícil. Hoje, percebo que todos queriam esquecer-se de Genaro. Conforme ouvi Agostinho explicar a Máxima enquanto a ajudava a limpar as gaiolas dos canários: seu Genaro era uma berruga, o Doutor fez uma simpatia e a berruga caiu. Notei que Máxima não sorriu e nem tentou corrigi-lo, achara adequado o comentário. Ela me contou, mais tarde, que desde o dia em que ele fizera uma observação sobre tartarugas e pombas – história confusa da qual não recordo os detalhes – havia decidido pedir que a ajudasse a cuidar-me, pois a sutil sabedoria daquela observação a convencera de que seria um bom aliado. Assim, sem que eu sequer notasse, a partir daquele dia e por muito tempo Agostinho foi meu protetor.

Acredito que Máxima jamais imaginou que ele levasse tão a sério essa missão. Sem fazer nenhum comentário, todas as manhãs colocava alguma coisa no parapeito da minha janela: uma folha vermelha, um grilo engraçado, um louva-deus, a casca de um caracol, uma pedra com um buraco por onde se podia ver o outro lado. No início achei que essas pequenas maravilhas eram obra do acaso; aos poucos, me convenci de que não podiam ser apenas coincidência. Passei a observar com mais cuidado e identifiquei o meu amigo secreto, e o primeiro sentimento agradável, o da curiosidade – não era ainda capaz de sentir alegria –, começou a tomar forma dentro mim. Eu tinha agora alguma coisa para a qual acordar todas as manhãs. Descobrir o que Agostinho me deixara durante a noite passou a ser um prazer diário, e só Deus sabe o quanto eu precisava de prazeres àquela época.

Comecei a levar pra dentro do porão aquilo de que mais gostava. Esvaziei uma prateleira do armário das louças e coloquei ali, junto com algumas fotos antigas, um pião de madeira, minha última boneca de pano – lembro que Máxima a fizera pequena o bastante para que eu pudesse brincar escondido quando não estava *mais em idade de bonecas –, um jogo de cinco-marias fabricado por Olga. Ela havia costurado quatro – todos de cores diferentes para não serem confundidos – e com eles brincávamos sobre o banco na escada das glicínias. Hoje me pergunto o que me levou, de certa forma, a querer resgatar minha infância e expô-la ali, naquela prateleira. Talvez o amor pelo filho que eu teria ou quem sabe a culpa por não aceitá-lo sem restrições? A verdade era que, por mais que tentasse, eu não conseguia afastar a sensação de que, assim como o Pai, ele terminaria por roubar o meu futuro e a minha possibilidade de fazer escolhas.*

Embora a razão me dissesse para responder de formas opostas às duas invasões – a do Pai e a do filho –, o pânico me dividia. Até então, eu vivera no amor. Agora, a solidão mostrava-me todas as manhãs a metade vazia de uma cama e me incentivava a odiar. Sim, eu precisava aprender o ódio. Não era fácil esse aprendizado. Se no amor tudo é, ou nos parece ser, finito e fugidio, no ódio, ao contrário, tudo precisa ser definitivo. A verdade era que eu estava habituada a perdoar, e a impossibilidade do perdão me confundia. A ideia de que o Pai não fizera por mal, de que apenas exagerara na proporção do amor que me dedicava, me era recorrente. Como quem combate um pecado, eu tentava afastar essa ideia, havia uma distância enorme entre a intenção e o gesto, dizia a mim mesma, e ninguém, nem mesmo o Pai, tinha o direito de interferir em minha vida, anular minha liberdade.

E se eu preferisse ficar com Genaro, não importava como? E se a faca, o roubo das joias, as ameaças fossem apenas jogos amorosos? Não existem tantos? A decisão de não mais o querer me pertencia e a ninguém mais. Parte de mim, porém, já era capaz de ver a loucura de Genaro sem nenhuma das atenuantes que o amor inventa, e por isso, apesar de tudo, apesar do ódio que eu cultivava, não podia deixar de me perguntar se não seria ele, e apenas ele, meu verdadeiro inimigo. Hoje é fácil ver tudo com clareza, mas, então, a ausência de Genaro, a presença sufocante do Pai e, acima de tudo, aquele filho que abusava do meu corpo ao mesmo tempo em que o preenchia multiplicavam por três minha solidão, criavam um sufocante círculo de amor e ódio dentro do qual eu tentava respirar.

Temia que meu amor de mãe jamais fosse como deveria ser e assim, dividida entre ele e a culpa, com a mesma intensidade, eu queria fugir e queria ficar. Porque eu não contara a ninguém sobre a minha gravidez, havia ainda na casa um silêncio de cofre. A culpa era minha, eu sei, não queria conversar, passava a maior parte do tempo no porão, passeava no jardim ao amanhecer, quando tinha a certeza de que não encontraria nenhuma das minhas irmãs, e durante as tardes, quando a casa se acalmava, refugiava-me na biblioteca. Mandei Agostinho comprar uma lupa mais potente, subia numa cadeira e me distraía tentando identificar pequenas mudanças no desenho da tapeçaria Aubusson. Máxima pusera uma escada de cinco degraus encostada às prateleiras de livros recomendando que a deixassem lá, pois qualquer hora dessas faria uma faxina. Que dona Maria Eulália se distraia com alguma bobagem, ela deve ter pensado ao facilitar dessa forma os meus devaneios.

Capítulo XXVI

Quando o galo cantou alvoroçando o galinheiro, Olga já estava acordada. Ainda que levantar cedo não fosse para ela sacrifício algum, sempre se sentia mais angustiada pela manhã. Era um sentimento denso, pegajoso, inexplicável. Por isso, preferia o anoitecer – com a proximidade da noite ela podia, sem culpa, transferir todas as suas decisões para depois. Naquele instante, no entanto, ela não tinha opção além de enfrentar o dia com suas ameaças. Ligou o rádio baixinho sem prestar atenção às palavras, a voz do locutor lhe fazia companhia. Arrumou a mesa, pôs o leite a ferver. O toque do telefone a sobressaltou. Quem chamaria àquela hora?

– Olga, sou eu – disse Clotilde, ofegante, como se tivesse acabado de subir uma escada. – Tua filha tanto incomodou que, para me ver livre, decidi fazer de uma vez o tal jantar. Como assim que jantar, Olga? Aquele com Miguel e padre Antônio. Parece que os dois conversaram no casamento de Maria Eulália e gostaram muito um do outro. Agora Elisa quer que eu os reúna. Não sei onde estava com a cabeça quando concordei, mas está feito, ontem à noite eu os convidei. Precisas vir me ajudar. Estou sozinha, Maria Eulália já disse que não vem, não está com cabeça para jantares. Marquei para as dezenove horas. Se começamos cedo, terminamos cedo. É certo que vens, não é?

Garantindo que iria, Olga desligou. Estranhava a agitação da irmã. Por que Clotilde estaria desse jeito? Não havia de ser pela comida, para quatro pessoas os dotes de Adelina eram mais do que suficientes. Seria pela conversa? Teria medo de um silêncio constrangedor? Pensou em garantir à irmã que se enganava, Miguel e padre Antônio conversariam noite adentro, tinham em comum todo o Antigo Testamento. Não, também não devia ser isso, Clotilde pouco se preocupava com esses detalhes. A verdade era que, por alguma razão desconhecida, a irmã estava dando importância demasiada a um jantar banal. A insistência de Elisa era fácil de entender, devia estar de namoro com Miguel, um namorico inofensivo destinado a morrer logo adiante. No final do ano ou no princípio do próximo, Miguel voltaria para São Paulo.

Ainda pensando na irmã, Olga apagou o fogo antes que o leite fervesse e começou a arrumar a mesa para o café. Ouviu quando Elisa abriu a janela do quarto, escutou o ranger do guarda-roupa – precisava azeitar aquelas dobradiças – e o barulho do chuveiro. Sua filha havia crescido rápido, todos os dias planejava levá-la à ginecologista, mas ia adiando. Tratava-se de assunto delicado: embora fosse imprescindível prevenir uma gravidez indesejada, não queria dar a impressão de que a estava incentivando a ter relações. Precisava encontrar o tom e a medida certa para aquela conversa, algo que Elisa aceitasse sem sobressalto ou desconfiança. Às vezes achava que não devia se preocupar, Elisa e Miguel conversavam tanto que sequer teriam tempo para se entregar ao amor concreto. Em outras ocasiões, contudo, o temor de que eles já se conhecessem intimamente a dominava. Tirou a manteiga da geladeira para que não estivesse dura quando a fossem usar e começou a passar o café. Pela janela, uma brisa fria trouxe a certeza de tempo seco e um cheirinho bom de pão.

Decidiu ir até a padaria – se fosse ligeiro, ainda daria tempo de comprar o pãozinho quente da manhã. Traria alguns também para Maria Eulália. Graças a Deus, ela parecia sentir-se melhor, a lembrança daquela noite infernal em que Genaro fora levado ainda permanecia como um peso sobre todos eles, mas, com o passar do tempo, o horror vinha se diluindo. Sempre sentira medo do cunhado, um medo irracional, sutil, ainda que contínuo, sem causa aparente, mais pressentimento do que certeza. Agora ele já não podia ameaçar Maria Eulália, tampouco atacar alguém da família, o mal que podia fazer já fizera, logo seria expulso do país e sua figura sinistra ficaria em algum ponto enevoado da memória familiar como o fruto de um pesadelo coletivo.

A dor não pode ser evitada, o sofrimento, sim; como era mesmo aquela frase? Abriu a porta da geladeira, espiou dentro do armário para verificar se não precisava de nada mais além do pão, pegou algumas moedas, a chave e desceu pelo elevador. Na rua, a agitação apenas começava. Talvez encontrasse Carlos, às vezes ele saía cedo para caminhar. Os trabalhadores de uma obra ao lado do edifício assobiaram para ela. Passou muito séria, fingindo que não ouvira, mas ajeitou o cabelo. Voltou apressada, subiu correndo as escadas da casa. Deixou alguns dos pães com Máxima, pediu que os entregasse a Maria Eulália com o seu carinho. Quando chegou ao apartamento, Caio já estava sentado à mesa da cozinha.

– Fui até a padaria, estão quentinhos – disse, colocando os pães na cesta de vime.

Caio não respondeu. Olga alegrou-se ao perceber que o silêncio dele não tinha a menor importância, o prazer dos pãezinhos e a perspectiva de um jantar divertido à noite lhe eram suficientes. Agora tentava apenas usufruir os momentos agradáveis, vivia vagarosamente, com passos de bebê.

***

Padre Antônio chegou para o jantar de Clotilde cedo demais, o sol ainda iluminava a cidade, a calma do fim da tarde recém começava a se espalhar. Pensou em ir embora, voltaria depois, mas era impossível: por uma das janelas do vestíbulo, a empregada já o havia visto. Passou a mão nos cabelos, ajeitou o colarinho e tocou a campainha.

– Faça o favor de entrar – a moça lhe disse, indicando o caminho até a sala –, vou avisar dona Clotilde, ela está na cozinha.

Padre Antônio deu-se conta de que estava nervoso. Já viera muitas vezes à casa, mas nunca o haviam convidado para um jantar mais íntimo. Decidido a esperar com paciência, sentou-se muito reto na beira de uma poltrona e cruzou as mãos no colo.

Pareço uma velha senhora, só falta a saia, pensou, descruzando as mãos e acomodando-se melhor na cadeira. Percorreu a sala com um olhar curioso. No dia do casamento, os móveis estavam todos fora do lugar; hoje, podia vê-la como era. Examinou o cinzeiro de prata pendurado no braço da poltrona: duas carreiras de moedas, uma de cada lado, unidas por uma corrente, o mantinham em equilíbrio. Certificando-se de que não havia ninguém por perto, cheirou-o. As empregadas da casa eram eficientes, nenhum sarro de cigarro. Que perfume dona Clotilde usaria hoje? Lavanda ou jasmim? Apostava que seria lavanda. Havia algum tempo percebera que ela variava os perfumes conforme a ocasião, uma espécie de código. Jamais comentaria nada com ninguém, o segredo de dona Clotilde estava a salvo com ele. Além do mais, se estivesse errado, se o tal código não existisse realmente, ele não corria o risco de passar por tolo.

Vislumbrou uma estátua em bronze de Judite, a heroína israelita, uma bela obra na qual não havia reparado. Levantou-se, colocou os óculos: *E. Villanis* era a assinatura do artista gravada no pedestal. Além dela, notou algumas palavras em baixo-relevo que não conseguiu decifrar completamente. Com esforço, percebeu ser um atestado que garantia a autenticidade do bronze e que havia sido modelada em Paris. Numa obra de arte, a beleza deveria bastar, pensou, tirando os óculos e voltando a se sentar. Judite ou Yehudit, em hebraico, significava simplesmente judia. Embora sofisticada, pois filha do Sumo Sacerdote, Judite fora apenas uma mulher que vivera segundo os valores de seu povo. Poucos sabiam, mas o Livro de Judite era um livro de ficção, não um livro canônico. Em um relance, padre Antônio imaginou que dona Clotilde e aquela distante heroína poderiam ter sido amigas. As duas tinham muito em comum: para salvar sua casa, dona Clotilde também seria capaz de matar.

A luz da rua atravessou a vidraça e refletiu-se nos copos e garrafas de cristal sobre o aparador. Ninguém viera ainda acender as lâmpadas: imersa na penumbra, a sala tinha um aspecto levemente assustador. Sobre um pequeno armário com enfeites de metal, um vaso com flores agigantava-se, e assim, iluminados apenas pela luz do poste, o sofá de veludo e a escrivaninha de pés de leão pareciam demoníacos.

— Padre Antônio, deixaram o senhor no escuro! — Olga exclamou, entrando e acendendo o lustre.

— Não se preocupe, dona Olga, eu estava aqui a conversar com meus botões, que já não são tantos como na época das batinas, mas ainda são em número suficiente para me entreterem — ele respondeu, levantando-se.

— Oi, padre, o senhor se lembra do Miguel?

— Claro que lembro, Elisa. Tudo bem, Miguel?

— O senhor aceita um aperitivo? — perguntou Olga. — Um vinho, um uísque?

O padre disse que, de vez em quando, bebia uma pequena dose de uísque. Enquanto Olga o servia, a porta abriu-se, e Clotilde entrou. Sorrindo, apertou a mão do padre e de Miguel, beijou a irmã e a sobrinha, acendeu os abajures, apagou as luzes do teto, afofou as almofadas, como se tentando deixar tudo mais aconchegante. Usava os cabelos presos num coque frouxo: seu rosto, afogueado pelo calor da cozinha, emitia um brilho nacarado. Está bonita e sabe que está, pensou padre Antônio, tentando identificar o seu perfume. Lavanda ou jasmim? Nem um nem outro, constatou, desorientado. Que cheiro novo seria esse que lhe parecia levemente masculino? O telefone tocou sobre a escrivaninha, Clotilde atendeu, colocou a mão no bocal e chamou o padre.

— É para o senhor, da casa paroquial.

Padre Antônio levantou-se. Havia identificado o aroma: Lancaster, um perfume masculino. Em pé, entre a escrivaninha e a parede, Clotilde lhe estendia o aparelho, o fio era demasiado curto, o lugar apertado, Clotilde deu um passo adiante, o padre também, e, ao escolherem ambos a mesma direção, os corpos se roçaram. Clotilde sorriu, padre Antônio perturbou-se, mas não o demonstrou: sustentando o olhar, estendeu a mão para o telefone.

Ninguém percebeu o que havia acontecido. O padre virou-se de costas, segurou com as duas mãos o aparelho e respirou fundo. Quando, com a voz um pouco rouca, disse alô, ele já havia se lembrado de tudo o que ela lhe confessara sobre o senhor Lancaster.

Clotilde assumiu o seu lugar no sofá, corada e tranquila. Padre Antônio desligou o telefone e sentou-se murmurando uma desculpa. Elisa e Miguel falavam sobre a travessia do Mar Vermelho, Deus abrindo caminhos onde ninguém supunha que pudessem existir. Máxima entrou trazendo um balde com gelo e vinho branco. A copeira distribuiu pratinhos com castanhas e queijo cortado. A conversa sobre o Antigo Testamento animou-se. Olga estava orgulhosa, Elisa falava como se tivesse estudado a Bíblia a vida toda, de onde tirava aquilo? Dela é que não havia sido, muito menos de Caio. Às vezes essa menina parece um filhote de cuco nascido em ninho alheio, pensou com orgulho.

– O jantar está servido, dona Clotilde.

– Obrigada, Máxima. Vamos passando? – Clotilde convidou, levantando-se e liderando o grupo até a sala de jantar.

Padre Antônio comoveu-se com a toalha de linho, a louça inglesa e a floreira de prata a transbordar rosas repolhudas. Há muito não o julgavam merecedor de tantas atenções. A última pessoa a homenageá-lo – de uma forma mais modesta, mas que lhe parecera igualmente suntuosa: copos de vidro e o tampo escovado de uma mesa de pinho – fora sua mãe. Isso, contudo, acontecera numa outra época, quase numa outra vida, muito antes dele ter-se diluído no anonimato do seminário. Logo depois do pai-nosso – que a presença do sacerdote tornava quase obrigatório –, olhares gulosos receberam o cordeiro assado, o suflê de queijo e o arroz com sálvia. Elisa foi a primeira a retomar o assunto interrompido.

– Há algumas coisas em Deus que eu não entendo. Por exemplo, por que Ele não deixou Moisés entrar na Terra Prometida? Quarenta anos andando pelo deserto para morrer ali, bem pertinho, olhando apenas, sem poder entrar!

Por influência, talvez, do vinho, padre Antônio enterneceu-se: gostava das irreverências, uma pena que duravam pouco tempo, logo Elisa aprenderia que nem Deus e nem a vida são justos e que era preciso conformar-se. Lançou um olhar orgulhoso para dona Clotilde: ela jamais aceitaria que Deus lhe impedisse de entrar na Terra Prometida, não sem briga, pelo menos.

– O senhor aceita musse de maracujá, padre?

– *Fruit de la passion* é o nome dessa fruta em francês, dona Clotilde... mas a senhora sabe, é claro.

Deus do céu, que observação infeliz! Deveria explicar que a paixão representada na flor do maracujá era a de Cristo? Não, ficaria pior, todos iam perceber que ele havia pensado na outra, a que nascia dos impulsos terrenos. Clotilde sorriu, tomou um gole de vinho e, magnânima, comentou como eram lindos os cravos, a coroa de espinhos e a cruz de Cristo que apareciam na flor do maracujá. Alguma coisa na sua voz fez com que Olga desconfiasse de que algo estranho estava acontecendo.

***

Numa tarde em que as glicínias já começavam a florescer sobre a escada de mármore e as janelas da biblioteca enchiam-se de besouros, acatando um pedido do padre Antônio Clotilde foi até a casa paroquial. Na verdade, não foi bem a pedido dele: o padre apenas sugerira, menos do que isso, dera a entender que precisava dela ao contar que a empregada de muitos anos fora embora. A filha passara num concurso na prefeitura de Caçapava e a chamara para ficar com os netos, havia deixado uma sobrinha em seu lugar. Péssima funcionária: comida ruim, limpeza medíocre, roupa mal lavada. Clotilde sentiu-se autorizada a concluir que, de uma forma velada, ele lhe pedia ajuda. Há algum tempo que o via abandonado: bem mais magro, as camisas amassadas, os vincos duplos nas calças mal frisadas.

Convicta de que era seu dever de católica ajudar, marchou, resoluta, até a casa paroquial. Tomaria as rédeas da situação, ensinaria a empregada nova, assim como Marta, a irmã de Lázaro, assumira por um tempo, sem pejo, as tarefas domésticas. Por padre Antônio, faria esse sacrifício. Antes de tocar a campainha, ajeitou a gola do vestido. Ninguém a atendeu. Percebendo que a porta estava apenas encostada, entrou. No corredor, cruzou pela empregada que saía. Anotou o horário: quatro e quarenta e cinco. Para estar pronta, de banho tomado, a essa hora, era porque tinha parado de trabalhar lá pelas quatro. Amanhã se entenderia com ela. Perguntou pelo padre: anda lá pra dentro, foi a resposta malcriada.

Clotilde atravessou a sala avaliando a gravidade da situação: os jornais velhos sobre a escrivaninha, o pó nas prateleiras, as mariposas mortas no vidro do lustre, as janelas sujas, havia muito o que fazer. Não encontrou padre Antônio na sala. Bateu de leve à porta do quarto, ainda nenhuma resposta. Encostou o ouvido na madeira e o som monótono de uma ladainha lhe confirmou que, sim, ele estava lá dentro. Decidiu entrar. Se o padre estava rezando, não poderia estar sem roupa, tomando banho ou em qualquer outra situação constrangedora. Entreabriu a porta. Maria Mãe de Deus, rogai a Deus por nós! Ó Virgem Imaculada, rogai por nós! Senhora Aparecida, rogai a Deus por nós! Das Dores, Mãe amada, rogai a Deus por nós! Sim, lá estava ele, ajoelhado, o rosto entre as mãos, rezando em frente à estátua da Virgem. Sentiu uma pena enorme, vontade de pegar aquele homem no colo. Sempre que via um padre assim, ajoelhado em frente da Virgem, pensava numa criança querendo colo. Todos os padres que conhecera tinham essa fixação por Nossa Senhora. Era algo inconsciente e se justificava, talvez, por ser a única mulher que, além de mãe, era também virgem.

Ficou em pé, esperando a reza terminar. Nunca havia reparado como era atraente a nuca do padre Antônio, a pele morena, queimada de sol, rabiscada de ruguinhas brancas, profundas e irregulares, de dentro das quais alguns cravinhos pretos e gorduchos pareciam espiar. Aqueles pontinhos escuros desencadeavam inexplicável sentimento de intimidade – de ternura, quem sabe – e ela experimentou ardente vontade de espremê-los, de passar uma bucha com muito sabonete e, depois, um algodão com álcool. Aproximou a mão. Padre Antônio mais sentiu do que ouviu sua presença, virou-se num sobressalto e ficou a olhá-la boquiaberto.

Clotilde, um pouco sem graça, disse boa tarde, mas o padre continuou como que cristalizado. Ela compreendeu que precisava falar alguma coisa, explicar a que vinha. Tentando fazer sua voz soar tranquila, começou a organizar os papéis e os livros sobre a escrivaninha. Dobrou algumas roupas que estavam sobre uma cadeira, pediu licença, abriu o armário e foi arrumando tudo nas prateleiras, meticulosamente. Agindo assim, como se a sua presença fosse natural, dava a ele tempo de se recuperar. A estratégia funcionou. Padre Antônio levantou-se do genuflexório, em silêncio, e aproximou-se dela. Clotilde, mesmo de costas, sentiu a aproximação do sacerdote e seu corpo arrepiou-se por inteiro. Estava atônita, tudo fugia a seu controle. Num segundo de terrível inquietude, compreendeu que só sabia lidar com as relações que inventava na solidão viciosa de sua vida.

Sempre em silêncio, padre Antônio colocou as mãos nos seus ombros e, com delicadeza, a fez virar-se de frente para ele, fixou os olhos nos dela, pegou suas mãos e beijou-as. Por um longo momento ficaram assim, frente a frente, as mãos dadas, sem dizer palavra. Agora, quando a música tocar, nós começaremos a dançar, Clotilde pensava, tentando suspender a realidade, negá-la, mas o esforço resultava inútil. Ela estava ali, irremediavelmente ali, na casa paroquial, de mãos dadas com um sacerdote que a contemplava com uma expressão indecifrável no rosto. Arrependeu-se por ter vindo, sentiu uma raiva profunda, não sabia bem de quem: se dela mesma, do padre ou da empregada. Sua respiração estava acelerada, percebia a testa úmida de suor, o coração latejante, e então virou-se para ir embora, precisava fugir daquele lugar, esconder-se, desaparecer. Padre Antônio, no entanto, segurou com mais força as suas mãos. Um medo profundo misturado com humilhação a abateu, por segundos ela evocou um de seus piores pesadelos, aquele em que um mar de lama a engolia, vou ser enterrada viva, pensou em pânico, até o padre começar a acariciar lentamente o seu rosto e os olhos de ambos encherem-se de lágrimas.

Capítulo XXVII

Os gritos haviam parado fazia algum tempo. Não tinham sido muitos, mas tinham sido terríveis e, assim que identificara neles a voz de dona Maria Eulália, Agostinho viera. Sabia que não podia fazer nada, dona Maria Eulália estava dentro do quarto e esse lugar, apesar de estar logo ali, do outro lado da parede, lhe era um mundo vedado. Sentou-se no chão, encostado às pedras da casa, tapou os ouvidos com as mãos. Aos poucos, o choro dela se aquietava, e ele também foi se aquietando, ficar em silêncio era a única coisa que podia fazer junto com ela. Um morcego, em voo rasante, passou perto da sua cabeça. Tinha medo do jardim quando ficava escuro, mas a luz que saía do porão era ainda pior, parecia a luz mortiça das assombrações. Abraçado às próprias pernas, ele começou a embalar-se para a frente e para trás, batendo com a cabeça na pedra. Sabia o que havia acontecido, ninguém lhe dissera, mas ele sabia. Dona Maria Eulália tinha parido um anjo Serafim, um desses nenês que nunca veriam Deus Nosso Senhor porque não puderam ser batizados, uma alminha penada que ficaria andando ao léu sem outro nome que não este: Serafim. Era isso o que acontecera e não havia nada que ele pudesse fazer, a vida era assim mesmo, a madrinha sempre dizia que o céu é para Jesus Cristo, Nossa Senhora e uns poucos santos, não é para todo mundo. Tomara enterrassem o nenê de dona Maria Eulália ali mesmo, no jardim, embaixo da árvore, junto com a avó. Assim como ele gostava de ir ao túmulo da mãe no dia de finados, dona Maria Eulália também gostaria de ir ver o filho.

***

– Não adianta, Clotilde. Não sabemos com certeza. Como vamos perguntar? Ela não quer falar conosco. Nem mesmo nos contou que estava grávida!

– Tu não estás entendendo, Olga, eu não preciso perguntar, sei o que houve. E tu, Ana Rita, o que tu achas?

Não devia ter vindo, Ana Rita pensou, agora tinha que dar uma opinião, argumentar, tomar partido.

– Precisamos respeitar o silêncio de Maria Eulália, pelo menos por enquanto – decidiu responder.

– Se formos respeitar silêncios, ninguém mais fala nesta casa – retrucou Clotilde.

– O importante é que ela esteja bem de saúde – insistiu Olga. – Podemos apoiá-la sem nos metermos. Se não falou é porque não quis falar. De que adianta ficarmos complicando a situação?

– De que adianta? Como assim? Adianta e muito – insistiu Clotilde. – Já vi que, como sempre, vou ter que fazer tudo sozinha, foi assim também quando a mamãe ficou doente.

Ana Rita fez sinal a Olga: se ficassem quietas talvez Clotilde se acalmasse. Além de dar carinho e apoio, não havia nada que pudessem fazer nesse momento: nem elas, nem Nacho, ninguém. Pobre Nacho, vinha diariamente até a cidade na esperança de conversar com Maria Eulália, mas ela se recusava a vê-lo. Ele então caminhava pelo jardim, sentava-se sob a parreira despida de folhas e ficava observando a janela do porão. Um dia, Olga decidiu falar com ele. Sentados nas cadeiras de lona junto à mesa de pedra, os dois conversaram por longo tempo. Com o maior cuidado, escolhendo as palavras, Olga lhe pediu que tivesse paciência, era preciso deixar Maria Eulália cumprir todo o percurso de seu luto. Às vezes, passar algum tempo no escuro é imprescindível para que algo novo surja, explicou, como se falasse com uma criança. Assim como no teatro, quando as luzes todas se apagam antes de o espetáculo começar.

O filho que não se fez

Não sei que remédio o Pai usou para me acalmar, sei apenas que, quando acordei, ainda tonta, sentei-me na cama apoiada aos travesseiros e deixei que meus olhos afundassem nas pedras do porão. Examinei a cor escura, as manchas mais claras, os minúsculos pontos brilhantes, os pequenos aclives e declives. Meus olhos agarravam-se àquelas pedras porque eram o que de sólido existia no mundo. Todo o resto era vazio, um vazio vivo e ardente, como o oco de uma lava. Mas dentro da lava não existem ocos, eu dizia a mim mesma. Apesar de móvel, a lava é completa, sem vazios, e na dor que atravessava meu corpo, a começar pelo ventre, o que mais doía era o vazio.

    O que de verdadeiro existe num vulcão é a lava – eu repetia baixinho, como se saber dos vulcões fosse extremamente importante –, todo o resto, a fumaça, as cinzas, as pedras, são apenas disfarces, todo o resto é a montanha fingindo-se de forte, dissimulando o fato de que existe algo maior do que ela. A lava é sempre maior do que a montanha, é a sua solidão, seu oco, seu vazio. A lava é o choro da montanha, tão forte que não pode ser retido, tão grande que não cabe e a montanha não tem outra saída a não ser deixá-lo ir. Se não fizer assim, explode. Algum dia quero escalar um vulcão, chegar perto da cratera, deitar-me sobre as pedras, sentir o calor, adivinhar a lava, ouvir correr lá no fundo o choro da montanha, mas não pode ser agora, eu pensava acariciando o meu ventre. Não, agora eu não podia, agora eu precisava de tempo para organizar minha lava, só depois pensaria no vulcão.

    Jamais saberia se o meu filho morrera ou fora morto. A dor, depois o sangue e o medo me fizeram chamar Máxima, que chamara o Pai. Ele viera e fora eficiente, apenas isso. Nenhuma palavra, nem de acusação nem de consolo, tudo se resumira a eficiência. Eu *não tinha provas, nunca teria, tinha apenas suspeitas, pois meu Pai não era de evitar olhares, ao contrário, e, no entanto, enquanto me cuidava, em momento algum ele me olhara. Por quê? Por culpa? Por constrangimento? Se fosse por culpa, qual delas? Qual das culpas o fazia evitar meus olhos? A de ter expulsado o meu marido? A de interferir na minha vida sem autorização? Ou a pior de todas, a de ter matado meu filho?*

Enquanto me atendia, competente e sério, sem desperdiçar nenhum gesto, ele me transmitia calma, apenas isso: uma calma fria que, embora me incluísse, não levava em consideração a minha dor. Sabia o que ele pensava: se fosse eficiente, perderia o neto, não a filha, e tudo estaria bem. Pois estava errado: nada estaria bem. A suspeita e esse filho não nascido seriam sempre um abismo entre nós. Mais ainda, entre mim e meu pai havia agora um sumidouro – porque mais difíceis de serem percebidos, os sumidouros são mais traiçoeiros do que os abismos – e, dentro de mim, uma dor tão grande e tão insuportável que se naquele instante a morte viesse eu a receberia como um presente. Mas não haveria morte, não agora, quando eu dela mais precisava. As linhas das minhas mãos me diziam que por muitos anos ainda eu teria apenas vida, e a vida não costuma ser delicada. E assim, porque apesar de tudo era preciso seguir vivendo, eu aprenderia a arte de fazer rolar os dias, um após o outro, e quando minha hora enfim chegasse estaria pronta até lá, tentaria organizar a força da minha lava: se não o fizesse, destruiria a mim mesma, explodiria.

Sabia que Agostinho estava lá, do outro lado da parede, o vaivém do seu corpo contra as pedras me embalava. Fazia um calor fora de hora, e os grilos cantavam lá fora. Devagar, quase sem querer, deslizei para o sono, e assim terminou aquele primeiro dia sem meu filho.

***

O tempo passava, e eu, sentada na poltrona junto à janela – meu lugar predileto, porque dali podia ver o pátio de lajes e as glicínias –, com a ponta da unha, riscava e riscava a palma da minha mão, transitava mil vezes o mesmo caminho, percorria vezes sem conta as linhas da vida, do coração e do afeto. Mais uma vez eu adivinhara a tormenta, lera seus sinais. Mais uma vez, não conseguira escapar. Teria sido covarde? Se sim, pagara um alto preço. Sobre a minha cabeça, os passos rotineiros da casa prosseguiam. Minhas irmãs vinham me visitar, mas não tinham forças para ultrapassar os limites que eu havia criado. Ali no porão me sentia segura, via sem que me vissem, ouvia sem que me ouvissem, e eles, certos de que podiam controlar meus passos, me deixavam em paz.

Embora não estivesse frio, eu havia trazido da biblioteca a manta xadrez e a usava sobre os ombros como se dela viesse uma proteção mágica ou como se ela fosse o abraço que eu não permitia que me dessem. Sentada naquela poltrona, as pernas encolhidas sob o corpo, ouvia o respirar de Agostinho encostado à porta, esse respirar já se havia incorporado à minha rotina. Dobrada sobre mim mesma, envolta no meu casulo de lã xadrez, eu poderia me comparar a uma crisálida se, no porão, houvesse borboletas. Não, eu não era uma crisálida. Como dissera um dia para Elisa que aconteceria, eu havia me transformado em uma lagartixa, uma lagartixa decepada. Durante algum tempo o pedaço arrancado do meu corpo agitara-se independente de mim, doera independente de mim: agora, pouco a pouco, eu me reconstituía.

Minha mágoa mais profunda era saber que do meu filho não nascido nada ficara, nenhum objeto, nenhuma lembrança, nada. Ninguém jamais perguntaria: este brinquedo pertencia a ele? Esta roupinha? Eu não tivera tempo de aprender a gostar dele. Não tivera tempo de saber se era menino ou menina, de ter certeza se trazia ou não, dentro de si, a loucura do pai. Teria crescido prepotente como o Avô? Eu nunca saberia. O que perdera não fora um filho, fora a ideia de um filho. Isso não significava que doesse menos, ao contrário: porque nunca fora uma pessoa real, eu podia colocar nele todas as virtudes, podia imaginá-lo como quisesse. Não, talvez eu ainda não o amasse como se ama um filho. Só depois que nascesse, humano e imperfeito, eu poderia amá-lo de verdade. Era por tudo isso que eu não conseguia falar sobre ele com ninguém, nem mesmo com as irmãs. Não queria falar sobre um feto, queria falar sobre um filho. Mas falar o que, se eu nunca tive filhos?

Máxima, como sempre, cuidava de mim. Desde o primeiro dia, batendo de leve na porta, ela entrava, enchia a pia da cozinha com água e colocava ali dentro as flores e galhos que colhia no jardim. Então aproximava-se de mim em silêncio e me olhava nos olhos, bastava-lhe isso para saber como eu estava. Lembro-me de seu vulto desenhado contra a luz da janela, o vestido cinza impecável, a gola branca engomada a sublinhar seu rosto eternamente jovem. Sempre em silêncio, ela varria o quarto, colocava os travesseiros para arejar, limpava o banheiro, afofava as almofadas e, por último, trocava a água dos vasos e ajeitava as flores. Enrolada na manta xadrez, eu deixava que meus olhos a seguissem pelo espaço penumbroso do porão, como antes seguiam as abelhas sobre as uvas do jardim. Ah, tão distante me parecia o jardim àquela época, distante demais.

– Perto do meio-dia venho lhe trazer o almoço. Tem salada na geladeira, dentro do pote marrom. Adelina mandou lhe dizer que amanhã vai fazer costeleta de ovelha com curry – Máxima me disse, um dia.

– A mãe adorava esse prato. Quem sabe, amanhã, me animo e vou comer na casa? – respondi.

Ela sorriu com cara de quem não acredita mas não perde a esperança, e foi nesse dia que eu comecei a voltar. Não sei até hoje por que aconteceu, talvez porque a ideia vinha se formando lentamente em mim, talvez porque me lembrei de minha mãe ou talvez porque, do outro lado da parede, Agostinho suspirou. Sei apenas que, assim que a porta se fechou atrás de Máxima, eu percebi que estava à beira do abismo e não queria cair. A partir daquele dia, eu escutaria os apitos dos trens, o barulho da cidade, o cantarolar da lavadeira no tanque, os passos de Adelina na cozinha, deixaria que cada um desses ruídos familiares me penetrasse com seus minúsculos consolos e retornaria à vida.

    Meu maior conforto, contudo, além de Máxima, sempre foi Agostinho. Hoje percebo com clareza que, sem pensar, sem exigir, ele me amava, amava-me de um amor puro como o dos bichos, amava-me por instinto; sua acanhada presença junto à porta era como um anzol fisgando-me para a vida, e foi por ele que, finalmente, num dia triste de garoa fina, iniciei um ritual que se tornaria diário: abri a porta e saí para o jardim. Sem dizer palavra, Agostinho levantou-se e caminhou atrás de mim. Andamos a esmo sobre as lajes molhadas do pátio. Juntos, escutamos a casa e o jardim, passamos sem ver pelo unicórnio, pelas magnólias se acendendo, uma a uma, como se já fosse Natal, e pelo liquidâmbar, ainda despido de vermelhos. Cada um desses passos silenciosos me fez renascer, e foi assim, em silêncio, longe das palavras que nada explicavam, que minha vida prosseguiu.

Anotações para um romance

Logo após o aborto sofrido por tia Maria Eulália, numa tarde azul e ventosa, esgueirei-me até o fundo do pátio para conversar com Oli. Esgueirar é o verbo certo. Um medo e um pudor desmedidos me levavam a agir dessa forma, como se falar com ele fosse algo íntimo ou mesmo um pouco vergonhoso. Tanta coisa acontecendo, a casa triste, a vida de todos nós passando como se a felicidade não existisse, e ninguém falava comigo às claras. Àquela época, pelo menos em nossa família, sobre certos assuntos não se falava, e esses assuntos, por não serem comentados, se agigantavam como enormes abscessos que ninguém tinha coragem de lancetar. Por uma conversa que entreouvi num dia em que cheguei mais cedo do colégio, fiquei com a impressão, jamais confirmada: havia na casa uma desconfiança terrível de que o aborto não havia sido espontâneo. Nosso Pai jamais..., ouvi mamãe exclamar indignada para calar-se assim que me viu. Aquele fragmento de frase transformou o que poderia ser apenas um segredo de família em algo enorme e assustador. Oli talvez não fosse a melhor pessoa para falar sobre o assunto, mas era *alguém*, e assim, naquela tarde ventosa, eu me esgueirei até ele.

Encontrei-o perto do bambuzal, sentado na pedra costumeira. Acariciava a cachorrinha Baleia e olhava o vazio, ou o que quer que fosse que seus olhos vissem no vazio. Em silêncio, me sentei à sua frente em outra pedra, a que eu chamava de minha, um pedaço de quartzo que aflorava redondo e amarronzado da terra do jardim. Oli me dissera que, se um dia eu o quebrasse, encontraria uma caverna de cristal roxo e cintilante onde coisas mágicas aconteceriam. Era quase sempre ali que conversávamos, Oli e eu. Apenas quando chovia ou fazia muito frio ele me convidava para a salinha pequena e quase nua do porão. A porta ficava aberta por questão de respeito, para que quem passasse pudesse nos ver. Na parede de pedra, um calendário – que ele mantinha apenas pela estampa: um vulcão cercado de cerejeiras – marcava continuamente o ano errado. Lembro perfeitamente o sofá velho e confortável, a geladeira à querosene e, em uma prateleira onde ele guardava a cuia e a garrafa térmica para o mate, os quatro retratos. Um do Vovô e o outro do pai do Vovô ao lado de um menino negro, com certeza um escravo ou filho de escravo, um terceiro mostrando mamãe e as tias, e o último e maior deles, a mim segurando as rédeas do cavalo rosilho. Porque nessas fotos éramos todos crianças e estávamos no mesmo lugar – em frente ao açude da estância, com um sol enorme entrando terra adentro, feito moeda no cofre –, sempre tive a impressão de que no quarto de Oli nossa família sobrevivia intacta num tempo que amarelecia os retratos, mas não matava.

De qualquer forma, naquela tarde sobre a qual falo, não chovia, e, portanto, Oli e eu nos sentamos no lugar de sempre, perto do bambuzal. Confesso que havia ensaiado a conversa que desejava ter com ele, preparara perguntas, inventara até mesmo respostas e, ainda assim, não sabia como começar. Sem me dar atenção, ele tomava mate, olhar perdido na mansidão da erva, o rosto distendido numa paz ancestral. Vez ou outra abaixava a mão e acariciava Baleia, deitada a seus pés. Tomara que ele comece a falar, eu pensava, embora tivesse a certeza de que não o faria, pelo menos não sobre tia Maria Eulália. Lembro que estava irritada e com vontade de chorar. Não é justo, ninguém conversa comigo, eu choramingava, cutucando a terra com a ponta do meu sapato. Sem importar-se com meu rosto amuado, Oli terminou o mate, ajeitou a térmica no chão irregular, colocou ao lado dela o tripé com a cuia. Parecia esperar por alguém, e acho que realmente estava, porque Máxima apareceu. Ela raramente vinha até os fundos do quintal, seu território era a casa. Talvez me tenha visto escapulir, talvez, de alguma forma, Oli a tenha chamado, não sei, sei apenas que guardo desse encontro, assim como daquela tarde com Miguel e os tucanos, uma lembrança mágica.

Acomodando-se ao meu lado, Máxima acariciou minha mão e, com voz pausada, como se tivesse medo de esquecer os detalhes, começou a contar a história que anos depois eu contaria para meus filhos, e eles, com todas as mudanças que o tempo sempre acrescenta às palavras dos homens, algum dia certamente contarão aos meus netos. Talvez houvesse um ritmo diferente, talvez as palavras que ela usou tenham sido mais simples. Cada vez que reconto essa história ela parece ficar mais parecida comigo, mas a narrativa, tal como a recordo contada pela voz de Máxima, era assim:

Numa cidade encantada, cercada de morro e vento, moravam as três irmãs. Uma delas, a mais moça, na varanda de begônias, bordava canções no lenço e esperava o Amor. Ele vinha às quatro e meia, correto, sério e pontual. Só dia ou outro não vinha. Sempre que não o via descer da porta do trem, a irmã mais moça chorava, sujava o rosto com cinzas, não bebia, não comia, vestia luto e carpia. Monótono e sem sentido, o seu choro resvalava pelas tardes e manhãs. Nesses dias, quem a visse pensava: jamais amou. O que não era verdade: um dia antes, se tanto, o Amor certo e pontual segurara a sua mão. Porque pedia certezas e o fazia sentar-se onde pudesse vigiá-lo, numa certa terça-feira o Amor a abandonou.

A mais velha das irmãs, embora igual às outras esperasse pelo Amor, não chorava se não viesse. Sentada à mesma varanda, cantava, lia, rezava, rebordava passarinhos e deixava a vida passar. Sabia que havia amor, podia vê-lo no trem: era alto, era bonito, vestia uma gabardine e um chapéu Panamá. Ainda que sempre o visse, não o queria chamar. Ao saber dessa mulher que dele nada exigia, o Amor quis conhecê-la. Foi disfarçado de rei, soldado, padre e ladrão. A cada dia, um rosto, uma roupa, um perfume. Toda vez que o descobria, ela, faceira, sorria, o olhava bem nos olhos e nada mais lhe pedia: feito homem, feito bicho, feito peixe no anzol, ele a ela se entregou.

A irmã do meio vivia numa brecha escavada entre a mais velha e a menor. Assustada, desconfiada, uma arisca lagartixa, aprendeu a camuflar-se. Sabia que havia Amor, que ele um dia viria, mas sentia muito medo quando avistava no trem o alto vulto moreno, com a capa de gabardine e o chapéu panamá, ficava da cor das pedras, da grama, de um galho podre. Libélulas e mosquitos lhe avisavam: ele é ruim. As cobras, porém, diziam: dentro do ruim tem o bom. Porque a todos ouvia – cobras, sapos, borboletas, estrelas e querubins –, a esquiva irmã do meio não sabia o que fazer. Inventava mil desculpas, fingia que não queria, fingia ter outro alguém. Fingir assim nunca é bom, o amor finge também, diz que vem na segunda e na segunda não vem, despreza uma quarta-feira, deixa passar o domingo e, quando ninguém espera, ressurge no mês que vem.

Mentindo um para o outro os dois se foram enganando, machucando, adiando, mudando sempre de trem. Vais me ler, vais me sonhar, me invejar em beijo alheio, não saberás onde estou, cochichava-lhe o Amor. Vou te inventar nos meus sonhos, nas cartas do meu tarô, nas linhas de muitas mãos, algum dia serás meu, respondia-lhe a irmã.

E assim, nesse brinquedo, um longo tempo passou. Houve morte, houve tristeza, houve desastres de trem, mas o Amor persistiu. Feito fantasma encantado, permaneceu ao seu lado, mudou de corpo e de nome e, quando enfim se amaram, nenhum dos dois percebeu que se haviam encontrado.

Capítulo XXVIII

Aqui não tem Deus, nem Nossa Senhora, nem pátria, nem bandeira, só tem tu e nós... Caio seguia adiante na leitura do processo, mas voltava sempre para reler essa frase, ela constava do depoimento de uma freira que havia sido interrogada. O que o impressionava era a absoluta solidão daquele tu e nós. Um punhado de seres humanos respirando ao mesmo tempo, numa mesma sala, mas à aterrorizante distância um do outro, vivendo em mundos incomunicáveis, sem negociação possível; mundos que se opunham, absolutamente distintos, o dos porões e o dos quartéis onde, apesar de tudo – assim como ali, na Auditoria –, a rotina persistia: soldados juravam à bandeira, batiam continência, cantavam o Hino Nacional, torturas aconteciam e registrava-se tudo nos arquivos oficiais.

Largou o processo sobre a escrivaninha. Estava cansado de fazer de conta, cansado de ver os ideais de cabeça para baixo, a vida de cabeça para baixo; cansado desse tempo sórdido. Olhou o relógio, quase dez horas. Os piores horários eram esses, os do meio do expediente, quando as providências iniciais já haviam sido tomadas, a tarefa do dia definida, restava executar. Era nessas horas que ele ficava cara a cara com o seu trabalho e não gostava do que via. Se pudesse, ligaria para Ana Rita, mas, assim como a freira e seus torturadores, eles estavam agora a quilômetros de distância um do outro, seus mundos eram incomunicáveis. Mandou tudo, inclusive Ana Rita, à puta que pariu, fechou a pasta do processo, juntou os documentos, trancou-os na primeira gaveta da escrivaninha, deixou o casaco pendurado no encosto da cadeira e saiu.

Daria uma volta, iria até o bar. Não o da esquina, nesse sempre havia alguém tomando um cafezinho e sorrindo para o seu conhaque – a artimanha de misturá-lo ao café não funcionava mais. Pegaria o carro e iria até um bar discreto, um pouco mais longe. A censura também está me atacando, pensou, meio rindo e meio sério. Se eles se ocupassem apenas com a segurança nacional, a ordem política e social, essa conversa toda, ainda dava para entender, mas agora atacavam tudo que pudesse ofender a moral média do brasileiro. Ora, fizessem o favor! Que moral? Que média? A qual brasileiro eles se referiam?

Parou o carro na esquina e foi a pé até o bar, não havia por que se expor. Chegou devagar, olhou para dentro como quem não quer nada. Nenhum conhecido. Entrou, pediu um conhaque, ainda que precisasse voltar ao trabalho, escolheu uma mesa nos fundos, acendeu um cigarro. O rádio tocava Elizeth Cardoso, e ele concluiu que a vida na verdade era uma enorme dor de cotovelo. Se perguntassem a qualquer um, direto, olho no olho, qual a sua tristeza, ele contaria sobre um grande amor ou sobre a falta dele. E, no entanto, aquela música, em vez de fazê-lo pensar na enorme confusão de seus amores, o fez pensar em Elisa. Era uma boa menina. Por que não conseguia falar com ela? Dizer o que sentia? Comentar os bilhetes que ela deixava por toda a casa pedindo para que não bebesse, bilhetes infantis que viravam sua vida de cabeça para baixo. Elisa estava crescida demais para acreditar nesse tipo de mensagem e, ao mesmo tempo, menina demais para se preocupar com ele.

Ontem ela saíra com Olga para fazer compras e viera, toda contente, até a sala lhe mostrar o maiô novo. Fora assustador ver sua filha dentro daquele corpo de mulher. Sua criança era uma mulher e era também ainda uma menina às voltas com o colégio, as aulas de piano, uns sonhos vagos e absurdos de fazer cinema ou escrever um livro. Uma menina (ou uma mulher?) que chorava por qualquer coisa, morria de pena de quase todo mundo e, nas horas vagas, escrevia ensaios. Sem ter certeza de nada, sem saber sequer qual vestibular faria, ela o incomodava com perguntas constantes, tinha opinião formada sobre quase tudo e, de repente, revelava-se de uma ingenuidade tão descomunal que o deixava espantado. Essa menina-mulher, sua filha: precisava cuidar dela.

Tentaria convencer o Sogro a financiar um curso nos Estados Unidos, um intercâmbio, não podia correr o risco de que, por uma dessas maluquices, fosse Elisa a escutar aquela frase: aqui só existe tu e nós... Chamou o garçom, precisava beber alguma coisa mais forte. Como Miguel dissera um dia, Deus era amigo dos borrachos, todos os patriarcas da Bíblia tomavam porre. Precisava conversar com Olga sobre Miguel, não sabiam quase nada dele, podia ser maconheiro, drogado, paulista malandro. Não tinha cara, mas os piores são os que não têm cara. Engoliu o conhaque de um gole, pediu outro, até quem escrevera a Bíblia percebia o quanto era difícil viver sem bebida. Todos percebiam, todos, menos Elisa e seus bilhetes.

***

Não vim aqui pra explicar, vim pra confundir, era o que Chacrinha dizia no seu programa da televisão. Nunca saberia que numa pequena escola do interior, da qual ele jamais ouviria falar e onde jamais entraria, fora exatamente o que, através de Ana Rita, ele fizera. Às vezes é preciso mesmo confundir, ela pensava, reunindo os trabalhos dos alunos e os colocando na pasta. Pedira a eles que escrevessem sobre o apresentador, o convidassem para um jantar fictício e conversassem com ele. Tema fácil, era uma figura familiar, todos o conheciam do programa, até Adelina lia a coluna que saía uma vez por semana no jornal da cidade. Quanto mais confusões vocês inventarem nesse jantar, melhor a nota, ela havia dito. Estava contente, os alunos haviam sido bem criativos, já se dera conta de que seriam trinta e dois Chacrinhas diferentes. Estava sendo divertido corrigi-las, terminaria em casa, durante o final de semana.

O semáforo fechou, ela parou o carro e, distraída, olhou para o outro lado da rua. Viu Caio, completamente bêbado, tentando acertar a chave na fechadura do Opala. Não podia deixá-lo assim, corria o risco de ser atropelado. Ligou o pisca alerta, estacionou o Gordini e ficou observando. Nunca o havia visto tão embriagado, não de dia, pelo menos. Ficou decidindo o que fazer. Telefonar para Olga seria transferir o problema para outra pessoa e constrangê-la. Esperaria um pouco, pensou, ajustando o espelho retrovisor. Nervosa, esfregou as mãos no guidom, como se estivesse sujo. Não podia fingir que não se importava e deixá-lo ali. Um dia fora apaixonada por aquele homem, um dia tivera a certeza de que o amava, e, mesmo que tivessem terminado, ele continuava sendo o marido de Olga. Desceu do carro, atravessou a rua e, sem dizer palavra, encostou-se ao Opala ao lado de Caio, cruzou os braços e esperou. Primeiro, ele a fitou como se não a conhecesse, ela continuou calada, esperando.

– Ana Rita, estava pensando em ti, estava mesmo pensando em ti – ele disse enfim, cambaleante, tentando abraçá-la.

Ela teve nojo da voz pastosa, do cheiro de bebida, das roupas amassadas, da braguilha meio aberta, mas ajudá-lo era algo que se sentia obrigada a fazer.

– Estava passando e te vi aqui – disse, forçando um sorriso. – Quem sabe sentamos para conversar um pouco?

– Vamos pro teu apartamento, Ana Rita, a gente conversa lá, estou com saudades tuas.

– Não posso, tenho que voltar para o colégio, conversamos aqui mesmo, no teu carro. Me dá a chave.

Caio, o corpo pendido pra frente, um fio de baba escorrendo do pelo canto da boca, abaixou a cabeça, parecia não entender bem o que ela havia dito. Mesmo com a mão apoiada no Opala, não conseguia manter-se firme.

– Discuti com o filho da puta daquele garçom – ele murmurou, depois de algum tempo, apontando com o queixo o bar logo adiante. – Eu estava falando de política, nada de mais, só dizendo o que eu penso, e ele me mandou sair, disse que eu estava era procurando briga. Que briga, Ana Rita? Diz pra mim, que briga?

Eu sou lá de procurar briga? – esbravejou, furioso, aproximando o rosto dela e a salpicando com saliva.

– Me dá a chave, Caio, eu abro o carro, a gente senta e tu me contas como foi.

Ele entregou a chave, parecia que a qualquer momento ia começar a chorar. Ana Rita abriu a porta do passageiro e o fez entrar. Sentou-se no banco do motorista, deixou que falasse sobre a briga no bar, o trabalho, sobre Olga e, principalmente, sobre Elisa.

– Eu não mereço a minha filha, eu não mereço aquela guria, não mereço Elisa, também não mereço Olga, sou um grande merda, é isso que sou, mas eu te amo, meu amor – repetia estendendo a mão por cima da palanca de mudança para pegar o braço de Ana Rita. Ela encolheu-se novamente, Caio percebeu. – Não precisa ter medo, eu não vou te agarrar. Só estou tocando o teu braço. Acho que isso não tem importância, tem?

– Não, Caio, isso não tem importância.

Ele apoiou a cabeça para trás, no encosto do banco, fechou os olhos e, segundos depois, estava roncando. E agora?, ela pensou. Podia, é claro, levá-lo em casa, mas e se Elisa estivesse por lá? Não queria que visse o pai naquele estado. Resolveu que daria umas voltas, deixaria que dormisse, seu único compromisso no colégio à tarde – uma reunião com a professora de moral e cívica – não era difícil de cancelar. Saiu do carro, entrou no bar, ligou para a escola avisando que não poderia ir. Depois, voltou ao Opala e dirigiu sem rumo pelas ruas. Pensou em Olga e suas costuras, no dinheiro curto, nos ônibus que pegava e teve vontade de estapear Caio. Estacionou o Gordini à sombra de uma árvore, recostou-se no banco, tentou pensar em outras coisas, mas Olga, Elisa e Caio ficavam indo e voltando em sua cabeça, feito bolas contra uma parede. Tinha a obrigação de cuidar deles, de impedir que se extraviassem. Lembrou-se de quando as irmãs eram pequenas: se uma delas não conseguia dormir, o Pai a colocava deitada no banco de trás do carro e rodava pela vizinhança até que adormecesse. Ela jamais fora levada em um desses passeios. Sozinha no seu quarto, também sem conseguir dormir, ouvia o carro sair e voltar.

Caio deixou escapar um ronco mais forte e acordou. Olhou-a, confuso. Ana Rita decidiu dar-lhe um pouco mais de tempo, não disse nada, apenas ligou novamente o carro e recomeçou a dirigir.

– Eu estou indo embora, Ana Rita. Não conta para ninguém, mas eu vou embora – ele disse, depois de alguns minutos.

– Embora pra onde?

– Para o Chile. Eles estão saindo e eu chegando. Não vou conseguir asilo político, não é estranho isso? Eles assaltaram, sequestraram e ganharam asilo. Eu não. Eu vou como turista, passo algum tempo, saio, volto, vou levando a vida. Não me animo a contar minha decisão nem para Olga, nem para Elisa: vou deixar um bilhete. Elisa, faz algum tempo, me escreve bilhetes, sabias? Moramos num apartamento de dois quartos, dividimos o mesmo banheiro, e minha filha fala comigo através de bilhetes. Vou usar a desculpa de um tratamento para parar de beber, isso irá consolá-la. Não é estranho que as mentiras consolem mais do que a verdade? Posso fumar?

Ana Rita fez que sim com a cabeça. Caio abriu um pouco mais o vidro do carro e acendeu um cigarro.

– Elisa vai se conformar – ele continuou –, pode ir me ver nas férias. As coisas ainda estão confusas lá pelo Chile, mas a confusão me serve. Tenho um amigo em Valparaíso: até conseguir me ajeitar, fico na casa dele. Nem sei por que te conto tudo isso – disse, esfregando o rosto e passando as mãos pelos cabelos, num gesto que ela conhecia bem. – Acho que é porque sempre te contei tudo. Talvez esteja falando porque não podia ir embora sem te dizer que te amo, Ana Rita, sou um filho da puta bêbado e medroso, mas te amo.

Ela não soube o que dizer, não o amava mais, talvez jamais

o tivesse amado realmente, mas saber do amor dele a consolava, tornava o que havia acontecido entre eles menos perverso. Estendeu a mão e acariciou a de Caio.

– Estás bem? – perguntou baixinho, sem saber por que sussurrava.

– Não, estou péssimo – ele respondeu, com um sorriso tristonho. – Mas já posso dirigir. Deixaste o teu carro perto daquele bar? Vou te levar até lá e depois vou pra casa.

Capítulo XXIX

Desgraça pouca é bobagem, Nacho pensava, acelerando a caminhonete, movido por uma raiva surda e irracional. Não sabia o porquê da pressa. Hoje, pouco poderia fazer. Escurecia, as lojas deviam estar fechando suas portas, e logo nas ruas de Boca do Monte reinariam apenas os cães e os bêbados. Ainda assim, não se arrependia de ter vindo, não podia deixar o mulato passar a noite daquele jeito. O pobre não se queixava, mas as dores deviam ser muito fortes. Quebrara umas costelas, ao que parecia, com um pouco de sorte talvez não tivesse perfurado um pulmão, mas, de quando em quando seu olho cor de bolita se fechava como se o sofrimento se tornasse insuportável. Não era um bom peão, mas não dispunha de nenhum outro, até simpatizava com ele, embora tivesse certeza de que era um grande safado. Hoje apenas o deixaria no hospital, encaminharia o atendimento, e amanhã bem cedo, assim que a ferragem abrisse, compraria as lonas, as telhas, a lista inteira dos materiais e retornaria para o Campito.

Lembrava agora que Maria Eulália o avisara para tomar cuidado com os ventos. Mas como se pode tomar cuidado com uma força sobre a qual não se tem nenhum controle? Cada vez se convencia mais de que ela tinha algo de bruxa, um poder misterioso que lhe permitia antecipar o futuro. Ele nunca acreditara na existência de nada que não fosse concreto, visível, palpável. Era um homem da terra, duro, realista; contudo, Maria Eulália o desconcertava. Por precaução, nunca a deixara ler sua mão. Uma bobagem, um terror infantil, talvez medo de que ela o visse morrendo dali a pouco ou, pior, doente, imobilizado em cima de uma cama sem poder trepar nem mesmo com a índia-gringa? Se ela vaticinasse algo assim, passaria a vida infeliz, esperando o desastre.

Lembrou-se daquela tarde de sábado, havia cerca de um ano, quando ela, inesperadamente, apanhara a sua mão, virara a palma para cima e começara a examinar-lhe as linhas com muita atenção. Seu primeiro impulso fora impedir que ela continuasse. Depois, pensou que esse gesto seria ridículo, ginasiano, indigno de um homem, e deixou que prosseguisse. Além do mais, o roçar dos dedos de Maria Eulália na palma de sua mão era agradável, quase sensual. Então ela interrompeu o que ele já pensava ser um afago e disse com voz preocupada: toma cuidado com o vento, Nacho, muito cuidado! Apenas isso, sem qualquer explicação: cuidado com o vento.

Naquela ocasião, ele sorrira e dissera que sim, que ficaria atento, mas não dera nenhuma importância ao presságio. Com a passagem dos dias, esqueceu-se por completo daquela tarde até que sobreveio a tempestade, acompanhada de um vendaval como nunca se vira em toda a região. Na fazenda, os estragos tinham sido grandes: dezenas de eucaliptos e outras árvores no chão, o galpão inteiramente destelhado, algumas das venezianas da casa arrancadas de seus marcos. Já a paineira velha, localizada a mais ou menos três metros à esquerda do túnel que o vento formara em sua trajetória, saíra ilesa, não perdendo sequer um galho.

Nacho acendeu os faróis. Às margens da estrada esburacada e cheia de lama, os gravatás projetavam sombras disformes. Nos campos envoltos pela luz difusa do crepúsculo, árvores derrubadas e ranchos destroçados. Sentiu certo reconforto ao pensar que, apesar de tudo, no Campito as consequências da tormenta poderiam ter sido piores, afinal, o mulato escapara da morte. Uma lebre cruzou à frente da caminhonete, parecia um fantasma correndo agachado. Ao longe já se avistavam as luzes da cidade. Quem sabe eu ainda possa falar esta noite com Maria Eulália, dizer que ela acertou ao prever o efeito demolidor do vento, pensou. Um sacolejo da caminhonete e o mulato gemeu outra vez, agora mais forte.

— Agora já estamos perto — disse, para serenizar o ferido e a si mesmo.

Apalpou o bolso da camisa em busca de um cigarro, logo lembrou que parara de fumar. Reduziu a marcha e curvou-se para abrir o porta-luvas em busca de algum maço esquecido. Nada. Melhor assim, consolou-se, já estava sem fumar havia vários dias, aguentava.

— O senhor acredita em *enterro*, seu Nacho?

Nacho estava tão distraído que a voz do outro o surpreendeu. Demorou um pouco para entender que ele não se referia a enterro de defunto, mas a tesouro enterrado. Fingiu que não tinha ouvido, atrás da pergunta tinha alguma intenção oculta... O mulato ficou por um tempo olhando a cidade piscar logo adiante e depois continuou.

— Pois o senhor sabe que tenho sonhado com um já faz um tempo? É na casa do seu tio. Subo por uma escada branca, passo perto de um poço, no céu tem uma lua que parece uma talhada de melancia, desço num porão e o senhor está lá me esperando.

Mas é safado, pensou Nacho, deve ter ouvido alguma história sobre tesouro escondido e está querendo procurar no porão da casa. Nada de bom podia sair daquela história sem pé nem cabeça, concluiu e, pegando um chiclete do bolso do casaco, acomodou-se melhor no banco da caminhonete para aliviar uma dor na altura dos rins. A ideia da velhice lhe passou pela cabeça. As primeiras casas da cidade foram surgindo, pelas janelas viam-se as luzes acesas. A vontade de fumar voltou mais forte.

Estacionou a caminhonete bem na frente ao Hospital de Caridade. O setor da emergência estava, como sempre, lotado. Pediu pra chamarem a enfermeira Gorete, chefe da internação, eles haviam tido um caso há uns anos, coisa sem importância, que rendia até hoje. A enfermeira demorou um pouco pra vir, mas chegou sorrindo, com um crachá balançando sobre o seio esquerdo e a boca pintada com batom vermelho. Os seios sempre foram a melhor parte de Gorete, Nacho recordou, com um pouco de saudades. Ela o beijou na bochecha – tinha um cheiro bom, parecido com o do capim-cidreira – e depois foi eficiente: deu andamento na papelada e, embora o mais provável fosse não ser necessário, concordou em deixar o mulato internado por aquela noite, em observação. Assim economizo no hotel, Nacho pensava ao despedir-se fazendo promessas vagas sobre jantarem juntos. Abraçada ao prontuário, Gorete o acompanhou até a saída do hospital. Nacho ligou a caminhonete, sorriu pela janela, deu um último abano e verificou a hora no relógio de pulso: era cedo ainda, dava para ir visitar Maria Eulália. Deixo o carro na garagem do hotel e vou a pé, é menos de meia quadra, ele decidiu.

As janelas da casa estavam escuras, talvez tivessem saído.

– Seu Nacho, o que foi? Aconteceu alguma coisa! – Máxima exclamou ao abrir aporta.

– Nada importante, só que desta vez a tormenta me pegou de jeito. O pior foi que uma telha caiu em cima do mulato. Eu o deixei no hospital, passa a noite lá, em observação. Como ainda é cedo, resolvi dar uma passada, saber das primas.

– Dona Clotilde saiu, tinha um aniversário, mas dona Maria Eulália está. Vou ver se ela quer subir; não, acho melhor o senhor descer comigo até o porão. Já jantou?

Nacho disse que não, mas não precisava se incomodar, comia depois, no hotel. Passaram pela varanda das begônias: as gaiolas, tampadas por panos brancos para que os canários não enlouquecessem a casa ao amanhecer, pareciam fantasmas alados. Desceram pela escada dos fundos até o pátio. Uma neblina baixa havia descido dos morros e se espalhava rente ao chão, feito uma nuvem que brincasse de esconder. No céu, a lua crescente desenhava, como se a compasso, o meio círculo escuro da sua outra metade. Estou no sonho do mulato, Nacho pensou, arrepiado.

– O senhor vai achar dona Maria Eulália magrinha – Máxima avisou, parando por um instante –, mas não se preocupe, ela é forte.

Quando chegaram junto à porta, encostado à parede de pedra, o vulto de Agostinho desdobrou-se como um daqueles brinquedos japoneses feitos de papel. Nacho descobriu-se nervoso, um frio na barriga, já ia dizer a Máxima que voltaria outra hora quando Maria Eulália abriu a porta.

– O vento sobre o qual eu te avisei não era esse, vai haver outro e ele vai te levar aonde nunca pensaste ir – ela disse, sorrindo e afastando-se um pouco para deixá-lo entrar.

...*que las hay, las hay*, Nacho pensou quando a porta se fechou às suas costas. A sala, que ele, da primeira vez, achara abafada – o teto baixo, paredes escura demais –, era agradável. Ficou em pé, meio sem jeito, esperando que ela o mandasse sentar. Sem lhe dar atenção, Maria Eulália foi até a cozinha e voltou com uma garrafa de vinho, a entregou junto com o saca-rolhas e pediu que abrisse. Sobre a mesinha em frente ao sofá havia uma bandeja com copos, um par de óculos de tartaruga e um livro aberto. Maria Eulália sentou-se numa poltrona iluminada por um abajur de pé. Nacho adivinhou que ela se sentava sempre ali, próximo à porta. Sem razão específica, gostou de descobrir esse detalhe. Serviu dois copos de vinho, entregou uma à prima e sentou-se também. Sob a luz dourada do abajur, os cabelos dela pareciam de fogo. Nenhum dos dois sentiu necessidade de falar, um leve tilintar de pulseiras quebrava o silêncio. Máxima entreabriu a porta, e, desculpando-se, entrou trazendo uma terrina de louça fechada e fumegante.

– Adelina mandou um arroz com galinha. Pediu que eu dissesse que está bem do jeito que o seu Nacho gosta, quente e molhadinho.

Nacho e Maria Eulália se entreolharam, contendo o riso, faziam igual quando eram criança e captavam, antes de todos, os sentidos ocultos nas palavras. Ele comeu rápido, como do seu feitio.

– Bom como sempre – elogiou, de boca cheia.

Quando já estavam quase terminando, Maria Eulália foi buscar uma segunda garrafa de vinho. Nacho a abriu, encheu os dois copos novamente, o de Maria Eulália com um vagar estudado, olhando-a nos olhos. Propôs um brinde: que estes sejam os nossos piores momentos, disse, muito sério! Ela riu. Uma crescente intimidade começou a envolver aquele instante e aquele lugar. Nacho tomou a mão de Maria Eulália, beijou-a e disse que podia contar com ele, faria de tudo para ajudá-la a superar sua tristeza. Ela percebeu que ele estava levemente bêbado, mas evitou qualquer comentário. Como havia intuído, algo acima do parentesco e da amizade de infância instalara-se entre os dois e não seria ela que dissiparia aquele novo sonho.

Ficaram assim, de mãos dadas, mudos, até ouvirem as passadas decididas de Máxima sobre as lajes do pátio. Viera buscar o prato do arroz e trazer a sobremesa: figos verdes em calda, informou, fingindo ignorar o que havia interrompido. Essa entrada plena de realidade extraiu-os de um universo que parecia flutuar sobre os objetos e as lembranças da sala. Nacho sentiu que, apesar de curto, aquele momento fora único em sua vida. Nunca estivera tão próximo de alguém, uma proximidade que não era puramente física e que envolvia uma camada do seu ser que não havia se manifestado ainda. Essa consciência o deixou aturdido. Necessitava respirar, passar um tempo sozinho. Disse a Máxima que saía com ela, precisava passar ainda no hospital para ver como estava o mulato. Apenas uma desculpa, mas convincente. Ao beijar Maria Eulália no rosto e sentir por segundos a tessitura cálida de sua pele, teve certeza de que algo de novo e de rara intensidade havia começado entre eles.

Capítulo XXX

Os dias definitivamente têm ritmos distintos, Caio pensava, esvaziando o copo de uísque. Ao seu redor, o domingo era sem pressa e sem ruído, o apartamento vazio. Nenhuma das suas mulheres o atingiria hoje: Olga e Elisa estavam na praia, Ana Rita, no passado. Ele não iria implorar para que ficassem: sentia-se bem sozinho, havia comida na geladeira, a televisão funcionava. Que fossem, mulher e filha, tomar seu banho de mar nas ondas tingidas por um iodo inútil, que pretensamente fazia bem à saúde, mas, na verdade, não passava de sujeira.

Serviu-se de outro uísque. Ainda que, no trabalho, as coisas estivessem mais calmas, precisava relaxar. De madrugada o haviam chamado para mais um interrogatório: seria, talvez, o seu último, estava indo embora. Havia marcado e desmarcado a viagem para o Chile, sempre uma coisa ou outra, mas agora estava decidido. Não podia mais deixar o tempo apenas passar. A caminho da Auditoria, reparara nos postes cobertos de cartazes: eles ficavam lá, se acumulando uns sobre os outros até descascarem ou desaparecerem sob uma chuva mais forte; cartazes que ninguém lia e serviam apenas para mostrar que o tempo passava. Iria embora depois do Natal.

Estava, como sempre, muito cansado. Já acordava cansado, com a impressão de não haver dormido, tudo passando e repassando na sua cabeça, feito um filme ruim. Dorme o cidadão tranquilo enquanto os homens da lei estão acordados pelo bem do Brasil, dizia o editorial de ontem no jornal. Ele era um dos homens da lei, por isso não dormia. Quem dera fosse apenas um cidadão tranquilo, alguém igual a Olga, ela dormia bem.

A garrafa de uísque estava vazia, levantou-se para buscar outra, encontrou um bilhete de Elisa: te cuida, pai. Se ela soubesse que o efeito era o contrário do que desejava, pararia com aquilo. Tinha consciência de que precisava diminuir a bebida, mas hoje era domingo, estava sozinho, seria o último dia, amanhã parava. Hoje fora um italianinho de olho azul que não tinha a menor ideia de por que estava preso. Com toda a certeza, alguém lhe dissera que ser de esquerda era legal e ele se convencera. De onde haviam tirado aquele guri? Que idade podia ter o infeliz? Dezoito, vinte, no máximo. Um olho fechado de tanta porrada e outro, azul e assustado, olhando direto dentro do seu, suplicando que mandasse eles pararem. Sem bebida, como aguentar a inutilidade daquele olho? Perguntou-se, como sempre, por que todos eles insistiam em resistir, por que não diziam logo o que deviam dizer? Para não entregar os amigos; mas eram eles que estavam presos, não os amigos. Dignidade? Idiotia? Coragem cega? Que se fodessem...

    O rapaz dessa manhã ele salvara, mas não para sempre, só por hoje. Quando ele desmaiara pela terceira vez, avisara que, se continuassem, não se responsabilizaria. Mentira, o guri estava machucado, mas ainda forte feito um touro. Fracos eram os outros, fraco era ele. Fraco, fodido e sozinho, nem Ana Rita o suportara mais; que hora errada ela havia escolhido para ir embora. Amassou o bilhete de Elisa e jogou-o no lixo, logo o recolheu: com exceção dela, ninguém mais se importava com ele. Precisava ir de uma vez para o Chile, parar de beber, recompor sua vida. Arrastou uma cadeira para perto do armário e, com cuidado – só faltava cair e quebrar uma perna –, subiu nela para pegar a caixa que guardava na última prateleira. Tinha certeza de que ali não encontraria nenhum bilhete, desde pequena Elisa sabia que era proibido mexer naquela caixa.

    Sentindo o corpo desequilibrar-se, apoiou-se no armário, desceu da cadeira agarrado à caixa. Desenrolou o pano de pelúcia amarela, pegou o revólver: estava perfeito, sem ferrugem, lubrificado. Abriu o invólucro da munição, carregou o tambor: cinco balas o espiaram de dentro de suas tocas, feito bichinhos perversos. Talvez jamais usasse aquela arma, mas gostava de saber que estava ali. Ela tornava tudo menos definitivo. É claro que, uma ou duas vezes, já pensara em se matar. Mais do que o medo de morrer, o que travava sua mão era a possibilidade de, do outro lado daquelas balas, haver uma vida igual a esta; se fosse, teria sujado a sala e desperdiçado a bala.

    Subiu de novo na cadeira, pegou a garrafa de uísque, serviu-se de mais uma dose: *Chivas Regal* legítimo, não aquela mistura intragável feita no Paraguai. Devia estar doente, o cansaço que sentia não era normal. Além dele, uma angústia constante, e, desde a manhã, uma dor irradiando do ombro ao braço. Seria melhor que tivesse ido com Olga e Elisa para a praia. Bem no fim, a solidão pesava. Ligou a televisão, concentrou-se no noticiário. A notícia mais importante ainda era o sequestro do menino Carlinhos, sua cara de anjo, os cabelos louros, a entrega da mala do resgate narrada feito um jogo de futebol, com pipoqueiro e tudo. Bando de palhaços! Ouviu o som contínuo e agudo da campainha da porta, com certeza era no vizinho, não estava esperando ninguém; ou alguma criança do prédio fazendo travessura. Que tocasse, se não desse importância logo desistiam. Tapou os ouvidos com as mãos, fechou os olhos: o som agudo da campainha continuava. Pensou que podia ser Máxima querendo saber como ele estava e trazendo uma marmita. Era típico de Olga deixar tudo previsto e organizado. Precisava atender, Máxima não desistia facilmente. Levantou-se aborrecido e, sem olhar pelo visor, abriu a porta: alguém o agarrou pelo pescoço e o empurrou contra a parede.

    – Fica quieto, filho da puta, que te mato! O que fizeram do meu filho? Tu tava lá, não vem me mentir que não tava porque eu te vi saindo.

    Caio sentiu como se o mundo pesasse no seu peito, uma dor aguda, respirou fundo. Adivinhou ser aquele o pai do guri preso, do italianinho que ele salvara. Salvara, mas não soltara. Salvara por hoje, por essa manhã, por umas poucas horas, só não podia dizer isso: que o salvara por algumas horas. Precisava falar, ganhar tempo. Um soco no rosto, um pontapé no estômago, outro nas costas e Caio, pequeno feito um pacote, rolando sobre o tapete. Cheiro de sangue e poeira. Outro pontapé, mais outro, alguma coisa estalando no seu rosto, a boca e o nariz cheios de sangue. Uma bota suja de barro amassando sua cabeça. Barro vermelho, sangue vermelho, liquidâmbar. Então era isso o que sentiam? Essa raiva? Essa impotência? O seu próprio revólver na mão do outro pressionando a sua testa, o frio do cano, a fala baixa, a boca encostada ao seu ouvido.

– Devolve meu filho, caralho! Só não te mato agora, filho da puta, porque tu vai me tirar o guri de lá.

A mão era uma garra em seu pescoço, os dedos apertavam o colarinho da camisa, falta de ar. Precisava falar, dizer alguma coisa, convencer esse cara de que, se quisesse ver o filho vivo, necessitava deixá-lo viver. Uma golfada amarga na boca, vontade de mijar, vômito e aquela dor enorme amassando seu peito, suas costas, a língua como que se enrolando dentro da boca. Respirar, ele precisava respirar...

**

Na segunda-feira, um telefonema da Auditoria alertou a casa. Estavam precisando falar com o doutor Caio. Já haviam ligado várias vezes para o apartamento, ninguém respondia. Ele faltara à audiência naquela tarde, estava doente? Máxima disse que não sabia, que desde sábado não o viam, a esposa e a filha estavam na praia, talvez tivesse resolvido ir também e esquecera-se de avisar, ela iria verificar. Com o coração apertado, desligou o telefone. Dona Clotilde estava no quarto, ela bateu à porta.

– Eu não vou, Máxima, vai tu, usa a tua chave, chama o síndico para ir contigo.

**

Sentada numa das cadeiras de vime da varanda, Olga viu o carro que atravessava, vagaroso, as ruas desertas. O veraneio ainda não havia começado, e as poucas casas, com seus tapumes de madeira lacrando as janelas, eram como se fossem cegas. O carro ultrapassou uma carroça, levantou uma nuvem de água que por pouco não atingiu o carroceiro. A chuva que caíra durante toda a noite havia sido forte, as ruas estavam alagadas, desde a madrugada ouvia-se a cantoria dos sapos. Quando o carro dobrou a esquina e o motorista abriu a janela para verificar o nome da rua, Olga rezou para que seguisse adiante. Seu peito se apertou: teria sido o Pai? O carro parou em frente à casa, o motorista desceu, Olga levantou-se, estendeu a mão para o bilhete que Clotilde ditara por telefone para o gerente da locadora e recebeu, sem lágrimas, a notícia da sua viuvez. Não foi a certeza da solidão que a feriu, havia muito que ela estava lá, não mudaria, mas a morte de Caio colocava um ponto final na absurda esperança de um dia, por um desses milagres, ainda ser feliz com ele.

Como sempre, sentiu-se culpada: se não tivesse vindo até a praia, se não tivesse decidido ficar mais um dia, talvez pudesse tê-lo salvo ou pelo menos ele não teria morrido sozinho. Como vou contar para Elisa?, ela se perguntava quando foi buscar a filha na beira do mar. Essa era a primeira vez que a morte tocava Elisa de perto. Chorara quando a avó morrera, é claro, mas nunca haviam sido íntimas. No bilhete, Clotilde informara que a cerimônia seria na casa, contara também da demora em encontrarem o corpo: o caixão, com certeza, estaria fechado. Elisa sequer vai poder ver o rosto do pai uma última vez, Olga pensou. Agradeceu mentalmente pelo vestido, novo, de gorgorão preto, que o motorista lhe entregara, havia outro vestido para Elisa, e sapatos. Clotilde pensara em tudo. Com certeza haveria muita gente, e uma quantidade absurda de coroas. Maria Eulália talvez usasse uma roupa colorida, sua antiga maneira de brigar com a morte. Sentindo a brisa da manhã arrepiar sua pele, Olga subiu o cômoro que separava a praia da calçada, seus pés afundavam na areia fria, o sol ainda não tivera tempo de esquentar o chão depois da chuva. Ao ver Elisa acocorada junto à água examinando com atenção alguma coisa sem importância, seu coração apertou-se. Se usasse uma roupa colorida, Maria Eulália estaria certa: era cedo demais para uma filha perder seu pai, mesmo que esse pai fosse Caio.

Anotações para um romance

Por várias razões, algumas reais – a bebida, o estresse em que vivia –, outras inventadas, há muito tempo eu temia que meu pai morresse. Também há muito tempo eu me perguntava como reagiria à sua morte, e, no entanto, quando realmente aconteceu, foi muito diferente do que eu havia imaginado. Quando a mãe veio até a beira do mar me chamar, custei a entender o que dizia. A morte não combinava com o dia azul e sem ventos, com o meu maiô vermelho novo e com as tatuíras de perninhas ligeiras a enfiarem-se na areia. Como era possível meu pai estar morto? Não era assim que sucedia, uma notícia como essa não chegava sem aviso, muito cedo numa terça-feira, me arrancava de dentro da água e me liberava de qualquer outra obrigação que não a de compreender que meu pai morrera e que agora nada era mais urgente e importante do que voltar para casa e enterrá-lo.

Uma hora depois, eu estava sentada no banco de trás do carro que tia Clotilde havia mandado desde Porto Alegre, um carro preto e elegante que ia depressa demais pela estrada recém-duplicada. De mãos dadas com minha mãe, eu ensaiava mentalmente o que faria quando chegássemos. As pessoas nos olhariam consternadas: a filha e a viúva, elas cochichariam, fingindo não nos examinar, mas reparando se estávamos ou não tristes. Só os pobres fazem escândalo nos enterros, tia Clotilde costumava dizer sempre que alguém contava como os filhos haviam chorado alto, como a viúva se agarrara ao caixão. Pensando nela, levantei o queixo, endireitei as costas e decidi que, não importava o que acontecesse, eu manteria a compostura. Não choraria no velório.

A verdade era que, mais do que tudo, eu sentia culpa por estar com medo de sentir nojo do cadáver do meu pai. O homem deitado no caixão, de terno e gravata, não seria ele, seu rosto estaria frio, eu não teria coragem de beijá-lo. Sem saber por que, eu havia colocado dentro da mala a concha que desde domingo guardara para dar a ele; era grande e branca e suave, a parte de dentro rosada como uma pérola. Essa era uma das vantagens da praia antes do veraneio: não havia ninguém para pegar as conchas, apenas eu. Não sabia por que a trouxera e nem o que fazer com ela; colocá-la dentro do caixão seria teatral demais, a mãe e as tias ficariam com vergonha do meu gesto, eu ficaria com vergonha do meu gesto. Coisa de pobre, como dizia tia Clotilde. Meus olhos encheram-se de lágrimas diante da certeza de que nunca mais eu poderia dar ao meu pai um presente. Virei o rosto para a janela e, pela segunda vez desde que a mãe fora me chamar, eu chorei. Porque ela mantinha os olhos secos ao me dar a notícia, eu também não chorara, apenas a abraçara. Só mais tarde, no banheiro, enquanto trocava o maiô pelo vestido preto que tia Clotilde mandara, eu me permiti chorar. A concha que meu pai jamais receberia, meu primeiro vestido de luto: a morte aproximava-se de mim nas pequenas coisas.

  Ao chegarmos, enfim, aos arredores de Boca do Monte, a mãe tirou da bolsa a caixinha de pó compacto, um batom e um pente. Enquanto retocava a maquiagem, estendeu-me o pente confirmando o que eu já sabia: precisava representar dignamente o meu papel. Sem deixar de ser filha amorosa, eu era uma Sampaio de Alcântara. Penteei os cabelos, alisei o vestido e endireitei novamente as costas. Queria muito encontrar-me com Miguel, tomara ele estivesse lá, me esperando. Decidi que não iria chorar diante dele, ficava feia quando chorava. O carro se aproximou da casa: em frente e nas ruas próximas, muitos carros estacionados, pequenos grupos se formavam na calçada, gente subia e descia a escada de mármore. Instintivamente, encolhi-me no banco. Máxima nos esperava junto ao portão, abriu a porta do carro, ajudou-nos a sair e, como se quisesse nos dar a notícia de novo, dessa vez mais devagar, nos conduziu até o nosso apartamento.

Não tínhamos nada para fazer ali, a não ser respirar e nos habituarmos um pouco mais com a morte.

Foi muito difícil entrar no apartamento vazio e silencioso, mas ao menos estávamos sozinhas, ninguém nos observava. Andei pelos cômodos procurando vestígios da presença do meu pai: uma camisa limpa e dobrada na cadeira do quarto, sobre a pia da cozinha, um copo de uísque que alguém lavara e não tivera tempo de guardar e um cinzeiro também lavado. Sobre o fogão, fumegava uma panela de sopa recém-feita. Enquanto Máxima e a mãe conversavam baixinho no corredor, fui ao banheiro, lavei o rosto, penteei novamente os cabelos. Quando estava pronta, fui até a sala. A mãe abriu a porta, Máxima fez um carinho no meu rosto, descemos de elevador e atravessamos o portãozinho a caminho do velório.

No jardim da casa, tudo parecia como sempre: os primeiros agapantos haviam florescido. Junto ao poço, tia Maria Eulália veio ao nosso encontro, vestida de amarelo. Sem dizer palavra, minha mãe abraçou-se a ela e chorou. Depois, esquecidas de mim, as duas subiram as escadas, de mãos dadas.

– Nós o colocamos na sala – tia Clotilde disse baixinho, assim que entramos na varanda das begônias.

Eu a olhei indignada, como ousava falar do meu pai como algo que se coloca aqui ou ali? Agarrei a mão da minha mãe para atravessarmos, juntas, o corredor dos retratos, seria naquele momento que todos iriam reparar em nós, eu pensava, sentindo o coração aos pulos e um frio agudo a me apertar a barriga. A sala de visitas estava repleta de flores e pessoas. Alguém abrira as janelas para que o ar circulasse. Ainda assim, fazia muito calor. Todos se afastaram para que passássemos, e eu enxerguei o caixão, o crucifixo dourado e os dois enormes castiçais com velas. As cadeiras haviam sido arrumadas contra a parede, mas havia duas perto do caixão esperando por nós. Enquanto caminhávamos, eu lia as faixas nas coroas de flores: Saudades eternas da tua esposa e filha, Homenagem de tuas cunhadas, Homenagem dos colegas da Auditoria. Não havia nenhuma do Avô.

    Lembro-me de ter ficado aliviada ao perceber que o caixão estava fechado e que eu não precisava beijar meu pai, mas no minuto seguinte, sentindo-me terrivelmente culpada, percebi que meus olhos enchiam-se de lágrimas. A mãe pegou minha mão para me guiar. Fiz exatamente como ela: tracei no meu peito o sinal da cruz, acariciei a madeira do ataúde, fingi que rezava. Então, como se fossem um enxame de abelhas, as pessoas nos rodearam. Parecia que a cidade inteira acariciava meu rosto, puxava meu braço, me beijava, dizia que eu precisava ser forte, que o pai estaria olhando por nós lá no céu. Estonteada, apesar de saber que era covardia, toquei o braço de minha mãe e perguntei com os olhos se podia sair. Ela fez que sim com a cabeça. Na cozinha, Adelina me abraçou. Agostinho, próximo à janela, me olhou sem nenhum sorriso e me disse: teu pai morreu. E foi assim, dita por ele, que a morte do meu pai enfim aconteceu por inteiro, dentro de mim. Sem conseguir conter-me, desabei numa das cadeiras, enfiei os cotovelos no oleado amarelo da mesa e caí no pranto. Adelina acariciava seus cabelos. Chora, minha filha, ela me dizia, chora que faz bem. Quando me acalmei, ela obrigou-me a tomar um copo de Toddy e a comer um pedaço de bolo.

    Será que Miguel sabe, eu pensava agoniada e sem coragem de perguntar se o haviam avisado. Mesmo que não tivéssemos saído às pressas da praia eu não teria conseguido falar com ele de lá. Àquela época, na casa, não havia telefone, seria necessário ir até a telefônica e esperar minha vez para ocupar uma das cabines. Miguel telefonou?, perguntei, enfim, a Adelina. Ela disse que não sabia, que talvez ele houvesse chamado e uma das empregadas tivesse atendido. Decidi que iria até a biblioteca e o chamaria, queria muito que viesse. Naquele momento, era tudo o que eu queria.

Capítulo XXXI

No velório, Ana Rita procurava ser discreta: não ficava muito tempo próxima ao caixão, agradecia laconicamente às condolências, não comentava com ninguém os detalhes da morte, não chorava. Quando, enfim, Olga e Elisa chegaram, abraçou-as com carinho. Apesar de não dizer, achou Olga bonita, o bronzeado lhe ficava bem. Assim que Elisa saiu da sala, perguntou:

– Como ela está reagindo?

– Bem, eu acho. Está atordoada, é natural, mas tranquila.

– Tu não queres ir também até a cozinha, comer alguma coisa?

– Não estou com fome.

– Não é questão de fome, Olga.

– Tens razão, não é mesmo. A viagem foi comprida e tenho muito ainda pela frente. Vou até lá.

– Vai, que eu fico com ele.

Olga olhou Ana Rita com um meio sorriso, ela sorriu de volta, era apenas uma frase carinhosa, sem duplo sentido. Ambas carregavam dentro de si um pouquinho de Caio: não o *santificavam* porque morrera, mas também não o condenavam, apenas o aceitavam como havia sido. Olga acariciou a mão de Ana Rita e levantou-se, Clotilde interrompeu a conversa com o Prefeito e veio ter com ela.

– Vais comer alguma coisa? É bom. Quem sabe uma xícara de café com leite? Vou até a cozinha contigo.

– O Pai permitiu que o enterrássemos no túmulo da família? – Olga perguntou ainda no corredor, não queria falar perto de Elisa, mas o assunto a vinha preocupando desde que saíra da praia, e a preocupação se agravara quando percebera que o Pai não havia mandado uma coroa.

– Claro que permitiu. Bobagem tua, mamãe não está no túmulo, e o Pai sempre afirmou querer ser enterrado com ela, no jardim. Ainda não te disse, Olga, mas marquei uma missa de corpo presente na catedral, é o mínimo que esse povo espera antes do enterro.

Olga sorriu, gostava dessa irmã sem meias-palavras e sem diplomacia. Na cozinha, abraçou Adelina e sentou-se à mesa, de mãos dadas com Elisa. Máxima e a copeira andavam de lá para cá providenciando xícaras e bandejas, fariam uma rodada de café. Máxima já havia mandado colocar cinzeiros lá fora, na varanda. Falta de respeito fumar perto do morto, se bem que seu Caio ia até gostar do cheiro de um cigarrinho, foi o que pensou, sentindo um carinho inesperado pelo falecido.

***

Carlos pesou prós e contras e decidiu não ir ao velório: mandou a mulher. Olga anotou a ausência sem surpresa. Será que haviam retirado a aliança do dedo de Caio?, perguntou-se. Talvez não tivesse sido possível, muitas horas haviam transcorrido até a descoberta do corpo. São as ironias da vida, ela pensou, logo ele, o homem que a atraiçoara tantas vezes, levaria para o túmulo uma aliança com seu nome gravado. Dentro de mais um ano, quando o período do luto terminasse, ela tiraria a sua. Nesse dia, se encontrasse Carlos, daria um jeito de expor a mão nua, o círculo mais claro proclamando sua liberdade. Ele talvez ficasse nervoso. Pensando bem, ela também estaria nervosa, a liberdade não é fácil de suportar, até acostumar-se a ela usaria luto, mesmo que ultrapassasse um ano: uma viúva se perdoa muitas coisas.

***

Miguel chegou nervoso, os cabelos em desalinho. Não consegui vir antes, murmurou, ao abraçar Elisa. Cumprimentou Olga, voltou para junto de Elisa e, sem saber mais o que fazer, permaneceu ao seu lado. Pela primeira vez na frente de todos, eles ficaram de mãos dadas. Logo Máxima veio cochichar ao ouvido de Olga que os funcionários da funerária estavam esperando, era hora de saírem para a cerimônia de corpo presente na catedral, o bispo auxiliar já havia chegado de Porto Alegre.

Quando a fila para a comunhão começou a se formar, Olga permaneceu sentada. Há muito que fizera um acordo com Deus, ela reconhecia não ser digna de recebê-lo, e Ele, em troca, não a condenava. Quando se virou para dar passagem a Clotilde, seus olhos encontraram os de Nacho. Haviam crescido juntos, um sabia exatamente o que o outro pensava. Ali, na igreja apinhada, ambos dividiam a mesma angústia: o que antes acontecia só com os outros, passara a acontecer com eles, Caio fora o primeiro.

A semana que se seguiu ao enterro foi toda ela abafada. As nuvens baixas roçavam os morros e prometiam chuva. Para estar perto das primas nesse período de medo e realidade, Nacho decidiu permanecer em Boca do Monte até a missa de sétimo dia. Todas as tardes os cinco se reuniam na varanda das begônias para lembrar o que eram e o que haviam sido, e o riso deles agitava os canários.

Alguém pendurara uma rede sob a parreira e a deixara lá esquecida. Sempre que a via, Máxima dizia a si mesma que precisava mandar recolhê-la. Se chovesse, ficaria imprestável, o algodão era muito grosso, até conseguir secá-lo, estaria mofado. Mas depois pensava: afinal de contas, com tantas coisas a resolver, o que é uma rede a mais ou a menos? Há coisas bem mais importantes nesta casa. Na verdade, o que as pintas douradas na pupila do seu olho esquerdo a faziam intuir era que, se a retirasse, estaria interferindo na armadilha que o destino preparava.

Anotações para um romance

Sete dias haviam se passado, sete dias em que eu era órfã. Uma nova rotina se estabelecera para mim e minha mãe, uma rotina tranquila, que não incluía o pai. A semana inteira fora enganadora, com nuvens carregadas anunciando uma chuva que não vinha. Abafada pelos morros, a cidade transpirava. Lembro-me de ter ficado um pouco chocada com minha mãe conversando e rindo, na varanda, com Nacho e as tias, como se tudo continuasse igual. Seus olhos brilhavam, as mãos se agitavam, seu corpo inteiro vibrava numa vivacidade que eu jamais imaginara existir dentro dela. Falavam sobre eles e sobre o meu pai, lembravam um rapaz sério, determinado, mas também engraçado, uma pessoa que eu jamais conhecera, falavam dos verões na estância, dos bailes da faculdade, dos carnavais no Clube Comercial. Até mesmo Ana Rita, que não costumava vir muito à casa, estava diariamente lá. Porque naquela época eu ainda não sabia dos efeitos e consequências que o medo da morte tem sobre os vivos, cheguei a pensar que a única adulta na casa fosse eu.

O sétimo dia amanheceu um pouco mais fresco. Com certeza havia chovido, não na cidade, mas em algum lugar nos arredores. Voltando para casa de mãos dadas com Miguel, eu pensava que, embora a missa houvesse sido mais fácil de enfrentar do que o enterro, fora, sem dúvida, muito mais triste. Talvez porque eu soubesse exatamente o que fazer durante a cerimônia, que palavras dizer, quando ajoelhar ou levantar-me, porque eu conhecia de cor todo o ritual, não experimentei o atordoamento que me ajudara a enfrentar a dor no dia do enterro. A verdade era que, sete dias depois, a morte do meu pai já se estabelecera com clareza dentro de mim, era agora como um documento oficial que eu ainda não lera por inteiro, mas que estava lá e estaria para sempre.

Meu avô usara sua influência e, assim, com a mesma agilidade e discrição com que acontecera a autópsia, o inquérito policial se desenvolvia. A causa da morte havia sido uma parada cardíaca, mas não constaria do laudo que ele havia sido brutalmente espancado antes de morrer, com certeza por alguém conhecido, pois a porta fora aberta por dentro, não havia arrombamento. A caixa encontrada sobre a mesa – minha mãe informou ser onde ficava guardado o revólver – estava vazia: foi a única coisa roubada. Ainda que em sigilo, a investigação continuaria, o delegado afirmou, era preciso descobrir quem e por que o haviam espancado. As causas podiam ser muitas: uma vingança passional, uma desforra política ou até mesmo algo relacionado a Genaro se as ligações deste com a máfia se confirmassem. Meses depois, fiquei sabendo que meu Avô fez interromper o andamento do inquérito, não queria ninguém mexendo nos segredos da família, e eu concordei com ele: era hora de deixar tudo descansar. Foi um período difícil, e não apenas em razão do luto. Recordo que, durante a missa, eu não rezei, apenas conversei mentalmente com meu pai, e, por sentir uma pena infinita dele, menti que o perdoava. Hoje sei que não, eu não o havia perdoado, meu perdão só veio muitos anos depois, quando dei à luz o meu segundo filho e entendi, definitivamente, que os pais não são perfeitos, são apenas pais.

Naquele dia, assim que chegamos à casa após a igreja, Máxima serviu um jantar leve na sala de visitas: rosbife, pães, queijos e saladas. Nacho e padre Antônio ficaram para o jantar e, ainda que tia Clotilde não o convidasse formalmente, Miguel também ficou. Devíamos estar no horário de verão, pois lembro que, embora já fosse bem depois das sete, lá fora estava ainda claro. Sentamos, Miguel e eu, perto da janela, meio escondidos pelas cortinas de seda grossa. Conversamos pouco e em voz baixa. Quando a copeira começou a retirar os pratos, Ana Rita se levantou, deu um beijo de despedida na minha mãe, disse que precisava ir. Logo depois foi a vez de Nacho: estava ficando tarde, queria voltar ao Campito ainda aquela noite, estava havia muitos dias na cidade. Padre Antônio também se despediu, e Miguel me disse que devia fazer o mesmo. Tentei convencê-lo a permanecer. Tua mãe deve estar cansada, era melhor ir, me respondeu, mas concordou em ficar mais alguns minutos no jardim. Descemos pela escada junto ao poço e, depois da organizada tristeza da casa, a leveza do jardim foi um alívio.

Sentamo-nos, lado a lado, numa rede que alguém esquecera sob a parreira. Apoiando um dos pés no chão, Miguel começou a balançá-la fazendo ranger os ganchos de ferro. No movimento da rede, dançavam os galhos da parreira repletos de uvas recém-nascidas, tão verdes e ácidas que as abelhas sequer as percebiam. Embora não estivesse de todo escuro, uma lua redonda e branca, já havia conquistado seu espaço. Exausta, eu fechei os olhos e deitei a cabeça no ombro de Miguel. A conversa mental que mantivera com meu pai durante a missa ecoava ainda na minha cabeça. Apesar de tudo, sentia muita falta dele, de cuidá-lo, de lhe fazer as perguntas que nunca respondia, de me preocupar com ele e lhe escrever bilhetes. Miguel acariciava o contorno do meu rosto, seus dedos roçavam de leve a minha boca. Um bem-te-vi gritou acima de nós, na parreira.

– Passarinho metido esse – Miguel disse, aconchegando melhor a minha cabeça no seu ombro. Ele queria me fazer sorrir. Não conseguiu.

Lá da rede, vimos quando Adelina apagou a luz da cozinha e Máxima começou a fechar as venezianas. Acobertado pela penumbra, Miguel criou coragem para levantar minha blusa e acariciar meus seios. Já o havia feito outras vezes, mas não assim, por baixo da blusa. Eu me virei para beijá-lo. Sentia a lassidão do cansaço tomar conta de meu corpo, uma vontade de chorar, um abandono. Miguel desabotoou minha blusa, o sutiã, beijou de leve os meus seios. Havia, enfim, escurecido, e a lua era agora uma bola enorme abandonada no ar. Quando Miguel encostou sua boca nos meus lábios, eu murmurava palavras entrecortadas, ruídos sem sentido, gemidos, pequenos incentivos para que seguisse adiante.

Ele beijou-me os olhos, a boca, o pescoço. Estávamos agora deitados no fundo da rede, ocultos pelas bordas de algodão, o corpo dele sobre o meu, sua mão levantando minha saia, tirando minha calcinha. Logo a rede ficou macia demais para nosso desejo, necessitávamos de um pouco de rigidez, nenhuma regra importava, éramos como bichos do jardim, queríamos devorar um ao outro. Miguel me ajudou a levantar e, sem desgrudar a boca da minha, me fez sentar sobre a mesa de pedra, acariciou minhas coxas, voltou a beijar meu rosto, o meu pescoço. Recortado contra os galhos da parreira, seu vulto escuro preenchia todos os espaços e entregava-me a garantia de prazer e proteção, tudo o que eu precisava naquele momento de perda ainda não aceita. Então ele me trouxe para a borda da mesa, me segurou com firmeza, os braços em gancho pelas minhas costas, e, sem parar de me beijar, me penetrou com força. Gozou no mesmo instante, apressado e forte como gozam os meninos. O musgo verde que recobria a pedra da mesa absorveu meu sangue e uma dor fina como um estilete misturou-se ao prazer de vê-lo gozar, de sentir seu pênis pulsando dentro de mim e seu sêmen morno transbordando em minha virilha.

Apesar da intuição que me fazia adivinhar coisas e me tornava tão parecida com tia Maria Eulália, nem a morte de meu pai, nem a forma como me tornei mulher aconteceram como eu imaginara. Talvez por estarem muito próximas, eu estendi meus olhos além delas e não consegui vê-las antes da hora.

O fatal esquecimento

Foi no dia da missa de Caio que os papéis, meu e de Elisa, se inverteram. Como se adivinhasse o que estava por acontecer, de uma das janelas do andar de cima, eu a observava no lusco-fusco do jardim: assim, agora era eu a que espiava, a vida havia completado seu ciclo, e uma nova história se escrevia embaixo da parreira. Senti meu rosto suavizar-se num sorriso: fizera bem em dizer a Máxima que, apesar de já estar escuro, não era necessário chamar Elisa: eu havia dado a ela e Miguel o tempo de que precisavam.

Numa atitude que só posso descrever como maternal, recordei, passo a passo, a vida de Elisa: o bebê gordinho que encantava a todos, os primeiros passos vacilantes sobre as lajes do pátio, o dia em que perdeu sua boneca predileta, seu primeiro dia no colégio, o uniforme, as tranças escuras, as sobrancelhas grossas, a pasta grande demais para ela. O tempo voa, pensei, fechando a janela. A frase era clichê, mas o tempo voava de verdade. Para comemorar Elisa mulher, antes de me recolher ao porão, decidi me sentar por alguns minutos na varanda das begônias, estava excitada demais com o que presenciara para ficar sozinha. Os canários já dormiam, a casa estava silenciosa, uma leve brisa balançava as samambaias. Olga havia voltado para o apartamento, Clotilde estava no seu quarto. Decidi tomar um copo de vinho. Fui até a cozinha: as panelas impecáveis de Adelina brilhavam nas prateleiras, e uma chaleira chiava baixinho sobre a chapa do fogão. Servi-me generosamente, era preciso brindar, pois através de Elisa eu fizera as pazes com o jardim.

Mais tarde, quando apaguei as luzes da casa e desci para o meu apartamento no porão, li mais uma vez a última carta que recebera de Genaro. Assim como as anteriores, essa também estava escrita em folha simples, de caderno. Sentindo uma leve tristeza, mais melancolia do que tristeza, eu a reli, guardei-a no envelope e coloquei-a junto com as outras na caixinha de madeira. Como sempre, a ideia de amarrá-las com uma fita de cetim cruzou minha mente; como sempre, chamei a mim mesma de louca. Só se amarram com fita de cetim as cartas de amor e, para ser de amor, a correspondência de Genaro carecia de uma característica essencial: a de ser ridícula. O que ele me escrevia era triste, sem sentido, era até mesmo apaixonado, mas ridículo, na acepção amorosa do termo, não. Daqueles parágrafos, não vazavam as irremediáveis tolices dos amantes, suas fundamentais banalidades, seus códigos secretos. Genaro apenas me narrava, numa caligrafia angulosa e desigual, as muitas voltas do seu próprio umbigo.

Distanciada, como se ele não fosse meu marido, ou como se o que me escrevia fosse apenas ficção, tomei conhecimento de que a comida fornecida à 3ª D. P. pela Penitenciária Industrial de Caxias do Sul incluía restos de baratas e feijão carunchado e que, contra isso, mais do que contra a falta de liberdade, ele decidira fazer uma greve de fome. A greve de nada adiantara, o fornecedor continuara o mesmo, as baratas também. Humilhado, ele tentara suicidar-se com uma corda feita da própria camisa. Essa informação me doeu: por que Genaro não sabe escrever cartas de amor, se sabe ser ridículo?, eu me perguntei, logo percebendo que não estava fazendo sentido. De qualquer forma, por incrível que possa parecer, a greve e a tentativa de suicídio conseguiram convencer os agentes da delegacia de que ele era uma espécie de Dom Quixote, um homem perseguido pela própria loucura, uma vítima de gigantes. Penalizados, os policiais reuniram dinheiro para lhe comprar comida e, em agradecimento, Genaro lhes dedicou sonetos. Enviara-me alguns deles dentro do envelope e não eram de todo ruins.

A correspondência que chegara através do correio trazia o carimbo de censurado e muitas palavras riscadas. Na carta que me foi entregue em mãos pela esposa de um dos guardas quando viera visitar a mãe em Boca do Monte, nenhuma palavra havia sido censurada, e era dela que vazavam as queixas sobre a comida e uma acusação de tortura, que eu duvidei que existisse. Nada havia que a polícia quisesse ou precisasse saber sobre Genaro, ele não era um preso político, era apenas um homem à espera do decreto que o expulsaria do país. Além disso, se lhe compravam comida e ele lhes dedicava sonetos, como podiam torturá-lo? Mesmo assim, eu sabia que não podia descartar de todo essa hipótese: Genaro havia entrado ilegalmente no país, alguém o ajudara, isso poderia levá-los a desconfiar erroneamente de que tivesse ligações com grupos comunistas.

Como disse antes, eu lia tudo aquilo sem muita emoção, apenas o papel comum, manchado às vezes pela marca de um dedo sujo, me comovia. Todo o resto eu sabia ser teatro. Genaro já deixou de existir para mim como homem, não passa de um amontoado de lembranças, eu afirmava. Mas, se é assim, por que essa vontade maluca de amarrar suas cartas com fita de cetim?, eu me perguntava, sem encontrar resposta. Mais alguns meses, um ou dois anos no máximo, e o meu casamento estaria anulado. O pedido de anulação estava andando rápido para os padrões do Vaticano: a filha de um comendador da Santa Sé tinha privilégios, meu processo ficava no topo da pilha. Quando a anulação viesse, minha vida me seria devolvida aparentemente intacta, como se cada uma das palavras que eu dissera a Genaro, cada uma das frases que ouvira dele, tudo o que sentira, jamais houvesse acontecido. Alguém passaria sobre os fatos um desses corretivos, e uma folha branca, onde eu poderia escrever outra história, me seria entregue. E no entanto, embora branca, aquela folha não estaria em branco, sempre haveria nela a sombra de outra história.

Minha vida com Genaro não foi tranquila, mas nunca me arrependi das escolhas que fiz, jamais desejei dias comuns, limpos, alinhados um ao lado do outro feito sapatos dóceis: sempre preferi a paixão. Viver não é mais alguma coisa que me acontece de forma irrefletida e automática, como quem respira: a cada manhã, pego a vida entre as mãos e a examino como a um animalzinho que acaba de nascer, frágil e forte ao mesmo tempo, e a aproveito, minuto a minuto. Está dando certo: se alguém me perguntar a quem eu amo hoje, responderei que, antes de tudo, a mim mesma. Sem sombras, sem remorsos, sem culpas: aprendi a me amar em plena luz.

Anotações para um romance

Sempre que eu parava para pensar, tinha a certeza de que agira bem. A tradição do luto imposta pela casa não me havia ajudado a seguir em frente, ao contrário, fora como um lençol negro cobrindo o corpo morto do meu pai, lembrando constantemente que acontecera há pouco e que era necessário continuar chorando. Eu não precisava que me lembrassem da sua morte: apesar de seus defeitos, apesar de culpá-lo por muitas coisas, eu o amava, sentia uma falta terrível dele e era exatamente por isso que, no fundo, eu não conseguia me perdoar. Meu pai jamais aprovaria. Como pude traí-lo assim, sete dias apenas depois da sua morte, eu pensava, sentindo-me viva como nunca antes, mas dilacerada pela culpa, sabendo que, se por um lado estava tudo errado, por outro tudo estava terrivelmente certo.

A verdade era que nada me havia preparado para a intensidade do sexo: nem as conversas das colegas, nem o que eu aprendera quando espiava tia Maria Eulália, nem o que entreouvia nas conversas das empregadas. Havia muito eu me queimava nesse fogo surdo que antes apenas existia, mas era sem nome, e agora ganhara o rosto, a voz, o corpo de Miguel. Não conseguia passar muitas horas longe dele. Sem coragem de contar a ninguém, muito menos à minha mãe: no apartamento meio vazio – a mãe dele já voltara para São Paulo, levando parte da mudança –, dividindo uma cama estreita de solteiro, tínhamos o mundo inteiro só para nós. Que alguém – o pai, a empregada, ou outra pessoa qualquer – pudesse nos surpreender sequer passava pelas nossas cabeças. Fazíamos amor como se ardendo em febre. Ouvíamos mil vezes a mesma música: *quero ficar no teu corpo, feito tatuagem, que é pra te dar coragem, pra seguir viagem* – essa é, até hoje, a nossa música.

Depois do amor, rosto afundado no travesseiro, eu quase sempre chorava. No início, Miguel tentava me consolar com as palavras certas, mas pelas razões erradas: São Paulo não é tão longe, falaremos por telefone, venho te visitar todos os meses, ele me dizia, mas eu não tinha medo de perdê-lo: havíamos prometido que jamais nos perderíamos. Chorava por não saber lidar com a intensidade daquele amor, chorava por culpa e por vergonha de sentir culpa, chorava também por não saber como colocar tudo isso em palavras. Lembro que, deitada de costas na cama, os olhos fixos na mancha de umidade que se espalhava pelo teto e tinha a forma de uma borboleta, eu queria morrer, terminar com tudo. Foi nessa época que o Diretório dos Estudantes, DCE, organizou a vinda de Chico Buarque a Boca do Monte. Engraçado como os detalhes de um evento que hoje não passa de curiosidade permanecem claros em minha memória.

Chico chegou num dia quente e chuvoso de primavera, recebeu, constrangido, o título de Hóspede Oficial do Município e começou o espetáculo no palco do Cine Glória cantando *Deus lhe pague*. Estávamos todos empolgados, éramos cúmplices, coautores de cada uma de suas músicas, combatentes, opositores da Ditadura. Percepção infantil: éramos apenas um bando de adolescentes, Chico sabia disso e nos tratava como tal. Assim que o show terminou, uma incômoda sensação de desalento substituiu nossa euforia e, nos salões do Clube Minuano, sentindo-nos rejeitados, nos conformamos em beber cerveja e espiar nosso ídolo a jogar sinuca com os integrantes da banda.

Fica se fazendo de importante, mas está aqui graças ao DCE, fomos nós que organizamos tudo, alguém disse. Hoje acho graça da nossa revolta, mas àquela época essa observação só fez piorar minha tristeza: embora eu sequer fizesse parte do DCE e, portanto, não houvesse organizado nada, com os olhos cheios de lágrimas pensei que não era mesmo justo, havia esperado com tanta ansiedade pelo show, havia cantado com tanta fúria e agora ele sequer me olhava... Tudo o que eu faço dá errado, concluí, engolindo o choro.

– O sexo se opõe à morte como a liberdade à repressão – Miguel disse de repente, colocando a mão no meu queixo e levantando meu rosto para me olhar nos olhos. – Tudo o que o Chico cantou hoje surgiu do que ele não pode cantar, do que está proibido. É sempre assim, Elisa, o lado avesso das coisas e o seu direito são inseparáveis, como a sombra é inseparável do corpo: vida e morte, repressão e liberdade, alegria e tristeza, um a sombra do outro.

Percebi que ele não falava apenas por falar, percebi também que não se referia ao Chico ou ao que estava acontecendo ali, no Clube Minuano: havia adivinhado por que eu chorava depois do sexo e me dizia, enfim, o que eu precisava ouvir. Ficamos em silêncio, as bocas muito próximas, respirando o hálito um do outro, e por três inesquecíveis minutos a terra parou para eu me sentir amada. Depois, Miguel ajeitou os óculos e, naquele jeito tranquilo tão típico dele, disse ao pessoal do DCE, sem outro objetivo que não o de implicar, que estavam todos errados, Chico era Chico e não tinha obrigação de conversar com ninguém. A maioria discordou, houve prós e contras, e os ânimos se acirraram. De mãos dadas com Miguel, observando um sorriso de divertimento em seus olhos, eu não me importava mais com o que diziam, meu peito se expandira numa sensação de alívio: não era uma pecadora, de uma forma absolutamente natural eu apenas usara o sexo para enfrentar a morte. Talvez meu pai tivesse feito o mesmo numa situação semelhante, talvez minha mãe, quando eu contasse tudo a ela, me compreendesse. Estendi o rosto e toquei a boca de Miguel num beijo muito leve: queria que ele sentisse minha alma, não meu corpo. Ele me olhou com carinho, sorriu e tomou outro gole de cerveja.

***

Do dia terrível sobre o qual escrevo agora, não lembro muitos detalhes. Lembro apenas que já estava entardecendo, eu havia passado a tarde fazendo amor com Miguel e estava atrasada para a aula de piano. Perto da praça, em frente ao ponto de ônibus, a menos de um metro de mim, encostado ao poste, eu vi Genaro. Embora ele agora usasse barba, não tive dúvidas de que era ele. Os olhos opacos que eu conhecia tão bem, os cabelos escuros, o jeito insolente: era Genaro. Pensei imediatamente na tia Maria Eulália. Ela saberia que ele havia sido libertado e estava na cidade? Senti um arrepio na barriga. Genaro olhou-me com firmeza, seus lábios mexeram-se, mas nenhum som saiu deles. Tenho certeza de que foi assim porque, se tivesse dito alguma coisa, eu teria escutado, estávamos muito perto um do outro. Nesse instante, o ônibus chegou, ele subiu, sentou-se à janela sem desviar os olhos de mim e partiu.

Soube imediatamente que alguma coisa estava errada, muito errada, e, pela primeira vez, senti medo dele. Um medo enorme que me fez apressar o passo. Queria chegar logo em casa. O que ele estaria fazendo em Boca do Monte? Viera ver a tia? Eu precisava contar para o Avô. Não, se contasse, ele chamaria a polícia. Talvez tivesse vindo fazer as pazes, mas e se tivesse voltado para se vingar? Lá de Caxias, mandara cartões postais ameaçando meu pai e meu Avô de morte. Ninguém dera importância àquelas ameaças: afinal, estava preso, o que poderia fazer? Mas agora ele estava ali. Havia sido libertado ou fugira. Contaria à tia que o tinha visto, disse a mim mesma, subindo correndo a escada das glicínias, ela decidiria o que fazer.

– Não tem ninguém em casa, Elisa. Dona Maria Eulália saiu, dona Clotilde também e Máxima foi levar uma parente até o posto de saúde da Medianeira. Antes que me esqueça: o professor de piano passou por aqui, deixou dito que não poderia ficar e que recupera a aula num outro dia.

Que azar, lembro que pensei, sentindo-me perdida. Como sempre, tudo estava acontecendo diferente do que havia imaginado. Bem, se eu não podia contar para tia Maria Eulália, contaria para minha mãe, ela deveria estar agora no apartamento, decidi, descendo de dois em dois a escada dos fundos e atravessando o pátio em direção ao portãozinho. Já estava noite, eu ia distraída, com a cabeça cheia de perguntas, talvez por isso não tenha percebido a presença da pessoa que, junto ao bambuzal, me agarrou por trás. Tentei gritar, não consegui, a mão sobre a minha boca era forte demais, o braço como se de ferro, mal conseguia respirar. Debati-me como pude, unhava seus braços, tentava morder sua mão, atingi-lo com pontapés. Tentei virar-me para ver seu rosto, mas estava tapado por um pano preto. Lembro que tentei arrancá-lo, ele desviou a cabeça, minha mão agarrou apenas um chumaço de cabelos. Levei um soco na nuca e, ainda tonta, senti a ponta de uma faca logo abaixo das costelas ordenando que eu ficasse quieta. A partir desse instante eu não gritava mais, apenas me debatia. Outro soco forte me derrubou, bati com a cabeça no chão – numa pedra, me disseram depois –, entrando fundo no meu nariz um perfume de mato – sobre o meu corpo, o corpo dele. Antes de desmaiar, senti minha roupa ser rasgada e uma dor aguda me cortar em duas.

Capítulo XXXII

Misturada à sombra das glicínias, junto ao banco de mármore, Clotilde esperava. Algo de muito grave aconteceu, Olga pensou quando a viu.

– Não fica nervosa, Olga, Elisa está bem, mas é melhor vires comigo até o hospital. O Pai já está na delegacia tratando dos trâmites.

Um frio enorme fez o queixo de Olga tremer como se tivesse febre. Queria falar, as palavras não saíam, uma golfada de bile encheu sua boca de amargor. Vinha de um encontro com Carlos, ele a havia chamado, dissera que precisavam conversar. Por loucura, um absurdo qualquer do qual nem lembrava mais, ela havia concordado. Não importava o motivo, estar com ele fora um grande erro e, por causa desse erro, algo de muito sério acontecera com Elisa e ela não estava lá para protegê-la. Sentiu-se tonta, os joelhos cederam, Clotilde a sustentou.

Tomaram um táxi até o hospital. Olga ia muito tesa, os olhos secos, sem conseguir entender as palavras que a irmã dizia, atropeladamente, ao seu lado. Uma mola quebrada no encosto do banco cutucava suas costas feito um canivete. Havia uma flâmula vermelha, com o escudo do Internacional, pendurada no espelho retrovisor, uma fotografia um pouco apagada de duas crianças risonhas grudada com Durex no painel. Ao contrário das explicações de Clotilde, essas pequenas coisas chegavam até a mente de Olga com nitidez assustadora. Forçou-se a prestar atenção à narrativa da irmã: ...e Agostinho a encontrou, perto do bambuzal, ela dizia. A imagem da filha atirada sem sentidos no chão ocupou todo o pensamento de Olga e a impediu de ouvir os detalhes que Clotilde lhe contava.

Desceram do táxi em frente ao hospital. Foi aqui que Elisa nasceu, Olga pensou, reconhecendo as roseiras do jardim, o nicho com a estátua de São Francisco, os corredores de azulejos, lembrando do quanto Caio estava nervoso aquele dia. Os corredores não eram tão compridos naquela época, murmurou para si mesma, enquanto, correndo, passava sem ver por pacientes, familiares, médicos, enfermeiros, corpos deitados em macas, até chegar à frente de uma porta alta pintada de uma cor indefinida com enormes dobradiças de ferro e uma basculante de vidro junto ao teto. Parada em frente à porta, não conseguiu levar a mão até a maçaneta, seu braço estava como que paralisado. Foi Clotilde quem a fez entrar. Na cama de lençóis perfeitamente esticados estava Elisa, o rosto arranhado, um dos olhos inchado, os lábios cortados. Sem coragem de tocá-la, Olga reclinou-se sobre ela e, como se fosse apenas uma médica, examinou atentamente o enorme curativo na testa de onde escapavam as bordas roxas e irregulares de um hematoma. Sentada ao lado da cama, uma noviça lia o breviário. Assim que as viu entrar, levantou-se e, com um sorriso calmo, explicou que a menina estava bem, dormiria ainda por algum tempo, os médicos lhe haviam dado um sedativo. Segurando, enfim, a mão da filha, Olga ajoelhou-se sobre o piso. Recusou a cadeira que Clotilde lhe trouxe: como a irmã não percebia que ela não podia se sentar? Precisava ficar de joelhos, em penitência, porque fora por sua culpa que tudo acontecera.

– Desculpa, Elisa, desculpa meu amor, eu não estava lá para cuidar de ti, a culpa é toda minha – ela murmurava. – A culpa é minha – repetia, numa voz entrecortada de soluços, mas sem conseguir chorar.

– Não seja boba, Olga – replicou Clotilde, tentando consolá-la. – Aconteceu nos fundos do pátio. Mesmo que estivesses em casa, não terias percebido.

Olga não respondeu, Clotilde não tinha filhos, não sabia como era. Nesse instante, vestida de preto e muito pálida, Maria Eulália entrou no quarto sem dizer palavra, colocou a mão sobre o ombro de Olga, ajudou-a a se levantar e a abraçou. Agarrada a ela, Olga desatou em pranto. Clotilde virou o rosto, enciumada.

***

Durante os dias em que Elisa ficou no hospital, Miguel não saiu do seu lado. Se alguém não lhe trouxesse um sanduíche e insistisse para que se alimentasse, ele sequer comeria. Aparentando tranquilidade absoluta, sentado ao lado da cama, lia um livro em voz alta ou apenas falava para distraí-la: contava dos amigos, dos professores, do colégio. Sua voz monocórdia ressoava pelo quarto feito um canto gregoriano, acalmando e criando a ilusão de que tudo estava bem. No entanto, sempre que Elisa adormecia, encostado ao vidro da janela, ele chorava de raiva e impotência. Como é possível, como é possível..., repetia, enxugando os olhos com as costas das mãos.

No sábado, quando Máxima veio ficar com Elisa, Olga convidou-o para espairecer um pouco no jardim. Sentaram-se num dos bancos próximos às roseiras. Olga sentiu que havia algo que ele queria dizer. Pegou sua mão, ele começou a soluçar e contou que, na segunda-feira, o pai entregaria o apartamento e voltaria para São Paulo. Já falei a ele que não vou, disse, secando o nariz na ponta da camiseta, fico num hotel, não posso deixar Elisa. Olga esperou que se acalmasse e o convidou para tomar um café na lanchonete do hospital. Aquecendo as mãos na xícara de louça grossa, falando com calma e muito devagar, aos poucos foi convencendo-o a mudar de ideia: precisava ser realista, Elisa estava bem cuidada, logo iria para casa. A vida seguia em frente, e seu objetivo principal agora era preparar-se para o vestibular. Essas deveriam ser suas prioridades nos próximos meses: estudar, alcançar uma boa colocação e, quem sabe, conseguir uma bolsa de estudos. Para o bem dele mesmo e de Elisa, era nisso que precisava pensar. Se o horror já havia acontecido, se nenhum dos dois podia fazer nada, que deixasse, ao menos, ajudá-lo com Elisa.

Aos poucos, embora de má vontade, Miguel foi concordando. Voltou ao quarto, conversou com Elisa e, no domingo, os dois se despediram sem chorar.

Elisa voltou para casa. Não foi necessário esconder dela os jornais, nada fora publicado sobre o estupro. Havia por todo lado uma calma aparente; às escondidas, porém, não se falava de outra coisa. Embora não pudesse mandar nas ruas, na casa Máxima impôs um pacto de silêncio. Todos cumpriam suas tarefas como se nada houvesse. Nacho veio do Campito, instalou-se no hotel: reunia-se com o Tio, falava com o delegado, acompanhava de perto as investigações. Porque fora visto na cidade, o principal suspeito era Genaro, mas nada havia ainda de concreto. As pistas encontradas no local, as pegadas, os fios de cabelos nas mãos de Elisa, nada era conclusivo.

Olga recusou a oferta de Clotilde para hospedarem-se na casa, seria melhor para Elisa estar em seu quarto, justificou: estando sozinhas, fugiam também aos olhares curiosos, ainda que mudos, dos criados. Nos dias que se seguiram, dedicou-se inteiramente à filha: raramente saía, preparava as refeições, lia para ela, enfeitava a casa com as flores que Máxima apanhava no jardim. Preenchidas por essas atividades corriqueiras, tinha a impressão de que as manhãs transcorriam rápidas; as tardes, no entanto, ainda que interrompidas pelas visitas das irmãs e de Nacho, custavam a passar. No início de mais uma dessas tardes vazias, sentada ao lado da filha, Olga buscava o que fazer. Elisa dormia, tudo estava em ordem – as flores, a garrafa de água fresca, os livros, as revistas. Talvez chovesse no final do dia: por detrás da vidraça, o vento atirava fiapos de nuvens para lá e para cá. Olga folheou o livro que começara a ler no dia anterior, não conseguiu concentrar-se. Curvando-se sobre a cama, acariciou o rosto da filha. Vê-la assim, serena, a fez lembrar-se de quando Caio e ela eram jovens. Nesse tempo, Elisa passava as tardes a brincar no jardim e voltava na hora do jantar sem nenhum machucado importante, às vezes um joelho ralado, um pequeno corte, nada que não pudesse ser curado com pouco de mercúrio, uma tira de esparadrapo e um beijo. Quanta coisa havia acontecido desde então, pensou, angustiada, levantando-se. De frente para a janela, cruzou os braços sobre o peito como para proteger-se da vida. Semelhante ao vento sobre as nuvens lá fora, a vida a atirava, sem piedade, de lá para cá. Sentiu saudades de Caio, ele não havia sido um mau pai.

Ajeitando uma rosa branca na jarra de louça sobre a mesinha, recordou, pela primeira vez desde que tudo acontecera, o seu encontro com Carlos no dia em que Elisa fora atacada. Ele havia telefonado, ela aceitara o convite. Como se o tempo não tivesse passado, encontraram-se no apartamento de sempre, beberam uma garrafa de vinho e fizeram sexo. Ela não conseguira esconder dele a esperança de que tudo mudasse, agora que estava viúva. Quando percebeu que, para ele, esse fato não fazia a menor diferença, quando, apesar das promessas que lhe fazia, teve certeza de que nada havia mudado e tudo o que ele desejava era vê-la às quintas-feiras, passar uma tarde agradável e voltar para sua mulher, levantara-se da cama, furiosa. O que tu queres afinal? Por que me procuras se eu não sou boa o suficiente? Não posso ser mais moça, nem mais bonita, nem mais engraçada, nem mais inteligente. Sou isto aqui. Nem mais, nem menos. Sou isto aqui! Isto! Se não te sirvo, me deixa em paz!, ela gritara, batendo com a mão espalmada no peito dele e, na verdade, saboreando até a última gota a raiva que sempre sentira, mas nunca conseguira verbalizar.

Pobre Carlos, apenas tivera o azar de estar ali quando tudo o que estava enterrado dentro dela explodira. Era como se dentro de mim houvesse uma bomba antiga e não detonada, pensou com um suspiro. No fim, fora bom que tivesse acontecido. Estava livre agora. Podia seguir em frente. Quem sabe encontrar alguém? Não era velha e nem feia, apenas madura o suficiente para ver as coisas com clareza. Assim como Maria Eulália fizera ao tilintar o ouro das suas pulseiras, usaria sem pejo o nome dos Sampaio de Alcântara e o agitaria e faria tinir uma letra contra a outra como se fossem moedas, e entre os que a ouviriam haveria alguns que ela precisaria mandar embora, mas outros nos quais ela poderia confiar, pois sua ganância seria pequena e seus sonhos, moderados.

– Chega um momento em que é preciso escolher – disse, ajustando melhor contra o corpo o casaquinho de algodão.

– Escolher o que, mãe?

Olga assustou-se, não percebera que Elisa acordara e que ela havia falado alto.

– Escolher viver sem medo, minha filha. Tua mãe finalmente escolheu viver sem medo – disse, curvando-se sobre a cama e encostando o rosto no peito de Elisa.

Anotações para um romance

Embora eu não quisesse falar, sabia que não podia me esconder. Então, assim que me senti melhor, prestei depoimento à polícia. Contei tudo o que conseguia recordar, inclusive o fato de ter visto Genaro. Não, eu não havia reparado em que ônibus ele entrara, e também não podia afirmar com certeza se fora ele quem me atacara: já estava escuro, o homem tinha o rosto coberto e eu estava muito nervosa. Mais tarde, o delegado contou à minha mãe detalhes sobre a fuga de Genaro da delegacia de Caxias. Segundo os outros presos, fazia uma semana ou mais que ele falava sozinho, dizia que o Sogro havia pagado alguém para envenená-lo e que ele precisava ir até Boca do Monte para matá-lo.

Na verdade, a única certeza era a de que Genaro estivera mesmo na cidade. Além de mim, outras pessoas o haviam visto e reconhecido, o resto eram rumores, informações contraditórias. Quando as notícias do estupro começaram a se espalhar, o motorista de um ônibus intermunicipal na linha Porto Alegre-Boca do Monte veio até a delegacia contar sobre um passageiro com sotaque italiano que o ameaçara com uma arma e o obrigara a parar antes da rodoviária para que pudesse descer. Mas outro motorista, o que fazia a linha Boca do Monte-Pelotas, declarou haver transportado um homem cuja descrição física combinava com a de Genaro. Lembrava-se dele porque importunava os outros passageiros agindo como se fosse louco. Se essa informação fosse confirmada – jamais o foi –, ela inocentaria Genaro, pois o ônibus para Pelotas partira às cinco horas da tarde, um pouco antes, portanto, do ataque. A verdade era que ninguém sabia de nada.

Dias depois, encontraram Genaro vagando pelas ruas de Caçapava. Sujo, a barba por fazer, dizia frases sem nexo, perguntava se alguém havia visto o mensageiro, contava de um Major que tinha vindo matá-lo, pedia que o salvassem das tartarugas. Foi medicado e levado numa ambulância de volta à delegacia de Caxias. Soubemos mais tarde que o torturaram, mas, ainda que apanhando feito um bicho, jamais confessou o estupro. Sem confissão e sem testemunhas, não havia como provar que fora ele, os poucos fios de cabelos encontrados em minhas mãos eram semelhantes aos dele, mas semelhante também aos de muitos outros: àquela época não se fazia exame de DNA. Uma tarde, ouvi Nacho dizer a mamãe que nunca se teria certeza, mas que ao menos a simples suspeita de que tivesse me atacado já era razão suficiente para apressar o decreto de expulsão.

Por mais absurdo que hoje me pareça, tenho certeza de que ninguém conversou com tia Maria Eulália a respeito de Genaro. Todos agiam como eles se não fossem casados. Ela, por sua vez, não fazia perguntas, não se queixava, permanecia quase que o dia inteiro trancada nos seus aposentos do porão, saía apenas para me visitar. Quando vinha, sentava-se ao meu lado, falava pouco, mas com tranquilidade, e sorria como se fosse dona de um segredo. Num dia em que minha mãe havia saído, pegou a minha mão, durante um longo tempo, examinou as linhas da palma e, sempre calada, balançou a cabeça como se estivesse confirmando um pressentimento. Embora morrendo de curiosidade, tive medo de perguntar o que vira. Ela percebeu o meu medo e, entre risonha e séria, como se não soubesse ao certo se devia ficar alegre ou triste, acariciou meus cabelos e disse que, no final, tudo daria certo.

Quando o exame de sangue confirmou a minha gravidez, entendi, enfim, o porquê da sua indecisão. Foi tia Clotilde quem abriu o envelope. Apavorada, vi seu rosto passar da incredulidade à raiva e novamente à incredulidade e novamente à raiva e, por fim, ao desespero. A mãe – estávamos apenas nós três no apartamento aquela tarde – recebeu o papel e o leu vezes sem conta. Em silêncio, os ombros caídos, ficou virando e revirando aquela folha de papel como a tentar convencer-se de que lera errado. Encolhida sobre mim mesma, eu as observava sem saber o que fazer.

Logo, tia Clotilde começou a andar pelo quarto muito agitada, a esfregar as mãos e a exclamar que não era possível, que aquilo não podia estar acontecendo em nossa família. À época pensei que fosse apenas vergonha, hoje entendo que seu desespero tinha por fundamento uma divisão insuportável: se, por um lado, a razão lhe dizia que o aborto era a única solução, por outro a ideia de pecado a paralisava. Acho que foi a única vez em que a vi chorar. Talvez porque a ideia de pecado não a assustava, ou assustava menos, minha mãe conseguiu se recompor mais rapidamente do que tia Clotilde. Não lhe importavam as leis de Deus, importava-se comigo. Ficaria tudo bem, me disse, seria um segredo nosso, iríamos até Porto Alegre, ou até mesmo ao Rio de Janeiro, encontraríamos um médico de confiança, ele faria o aborto, a lei permitia, em casos como o meu. Agoniada, pensei imediatamente em minhas tardes com Miguel: essa criança poderia ser dele, e eu jamais mataria um filho de Miguel. Fechei os olhos e deixei que as lágrimas corressem pelo meu rosto. Minha mãe me abraçou, repetia e repetia que não me preocupasse, que tudo ficaria bem. Embora quisesse contar-lhe tudo, eu simplesmente não conseguia. Pedi que chamassem padre Antônio. Ele ouviu-me em confissão, deu-me conselhos, desenhou no ar a cruz da absolvição e prometeu que, no dia seguinte, me ajudaria a falar com minha mãe.

 Cumprindo a promessa, padre Antônio chegou muito cedo à nossa casa na manhã seguinte, minha mãe e eu tomávamos o café da manhã. Ela se assustou ao vê-lo, pensou em uma nova desgraça. Com rosto sério, mas sereno, ele a acalmou e a aconselhou a me ouvir com calma, que esquecesse todo o resto e apenas ouvisse, e nos deixou sozinhas. E foi assim, sobre os restos corriqueiros do pão e da manteiga, que, pela primeira vez, mamãe e eu conversamos realmente. Aos prantos, contei-lhe tudo. Disse que amava Miguel e que a simples possibilidade de matar seu filho me deixava louca. Ela escutou-me, abaixou a cabeça e ficou em silêncio, como que alheia, examinando as próprias mãos.

Eu a conhecia bem e sabia o que pensava: aquelas mãos sempre a haviam socorrido, eram suas aliadas, como podiam lhe falhar agora? Eram elas que a auxiliavam nas costuras, que escovavam meus cabelos até que brilhassem, que a ajudavam a lavar sem nojo as roupas de meu pai cheirando a perfume e vômito. Era com elas que preparava o feijão e o arroz que nos permitiam fingir que estava tudo bem e que nos reuníssemos ao redor da mesa e fôssemos uma família. Naquele dia, porém, para desespero dela e meu, suas mãos permaneceram imóveis: assim como ela, não sabiam o que fazer. Quando, ela, enfim, levantou a cabeça, meu coração falhou uma batida: parecia ter envelhecido muitos anos. Olhando seu rosto, tive um vislumbre do que sentiria quando nossos papéis se invertessem e eu precisasse cuidar dela e, mesmo com ela ainda viva, seria como se eu já fosse órfã.

Sua fraqueza, porém, durou pouco, logo ela voltou a ser como sempre. Endireitou as costas e começou a falar. Miguel complicava tudo, me disse, pois a escolha, agora, teria que ser apenas minha. Num acontecimento como esse, não há certo ou errado, me garantiu: o que eu decidisse, fosse o que fosse, seria a decisão correta. Ela me apoiaria sempre, apenas não podia assumir a responsabilidade. Talvez, nesse momento, estivesse me parecendo cruel, mas algum dia eu lhe agradeceria, me assegurou.

– Não és mais criança, minha filha, não posso interferir em tua decisão. Quando nos tornamos mulheres, precisamos assumir responsabilidades – afirmou, com carinhosa severidade.

Que eu ouvisse meu corpo, seguisse minha intuição, assim como Maria Eulália, sempre soubeste muito mais do que imaginas, me garantiu, acrescentando que eu tinha algum tempo para pensar, a gravidez estava muito no início. Como eu não parasse de chorar, sentou-se ao meu lado e me abraçou. Disse que a decisão era difícil, que, como dissera antes, eu jamais saberia com certeza quem era o pai e, por isso, qualquer que fosse minha escolha, nunca deveria me sentir culpada. Creio que no dia seguinte contou tudo a Máxima, pois, com a desculpa de me fazer companhia, ela veio conversar comigo. Sentada muito reta na ponta da poltrona, durante vários dias, com infinita paciência, ouviu o que eu tinha a dizer. Nesses monólogos, mais do que nas confissões com padre Antônio – eu o sentia sempre dividido –, minhas ideias foram se organizando. Numa tarde tranquila de sábado, Máxima decidiu por conta própria que nada mais havia para eu desabafar. Então sorriu, me disse que essas coisas acontecem quando o de baixo esquenta e o de cima não governa, deu-me um de seus raríssimos beijos e perguntou como eu contaria a Miguel que ele seria pai. Foi essa a forma simples, mas eficaz, que encontrou para me assegurar que não importava a verdade dos fatos, importava apenas a minha verdade, e essa lhe dizia que Miguel era o pai.

 A certeza de Máxima ajudou-me assim como, para ser justa, também me ajudou a maneira como, a cada manhã, padre Antônio me dava a entender que Deus era Pai e me perdoava. Meu medo maior, o Avô – não sei que argumentos ou ameaças minha mãe e minhas tias usaram, mas, depois de me chamar para uma conversa na biblioteca, onde me humilhou como ninguém antes e deixou muito claro que, sendo eu uma Sampaio de Alcântara, tinha o dever moral de fazer um aborto –, não tornou a falar comigo. Naquele dia, eu o enfrentei de olhos secos, não pronunciei uma palavra, mas, assim que a porta se fechou atrás de mim, comecei a tremer como se ardendo em febre, meus dentes batiam descontrolados, eu não conseguia falar ou respirar. Máxima, que me esperava no corredor dos retratos, envolveu-me na velha manta xadrez de tia Maria Eulália, levou-me até o quarto e segurou minha mão até que adormecesse. Nenhuma de nós jamais falou sobre essa tarde, mas ambas sabíamos que depois dela eu nunca mais trocaria qualquer palavra com meu Avô além de corteses cumprimentos ou votos de felicidades nos aniversários: ele estava tão morto para mim quanto meu pai, talvez mais, porque desse eu cultivava lembranças carinhosas.

 Lembro-me da casa naqueles dias como que envolta numa gaze de algodão: todas as vozes, todos os passos, o tinir das panelas de Adelina, os gritos das caturritas, tudo chegava a mim como que amortecido. O tempo, esse, ora passava depressa demais, ora arrastava-se de forma assustadora. Eu vivia agoniada sem saber o que fazer. Não havia contado ainda para Miguel. Sim, o filho podia ser dele, mas a verdade era que, como dizia tia Clotilde, ele havia ido embora, tinha sua vida em São Paulo, ninguém podia afirmar se ficaríamos juntos, a decisão sobre fazer ou não o aborto precisava ser apenas minha. Nunca perguntei à minha mãe se o Avô falou sobre mim nos dias que se seguiram à nossa conversa. Talvez porque o segredo do aborto sofrido por tia Maria Eulália ainda pairava sobre nós, denso e perene, como costumam ser os segredos de família dos quais ninguém fala, sei apenas que me deixou em paz.

    Além de Máxima, tia Maria Eulália era a única a me incentivar, discreta, mas claramente, a ter meu filho. Estava tão tranquila que cheguei a desconfiar que agisse assim porque existia a possibilidade de a criança ser de Genaro. Um pensamento horrível, que logo afastei: ela não seria tão perversa. Há quanto tempo não vês teu unicórnio?, perguntou-me um dia. Surpresa e um pouco irritada, respondi que não tinha mais tempo para aquele tipo de absurdo, o unicórnio era apenas uma fantasia de criança, não fazia mais nenhum sentido em minha vida. O fantástico nem sempre é absurdo, ela me respondeu, e muito menos sem sentido. Não sei por que aquelas palavras me marcaram, vez ou outra me pegava pensando nelas, tentando captar seu sentido. Lembrando o unicórnio, a tarde em que apareceram os tucanos, as pegadas que eu encontrara no jardim, depois da chuva, eu concordava que sim, nem sempre o fantástico é absurdo.

    E foi assim, levada pela estranheza que uma frase enigmática me causou, que pouco a pouco comecei a sair de mim mesma, a ir até a janela observar o pátio da casa, suas folhas, seus ruídos, os pequenos coloridos de suas flores. Numa manhã especialmente bonita, senti vontade de passar algum tempo junto ao túmulo da minha avó. Era cedo ainda, mas já fazia calor. Sentei-me sob as árvores e, com um gesto irritado, afastei a mosca que pousara em minha testa. Estava agitada, sem paciência. O jardim parecia pesar sobre mim, morno e sumarento. Olhei para o pequeno relógio no meu pulso, seis e meia, lembrei que Máxima detestava essa hora, é quando o diabo acorda, ela dizia.

Como se de muito longe, escutei os ruídos familiares da casa: uma porta batendo, a empregada cantando junto com o rádio, Adelina ralhando com Agostinho. Tudo está bem, pensei de uma forma irracional, podia ficar mais um pouco no jardim, não precisava ainda da proteção da casa. Não sei com que perigos o jardim me ameaçava, mas, comparado à casa, como todas as mulheres da família, sempre o achei levemente assustador. Não importava o que acontecesse em nós ou no mundo, a casa mantinha sua qualidade de tranquila permanência: seus sofás de veludo, as cortinas, o piano, seus linhos engomados a ancoravam, davam a ela um equilíbrio largo e satisfeito.

Tirei os sapatos e apertei os pés contra a grama. Senti-a fresca, repleta de minúsculos estalidos, ocultas ligeirezas. A vida sob meus pés era tão frágil, bastaria uma pressão mais forte para fazê-la calar-se. Assim também a vida dentro de mim, pensei: bastava um simples não para que ela deixasse de existir e tudo continuasse como antes. Com a cabeça projetada para o alto, os braços largados sobre o colo, permiti que aquele momento de paz me envolvesse e consolasse como a velha manta xadrez da biblioteca. Eu precisava apenas ouvir minha intuição, nada, nem mesmo a lei dos homens me impedia de tirar essa criança, ninguém me culparia, até padre Antônio estava decidido a me absolver. Sim, disse a mim mesma: seria isso, eu faria o aborto. Mais tarde teria outros filhos e toda a tristeza ficaria esquecida. Estava resolvido. Enfrentaria esse momento terrível, deixaria que passasse sobre mim como uma onda, sentiria seu fragor mas estaria a salvo, depois voltaria à superfície e seguiria a minha vida. Não podia ter aquele filho, ele era pesado demais.

Aliviada, fechei os olhos e levantei o rosto para a brisa. Deixei-me escorregar no frescor movediço do jardim, era como se penetrasse numa região nevoenta: o cheiro das goiabas, a leitosa opulência das lesmas, o vento nas folhas do bambuzal, tudo suplicava minha atenção, sugava minha força. Não podia render-me a eles, pensava, era preciso permanecer senhora da minha vontade. Então, um perfume doce, quase podre, de jasmim invadiu minhas narinas. Assustada, me encolhi sobre mim mesma: na doçura quase insuportável daquele cheiro, havia vida em seu estado mais real. Tão concreto quanto aquele perfume, o pequeno ser dentro de mim estava vivo, bem vivo, e no cordão que nos unia o sangue transitava.

Assim como eu, um dia, estivera unida à minha mãe e ela à minha avó, meu filho e eu estávamos unidos: se o matasse, mataria uma parte de mim mesma. Em meu ventre, um ser minúsculo, dentro do qual já batia um coração, dependia de mim. Sempre de olhos fechados, senti que um inseto caminhava no meu braço, uma formiga, talvez, ou uma pequena aranha: o jardim havia mandado um emissário, e ele agora me humilhava com o destemor das suas patas silenciosas. Podia matá-lo, se quisesse, mas não podia negá-lo.

Passei a mão no rosto para secar as lágrimas: assim como aquele mensageiro da vida que existia no jardim, a criança que eu carregava precisava ser poupada. Era meu filho. Meu apenas, de mais ninguém, não de Genaro ou de qualquer outro homem que pudesse ter me atacado. Era meu filho e, embora eu não soubesse ainda se seria menino ou menina, decidi que não colocaria nele o nome de meu pai ou de ninguém mais da família, essa criança nasceria livre de todos os passados. Eu teria meu filho ali, naquela casa, e, apesar de tudo, ele seria bisneto do meu Avô. Dentro da casa, ele aprenderia sobre família e raízes: depois, no jardim, brincaria com lesmas e unicórnios, eu mesma o ensinaria. Sentindo uma paz que jamais havia experimentado, subi ao apartamento. Minha mãe me esperava, a mesa posta. Não precisamos dizer nada uma à outra, ela logo soube que teria um neto.

Dias mais tarde, eu estava na biblioteca quando a empregada veio dizer que o professor de piano estava à porta e queria me ver. Como todos, ficou sabendo do que aconteceu e veio me fazer uma gentileza, foi o que pensei, concordando em recebê-lo, mas torcendo para que não se demorasse nem fizesse perguntas. A verdade é que nunca prestei muita atenção ao professor, ele e suas aulas eram apenas algo que precisava suportar, uma das imposições da casa, como vestir-me para o jantar ou usar corretamente os talheres. Nem mesmo recordo o seu nome, sempre o chamamos apenas de *o professor de piano*. Máxima o achava parecido com um pinguim, a mim – com as mãos muito brancas a escapar das mangas curtas do paletó e um sorriso imutável pendurado nos lábios, feito um cigarro apagado – ele lembrava uma marionete.

 Nesse dia, porém, eu o achei diferente. Sentou-se muito sério no sofá à minha frente, cruzou as pernas, tendo o cuidado de ajeitar as calças para que não marcassem nos joelhos – um gesto absolutamente ridículo considerando o estado precário de suas roupas –, desabotoou o paletó e me encarou como se esperasse que eu dissesse alguma coisa. Com seus gestos rígidos, estudados, parecia um bêbado que, sabendo-se cercado de pessoas sóbrias, tentasse desesperadamente não deixar transparecer sua euforia. Constrangida, eu procurava alguma coisa simpática para dizer quando tia Maria Eulália entrou na sala. Eu nunca a havia visto tão furiosa. Não, ela não estava apenas aborrecida por ele ter vindo incomodar-me, estava realmente furiosa. Seu rosto anguloso, como que talhado em pedra, os olhos estreitos, tão semelhantes aos do Avô, deixavam transbordar uma incontida cólera.

 Não olhou para mim, apenas permaneceu em pé mantendo aberta a porta do corredor e disse: já é hora de ir, professor! Palavras aparentemente banais, mas pronunciadas de uma forma tão definitiva que não deixavam dúvidas: ela o estava expulsando como a um cachorro. Sem entender a razão da sua fúria, mas sabendo também que não devia perguntar, permaneci em silêncio. Assim que o professor saiu, ela tranquilizou-se, respirou fundo, sempre sem me olhar, sentou-se na sua poltrona favorita e tocou a campainha para pedir um chá.

Capítulo XXXIII

Olhando as mesmas antigas violetas enfileiradas na janela, Ana Rita pensava em como escrever. Já começara muitas vezes, não conseguia ir além do magnífico reitor, caríssimo paraninfo, senhoras e senhores, queridos colegas... Não estava preocupada: no tempo certo, as palavras viriam. Vivia uma boa fase, sentia-se feliz, orgulhosa por ter sido escolhida a oradora da turma, fizera as pazes com o Pai, com suas origens, com seu jeito de ser: as mães dos seus alunos já podiam lhe dar quantas violetas quisessem, não se ofenderia mais. Mordiscou a ponta do lápis tentando achar o tom certo do discurso. Tinha obrigação de falar em nome da maioria dos colegas – em nome de todos era impossível – e, mais do que tudo, queria dizer verdades. Mas era uma época em que a verdade não podia ser dita claramente, era preciso usar metáforas: talvez fosse isso, essa proibição de falar o que pensava, que a estivesse travando.

A campainha da porta tocou fazendo-a lembrar-se do tempo em que esperava por Caio e saltava sempre que o telefone ou a campainha soavam.

– Nacho? O que tu estás fazendo aqui?
– Vim te levar pra almoçar.
– Não posso, estou escrevendo meu discurso.
– Escreve depois.

Ana Rita sentiu que o assunto era sério.

– Por que não comemos aqui? Faço uma omelete num instante.
– Tudo bem, comemos aqui, mas eu cozinho. Deixa ver o que tens na geladeira.

Um pouco envergonhada porque sabia que na geladeira não havia muita coisa, Ana Rita fez um gesto largo com o braço para que ele passasse e ficasse à vontade.

– Além dos ovos e de um pouco de queijo, vais encontrar muito pouco – avisou. Sem dar-se por vencido, Nacho mexeu aqui e ali, tirou das profundezas de uma das prateleiras uma tigela com restos de arroz e um naco de carne assada, e na gaveta das verduras encontrou um molho de couve já começando a amarelecer. Picou a carne, cozinhou a couve e misturou tudo com uma colher grande de manteiga para não pegar no fundo. Corrigiu o sal e a pimenta, salpicou manjerona. Tostou um resto de pão do dia anterior numa frigideira com um pouco de alho e manteiga. Serviu dois pratos. Ana Rita comeu a primeira garfada e arregalou os olhos.

– Nacho!
– O quê?
– Está muito bom!
– Claro que está bom, como tu achavas que ia estar? Abre logo uma cerveja e vamos comer antes que esfrie!

Sentados à mesa da cozinha, comeram em silêncio. Uma vontade de chorar absurda calava Ana Rita. Sabia o que aquele homem grande, tão bondoso quanto atrapalhado, que mexia um pouco as orelhas quando ria, viera fazer ali: ele viera ouvi-la. Tomara não tentasse fazê-la mudar de ideia, demorara muito a decidir-se. Nacho percebeu que Ana Rita estava comovida e ficou contente por ter vindo, gostava daquela guria.

– Nunca falamos direito sobre muitos assuntos, Ritinha – disse, empurrando o prato e se recostando na cadeira –, mas acho que chegou a hora. Não quero detalhes, quanto menos eu souber melhor para nós dois. Mesmo assim, eu preciso te perguntar: tens ideia de onde estás te metendo?

Os olhos de Ana Rita encheram-se de lágrimas, ele sequer indagara o que ela ia fazer: essa parte, aparentemente, ele já sabia e aceitava.

– Não é festa, Ana Rita. Os festivais de música já terminaram há muito tempo, ninguém vai gritar teu nome nem aplaudir. Não é também peça de teatro que pode ser censurada, muda-se uma coisa aqui, outra ali e segue-se adiante. É vida real. Se fores, tua história será muito diferente.

– Como é que tu sabes o que vou fazer?

– Eu te ouvi falando com tuas irmãs e te vi com teu colega, mas, mais do que tudo, eu te conheço desde menina.

– Ele é só um colega.

– Sou mais malandro do que tu, guria – ele disse, rindo. – Mesmo sem eu dizer o nome dele, sabes de quem eu estou falando. Todos os dias, todos os instantes, ele está bem aí no teu pensamento. Não é só um colega. Vais embora com ele, não?

– Não sei ainda, Nacho, juro que não.

– Não mente pra mim, Ana Rita.

– Estou pensando em ir, querendo ir, mas não tenho nada ainda resolvido.

– E o teu Pai? As tuas irmãs, a tua casa.

– Ele não é meu pai, Nacho, aquela não é a minha casa. Precisei de muitos anos para reconhecer isso. O Pai é o homem que me criou, a casa é o lugar onde cresci. Fiz o que esperavam de mim, acho que estamos quites, é hora de seguir adiante e deixá-los para trás.

Nacho a ouvia de cabeça baixa, espalhando com o garfo um resto de arroz no prato. Tomou um gole de cerveja, levantou os olhos e sorriu. Ana Rita sorriu de volta.

– Tudo bem, tu tens razão, não é bem assim – ela reconheceu, meio envergonhada –, assim é como eu gostaria que fosse. Impossível passar tantos anos naquela casa sem levá-la comigo. Mas preciso viver minha vida, sem dependências e sem remorsos. Ontem me sentei no jardim, naquele banco ao lado do túmulo da mãe, e conversei com ela muito tempo. Chorei também. Foi minha primeira despedida. Com seu jeito discreto, silencioso, fazendo mais do que dizendo, a mãe foi a primeira pessoa a acreditar em mim, a me libertar, a me incentivar a partir no momento certo e ser eu mesma.

– Estás apaixonada por ele?

– Não sei, mas o admiro muito, o que já é alguma coisa. Ele é um sonhador, reconheço, mas tem ideais, e isso, para mim, é fundamental.

– Claro que é fundamental. És igualzinha a ele, não podes viver sem um ideal. Primeiro, sonhavas em ser uma Sampaio de Alcântara; depois, sonhaste que, por tua causa, Caio abandonaria aquele arremedo de casamento; teu sonho agora é o de mudar o Brasil.

– Pelo menos desta vez não estou sozinha – ela disse, com um sorriso triste.

Nacho fez que sim com a cabeça. Ana Rita levantou-se e começou a retirar os pratos. Em silêncio, pensando se valia a pena seguir falando, Nacho riscava com a ponta do dedo os veios da madeira. Depois, suspirando, juntou com a mão umas migalhas de pão e foi colocá-las do lado de fora da janela, para os passarinhos. Ana Rita achou graça, era típico de Nacho, mas esse tipo de delicadeza não combinava com o tamanho daquelas mãos. Antes de voltar a se sentar, ele ainda examinou as violetas no parapeito. Olhou firme para Ana Rita: havia decidido que sim, precisava dizer ainda alguma coisa.

– Não quero me meter na tua vida, Ritinha, só quero ter a certeza de que tu compreendes onde estás te metendo. Pessoas ainda desaparecem todos os dias, a repressão é grande. A situação está aparentemente mais calma, mas, na verdade, tudo ainda é muito perigoso. Ele está querendo ir para São Paulo, não é isso?

Ana Rita fez que sim com a cabeça. A freada brusca e o estrondo da porta abrindo e fechando de um ônibus na parada em frente ao apartamento espantou um sabiá que viera comer as migalhas na janela. Nacho voltou a desenhar com o dedo os veios da madeira, Ana Rita levantou-se para passar um café.

– Já sabem quando vão?

– Ele já foi. Está me esperando...

– Quando decidires ir, me avisa? Não posso fazer muito por ti, mas sempre posso vir regar tuas violetas.

Capítulo XXXIV

Padre Antônio gostava do Natal, era sua época do ano favorita: alegria pura, sem santos cobertos de roxo, sem culpa, apenas um presépio e a esperança que traz ao mundo uma criança que acaba de nascer. Talvez por isso, porque era quase Natal, sentia-se feliz. A partida de Ana Rita – oficialmente para fazer mestrado em São Paulo – havia sido difícil de aceitar. Ele falara com ela e a abençoara, era só o que podia fazer. Mas outras coisas haviam chegado a um bom final e por elas daria graças na Missa do Galo. Sem dúvida a decisão de Elisa em manter a criança fora a mais importante de todas. Ele admirava sua força e reconhecia, envergonhado, que o mérito era todo dela. Embora houvesse tentado, não conseguira ajudá-la, ficara apenas lá, partido em dois, repetindo clichês. Ainda que esses clichês contivessem verdades, eram verdades diluídas.

Separando tufos de barba-de-bode para usar no presépio, pensava sobre isso: os clichês. Cada pessoa tem os seus: ele mesmo, ao longo da sua vida criara alguns. Sem deixar de ser homem, sou sacerdote, sempre fora um deles. Dissera isso constantemente, continuava dizendo, mas agora com um sentido diferente. Antes, essa frase era uma meia verdade. Antes, mentia para si mesmo que o homem e o sacerdote formavam um bloco tão sólido e indivisível que era impossível dizer-se onde terminava um e começava o outro. Agora, reconhecia haver uma fenda, um espaço aberto, uma divisão entre o homem e o sacerdote. Ele era, sim, os dois, mas não ao mesmo tempo. Às vezes pensava como padre, outras, como homem.

Há muitos anos, numa excursão ao Peru, ele se encantara com o *Señor de los Temblores*, uma imagem de Jesus crucificado que, segundo a lenda, impedia ou acalmava os terremotos. Rezaria a ele pedindo proteção. Não podia ter nenhum terremoto em sua vida ou a fenda se abriria e ele precisaria escolher um dos lados: o homem ou o sacerdote. Ainda que fosse fina como um fio de cabelo, a fenda estava lá. Se o Senhor dos Terremotos não o atendesse, Nossa Senhora da Assunção – *Mama Assunta*, como diziam os peruanos – haveria de protegê-lo. Ela permanecera indivisa, única criatura a subir aos céus de corpo e alma.

Retirou de uma sacola algumas folhas de papel pardo que imitavam os veios de uma pedra. A verdade era muito perigosa, prosseguiu; ainda que em geral fosse simples, era perigosa. Clotilde entrara em sua vida para ficar, o que poderia haver de mais simples do que isso e também de mais perigoso? Estava tão surpreso com aquele amor quanto um menino que constrói uma arapuca apenas por brincadeira e encontra dentro dela um pássaro. A armadilha que dona Clotilde e ele haviam montado com laços de barbante e pedaços de madeira cortados a canivete não devia passar de uma brincadeira e, no entanto, aprisionara os dois. E agora? Como lidar com essa verdade sem machucar a ela ou a si mesmo? Se fosse precipitado, perderia Clotilde e perderia a si mesmo, nenhum deles sobreviveria a um escândalo.

Dona Clotilde e ele mal cabiam na armadilha, eram pássaros diferentes, quase opostos. Ele não passava de um simples sabiá da terra, um desses bichinhos sem cor e sem encanto que se adaptam a qualquer lugar e, por não terem predadores, se transformam em praga. Clotilde era pássaro grande, sofisticado, precisava de espaço e de cuidados. Jamais conseguiria suprir suas necessidades, alimentar suas incríveis fantasias. Tinham em comum apenas uma coisa: as asas cortadas. Não por proibições externas. Clotilde era solteira. Ele era padre, mas *o padre ama a moça* era já um lugar-comum. Tanto já se havia escrito sobre isso, tantos padres já haviam abandonado a vida religiosa para se casarem que o tema deixara de ser tabu. Algumas semanas de falatório e pronto, esse tipo de escândalo perdera a força. Despertava uma curiosidade tensa, mas passageira.

A verdade era que Clotilde não o queria em carne e osso, nem a ele nem a nenhum dos seus amantes inventados, jamais permitiria que alguém destruísse sua imagem imaculada. Ser a matriarca, a inexpugnável comandante dos Sampaio de Alcântara era a sua segurança de felicidade, sua fantasia maior. Ele não era muito diferente, também tinha sua fantasia, seu escudo de proteção. Embora houvesse imaginado muitos orgasmos, feito inúmeros projetos, suado muitos pecados, terminara por concluir que jamais conseguiria abandonar o sacerdócio. Permanecer padre não era covardia, era a sua vocação.

Com cuidado, depositou no chão do presépio um espelho redondo – contribuição de Clotilde, o que a igreja tinha antes era retangular, o redondo ficava mais verossímil – e o rodeou de areia para representar um lago. Arranjou sobre ele alguns gansos e patos, na margem colocou o pastor dos gansos. Era tipicamente europeia essa concepção de um pastor de gansos. O Natal inteiro era uma narrativa europeia que invadira o Brasil e se naturalizara. Os médicos tinham um nome para isso: ectópico, fora de lugar. Só que, na medicina, a ectopia era perigosa – uma gravidez fora do útero, por exemplo –, e o Natal europeu não era perigoso, o amor dele por Clotilde também não, ainda que pelos padrões normais fosse todo fora de lugar.

No confessionário aprendera que uma coisa é a realidade e outra, bem diferente, é a sua narrativa. O real talvez exista por um instante, mas o que permanece mesmo é a narrativa. É nas histórias contadas pelas mães aos filhos, nas lembranças dos velhos, nas juras dos namorados, nos livros que a vida permanece, é dentro de uma narrativa que ela segue além do tempo que lhe é dado. Era assim, na narrativa, que Clotilde e ele poderiam continuar se amando sem prejudicar ninguém. Em *Romeu e Julieta*, o sexo acontecia, mas Dante e Beatriz haviam vivido uma paixão semelhante à deles, não igual, mas semelhante: profunda e impossível.

– Por que não me esperou para arrumar o presépio, padre Antônio? – Clotilde perguntou, fingindo-se indignada. Na verdade, encontrar quase tudo pronto era um alívio: não pretendia passar a tarde toda ajoelhada no chão ajeitando bonequinhos.

– Só estou adiantando serviço. Deixei os personagens principais para a senhora: Maria, José, o anjo e o Menino.

Clotilde sentou-se no banquinho que ele lhe ofereceu e começou a ajeitar a gruta. Amassou o papel para modelar as paredes. Com os tufos de barba-de-bode que o padre ia lhe alcançando e pequenas pedras, deu a elas a aparência de realidade. Colocou em seus lugares Nossa Senhora, São José e a manjedoura. Depositou junto à vaca um minúsculo feixe de capim que Máxima preparara e, em frente ao burrinho, distribuiu alguns grãos de milho. Admirou o efeito: ficara ótimo. Prendeu o anjo no topo da gruta e, com um chumaço de algodão, o fez pairar sobre nuvens. Forrou a manjedoura vazia com a palha tirada de uma das caixas de vinho que o Pai comprara para o casamento de Maria Eulália. Agora só faltava o Menino, mas era cedo para colocá-lo, ainda não havia nascido.

***

Na antevéspera do Natal, Adelina acordou às quatro e meia da manhã, com o canto sensato do primeiro galo. A prática de muitos anos a fazia distinguir, mesmo dormindo, os cantos sensatos dos alarmes falsos, esquisitices a que os galos se entregam, às vezes, por razões diversas. Guiada pela promessa de luz na frincha da veneziana, levantou-se e acomodou à manhã que nascia o corpo farto. O dia anunciava-se quente. Escolheu, entre os cinco vestidos que espalhavam suas flores miúdas pelo roupeiro, o mais fresquinho, prendeu os cabelos raiados de branco num de seus lenços imaculados, lavou o rosto e a boca na bacia de louça, regou a roseira perto da janela aproveitando a água servida e, vencendo os joelhos doloridos, pegou de sob a cama o urinol para ir despejá-lo na privada.

Com passinhos balançantes, atravessou o pátio cercada por galinhas alegres e cacarejantes, habituadas a verem no seu vulto um prenúncio de quirela. Afastou-as com muxoxos impacientes, 23 de dezembro, véspera da véspera de Natal, não era dia de galinha, era dia de peru. Foi só ela pensar em peru para que, por uma dessas inexplicáveis coincidências, lá do cercado de engorde, a ave aprumasse o peito condenado e gorgolejasse. O barulho avivou em Adelina uma preocupação urgente: precisava de alguém para ajudar na matança natalina, Máxima se achava importante demais para a tarefa, e as outras empregadas passavam mal só em pensar. Matar, ela matava, sem remorso, mas prender o bicho, dar nele o indispensável porre de cachaça e ainda passar a faca, tudo isso sozinha, era pedir demais.

– Benção, minha madrinha – disse Agostinho às suas costas.

– Deus te abençoe, guri, não chega assim de mansinho, quase me mata de susto! – exclamou, irritada.

Logo se arrependeu do ralho, esse guri lhe podia ser de boa valia.

– Agostinho, tu te animas a me ajudar com o peru?
– Claro, madrinha!
– Então vai correndo lá na cozinha e traz a garrafa de cachaça que está debaixo da pia, mas não faz barulho que, a essa hora, os de casa estão todos dormindo.

Fazendo com a boca um ruído de motor, Agostinho foi e voltou num instante. Garrafa na mão, Adelina o acompanhou até o cercado perto do bambuzal. O menino foi de uma destreza impressionante: como se estivesse muito acostumado à tarefa, prendeu o peru entre as pernas e o manteve de goela aberta para a cachaça. A madrinha podia ir, disse, depois de tudo feito, ele ficaria por ali, reparando o bicho, até ela voltar. Mais tarde, Adelina voltou com a faca, a ave morreu bêbada, e o dia passou ligeiro, repleto de providências.

Tirando os pastéis de Santa Clara, encomendados no convento das Irmãs Carmelitas, toda a ceia, do peru aos fios de ovos, era preparada em casa. Adelina ficava quase louca, mas sentia o maior orgulho. Dava gosto ver a mesa, com a toalha de renda e a louça de monograma, brilhando em cristais e repleta de iguarias. Máxima trazia do sótão caixas e mais caixas de bolas natalinas e arrumava o pinheiro – Clotilde fazia questão que fosse natural, nada daquelas árvores de plástico. Depois, ajudada pela criadagem, arrumava o presépio. A ceia era servida antes da Missa do Galo. Sobre o aparador, quase escondido sob rodelas de abacaxi e compotas de pêssego, ficava o peru, dourado e soberano. Na mesa: o arroz, o sarrabulho, uma salada de beterraba com creme azedo e outra mais simples, de batata, para os que não gostavam de beterraba.

Seguindo a tradição da casa, na hora de rezarem o pai--nosso e de cantarem *Noite feliz*, todos deviam estar presentes: família e empregados. Agostinho, que não era exatamente um empregado, por alguma razão já esquecida, desde pequeno tinha também permissão para, nessa noite, jantar na sala. Essa tradição era para ele um verdadeiro suplício, mas, sem alternativa, de camisa e calças novas, compradas por Olga nas casas Pernambucanas, ele permanecia num canto torcendo e retorcendo as mãos e desejando sumir.

Após a sopa *Vichyssoise*, outra tradição natalina dos Sampaio de Alcântara, cabia ao Pai a tarefa de trinchar o peru. Com mãos solenes, ele ia colocando os pedaços cortados nos pratos que Máxima lhe alcançava, enquanto Olga e Maria Eulália serviam o arroz e demais acompanhamentos. Junto à porta da cozinha, limpando as mãos num de seus panos impecáveis, Adelina observava tudo e, assim como Agostinho, rezava para que a ceia terminasse logo e ela pudesse ir dormir. Cercada de mil recomendações – come direito, não vai pingar –, uma porção generosa de peru foi entregue a Agostinho, que, diferente dos outros anos, recusou.

– Não quero – ele disse, sacudindo a cabeça.

– Como assim, não quer? – exclamou Clotilde, irritada pelo que pensou ser um inesperado acesso de timidez. – Podes comer sem susto, sou eu que estou te dando.

Agostinho, porém, o rosto muito vermelho, gotas de suor formando-se sobre o buço, mantinha as mãos atrás das costas e sacudia a cabeça num mudo, contínuo e veemente não! Clotilde insistia, Agostinho negava. Todos pararam para observar e também insistiam, gentilmente, que aceitasse o prato, até que, indiferente ao espírito natalino, o Pai gritou que deixasse de ser fresco e comesse aquela porcaria de uma vez. Agostinho, a ponto de chorar, segurou o prato, mas não comeu. Penalizada, Maria Eulália o levou para um canto da sala e conversou com ele. Ninguém ouviu o que disseram.

– Padre Antônio, o senhor se importa de vir até aqui? Agostinho gostaria de se confessar – ela disse, sorridente, aproximando-se do padre e falando baixinho.

Embora surpreso, padre Antônio obedeceu. Na biblioteca, fez Agostinho sentar-se à sua frente, cobriu o rosto com as mãos, disse pode falar meu filho e ouviu com atenção. Depois, lutando para manter a seriedade, começou a imaginar uma forma de fazer chegar o que ouvira até Clotilde sem quebrar o sigilo da confissão.

– Deus te perdoa, Agostinho, mas só se contares tudo a dona Clotilde, essa é a tua penitência. Vou ficar ao teu lado. Não precisas ter medo – disse, enfim.

Agostinho primeiro negou-se terminantemente, depois chorou, mas tinha tanto medo do inferno que, ao final, concordou. Clotilde foi chamada. Entrou na biblioteca furiosa, já sabendo que ia se incomodar.

– Explica a ela por que não queres comer o peru, meu filho – o padre insistiu, colocando a mão protetora sobre o ombro do menino.

– É que aquele lá – Agostinho sussurrou, cabeça baixa, agitando o dedo indicador na direção da sala de jantar –, aquele lá – repetiu quase chorando –, aquele eu já comi ontem, no cercado, quando ele estava borracho.

Clotilde absorveu a informação com o rosto impassível – padre Antônio admirou sua fleuma. Muito tesa, voltou para a sala e, sem fazer comentários, mandou retirar a travessa do peru. Depois foi até a cozinha e pediu a uma Adelina estupefata que fritasse alguns ovos. Por não estar obrigada ao sigilo, Maria Eulália contou o que acontecera a Olga, que contou a Elisa, que contou a Miguel, que contou a Nacho, que riu muito, disse que não havia nada que o fogo não matasse, e foi até a cozinha servir-se. Miguel o acompanhou, Olga também e, logo, para alívio de Adelina, assim como saíra, a travessa do peru voltou à sala sem maiores explicações.

Anotações para um romance

Este é meu último caderno de anotações, já tenho três preenchidos, material suficiente, pelo menos por enquanto. Vou deixar que dentro deles os fatos repousem e as memórias sedimentem, feito areia no leito de um rio.

Não será fácil escrever esta história, encontrar as palavras certas para descrever a casa – que jamais foi apenas uma casa –, a escada das glicínias, o poço, o porão e o jardim, onde dorme minha avó. Relembrar Genaro, sua loucura, a forma perversa, mas estranhamente verdadeira como amou tia Maria Eulália, e ela a ele. Falar sobre meu pai e seus defeitos e do meu amor por ele. Dizer de minha mãe, das minhas tias, de Nacho e de Máxima. Falar da tapeçaria, que até hoje nos retém em sua trama, e da figura enigmática do professor de piano.

Meu Avô, a pessoa mais solitária que conheci: não sei como descrevê-lo, talvez seja melhor apenas esboçá-lo. Assim como Oli, ele é grande demais, complexo demais. Oli, talvez eu o faça personagem de outra narrativa ou o descreva num livro de poemas, impossível acomodar em prosa a sua figura mágica sem reduzi-la.

Sim, esse será um livro trabalhoso e demorado, mas vou encontrar uma forma de escrevê-lo porque, pra amanhecer ontem, sonhei com tia Maria Eulália, e ela me disse que eu precisava fazê-lo. *Pra amanhecer ontem,* sempre gostei dessa expressão de Adelina, uma expressão que pode ser traduzida por *ontem*, mas não exatamente, porque, nela, o ontem ainda não amanheceu.

Na época que relembro agora, eu, de certa forma, também não havia amanhecido. O tempo passava e, sob a proteção da casa, eu assistia às alterações no meu corpo: o ondulado nascendo logo abaixo do umbigo e subindo, em suave ladeira, até o estômago, os seios mais redondos de aréolas mais escuras e mamilos salientes que todos os dias eu massageava com seiva de babosa e álcool. Embora ainda fosse cedo para sentir o bebê mover-se, eu percebia algo semelhante a pequenas bolhas percorrendo meu ventre, como se alguém, batendo de leve nas paredes do meu corpo, quisesse chamar minha atenção, dizer que estava ali.

Desde o dia em que decidi ter o meu filho, todos me cuidavam. De uma forma quase obsessiva, minha mãe tricotava roupinhas. Tia Ana Rita descobriu em algum antiquário de São Paulo uma belíssima imagem do Anjo da Guarda em prata que Máxima mandou polir até que brilhasse, feito a lua cheia, e depois benzer. Era de tia Clotilde a tarefa de planejar o enxoval. A muito custo, consegui que limitasse em quatro o número de lençóis de linho, mas não pude impedir que um novo mosquiteiro de tule francês debruado de rendas fosse encomendado. O berço da família foi resgatado do seu esconderijo no sótão e lustrado com óleo de peroba. A antiga bata dos batizados foi retirada do seu invólucro de papel azul e alvejada ao sol. Adelina a cada dia inventava um doce diferente. Não sei como não engordei vinte quilos.

Tia Maria Eulália parecia dedicada apenas a me alegrar. Na verdade, fazia bem mais do que isso: agitava-se ao meu redor, feito uma passarinha a defender seu ninho, e impedia perguntas. Apenas ela e Máxima não perguntavam; todos os outros, por mais que quisessem evitar, ainda o faziam, se não com palavras, com os olhos. O que acontecera realmente? Quem era o pai? Como eu contaria a meu filho sobre a forma terrível como ele talvez tivesse sido gerado? Eu os via perguntar, mas para mim a resposta não fazia diferença: aquele bebê era meu e, porque Miguel o quisera, era também dele. Mergulhada na preguiçosa languidez das grávidas, dizia a mim mesma que, embora a vida fosse incoerente, eu não precisava entendê-la: naqueles meses encantados, todas as chaves perdiam-se de seus chaveiros, todos os fogos eram surdos, e o unicórnio estava lá para quem quisesse ver.

Pouco a pouco, o que eu sofrera ia ficando para trás. A cada manhã eu renascia diferente. Uma vontade cada vez mais forte de viver fazia com que eu quisesse vestir-me de vermelho, laranja, amarelo, as cores todas do arco-íris. Passava muito tempo no jardim, distraía-me lendo pilhas e pilhas de livros e escrevendo para Miguel. Nossas cartas eram tantas e tão frequentes que se cruzavam no ar feito andorinhas, as respostas, por vezes, chegando antes mesmo das perguntas. Numa manhã em que uma chuva miúda nos restringiu ao espaço mais íntimo da biblioteca, pedi a tia Maria Eulália que lesse meu futuro. Ela sorriu, acariciou minha mão e respondeu que não precisava de sinais: o futuro residia em mim. Um dia eu diria adeus à casa e partiria com Miguel e meu filho e seriam nossos todos os dias bonitos que existissem no mundo – serão dias ensolarados e sábios, como aquele que te reteve na praia e te poupou de ver morrer teu pai, ela vaticinou, e eu jamais esqueci.

Tudo, até mesmo os cuidados excessivos das mulheres da casa, me era tão valioso porque sabia que não teria por muito tempo. Quando nos mudássemos para São Paulo, seríamos apenas Miguel, eu, o pai e a mãe dele: uma família com a qual não tinha ainda a menor intimidade. Quando ele veio passar alguns dias na casa à época do meu aniversário, não foi difícil perceber que precisava desesperadamente falar comigo sobre o rumo que daria às nossas vidas, as decisões não tomadas.

– De novo pensando em dinheiro? – perguntei.
– Como você sabe?
– Pelo jeito quase histérico como o teu olho esquerdo pisca – brinquei.

Ele ficou irritado, eu não o estava levando a sério, deve ter pensado. Mas não era verdade, eu sabia exatamente o que estava acontecendo: se escolhesse a carreira acadêmica, se após a faculdade fizesse, como havia sonhado, uma pós-graduação, um mestrado, se conseguisse viver o sonho quase impossível de um doutorado no exterior, não teria, durante vários anos, condições de sustentar nossa família. Detestava abrir mão de tudo isso, mas estava convencido de que não havia outro jeito.

– Decidi aceitar o emprego na universidade – ele disse, de repente, no tom impaciente dos que se sentem obrigados a fazer o que não querem.

Pensei bastante antes de responder. Era uma tarde calorenta, não chovia já havia algum tempo, as folhas estavam recobertas de poeira. Máxima havia trazido uma jarra de limonada, e as abelhas zumbiam, entontecidas, ao redor dos restos de açúcar sobre a mesa de pedra. De olhos fechados, eu relembrava o passado. Quando se organiza a vida em gavetas – aqui o amor, ali um filho, mais adiante um emprego e o almoço de domingo –, corremos o risco de não viver, tia Maria Eulália me havia dito semanas antes de se casar com Genaro. Essa lembrança me tranquilizou e foi pensando nela, em tia Maria Eulália, que eu, por fim, falei.

– As coisas vão dar certo, não te preocupa – afirmei, embora sabendo que talvez a minha aparente despreocupação e o que eu diria logo adiante o irritariam ainda mais. – Mamãe sugeriu que eu passasse a gravidez e os primeiros meses depois do parto aqui na casa. Isso nos dá algum tempo, o inventário de meu pai está por terminar, vou receber minha parte, teremos um começo.

– Não posso aceitar o seu dinheiro, Elisa! Não posso aceitar também que minha mulher e meu filho fiquem longe de mim e sustentados por outros, você não percebe?

– Como assim, não podes aceitar? Claro que podes aceitar! Eu é que não posso aceitar que passes a vida me culpando e ao nosso filho pela vida miserável que terás.

Miguel levantou-se e, talvez tentando não discutir comigo, virou-se de costas e fingiu examinar um ninho de pombas nos galhos da parreira. Percebi que havia tocado no ponto exato, mais uma vez o meu ascendente Escorpião me fizera dar o bote com precisão cirúrgica: eu acertara em cheio, Miguel já estava me culpando.

– Deixa de ser orgulhoso, guri! – exclamou Nacho, que chegara e, sem nenhum escrúpulo, ficara ouvindo nossa conversa. – Quem casa não pode se dar luxos. Não me olha com essa cara! Casamento, sim! Ou tu pensavas que levarias minha prima sem casamento? Desta vez não me pegam desprevenido, já mandei até fazer fatiota nova.

Eu sorri, aliviada. Sempre tivemos muito em comum, Nacho e eu, até hoje não consegui descobrir se a alegria era algo natural nele ou se, tal como eu, aprendeu a ser feliz a duras penas.

– Não fosse pelo Papai Noel, nem aliança eu tinha! – brinquei para aliviar a tensão, mas apenas Nacho sorriu, Miguel continuava carrancudo.

Estávamos em silêncio, saboreando a limonada, quando Luiza – a menina de olhos negros que anos mais tarde tornou-se a mão direita de Máxima – veio avisar a Miguel que minha mãe e tia Maria Eulália o estavam esperando na biblioteca. Embora o convite não me incluísse, é claro que dei uma desculpa qualquer a Nacho e fui bisbilhotar. Dei a volta pela varanda das begônias, sabia que através de uma porta lateral, escondida entre os vasos de samambaias, eu poderia espiar à vontade. Foi o que fiz. Não conseguia ver Miguel, mas enxergava claramente o rosto da minha mãe e me admirei que pudesse estar tão tranquilo quando, naquela voz suave, tão própria dela, disse o que jamais esperei que dissesse.

– ...assim como eu, ele era infeliz no casamento, ou pelo menos assim se dizia – ela sussurrou, o corpo levemente pendido para frente, como em confissão. – Não fica com essa cara, Miguel! Todas as famílias têm segredos sobre os quais ninguém fala. Eles se confundem com os alicerces da casa e ajudam a sustentá-la, por isso, neles não se toca, é deles o respirar profundo que se escuta à noite, quando todos dormem. Mas além desses há outros, menores, menos graves, pequenos fantasmas sobre os quais se fala, sim, ainda que em voz baixa, e que ajudam as novas gerações a entenderem.

– Nós poderíamos ter sido felizes, Miguel – minha mãe continuou. – Ele temia o meu Pai, é claro, temia também Caio por ser militar, mas o que nos condenou foi outra coisa. Se por um lado ele tinha a dignidade de não querer meu dinheiro, por outro, tinha a fraqueza de não conseguir me aceitar como sou. Seu orgulho, ou onipotência, ou que nome queiras dar à incapacidade dele de se relacionar comigo de igual para igual, só porque eu sou ou serei rica, não o deixou ver que há coisas tanto ou mais importantes do que o dinheiro e que essas coisas ele poderia me dar e, assim, restabelecer o equilíbrio. Eu queria ser feliz, apenas isso, sem exigir nada, sem cobrar nada, apenas lealdade. É do medo que nascem os desencontros, Miguel. Não, por favor, não fala ainda, escuta mais um pouco. Já vou terminar.

Quão pouco eu conheço a minha mãe, lembro que pensei, começando a entender aonde ela queria chegar e a amando ainda mais por se expor dessa forma por minha causa. Miguel permanecia calado. Tia Maria Eulália, como se o assunto não lhe dissesse respeito, atravessou meu campo de visão e começou a mexer nas gavetas da escrivaninha até encontrar a lupa. Depois voltou e começou a examinar detidamente a tapeçaria. Minha mãe sorriu, sacudindo a cabeça como se dissesse a Miguel não repara, e continuou a falar.

— Existem pessoas que são como plantas parasitas, só sobrevivem sugando seu hospedeiro. Na verdade, a culpa não é apenas delas: o hospedeiro, pelo orgulho de sentir-se dono da seiva, se deixa sugar. Mas existem outras que, feito as orquídeas, precisam apenas de um apoio, vivem do que retiram do ar. Tu não és um parasita Miguel, e nunca serás, apenas precisas de um começo. Elisa, algum dia, será uma mulher rica. Por favor, não faças disso um defeito, aceita minha filha como ela é.

Nesse instante, um pássaro grande, talvez um gavião, bateu contra o vidro de uma das janelas e todos os canários começaram a cantar ao mesmo tempo nas gaiolas. Aproveitei o barulho para sair do meu esconderijo, a garganta apertada em nó de choro, e voltar ao jardim. A conversa continuou lá dentro, sem que eu a ouvisse. Mais tarde, perguntei a tia Maria Eulália o que acontecera.

– Tua mãe e Miguel se abraçaram e choraram um pouco, eu acho. Olga sempre exagera na choradeira, não sei a quem saiu. A conversa toda foi uma perda de tempo, todo mundo sabe que, com aqueles óculos engraçados, os jeans e as camisetas justas demais, Miguel continua sendo uma pessoa estranha para os nossos padrões, mas há muito que não é mais um estranho: igual a ti, ele pertence à casa. Mas o que eu quero te contar é outra coisa, Elisa – ela continuou, num entusiasmo quase juvenil –, ele já está lá! Como, lá onde? Na tapeçaria, claro: um homem alto e magro, usando um chapéu de curandeiro e carregando um cachorrinho. Podes ficar tranquila: não há ninguém mais ao teu lado, apenas ele.

Fiquei meio zonza com aquela informação estapafúrdia, mas depois entendi o que ela tentava me dizer: Miguel era o pai do meu filho. Confesso que mais tarde, curiosa, peguei a lupa e fui olhar. A tia não mentira, havia um homem ao lado da menina com cachorrinhos. Não me lembrava de tê-lo visto antes, mas é difícil dizer numa tapeçaria complexa como aquela. O que jamais comentei com ninguém é que me pareceu ter visto algo mais: entre as árvores do bosque, o vulto de um tigre devorava um homem. Suas figuras não eram claras, ambos eram como esboços de um desenho não realizado, como se alguém tivesse começado a bordá-los e depois, mudando de ideia, os tivesse desfeito fio a fio. Semanas depois, voltei a examinar a tapeçaria e não os enxerguei. Até hoje me pergunto se estavam mesmo lá ou se eu apenas os imaginei. Como disse, jamais falei com ninguém sobre isso, nem mesmo com tia Maria Eulália.

Um tempo por demais maduro

Porque penso agora em termos de décadas, posso me lembrar de tudo com calma e nitidez. Os dias têm dedos exatos – aqui um casamento, ali a morte, lá uma despedida –; quando um fato é apontado, ele se destaca da paisagem, separa-se do todo e dói novamente. Ou porque não está mais lá, ou porque sempre estará, o dia exato dói. As décadas não apontam fatos, não os destacam da paisagem, não os esfregam, duros e precisos, em nossos olhos. As décadas são elas mesmas a paisagem e, dentro delas, os fatos suavizam-se, tornam-se como esses vidros dos quais o mar retirou o poder do corte: não ferem mais, são apenas belos, resignadamente belos, mas não estão mortos e retomam rapidamente o antigo brilho sempre que a memória os umedece. Não importa que nas décadas as lembranças se misturem, se sobreponham, a sobreposição é sempre rica.

Vistos dessa forma, todos os fatos que aconteceram na casa e no jardim, todos os atos dos que lá viveram são belos: por mais feios que nos tenham parecido, são belos porque se abrem a muitas verdades. Existem sempre muitas verdades, algumas evidentes, outras não. A verdade dos fatos é a mais fácil de ser vista, basta colocá-los lado a lado em ordem cronológica, mas a verdade dos fatos não é toda a verdade: o que se deixou de fazer, as renúncias e negações também são escolhas, têm consequências, são atos privados que se escondem na intimidade de cada um. Com o tempo, deixei de dar importância à cronologia dos fatos.

Não sei se é verdade que todas as famílias felizes são iguais e as infelizes o são cada uma à sua maneira, como escreveu uma vez Tolstói, mas acho que, de uma forma bastante diferente, fomos felizes. Houve uma época em que eu pensava ouvir a cidade toda dizer: como pode Maria Eulália estar apaixonada? Como pode casar-se com Genaro? Sempre pensei nesses que assim falavam como *uns pobres-diabos incapazes de entender que não se pode reduzir uma paixão, olhar apenas uma das suas faces. A paixão vive de si mesma e em si mesma, seu objeto é ela mesma.*

Uma vez Olga me disse algo que não esqueci: na vida, como na boa literatura, existe sempre uma história oculta, e é essa que devemos viver, porque ela é a história verdadeira. A outra, a visível, a aparente, a socialmente aceitável, é, na maior parte das vezes, apenas medo. Estou contente comigo mesma: enrolada na velha manta de lã xadrez, tive a coragem de viver minha história. Havia muitas, mas era preciso escolher uma – e eu escolhi.

Não me queixo do que encontrei no meu pacote, com vento e gravetos consegui inventar o fogo e, como sempre disse que seria, bem no fim eu tive sorte, uma sorte estranha, talvez, mas sempre sorte. Nunca deixei de me guiar pela paixão. Não uma paixão menor, um simulacro. Ainda que por vezes pesada demais, a paixão que me guiou foi dessas que invadem a alma, o corpo, atravessam os dias, as décadas e continuam queimando até a morte, até depois da morte.

A verdadeira paixão está repleta de razões, eu as procurei, eu as ouvi. Sim, eu ouvi, uma a uma, as razões loucas da paixão e, se é verdade que não são pessoas diferentes as que amamos ao longo da vida, mas sempre a mesma pessoa em seres diferentes, em Genaro e depois em Nacho eu amei todos os homens.

Nenhuma de nós teve medo, nenhuma foi por demais sensata ou por demais louca. Num mundo ainda repleto de interditos, e cada uma a seu modo, nós vivemos por inteiro. Quantas saudades eu tenho das que já se foram, das que não se movem mais no desenho da tapeçaria. Talvez ainda se movam, e eu apenas não as perceba, meus olhos já não são o que costumavam ser.

Tomara Elisa tenha entendido as histórias que, mesmo quando fingia não vê-la, eu contei a ela não apenas com a minha voz, mas com todo o meu corpo. Talvez algum dia ela escreva sobre nós, sobre Máxima, Adelina, Oli, sobre a casa e o jardim. Estou convencida de que a nossa vida merece ser contada. Como boas apaixonadas, fomos ridículas, às vezes, o que torna tudo mais difícil para Elisa. Se ela nos pintar ridículas, volto para assombrá-la. Voltarei também se nos fizer apenas amargas.

Tomara se lembrem de mim como alguém que tentou ser feliz, é a imagem que gostaria de deixar aos meus descendentes. Não diretos, não tive filhos, a não ser aquele que jamais nasceu. Ele é um homem agora, precisamos conversar cara a cara. As abelhas estão zumbindo sobre as uvas por demais maduras: é tempo de fechar os olhos e me embalar na rede.

À minha família, pelo tempo que lhes roubei; ao Sergius Gonzaga, por me guiar no emaranhado; à Letícia Wierzchowski e ao Marcelo Pires, pelas primeiras leituras e conselhos; à Jó Saldanha, pela revisão atenta; ao Claudio Noronha, pelas histórias que contou, obrigada.

lepmeditores
www.lpm.com.br
o site que conta tudo

Impresso na Gráfica BMF
2022